큐피드의 실수

큐피드의 실수

초판 1쇄 찍은 날 | 2013년 9월 25일
초판 1쇄 펴낸 날 | 2013년 10월 2일

지은이 | 이경하
펴낸이 | 예경원

편집 | 유경화

펴낸곳 | 예원북스
등록번호 | 제396-2012-000132호
등록일자 | 2012. 7. 25
YRN | 제1-0041호

주소 | 경기도 고양시 일산동구 무궁화로 8-28 삼성메르헨하우스 712호 (우) 410-837
전화 | 031-819-9431 팩스 | 031-817-9432
http://cafe.naver.com/yewonromance
E-mail | yewonbooks@naver.com

ISBN 978-89-98102-48-7 03810

※ 이 도서의 국립중앙도서관 출판시도서목록(CIP)은 서지정보유통지원시스템 홈페이지(http://seoji.nl.go.kr)와 국가자료공동목록시스템(http://www.nl.go.kr/kolisnet)에서 이용하실 수 있습니다.

큐피드의 실수

YEWONBOOKS ROMANCE STORY

이경하 장편 소설

예원북스

목 차

프롤로그

사람들이 모여 사는 마을에서 조금 떨어진 외곽으로 눈을 돌려 보면 동그마한 언덕 중앙에 기와집 한 채가 떡하니 버티고 있는 것을 볼 수 있다. 모든 것이 자동화된 이 시대에 기와집이 웬 말이냐! 그 정도로 세상과 매우 동떨어져 보이는 그 광경에 길을 지나던 사람들은 매번 신기한 눈초리로 언덕 위를 살펴보곤 했다.

마치 조선시대가 갑툭튀, 친절하게 풀어 말해 갑자기 툭 튀어나온 것처럼 신기하기 그지없는 그 기와집은 말이 좋아 개조 한옥일 뿐, 기와집 명색을 톡톡히 하지 못하고 있었다. 집을 자랑스럽게 여기는 집주인이야 조선시대 영조 임금의 최측근인 고 참판댁의 뿌리 깊은 전통을 지키고 있노라는 사실만으로도 콧대가 나날이 높아지고 있었지만 손녀딸 입장은 사뭇 달랐다.

"할매, 나 다녀와?"

긴장감 없이 제법 편안한 몸매에 푸근한 인상의 고미애가 요란스럽게 방문을 열었다. 시대에 맞지 않는 미닫이문은 바람이 불 때마다 덜컹거리는 걸로 말하면 잔소리, 불만 밝히면 안이 훤히 비치는 프라이버시 침해까지 내포하고 있었으며, 문을 열고 닫을 때마다 삐거덕거리며 말을 듣지 않아 매번 씨름을 해야만 했다.

"하여간. 할매, 이 문 고쳐야 한다니까?"

사실대로라면 아름다울 미, 사랑 애를 쓰는 이름에 걸맞았어야 하는 미애가 걸쭉한 목소리로 투덜거렸다.

"말하자면 한참 전에 갔어야 하는 노인네라니까, 이 미닫이문은? 말귀도 어둡지, 행동도 굼뜨지, 여기저기 안 쑤시는 데가 없지……."

어딘가에 걸렸는지 한쪽 윗부분만 비대칭으로 들려진 문을 제대로 끼워 맞춘 미애가 못마땅한 시선으로 문을 훑으며 고개를 저었다. 그녀의 투정에 한참 동안 침묵을 지키던 목소리가 투박하게 대꾸했다.

"나 들으라고 하는 소리냐?"

미애는 애써 부정하지 않으며 꿀 먹은 벙어리처럼 입을 다물고 툇마루에 펑퍼짐한 엉덩이를 붙이고 앉아 가지런히 놓인 운동화를 집어 들었다.

"계집애가 굼벵이처럼 굼떠서 어따 쓸꼬. 쯧쯧쯧."

고미애가 운동화를 하나 만들어 신고 나갈 것처럼 뜸을 들이기 무섭게 노인의 잔소리가 때를 놓치지 않고 끼어들었다. 미애의 동거인이자 친할머니, 독고끝순 되시겠다. 딸은 고마 됐다고 끝순이라 지어진 불가항력의 이름을 지독히 싫어하는 할머니로 인해 미애는 그녀를 독고 할매라 칭했다. 가끔 할매가 그녀를 끈덕지게 구박할 때면 조용히 독한 할매, 즉 독 할매라 비죽거리는 것도 잊지 않았다.

허나 태생적으로 낙천적인 성격의 미애인지라 할매의 잔소리는 그녀에게 별반 영향을 미치지 않았다. 굼뜬 그녀의 행동에 할매가 잔소리라도 할라 치면 미애는 늘 "할매도 차암. 내캉 같이 운동화 한 짝 만들지 않갔나? 지금 나가기 전에 새 운동화 하나 만들어 갖고 나갈라 카는데?"라는 식으로 능글거렸기 때문이었다.

"잔소리 말고 퍼뜩 뜨지 뭔 말이 그리 많나?"

동이 트기 전이라 어둠이 까맣게 내려앉은 시각, 미애보다 일찍 일어난 할매는 이미 마당 빗자루질을 끝낸 후였다. 자칫하면 그녀의 엉덩이라도 내칠 듯 빗자루를 한 손에 단단히 부여잡은 할매가 무섭게 으르렁거렸다.

그 모습에 미애가 화들짝 놀라 몸을 사리는 흉내를 내며 자리에서 일어났다. 그리곤 너털웃음을 터트리며 빠르게 기와집을 빠져나갔다.

고미애의 하루는 대략 이랬다. 새벽 4시에 기상, 5시에 장보기, 7시에 가게 준비, 8시에 가게 오픈, 저녁 8시까지 가게 일 돕기, 9시에 야간학교, 12시에 취침.

언제부터였을까, 할매와 함께 살기 시작한 이후 철이 들면서부터 미애의 하루는 다람쥐 쳇바퀴 돌 듯 돌아가고 있었다. 특별할 것 하나 없는 일상 속에서, 미애는 단 한 번도 이렇다 저렇다 불평한 적이 없었다.

할매의 가게만 돕기엔 파릇한 청춘인 스물셋인—액면가는 서른

셋—그녀의 일상 중 가장 행복할 때는 그녀의 단 하나뿐인 남자친구를 만날 때였다. 야간학교에 함께 다니던 친구로 이번엔 삼수 끝에 대학에 붙어 대학 생활을 만끽하는 그에게, 미애는 장을 보고 난 후 모닝콜을 해주는 습관이 있었다.

온 동네 시장을 뺑뺑 돌며 좋은 물건들을 양손에 가득 쥚어진 채 한 바가지 땀을 흘리며 전화를 거는 것도 모르는지, 그녀의 남자친구인 변태풍은 단 한 번도 재깍 전화를 받는 적이 없었다.

"좋은 아침! 잘 잤어?"

3년이 넘게 교제하고 있다고는 해도 데이트다운 데이트를 한 횟수는 손가락 발가락을 이용해 셀 수 있을 정도였다. 그런 그에게 늘 미안한 마음을 가지고 있던 미애가 먼저 밝게 인사를 건넸다.

—지금이 몇 신데 전화를 씨부려 쌌노?

신경질적이면서 잔뜩 갈라지는 태풍의 목소리가 들려왔다. 나이도 많은데 어린 학생들에게 뒤처지지 않도록 밤새 공부에 매진하느라 힘들 게 분명하다 생각하면서 미애는 더욱 밝은 목소리로 대답했다.

"벌써 7시다. 학교 안 가나?"

미애가 서글서글하게 말했다.

—아, 내가 아직도 고등학생이가? 전화 좀 작작해라, 고마.

"바쁘가?"

—밤늦게까지 깨 있어서 늦잠 좀 잘라카는데 왜 만날 전화질이고? 내가 전화할 테니까 고마 끊어라.

"그럼 내가……."

한마디라도 더 듣고 싶은 마음에 말을 이으려던 미애의 말이 채 끝나기도 전에 무심한 전화는 뚝 끊겨 버렸다. 유행에 비껴가도 한참 비껴갔을 전화기를 두 손에 꼭 쥔 미애는 끊긴 전화기를 한참 동안 바라봤다. 그러다 이내 아자, 기합 소리를 내며 가던 길을 씩씩하게 가기 시작했다.

[독고 할매네 국밥]

뜨거운 햇빛을 온몸으로 받느라 색까지 바랜 낡아빠진 간판이 달랑거리는 기와집 앞에 선 미애가 장바구니를 든 채 손등으로 이마를 훔쳤다. 아는 사람만 안다는 할매네 국밥집을 물끄러미 바라보며 숨 한차례 돌린 미애는 조만간 간판이라도 바꿔야겠다고 생각하며 문지방을 넘었다.

가게 안으로 들어서자 느껴지는 싸한 공기에 미애가 잠시 멈칫하고는 양손 가득 쥔 짐을 조심스레 내려놓았다. 남들에게는 아침을 시작할 시간이지만 할매네 국밥에선 남들의 아침을 준비할 시간인지라 분주하고도 깐깐한 할매의 고함 소리가 가게 안에 떠들썩하게 울려 퍼지는 게 정상이었다.

하지만 오늘은 평소와는 사뭇 달랐다. 할매의 고함 소리도, 분주한 손놀림도, 아궁이에 피어오르는 불꽃과 매운 연기도 없었다. 가마솥 안에서 팔팔 끓고 있어야 할 흑미도 물에 담기기만 한 채 차가운 공기와 맞닿고 있었다.

"할매……?"

할매네 국밥집의 트레이드마크나 다름없는 따뜻함보다 사람의 온기 하나 없는 서늘함이 피부에 와 닿는 느낌에 미애는 저도 모르게 불길한 상상을 하고 말았다.

"아니야, 미쳤어! 왜 그딴 상상을 하고 난리야?"

저도 모르게 한 상상에 소스라치게 놀란 미애가 제 머리를 쥐어뜯으며 고개를 저었다. 그리고는 더욱 소리 높여 할매를 찾았다.

"할매……! 할매, 어딨어?"

평소라면 차디찬 돌바닥에 장바구니를 팽개쳐 놓는 것은 절대로 허락되지 않을 일이었건만, 할매 한 사람이 없는 것만으로도 그것은 아무렇지 않은 일이 되어버렸다.

할매가 없는 삶을 상상해 본 적이 있었던가?

때때로 밉기도 하지만 예쁠 때가 더 많은 이 집의 법전인 할매는 미애의 삶에 없어서는 안 될 소중한 보물이었다. 족히 100세는 넘게 살 거라며 놀릴 때가 엊그제 같았는데 순식간에 사라져 버린 할매로 인해 미애는 저도 모르게 심장이 툭하고 떨어져 내렸다.

"할매! 장난치지 말고 나와. 할매?"

미애의 행동이 빨라졌다. 부엌이며 창고, 장독이 가득한 마당에 가게까지 뒤지던 미애의 발걸음이 할매의 방에 멎었다. 미애의 방 바로 맞은편에 있는 조그만 할매의 방, 할매의 케케묵은 냄새로 가득한 그 방 한가운데, 할매의 오그라진 작은 등이 보였다.

"할매!"

미애가 호들갑스럽게 할매의 방 안으로 들어갔다. 이 빌어먹을 미닫이문은 이번에도 말썽이었지만 그걸 탓할 겨를도 없었다. 힘없는 할매의 뒷모습, 그것만이 미애의 관심사였다.

"……조용히 해라. 여자애가 소란스럽게……."

할매의 말투는 여전했다. 평소보다 신경질적이고 각 잡힌 목소리가 아닌 것이 마음에 걸리긴 했지만 무엇보다도 할매가 살아 있다는 사실에 미애는 감격했다.

"에이, 난 또. 꼿꼿이 앉은 채로 돌부처라도 됐나 했네. 대답이라도 하지 그랬어, 할매. 나 완전 놀랐잖아."

그 말에 할매는 묵묵부답이었다. 아침과 달리 힘없는 할매의 모습, 그 모습에 미애는 소란스럽게 할매의 주변을 훑었다. 할매가 할배의 사진이라도 본 건가, 아니면 할매가 죽은 아부지 사진을 보며 또 허망했던가. 하지만 할매 주변에는 할아버지의 사진은 물론 아버지의 사진은 단 한 장도 떨어져 있지 않았다.

"할매, 대체 왜 그러는 거야. 가게 안 열어? 나, 장도 다 봐왔는데."

순간 할매의 등이 커다랗게 들썩거렸다. 숨을 깊게 들이마시며 한숨을 내뱉는 듯 보였지만 미애는 애써 무시하려 노력했다. 왠지 모르게 할매의 입에서 들어서는 안 될 말이 나올 것만 같았다.

"미애야……."

가스나, 계집애, 여자애, 요즘 애, 내 새끼도 아닌 고미애의 이름 두 자가 불리자 미애는 저도 모르게 할매에게서 등을 돌렸다. 진지하기 그지없는 할매의 목소리, 그건 그녀가 원하는 것이 아니었다.

"아이고, 늦겠네, 늦겠어. 할매, 얼른 일어나. 가게 열어야 된다니까?"

미애가 호들갑을 떨며 자리에서 일어났다.

"일생에 단 한 번도 늦게 열어본 적 없는 할매가 왜 이러시나? 내가 먼저 준비하고 있어? 할매, 오늘 기운 없음 그리하고."

미애가 방방 뜨는 목소리로 말했다. 하지만 그런 미애에게 찬물이라도 끼얹듯 할매는 조용하고 스산한 목소리로 말했다.

"내 평생, 딱 두 번 늦어본 적이 있다."

할머니의 말에 미애의 입이 딱 다물어졌다. 자신도 모르게 입술을 콱 깨물었던지 입안 가득 비릿한 맛이 퍼져 나가고 있었지만 미애는 신경 쓰지 않았다.

할머니가 곧장 말을 이었다.

"한 번은 네 할아버지가 돌아가셨을 때, 다른 한 번은…… 네 아버지가 죽었을 때."

미애가 침을 꿀꺽 삼켰다.

"왜 그래, 할매. 나, 무섭게……. 얼른, 빨리, 단골손님들 오실 시간 다 되었다니까? 나 장바구니도 팽개치고 왔어. 할매, 그거 싫어하잖아? 빨리 가자, 할매가 혼내도 오늘은 내 참는다!"

하지만 할매는 아무런 말도 하지 않았다. 평소처럼 그녀를 혼냈으면 차라리 마음이라도 편했을 텐데, 할매는 그저 숨만 가쁘게 몰아쉬고 있었다. 순간 할매의 좁은 방 안이 답답하게만 느껴졌다. 마치 산소 방울이 하나둘, 방 밖으로 빠져나가고 있는 느낌이 들 정도였다. 누군가 목을 쥐고 힘주어 조르는 느낌에 미애는 자리에 털썩, 쓰러지듯 주저앉았다.

"미애야, 일어나그라."

할매가 자리에서 힘들게 일어났다. 그리곤 미애에게로 걸어와 그녀의 팔을 잡고 끌어 올렸다. 미애는 자리에서 일어나지도 않은 채 고개만 숙이고 있었다. 할매는 다시 한 번 미애의 팔을 잡은 손에 힘을 주었다.

"느이 엄마 보러 가자꾸나."

미애의 손을 잡은 할매의 쭈글거리는 손이 가쁘게 떨리고 있었다. 동시에 미애는 자신의 세상에 강도 7.0을 훨씬 넘는 지진이 일어나고 있음을 느꼈다.

❖

영안실은 조용했다. 아침이 되어도 걷어낼 수 없는 어둠이 묵직하게 숨통을 조이는 느낌에 미애는 주저앉은 채로 하염없이 눈물만 흘렸다. 무슨 일인지 가늠할 새도 없이 몸에 둘린 하얀 소복은 자꾸 아픈 현실을 떠올리게 만들고 있었다. 덕분에 미애의 몸이 사시나무처럼 떨리고 있었다.

영정사진 속 엄마는 뭐가 그리도 좋은지, 하염없이 웃고만 있었다. 미애는 그 얼굴을 낯선 눈으로 바라보며 텅 빈 영안실을 지키고 앉아 있었다. 몇 분의 지인들이 갑작스런 소식을 듣고 달려오긴 했지만 영안실을 가득 채우기엔 역부족이었다.

"아이고, 이걸 어째. 이게 대체 무슨 일이니. 이번엔 둘이 한날 한시에 이렇게 떠나다니!"

미애의 손을 부여잡고 눈물을 터트리는 아주머니는 분명 어머니의 절친한 이웃분이신 걸로 기억했다. 빠글거리는 파마에 뽀얗게 분칠을 한 아주머니는 미애의 손을 붙잡고 한동안 눈물을 흘렸다.

"박복하게도. 아버지를 그렇게 보내더니 엄마마저도 이렇게……. 그나저나…… 네 동생은 어딨니?"

눈물까지 말라 버린 듯 멍한 시선으로 아주머니만 바라보던 미애가 그 말에 눈에 초점을 되찾았다. 그제야 자신을 여기까지 데려온 할머니의 곁에 조용히 자리를 잡고 앉아 있는 세 살배기 여자아이가 눈에 들어왔다.

"동생……."

동생이란 인식도 없었다. 그 아이는 오다가다 한두 번 보았을까 싶은 이웃집 꼬맹이나 다름없었다. 갓난아이였던 게 엊그제 같은데 동생이란 꼬마 아이는 짧은 단발머리에 성숙해 보이는 얼굴을 한 채 형형한 두 눈동자를 빛내고 있었다.

아이의 앳된 얼굴에 하얀 소복은 어울리지 않았다. 발그스름한 통통한 볼을 가진 그 아이는 분홍색 원피스를 입고 귀여운 토슈즈를 신는 것이 더 어울려 보였다. 소복을 입은 아이가 품 안의 곰돌이 인형을 힘주어 껴안는 것이 눈에 들어왔다. 그제야 미애는 정신을 차렸다.

미애는 단지 엄마를 잃었을 뿐이었다. 하지만 저 아이는 엄마와 아빠, 두 사람을 동시에 잃은 것이다. 아이가 살아온 3년이란 짧은 세월 동안 늘 함께였던 부모님은 이제 세상에 없는 것이다.

아이의 검은 두 눈엔 눈물만 맺혀 있었다. 낯선 사람들 틈 속에 아이가 울 만한 공간은 없는 듯 보였다. 그나마 할머니의 곁이 가장 안전하다고 생각했는지, 할머니의 옷자락만 꼭 움켜쥔 채 곁에서 한시라도 떨어지지 않으려는 듯했다.

미애는 아이에게 다가갔다. 낯설기만 한 동생은 낯선 언니의 등장에 몸을 움츠리며 지레 겁부터 집어먹었다. 미애는 몸을 굽히고 앉아 아이와 눈을 마주했다. 머루같이 까만 두 눈을 보니 자신도 모르게 왈칵 눈물이 쏟아질 것 같았지만 힘주어 눈물을 참았다.

"……난 고미애라고 해. 네 언니야."

미애의 부드러운 목소리에 아이의 고개가 들렸다.

"네 이름이 듣고 싶은데……."

그 말에 아이는 입술을 꾹 물고 잠시 머뭇거리다가 아주 조용히 웅얼거렸다.

"……하늬……."

"하늬야? 이름도 예쁘네?"

미애가 하늬의 두 뺨을 가볍게 쓸었다. 아이의 두 눈이 공포로 떨리고 있는 것을 보며 미애는 문득 아이를 감싸 안아주고 싶다는 생각을 했다.

"……언니가 왔어. 언니가 왔으니까, 울어도 돼."

그 말에 하늬가 눈물 한 방울을 또르르 흘리며 말했다.

"언니는…… 어디 안 갈 거야?"

하늬가 울먹이기 시작했다.

"하늬 놔두고 안 가?"

아이의 두 눈에서 맑은 눈물이 하나둘 떨어지기 시작했다. 미애는 그런 하늬를 품에 그러안으며 답했다.

"하늬 두고 안 가. 절대 안 갈 거야."

엄마를 닮은 아기에게 다짐이라도 하듯, 미애는 몇 번이고 몇 번이고 같은 말을 읊조렸다.

1

언덕배기 기와집에 박혀 살다 보면 한 가지, 나쁜 점이 있었다. 그건 바로 복잡한 시내로 나오면 길을 잃기 일쑤라는 것. 가끔 오는데다 길까지 복잡해 오늘도 골목 어귀에 멀거니 선 미애는 한숨을 폭 내쉬었다.

"여기가 대체 어디고?"

공기도 탁하고 지나다니는 사람도 대부분이 남녀 쌍을 이룬 데다 높고 큰 건물에 하트 모양 불빛이 반짝이는 통에 미애는 저도 모르게 눈살을 찌푸렸다.

"아따, 낮부터 요란하네."

한글 간판이라곤 하나 보기 힘든 골목 어귀에서 미애는 눈을 가늘게 뜨고 아는 글자를 찾기 시작했다. 각고의 노력 끝에 가까운 곳의 간판이 눈에 들어왔다. 온천 표시가 깜빡이는 낡은 간판 아래로 보이는 것은…….

"러…… 브호…… 텔?"

그것을 확인한 미애의 얼굴이 화르륵 달아올랐다. 하지만 그녀는 이내 커플들이 문전성시를 이루는 호텔 입구를 멍하니 바라보기 시작했다. 화려해 보이는 러브호텔을 바라보는 미애의 눈빛에 든 것은 호기심이 아니었다. 슬픈 듯 아련한 시선으로 한참 동안 호텔을 바라보고 있는데 그녀의 곁에서 참견하는 목소리가 들려왔다.

"고민해, 고미애? 고민해? 고미애?"

고사리 같은 손이 미애의 손안에 쏙 들어오기 무섭게 아이가 미애의 이름으로 장난을 시작했다.

"요게, 이제 3년 정도 지났다고 장난질인데?"

미애가 아이의 겨드랑이에 손을 넣고 오징어 다리처럼 손가락을 움직이자 아이가 꺄르르 웃음을 토해냈다. 한참 호텔가에서 웃음을 터트리던 두 사람은 이곳이 웃음을 터트릴 공간이 아니라는 생각에 멈칫했다.

아이를 간질이던 손을 멈춘 미애의 시선이 다시금 호텔 입구로 향했다. 언니의 그런 시선을 봤는지 하늬가 여섯 살배기 아이답지 않게 검지를 들어 올려 허공에 대고 휘휘 저으며 혀를 찼다.

"쯧쯧쯧."

찰진 혀 차는 소리가 아이 것답지 않았다. 할머니에게서 배운 탓일까, 아이는 아이답지 않은 제스처와 말투를 구사하며 그 작고 빨간 입술을 열었다.

"하는 꼬라지하고는. 미련 곰탱이가 따로 없네그려."

펑퍼짐한 꽃무늬 바지에 밀짚모자를 쓰고 거금을 들여 산 곰돌이 셔츠와 곰돌이 가방을 착용한 하늬가 거만한 짝다리를 뽐내며 팔짱을 꼈다.

"요게?"

아이의 모습에 웃음이 나올 것 같은 것을 애써 참은 미애가 어디 한번 해보라는 듯 입을 다물었다.

"아직도 지나간 과거에 용용하고 있는가?"

"……연연하다거든?"

"어쨌든. 이제 그만 좀 까묵게, 미련한 곰탱아."

아이의 말에 미애가 너털웃음을 터트리며 고개를 끄덕였다. 그리고는 하늬의 손을 꼭 잡아 쥐었다.

"이제 그만 갈까?"

"안내하게!"

아이와 함께 길을 따라 호텔 거리를 정처 없이 걸으며, 미애는 오래전 봤던 광경이 다시 떠오르는 것을 느꼈다. 상을 당한 직후였을까, 전화 한 통 없는 무심한 변태풍의 태도에도 서운하단 생각조차 하지 않고 있던 미애였다. 바빠서 모르는 모양이지, 연락할 시간이 없나 보지, 이제 곧 연락이 오겠지, 그 기대에 애써 슬픔을 누르고 누르던 어느 날, 그날도 새로 생긴 동생과 함께 시내로 나왔었다.

자동차 경적 소리만 들으면 목청이 터져라 울어대던 세 살배기 하늬에게 쏟아지는 눈총을 피하고자 숨고 숨어 호텔가까지 오게 된 미애는 그만 보지 않아야 할 광경을 보게 되었다.

"오빠도 차암."

교태스런 여자의 콧소리가 들리는 까닭에 겨우 울음을 멈춘 하늬의 귀를 양손으로 막은 순간이었다.

"난 네가 야해서 좋다니까."

"칭찬이지?"

오매불망 그리던 남자의 목소리, 그리고 여자의 커다란 가슴에 파묻혀 정신을 못 차리고 허우적대던 남자의 모습, 그건 자신의 남자라 믿어 의심치 않던 사람이었다.

입을 쩍 벌린 채 충격에 휩싸인 언니를 알아챈 탓일까, 하늬는 울음을 그쳤었다. 호텔가의 두 남녀만 바라보는 언니를 따라 아이도 바라봤을 뿐이었다.

"저 사람은 왜 저래, 기분 나쁘게?"

미애의 시선을 알아챈 여자가 짜증스레 투덜거렸고, 여자의 투정에 태풍의 시선이 미애에게로 향했다. 잠시 멈칫하긴 했다. 하지만 그뿐이었다.

"아는 사람이야?"

여자의 물음에 변태풍은 고개를 저었다. 그냥 단순한 거짓말이 아닌, 그녀를 부정하는 몸짓이었다. 그렇게 그녀와의 세월을 부정한 변태풍이란 남자는 투실한 소시지 같은 몸뚱이를 이끌고 늘씬한 여자와 태연하게 호텔로 들어갔다.

"아직도 생각해?"

하늬가 언니의 손을 꼭 잡은 채 아래위로 당기며 물었다. 3년이나 지난 지금, 무슨 미련이 남았다고 이러는 걸까 싶어 미애는 고개를 휘휘 저었다. 남은 미련까지 털어내려는 듯 더욱 세게 고개를 저어댔다.

❖

시내 중심가에 위치한 한 명문 대학은 아침부터 떠들썩했다. 소란의 중심은 여학생들로부터 시작이 되었는데, 깐깐한 그들을 앞뒤 분간 못하도록 흥분시킨 것은 다름 아닌 한 졸업생의 방문 때문이었다.

"5대 독자래, 무려 5대 독자!"

"명문대 졸업생에 아버지 밑에서 경영 수업 받고 있지, 집안 빵빵하지, 외모 빵빵하지, 뭐 하나 버릴 것 없는 남자잖아!"

"여자들한텐 눈길 한 번 안 준대. 예전에 울 학교 퀸카가 대시했다가 무참히 차였다잖아."

소문은 무성했지만 한 번도 볼 수 없었던 소문의 왕자님이 몸소 학교에 행차하신다는 소식에 학교가 떠들썩했던 것이었다.

"그 은사님이 우리 삼촌이잖아."

수군거리는 여자들 사이에서 늘씬하고 예쁘장한 여자가 회심의 미소를 지었다. 탱탱한 곱슬머리에 커다란 가슴, 커다란 눈망울과 오밀조밀한 이목구비를 겸비한 그녀는 연예인 데뷔 제의가 올 정도로 아름답다고 소문난 학생이었다.

"미연이, 넌 있잖아. 그 삼수 오빠……."

"변태풍? 너, 장난하니? 내가 거기서 머물 급이야?"

"오래됐잖아, 너. 한 3년 만났지? 변태풍 오빠, 원래 사귀던 여자친구랑 너 때문에 헤어졌다며."

그 말에 미연이라 불린 여자가 승리의 미소를 보였다. 자신이 유혹하면 이 세상 모든 남자가 자신의 발아래 무릎을 꿇는다는 생각으로 삶을 사는 미연이 눈꼴시게 느껴졌던지, 주변 여자들이 입술을 씰룩댔다.

"근데 그 선배, 남자 좋아한다던데?"

"남자……?"

"소문엔 그래."

그런데도 꾈 수 있으면 어디 한번 해보라는 듯한 말투였다. 그 말투에 기분이 상했던지 미연이 커다란 눈망울을 깜빡였다. 두껍게 칠해 올린 눈꺼풀이 무겁게 오르락내리락 팔랑거렸다.

"그래, 이제 가봐야겠다. 삼촌이 함께 식사하자고 했거든."

미연이 곁에 소중히 모시고 있던 명품 핸드백을 들어 어깨에 가볍게 걸치곤 두껍게 구불거리는 자신의 긴 머리를 뒤로 넘겼다. 핸드백 안에선 그녀를 애타게 찾는 태풍의 전화가 울려대고 있었지만 그녀는 그 전화를 가볍게 무시하곤 발걸음을 옮겼다. 교수실로 향하는 그녀가 움직일 때마다 또각또각, 바닥에 부딪히는 하이힐 소리가 거슬리게 울려 퍼졌다.

교수실 안엔 세 사람이 모여 있었다. 미연의 삼촌이라는 교수 한 분과 계속해서 제 자태를 신경 쓰는 미연, 그리고 학교의 전설이라 불릴 정도로 완벽을 뽐내는 왕자님, 백설민. 한참 동안 담소를 나누던 설민이 다정한 미소를 지으며 말했다.

"교수님, 일어나시죠. 제가 저녁 대접하겠습니다."

"아아, 같이 저녁을 할까? 내가 좋은 곳을 아는데……."

"물론 교수님 뜻에 따라야죠."

다정한 설민의 목소리에 교수가 고개를 끄덕였다. 그리곤 접대용 소파에서 일어나 자신의 뒤쪽 책상에 걸쳐 놓은 겉옷을 집어 들었다.

"자, 그럼 나가지."

교수는 설민과의 조우가 썩 유쾌했던지, 기분 좋게 그들을 이끌었다. 저녁 식사를 위해 도착한 식당에서까지 기분이 좋았던 것은 이 교수, 단 한 명뿐이었지만 말이다.

[독고 할매네 국밥]

척 보기에 허름하고 낡은 기와집에 가게 같지도 않은 간판이 대충 걸린 모습을 본 설민은 차마 웃을 생각도 하지 못했다. 물론 미연은 대놓고 짜증을 부렸지만 말이다.

"여기가……."

"여기가 이 세상에서 국밥을 가장 맛있게 하는 곳이네."

더 이상 반론할 여지도 없다는 식으로 확고하게 말하는 교수의 태도에 설민은 의아해하면서 안으로 들어갔다.

외적으로 보이는 것과 달리 집 내부는 반질반질 윤이 나면서도 정갈하고 깔끔한 느낌이 났다. 하지만 오랜 세월을 거스를 순 없는지 전체적으로 낡은 느낌에 설민은 떨떠름하게 주변을 둘러봤다.

"자네는 5대 독자라지? 귀하게 자라 국밥은 별로인가?"

"그렇지 않습니다. 소문은 부풀려지잖습니까."

교수에겐 대충 둘러댔지만 5대 독자로 귀하게 자란 설민에게 허름한 기와집에 정체를 알 수 없는 할머니, 그리고 단 한 번도 먹어보지 못한 국밥의 존재는 그에게 공포로 다가왔다.

"그나저나 너어무 잘생기셨어요."

자신의 구두가 망가진다느니, 새로 산 비싼 슈트를 이런 곳에서 버릴 수 없다느니, 투정만 하던 미연이 주변 상황에 적응했는지 조심스럽게 앉으며 탄성을 내질렀다.

"이 녀석이 자네를 어찌나 보고 싶다고 조르는지, 원. 민폐가 될 줄 알면서도 데려왔네."

교수가 기다렸다는 듯 미연을 데려올 수밖에 없는 이유를 설명했다.

그들이 칭찬하는 설민의 외모로 말할 것 같으면 백옥처럼 하얀 피부엔 잡티 하나 없었고, 찰랑이는 머리카락은 옅게 빛나며 허공에 흩날렸다. 커다랗고 깊은 눈매는 여자로 태어난 사람이라면 누구든 빠져 버릴 것처럼 이국적이며 매력적이었다. 높고 가지런한 콧날과 부드럽게 흐르는, 또렷하고 도톰한 입술은 누구든 탐낼 만한 아름다움을 지니고 있었다.

한동안 사람들이 그의 아름다움에 대해 극찬을 쏟아낼 무렵이었다. 어디선가 불쑥 튀어나온 할매가 쟁반 한가득 국밥을 담아 가지고 나왔다. 못마땅한 시선으로 설민을 아래위로 훑는 할매의 시선에 저도 모르게 움츠러드는 탓에 설민은 할매의 시선을 슬그머니 피했다. 레이저보다도 강렬한 할매의 시선은 누구도 당해낼 수 없을 거라는 생각을 했다.

"국밥 나왔수다."

"감사합니다, 할머니."

할매가 고목처럼 마른 손으로 국밥을 하나씩 손님들 앞에 내려놓았다. 투박한 뚝배기에 흑미로 지은 밥을 푸짐하게 만 국밥이 담겨져 나왔다.

기름때 낀 할머니의 손톱을 보건대 이 국밥을 먹는다면 할매의 때까지 섭취할 게 분명했기에 설민은 소름부터 돋았다. 그 순간이었다. 할매가 가지고 나온 큰 쟁반을 상에서 거두기도 전, 소란스런 소리와 함께 국밥집 문이 열렸다.

"할매! 주문하신 물건 대령이옵니다!"

"할매! 주문 물건 대영입니다!"

똑같은 단발머리를 한 자매가 나란히 손을 잡고 할매네 국밥집 안으로 요란하게 들어섰다. 작은 아이 하나, 큰 여자 하나, 양손엔 각각 짐 꾸러미를 들고 여자답지 않은 우렁찬 목소리에 국밥을 먹으려던 사람들의 시선이 모두 그들에게 향했다.

"지금 뭘 그리 잘했다고 큰소리가? 손님들 계시는 거 안 보이나? 퍼뜩 들어가라."

할매의 날카로운 시선은 그들도 피해갈 수 없었다. 하지만 할매 눈빛에 주눅 든 설민과 달리 막 들어온 그녀는 싱글거리는 미소를 지으며 고개만 끄덕였다. 그리곤 작은 소녀를 잡아끌며 손님 테이블 구석진 곳에 자리를 잡고 앉았다.

"고마 좀 기다리고 있어라."

"알았데이."

작은 아이가 엄지와 검지로 동그라미를 그리며 웃었다. 그게 사인이라도 되는 듯 언니로 보이는 여자는 순식간에 부엌으로 사라졌다. 얼굴을 볼 시간도 없었고, 자세히 살펴볼 여유도 없었다. 설민은 그저 자신의 앞에 놓인 국밥이 사약이라도 되는 양 의미심장하게 바라볼 뿐이었다.

"그나저나 설민 군, 만나는 사람은 없는가?"

한동안 뜸을 들이던 것이 이 때문인 모양이었다. 캠퍼스에 흉흉하게 도는 소문의 진상을 알아보고 싶었는지도 몰랐다. 교수의 질문에 설민은 잠시 입을 다물고 있다가 아무렇지 않다는 듯 웃었다.

"……좋은 사람을 아직 못 만났네요."

그의 나이 스물아홉, 원하는 것이 있다면 빨리 좋은 사람을 만나 결혼에 골인하는 것이었다. 하지만 불행하게도 설민은 스물아홉 평생, 단 한 사람을 제외하고 여자로 느껴본 적이 없었다. 이상한 소문이 도는 것도 당연했다.

"흠, 그렇군. 우리 미연인 어떤가? 학교에서 제일가진 않지만 둘째라면 서러울 미인이라는데 말이야. 하하."

그 말에 설민은 사무적으로 미소를 지었다. 그렇게 그가 웃으며 슬쩍 고개를 돌린 찰나, 부엌으로 사라졌던 여자가 쟁반에 뚝배기를 담아 나왔다. 그리곤 아이의 앞에 하나, 자신의 앞에 하나를 내려놨다.

"자, 함 묵어볼까?"

"뭐 보자!"

아이가 씩씩하게 대답했다. 아이는 망설이지도 않고 숟가락을 들어 뚝배기에 꽂았고, 아이의 모습을 바라보던 여자는 두 사람 가운데 내려놓은 깍두기 그릇을 들었다. 그리고 깍두기 국물을 뚝배기 안으로 쭉 따라 넣고 휘휘 저었다. 그 모습을 물끄러미 바라보고 있던 설민의 시선이 그녀에게로 고정됐다.

"저 여자……."

설민이 조용히 중얼거렸다. 짧은 단발머리를 귀 뒤로 아무렇게나 넘긴 여자의 얼굴이 그제야 비로소 눈에 들어왔다. 땀으로 범벅된 것도 모자라 화장기라곤 하나 없는 그녀의 모습이 클로즈업되듯 다가왔다.

"……탐난다……."

깍두기 국물을 넣고 우걱우걱 먹는 모습과 더불어 캬, 구성진 탄성에 땀 흐르는 이마를 훔치는 손길까지. 그녀는 그가 지금껏 찾아다닌 이상형이었다. 더도 덜도 말고 딱 그의 심장을 쥐고 흔들기 충분했다.

교수님과 그의 조카를 앞에 두고 설민은 바보처럼 입을 벌린 채 그녀를 바라봤다. 천사들이 날아들며 나팔을 불어댔고 리본 묶인 종이 뎅그렁거리기 시작했다. 이 세상 모든 여자들이 흠모하는 우수에 찬 그의 눈이 하트로 변하는 순간이었다.

2

"아드을? 아들!"

넓고 화려한 대저택에 어울리지 않는 높고 청아한 고함 소리가 집 안 가득 울렸다. 청담동에서도 아름답기로 소문난 저택 정원에 한가로이 낮잠을 즐기고 있던 시베리아 허스키 두 마리가 놀라 제자리에서 펄쩍 뛰어올랐을 정도였다.

"아들! 아드을!"

소녀의 감성을 가득 담고 있는 목소리는 쉬지 않고 그녀의 아들을 불러댔다. 그녀는 집의 주인, 백 회장의 아내 되는 오마레 여사로 카리스마 얼음 미남으로 불리는 백 회장의 사랑을 듬뿍 받고 있었다. 오죽하면 백 회장이 오마레 여사의 이름이 지어졌을 때부터 자신의 여자가 되기 위한 운명을 타고났다고 자랑할 정도였다. 오마레는 오, 마이 레이디의 약자라는 억지였다.

어쨌든 오 여사는 곱실거리는 긴 머리를 단정하게 묶어 올리고 팔랑거리는 홈드레스를 입은 모습으로 계단을 올랐다. 모임이 끝난 후에 집에 돌아왔는데 일손을 도와주시는 아줌마로부터 아들이 밥도 안 먹고 이상하다는 말을 들은 후였다. 아들을 향한 걱정으로 인해 뽀얗게 화장한 얼굴이 사색이 되었다.

"얘가 대체 왜 이러는 거야? 응? 설민아."

굳게 닫힌 문을 열고 아들의 방으로 들어간 오 여사는 곧장 침대로 달려갔다. 침대에 비스듬히 앉은 채로 창밖만 응시하고 있는 아들, 설민이 눈에 들어왔다.

"설민아, 왜 그러니? 응?"

소녀의 감수성을 간직한 오 여사는 벌써부터 눈물을 글썽이고 있었다. 하지만 설민은 넋이라도 나간 듯 초점 잃은 두 눈으로 허공을 응시하고 있었다. 어제 은사님을 뵈러 모교에 다녀온 이후부터였다.

"밥은 왜 안 먹니, 응? 설민아."

어제저녁부터 아침, 점심까지 걸렀다는 말에 오 여사는 벌써부터 걱정으로 안절부절못하고 있었다. 오 여사의 금쪽같은 아들은 잠도 이루지 못한 듯 얼굴에 짙은 그늘을 드리우고 있었다. 한 번도 이런 일이 없었던 터라 걱정이 이만저만 아닌 오 여사는 오프라며 이 집 어딘가에서 자고 있을 딸을 목청껏 불렀다.

"백미야! 빨리 와봐! 백미이이!"

마침 설민의 방을 지나가던 그의 누나, 백미가 찢어지는 목소리를 듣고 방 앞에 멈춰 섰다.

"어머니, 내가 늘 말했죠. 난 가정의가 아니라고."

고상하던 어머니의 호들갑스런 목소리가 거슬렸던 모양인지, 지나다가 폭탄이 떨어져도 차분할 성격의 백미가 눈살을 찌푸리며 방 입구에 기대고 섰다. 오 여사는 그런 백미에게 고개를 돌리지도 않은 채 말했다.

"그러니까 내가 옮기라고 했잖니. 어차피 의사 할 거면 우리 집 주치의를 하라니까? 월급은 꼬박꼬박 줄게."

"어머니!"

외과에서 일하고 있는 딸의 직업이 영 마음에 들지 않는다는 투로 말하는 어머니와 매번 마찰이 있었던 백미는 다시 시작하고 싶지 않다는 듯 선을 그었다. 오 여사도 지금은 딸과 실랑이를 벌이고 싶지 않았다.

"그나저나 빨리 네 동생이나 보렴. 우리 설민이가 왜 이러는 거니? 애가 눈에 초점도 없고, 밥도 안 먹고, 움직일 생각도 안 한다."

정해진 주치의가 있음에도 불구하고 이런 일이 발생할 때마다 자신을 찾는 어머니로 인해 심기가 상한 백미가 조금은 거친 손동작으로 비상용 의료함을 열었다. 어쨌든 밥도 먹지 않고, 방이 어질러지는데도 아무 반응도 없는데다 잠까지 이루지 못하는 동생이 걱정되었던 백미라 꼼꼼히 동생을 진찰했다.

"아무 이상도 없는데……. 아무래도 정신적인 문제인 것 같은데요?"

진찰을 마친 백미가 고개를 갸웃거리며 청진기를 내려놨다.

"설민아, 우리 설민아. 아들!"

4대 독자와 결혼에 성공해 5대 독자를 생산해야 한다는 고리타분한 의무감에 시달리다 태어난 아들인 설민을 끔찍하게 여기는 오 여사가 목청 높여 설민을 불렀다. 그 모습을 가만 바라보고 있던 백미가 툭하니 한마디를 던졌다.

"과보호예요, 어머니."

"넌 네 동생이 걱정도 안 되니?"

"어린애도 아니고, 제 일은 제가 다 알아서 합니다. 설민이도 남자예요, 어머니."

냉정한 말과 달리 백미가 걱정스런 눈빛으로 설민을 훑었다. 감성적이고 표현이 풍부한 오 여사를 닮은 설민과 달리 카리스마 있는 백 회장을 똑 닮은 백미는 어릴 적부터 속내를 잘 드러내지 않았었다. 어머니의 말을 빌리자면 '애교 따윈 하나 없는 귀염성 없는 딸' 이었다나.

"넌 어쩜……. 내 딸이지만 그렇게 매정하니?"

"어머니, 제 나이가 몇인 줄이나 아세요? 영원한 막내아들도 벌써 스물아홉이에요."

아버지의 끔찍한 사랑으로 집안의 여왕으로 군림하는 어머니와 매번 의견 충돌을 하는 백미가 한숨을 푹 내쉬었다. 어머니의 스타일이 그녀와 정반대임에 어릴 때는 반발도 많이 했었다. 하지만 나이가 들면서 무모한 충돌은 문제 해결이 되지 않음을 깨달으며 많이 나아졌다.

그 순간이었다. 아직도 설민 걱정에 눈물을 글썽이는 어머니를 바라보고 있던 백미를 향해 멍하니 정신을 놓고 있던 설민이 불쑥 입을 열었다.

"누님, 국밥 한 그릇 하겠어?"

백설민의 이름과는 전혀 어울리지 않는 국밥의 등장에 백미와 오 여사가 처음으로 의견을 통일했다. 두 사람의 눈살이 빠르게 찌푸려졌다. 오 여사는 설민이 국밥을 먹어본 적이 있었던가, 기억을 더듬었고, 백미는 귀공자도 울고 갈 외모를 한 동생이 국밥을 퍼먹는 장면을 상상했다.

"……뭐? 뜬금없이 무슨……."

백미가 말을 채 끝내기도 전, 오 여사가 재빠르게 그녀를 꼬집었다. 그리곤 정신도 못 차리고 식사 거부를 하던 동생이 불쌍하지도 않느냐며, 먹고 싶은 건 뭐든 다 사주라는 눈빛으로 백미를 채근했다.

"……국밥 말이니?"

"응, 국밥이어야만 해!"

단호한 동생의 목소리에 백미가 고개를 갸웃거렸다. 대체 무슨 생각을 하는지, 철두철미하던 동생의 허술함을 목격한 그녀는 떨떠름하게 입맛을 다셨다. 그리곤 자리에서 벌떡 일어나 나갈 채비를 하는 동생을 물끄러미 바라봤다.

설민은 옷장을 열어 자신이 가지고 있는 옷들을 모두 꺼내 침대 위로 던지고 있었다. 미리 입을 옷을 정해두고 장신구 하나까지 꼼꼼히 준비해 놓는 동생의 버릇을 알고 있었기에 그의 그런 모습이 낯설기 그지없었다.

그건 오 여사도 마찬가지였다. 자신의 방, 그 어떤 곳에 자신 이외의 낯선 손길이 닿는 것을 싫어할 정도로, 파리 한 마리나 먼지 한 톨도 허용하지 않을 정도로, 모든 물건은 정해진 장소에 놓여야만 마음을 놓는 아들임을 알았기에 온 방을 어지르며 옷을 고르는 아들의 모습은 어색하기만 했다.

"……국밥 먹는데 그러고 가게?"

설민의 잔 근육이 도드라지는 흰 셔츠에 물이 예쁘게 빠진 피트한 청바지를 입고, 편안한 듯 세련된 검은 재킷에 보잉 선글라스까지 갖춰 쓴 동생의 모습을 보고 백미가 경악했다.

"어때? 괜찮아? 멋있어 보여?"

워낙 옷걸이가 좋은 탓에 누더기를 입혀놔도 빈티지처럼 소화하는 설민이니 그의 패션에 대해선 왈가왈부 논쟁할 여지도 없었다. 백미가 할 말을 잃은 채 고개를 끄덕였다.

누나의 인정 때문인지 하얀 이를 내보이며 환히 웃은 그는 머리를 가볍게 털고는 휴대전화와 지갑을 챙겼다.

"너, 그냥 가게?"

평소라면 치를 떨며 질색할 정도로 방을 어질러 놓은 모습에 백미가 조심스레 물었지만 설민은 상관없다는 듯 쿨하게 손을 저었다. 그리곤 누나를 재촉했다.

"음? 얼른 가자."

오 여사는 100퍼센트 백설민의 편이었다. 오마레 여사는 국밥 즐기러 가는 아들을 배웅하려 버선발로 현관까지 뛰어나왔다. 그리곤 촌스럽지 않은 연한 갈색의 코가 뾰족한 구두를 신는 설민을 유심히 바라봤다.

"너, 그 구두 신고 가게?"

백미가 어이없다는 듯 구두를 신는 설민을 바라봤다. 머리끝부터 발끝까지 꾸미는 건 설민의 스타일이 아니라고 생각했는데, 그동안 자신이 동생을 잘못 알고 있던 모양이라 생각했다. 그러는데 오 여사가 설민을 지지하고 나섰다.

"얘, 패션은 발끝에서 완성되는 거야."

그러든 말든 이젠 더 이상 신경 쓰고 싶지 않다는 듯 백미는 고개를 휘휘 젓고는 가방에서 차 키를 꺼내 들었다. 그리곤 동생과 함께 걷고 싶지 않다는 듯 빠르게 주차장으로 가 운전석에 올라탔다.

❖

설민의 조용하고 거대한 저택과 달리 독고 할매네 국밥은 하루도 조용한 날이 없었다. 그건 고미애 하나만으로도 벅차던 할매네 국밥집에 하늬가 들어오면서부터 시작됐다.

"모하늬! 모하늬이!"

하루라도 안 부르면 섭섭한 그 이름, 하늬하늬 모하늬. 이름만 들으면 조용하고 다정한 그 이름, 하지만 알고 보면 사건사고 다발성 이름. 미애는 그 이름을 목청이 터져라 불러댔다. 일만 저지르면 어딘가에 숨어선 조개처럼 입 다물고 기척 하나 안 하는 하늬의 버릇을 아는지라 미애는 더욱 힘차게 하늬의 이름을 불렀다.

"대답 안 하나?"

으름장을 놓는 미애의 목소리에 어딘가에서 하늬의 태연하고 뻔뻔한 목소리가 들려왔다.

"모하늬 모 한데이."

가만 듣자 하니 목소리가 슬쩍 떨린다. 제 잘못을 확실히 알고 있는 것이다. 할매가 알면 혼나도 매섭게 혼날 것이 분명하다는 것을 익히 알고 있는 미애는 마당 한편에 놓인 빗자루를 들었다. 그리곤 살금살금, 방으로 걸어가 방문을 쾅 하고 열었다.

"모하늬, 또 너지? 이리 안 나와?"

미애가 빗자루를 한 손에 들고 다른 한 손은 허리에 얹은 채 무섭게 을렀다. 그리곤 창고에서 재료를 고르는 할매의 귀까지 들리도록 더욱 크고 우렁차게 소리를 질렀다. 언니의 고함 소리에 등 돌리고 앉아 얼굴을 책에 박고 있던 하늬의 작은 어깨가 움찔거렸다.

"일로 와, 일로 와."

"모하늬 모 한다니까. 책 읽잖아."

하늬의 그 말에 미애가 잠시 말을 멈췄다. 순식간에 조용해진 미애의 행동에 불안해진 탓일까, 책을 얼굴 위로 들어 올리고 있던 하늬가 책 위로 고개를 빠끔 올렸다. 그 덕에 입 주변에 초코를 잔뜩 묻힌 하늬가 드러났다. 찰랑이는 단발머리에 총명한 두 눈을 반짝거리며 책 보는 척, 시치미 뚝 떼고 있지만 고사리 같은 그 손에 묻은 초코며 입 주변을 따라 녹아 붙은 초코를 지울 생각까지는 못한 모양이었다. 그걸 확인한 미애가 다시금 목소리를 높였다.

"요거요거요거. 갈수록 잔꾀만 늘지."

들고 있던 빗자루를 하늘 높이 추켜올린 미애가 신발을 벗어 던지고 방 안으로 들어왔다. 그걸 확인한 동그란 눈동자가 쏙, 들고 있던 책 아래로 숨었지만 미애는 인정사정 봐줄 생각도 하지 않았다. 그리고 작은 아이의 귀를 아프지 않게 움켜쥐었다.

"언니야, 언니야아, 언니야!"

"귀여운 척은 안 통한데이."

"언니야, 내 말 좀 들어봐라! 내 고이로 그런 게 아니다!"

하늬가 통통한 볼을 움찔거리며 짧은 팔을 허공에 휘저었다. 그 모습에 아이의 귀를 잡고 있던 미애의 손이 느슨해졌다. 미애가 하늬 몰래 슬그머니 미소를 지었지만 언니의 그런 표정을 보지 못한 하늬는 절박하게 외쳤다.

"고의가 아니면 뭔데?"

언니의 말이 끝나기 무섭게 하늬가 작은 입술을 오물거렸다.

"있잖아, 내가 어제 이 책을 읽었다 아이가."

"그 책이 뭔데?"

"헨젤과 그레텔 아이가. 근데 말이다, 헨젤이랑 그레텔이 배가 고파가 만날 쫄쫄 굶고 다니지 않겠어?"

오늘의 시나리오는 동화책인 모양이었다. 여섯 살배기의 상상력을 한 번 볼까나, 미애가 나래를 펼쳐 보라는 듯 고개를 끄덕이며 호응해 주었다.

"그거랑 초코랑 뭔 상관인데?"

"나는 만날 배부르게 국밥 먹고 있지 않나? 헨젤과 그레텔은 과자를 좋아하니까 내 초코를 좀 가져다줬다 아이가?"

미애의 입가가 다시 느슨하게 늘어졌다.

"……그래서, 줬나?"

"그게 말이다, 내 줄라꼬 했는데……진짜로 줄라꼬 했는데 갸들이 이미 배가 부르다꼬……나 묵으라 하기에……."

초코로 범벅이 된 입술을 오리처럼 쭉 내민 하늬가 두 눈을 데굴데굴 굴리며 모기 같은 목소리로 중얼거렸다. 그 말에 미애가 터져 나오려는 웃음을 참으며 아이의 귀를 다시 잡아 올렸다.

"모하늬잇!"

"언니야아……. 내 한 번만 봐도."

"모하늬, 이제부터 10분간 붕붕을 실시한다."

'붕붕' 이라 함은 꼬마 자동차 붕붕이가 내던 엔진 소리에서 착안한 벌이었다. 하늬가 좋아하는 붕붕이를 탄다는 느낌으로 양손을 뻗고 무릎을 굽힌 채 일정 시간 동안 자세 유지를 하는, 신개념적인 단어 선택과는 달리 꽤 고리타분한 구전 처벌이었다.

몇 번 붕붕이를 당해본 적 있는 하늬가 눈물을 글썽거리며 중얼거렸다.

"언니야아……."

"실시!"

미애가 문 밖을 향해 더욱 크게 소리쳤다. 아이는 언니의 마음도 모른 채 입술을 비죽거리며 양팔을 앞으로 뻗고 일어선 채로 다리를 굽혔다. 아몬드 같은 눈동자가 촉촉하게 젖어 반들거려도 미애는 고개를 살래살래 저었다. 그리곤 들고 있던 빗자루를 아이의 굽힌 무릎 위에 살포시 올려놓았다.

"빗자루가 떨어질 때마다 5분씩 추가!"

"언니야아!"

미애의 큰 목소리가 빛을 발한 탓일까. 아직까지도 감감무소식이던 할매의 목소리가 들려왔다.

"아가 내버려 두고 퍼뜩 안 나온나? 고미애, 이 가스나!"

"아따, 할매도 참. 저 아 교육이 먼저 아이가."

할매의 고함에 미애는 어쩔 수 없다는 듯 고함을 맞받아쳤다.

그 말에 할매가 더욱 크게 소리를 질렀다.

"그 교육보다 니 교육이 먼저다. 퍼뜩 안 나온나? 손님 오셨지 않나?"

"아가 초코 훔쳐 묵었는데? 초코 훔치느라 할매가 아끼는 접시를 깼다고!"

"아따, 난 상관없으니께 아 그만 잡고 나와라!"

그 말에 미애가 씩 미소를 지었다. 그리고는 애써 웃음을 숨기며 벌을 서는 하늬를 엄하게 한 번 째려봤다. 하지만 자신의 편을 드는 할매의 목소리를 들은 눈치 빠른 꼬맹이는 후다닥, 빗자루를 내려놓고 이불 속으로 기어들어 갔다.

"누가 그만하랬나?"

미애의 엄한 목소리가 들리자 얼굴만 남기고 이불을 덮었던 하늬는 머리끝까지 이불을 끌어당겼다. 그리고는 엄살떨 듯 하품을 했다.

"아이고, 졸립데이. 언니야, 하늬 졸립데이. 조용히 잠만 잘꾸마. 언니야는 얼른 나가보라."

하늬의 말이 끝나기 전에 다시금 할매가 종지부를 찍듯 고함을 질렀다.

"이 가쓰나, 빨리 안 나오나!"

할매의 목소리에 미애는 하는 수 없다는 듯 방에서 나왔다. 그리고는 함박웃음을 머금고 방문을 슬쩍 닫아주었다. 그리곤 빠른 걸음으로 가게 주방으로 향했다.

미애가 주방으로 가자마자 보인 것은 국밥을 마는 할매의 죽일 듯한 시선이었다. 미애에게만큼은 짤 없이 냉정한 할매의 태도에 그녀는 실실 웃으며 머리를 긁적였다.

"국밥 다 불어 터지게 생겼다."

"에이, 그럼 내가 다 묵지 뭐. 손님 두 분이 전부가?"

미애가 능글능글하게 웃으며 주방 너머로 흘끔 가게 안을 둘러봤다. 남녀 한 쌍이 테이블에 앉은 채 어색하게 주변을 흘끔거리는 것이 보였다. 미애가 꽤나 잘 차려입은 듯 보이는 두 사람을 신기하다는 듯 여기저기 뜯어보는데 할매가 남을 그렇게 살펴보는 건 실례라며 눈총을 줬다.

"퍼뜩 나르고 온나."

"맡겨만 주십쇼, 할매!"

그런 미애의 너스레가 밉지만은 않은지 할매가 아무 말도 없이 쟁반에 국밥 뚝배기와 깍두기 그릇을 담아주었다.

가게 안에는 선풍기 한 대만 더위를 식히기 위해 돌고 있었지만 그도 온전하지 않아 회전을 할 때마다 삐거덕거리는 소리가 들렸다. 그 더위가 익숙하지 않은 듯 보이는 손님 둘은 손으로 부채질을 하고 있었다.

"더운데 오래 기다리셨죠?"

미애가 서글서글한 인사를 건네며 빠르게 국밥을 날랐다. 두 사람 앞에 뚝배기가 하나씩 자리를 잡았고 이내 깍두기 그릇이 테이블 중앙에 놓였다.

그렇게 서빙하는 미애를, 백미는 심드렁하게 바라보고 있었다. 하지만 그녀가 등장하고부터 눈빛이 변하는 설민의 모습에 백미가 그를 가늠이라도 하듯 바라봤다.

"너…… 정말 국밥 먹으러 온 거니?"

누나의 물음에 설민이 선글라스를 벗어 셔츠에 꽂으며 끄덕였다.

"그럼…… 왜 왔겠어?"

미애에게서 한시도 시선을 떼지 않으며 답하는 설민의 모습에 백미가 미애를 흘끔 바라봤다. 짧은 단발머리는 언제적 유행했던 머리인지 가늠도 되지 않을 정도로 촌스러웠고, 투실하게 살이 오른 몸집은 남자들의 이상형이라고 하기엔 거리가 있어 보였다. 그나마 단정한 이마와 맑고 투명한 두 눈은 전형적인 한국 미인의 기준에 부합한다고 할 수 있었지만 그것도 애써 끼워 맞춰야 하는 것이었다.

백옥 미인이라 하기에도 미묘했다. 까무잡잡하게 탄 피부에 투박한 손은 그녀가 얼마나 땀을 흘리며 일하는지 알려주고 있었지만 외적으로 아름다워 보이진 않았다. 그런데도 동생의 시선은 서빙하는 여자에게로 고정되어 있었다. 이게 대체 무슨 일인지, 누나로서는 전혀 이해가 되지 않았다.

"어머, 너무 미남미녀시다. 오늘 제 눈이 호강하네요."

더운 가게에서 국밥을 나르던 미애가 싱글싱글 웃었다. 그 말에 한참 복잡한 생각에 잠겨 있던 백미가 그녀를 바라봤다. 투실한 인상과 달리 웃는 모습만큼은 기분 좋아질 정도로 예쁘다는 생각이 들었다. 서글서글한 성격도 그녀의 매력에 한몫하는 것 같았다. 그렇게 백미는 한동안 미애의 매력 탐구에만 열중하고 있었다.

"아……."

설민이 짧게 탄성을 터트렸다. 말을 길게 늘어트리며 어색한 표정만 짓는 동생이, 그제야 백미의 눈에 들어왔다. 굼뜬 굼벵이처럼 대답도 못하고 말을 끈끈이처럼 늘이는 모습을 단 한 번도 보지 못했던 누나로선 동생의 바보 같은 모습에 할 말을 잃고 말았다.

"고마워요. 언니가 참 친절하네."

어버버, 말을 못하는 설민을 대신해 백미가 인사를 했다.

"뭘요, 사실을 말한 건데. 필요하신 게 있으면 언제든 부르세요."

미애는 빈 쟁반을 들고 주방으로 사라졌다. 하지만 그녀와 함께 사라진 설민의 정신은 되돌아올 생각을 하지 못하는 듯했다. 멋있다는 칭찬 탓인지 제 얼굴을 만지며 실실거리는 동생을 보며 백미는 그제야 고개를 끄덕였다.

"이제 알겠네."

누나의 말도 들리지 않는지 설민은 기계적으로 국밥을 먹으며 피식거렸다. 절로 지어지는 웃음이 숨기려 해도 잘 숨겨지지 않는 모양이었다.

"……상사병이었냐?"

한 번 집중하면 주변은 보이지 않는 동생의 성격 때문인지 그는 누나의 말은 아무래도 상관없는 모양이었다. 백미는 국밥을 한 입 떠먹으며 해부 실습을 할 때보다도 더욱 호기심 넘치는 눈빛으로 설민을 바라봤다.

설민은 순식간에 뚝배기 한 그릇을 비워 버렸다. 누구에게서 배운 건지 깍두기 국물을 넣어 맛있게 쩝쩝거리기까지 했다. 밥그릇에 다른 양념이 묻는 것은 절대 용납하지 못하는 설민의 모습이라곤 생각조차 할 수 없었다. 백미는 자신도 모르게 큭큭대며 웃었다. 여자에 관심조차 없던 동생의 새로운 모습이 재미있었던 탓이었다.

'여자라곤 모르던 녀석이 사랑에 빠지면 과연 어느 정도일까?'

그건 인체 공부를 하는 것만큼이나 신기하고 흥미로운 주제였다. 물론 백미에게 있어서 말이다. 그녀의 경험으로 미루어 보건대 그녀의 순진한 남동생은 분명 아무 생각 없이 저돌적으로 다가갈 것이었다.

"하여간 생긴 거랑 다르게 순진하다니까."

백미가 다시금 웃었다. 그렇게 웃는데도 설민의 정신은 오로지 미애에게만 집중되어 있는 듯했다.

"다 먹었으면 일어나지?"

백미가 가방을 집어 들며 일어났다. 그 모습에 설민의 표정이 딱딱하게 굳었다. 조금 더 머물러 있고 싶은데 눈치 없는 누나 때문에 이게 뭐냐는 표정이었다.

동생의 마음을 읽으면서도 모르는 척, 백미는 생긋거리며 차 키를 꺼내 들었다. 그녀의 태도에 설민이 하는 수 없이 미적거리며 일어났다. 그리곤 바지 뒷주머니에서 지갑을 꺼내 들었다.

"누님, 내가 계산할게. 나가 계셔."

"내가 계산하려고 했는데?"

"나가 계셔. 내가 얼른 계산하고 나갈게."

미애의 얼굴을 뚫어져라 바라보려고 수를 쓰는 동생이 귀여워, 백미는 알겠노라며 가게를 나갔다. 미애는 때맞춰 계산대로 나오며 인사를 건넸다.

"감사합니다. 또 오세요."

"어, 얼마죠?"

설민이 조심스레 물었다. 그 물음에 미애가 상냥한 미소를 지으며 계산서를 내밀었다. 설민은 계산서를 볼 생각도 하지 않고 지갑에서 집히는 대로 돈을 꺼냈다. 설민에게서 돈을 받아 들면서도 미애는 이상하다며 고개를 갸웃거렸지만 별다른 말은 하지 않았다.

"더 도와드릴까요?"

잔돈까지 꼼꼼히 거슬러 줬는데도 나갈 생각을 하지 않는 손님이 이상해 미애가 친절하게 물었다. 그 물음에 정신을 차렸는지 설민이 더듬거리며 뒤통수를 긁적였다. 그리곤 이내 진지하게 입을 열었다.

"이름을 알고 싶습니다."

"예?"

"이름……!"

"저요?"

설민이 고개를 끄덕였다. 그 태도에 미애는 잠시 생각을 하다 못 알려줄 것도 없다는 생각에 입을 열었다.

"고미애라고 합니더."

미애의 말에 설민의 얼굴에 환희가 가득 들어찼다. 그는 다시 한 번 조심스럽게 물었다.

"아름다울 미, 사랑 애……?"

"네, 맞아요. 쉬운 이름이죠?"

미애가 웃었다. 그 웃음에 넋을 잃은 설민이 긴 속눈썹을 팔랑거리며 다시 한 번 입을 열었다.

"저는……."

그 순간이었다.

"엄마!"

어디선가 아이의 울음소리가 때를 맞추지 못하고 울렸다. 한 번 터진 울음소리는 그칠 생각을 하지 않은 채 더욱 크게 들려왔다.

"엄마아! 엄마아아아!"

그녀를 똑 닮은 단발머리를 한 꼬마 소녀가 주방문을 젖히고 툭 하니 튀어나왔다. 작고 하얀 뺨이 눈물로 범벅된 모습에 설민과 대화하던 미애가 황급히 아이에게로 뛰어갔다. 그리곤 여섯도 채 안 돼 보이는 왜소한 소녀를 자신의 품에 꼭 안았다.

설민은 그 자리에 못 박힌 듯 서서 망연자실 그 광경만 바라보고 있었다.

3

이불을 덮더니 금세 잠들었던 모양이었다. 잠만 잤다 하면 아직도 엄마나 아빠를 부르며 잠에서 깨는 하늬를 혼자 놔뒀다는 것에 죄책감을 느낀 미애는 만사 제쳐 두고 아이에게 뛰어갔다.

"왜 그래, 엄마 꿈 꿨어?"

이불 귀퉁이를 잡고 질질 끌며 밖으로 나온 아이가 텅 빈 방 안에서 느꼈을 공포를 생각하니 미애는 저도 모르게 손발이 오그라지는 느낌을 받으며 아이를 꼭 껴안았다.

"괜찮다. 언니 있잖아."

"안다, 언니야."

얼마나 목 놓아 울었는지 하늬의 목소리가 잔뜩 갈라져 있었다. 아이의 목소리를 들은 미애는 품 안에서 아이를 떼어놓고 빠지지 않은 통통한 젖살을 가볍게 쓸었다. 그리곤 아이의 머리를 가볍게 쓰다듬어 주었다.

"잠 깼나?"

"잠 깼다."

하늬가 제법 씩씩해진 얼굴로 주먹을 쥐고 제 눈가를 비벼 눈물을 닦아냈다.

"그렇지. 그래야 언니야 동생이지."

하늬가 고개를 끄덕였다. 그 모습에 걱정으로 주방에서 빠끔 고개를 내밀었던 할매가 잔잔한 미소를 짓고는 앞치마를 벗었다. 다정한 말을 건네는 건 어울리지 않는 할매는 그저 두 사람의 머리를 톡톡 두드려 주었을 뿐이었다.

"나가자꾸나."

할매가 외출용 지팡이를 잡아들었다. 그런 할매의 말에 나란히 선 하늬와 미애는 고개를 갸웃거렸다.

"할매, 가게는?"

"할매애……."

평소와 사뭇 다른 할매의 행동에 놀랐던 모양이었다. 하지만 할매는 놀랄 것도 없다며 그들을 재촉했다.

"너무 더워서 손님도 없다. 우리도 나가자꾸나."

할매의 말에 미애가 자신의 이름을 물어보던 손님이 떠올라 황급히 계산대를 확인했다. 하늬에게 정신이 팔려 있느라 잠시 잊혔던 손님은 미애의 이름 석 자만 가진 채 사라지고 없었다. 그리고 그녀는 금세 설민을 잊어버렸다. 그렇게 근사하고 잘생긴 남자는 절대로 그녀와 얽힐 일이 없다는 생각에 그가 이름을 물어본 것에도 별다른 의미를 부여하지 않았다. 그렇게 미애는 하늬의 손을 부여잡고 할매와 함께 국밥집을 나섰다.

금일 휴업. 할매가 운영하는 동안 세 번을 제외하고 단 한 번도 달리지 않던 푯말이 가게 입구에 자리 잡았다.

❖

한편 국밥 한 그릇을 뚝딱 해치우고 집으로 돌아온 설민은 할매네 국밥집에 가기 전보다 배로 어두워진 표정을 하고 소파에 앉아 있었다. 세상의 모든 짐을 짊어진 표정으로 그렇게 소파에 앉아 심각한 고민에 빠져 있었다.

단 한 번을 제외하고 설민은 여자를 여자로 느껴본 적이 없었다. 한 번 마음을 주면 쉽게 변하지 않는 고지식한 성격 때문일 수도 있었고, 아니면 그의 취향 때문일 수도 있었다.

어릴 적에 겪은 사건이 트라우마로 자리 잡은 탓인지 긴 생머리를 휘날리는 여자나, 화장을 곱게 한 여자, 모델처럼 비쩍 말라서는 아름다운 몸매랍시고 드러내 놓는 여자, 그도 아니면 너무 수줍음을 타거나 너무 시끄러운 여자는 그에게 있어 여자가 아니었다. 그는 조각 같은 외모의 여자를 바라지도 않았고, 능력 좋은 원더우먼을 원하지도 않았다. 그저 자신이 여자로 받아들일 수 있는 여자, 그만을 원했다. 그런 그가 여자로 느껴지는 여자를 만났다. 그건 실로 11년 만에 찾아온 설렘이었다. 문제는 그가 탐내는 여자에게 아이가 있는 것 같다는 것.

단 한 번도 그녀가 유부녀일 것이라 생각해 본 적이 없는 설민은 그녀가 아이를 안는 모습에 충격을 받고 말았다. 첫눈에 반한다는 말은 믿지 않았건만 자신이 바보 같게도 그녀에게 첫눈에 반하고 만 탓에 그 충격은 더욱 컸다. 집에 돌아와서도 자신이 자신 같지 않은 것처럼 정신이 없었고, 심장은 곧장 터져 버릴 것처럼 두근거렸었다. 그리고 오늘, 인내라는 단어도 잊어버린 채 국밥집으로 달려가 그녀를 다시 봤건만 싫어지긴커녕 더욱 좋기만 하니 문제였다.

자신이 봐도 탐나는 여자니 벌써 다른 이가 있을 수도 있겠다는 생각도 했었다. 그 정도로 그녀는 완벽했으니까. 하지만 유부녀일 거란 생각은 하지 못했었다.

"아, 이걸 어쩐담……."

설민이 제 아름다운 머리카락을 손으로 쥐어 잡았다. 그리곤 두 눈을 질끈 감아 매력적인 주름을 지어냈다.

그의 나이 스물아홉. 설민은 지금 이 여자가 아니면 자신은 평생 사랑 한 번 해보지 못할 수도 있겠다는 생각을 했다. 그때였다.

"저기……."

수줍으면서도 조용한 여자의 목소리가 들렸다. 머리를 쥐어뜯던 중에 들리는 그 목소리에 설민이 고개를 번쩍 들었다. 눈앞에 미애, 그녀가 있는 것 같았다.

"비너스……!"

그녀를 만날 때부터 느꼈었지만 이름을 듣고 나니 더욱 선명해진 이미지, 그건 바로 비너스였다. 아름다움과 사랑의 여신, 비너스!

"비너스……?"

그의 앞에 선 여자가 되물었다. 그제야 각막에 한 꺼풀 쓰였던 콩깍지가 벗겨지고 현실이 눈에 보였다.

"아, 영림이……?"

설민이 조심스레 중얼거렸다. 그제야 그의 눈앞에 선 가냘픈 몸매의 여자가 고개를 끄덕였다. 설민의 입에서 조심스레 불린 영림이란 이름의 그녀가 움직일 때마다 긴 생머리가 찰랑거렸고, 화사한 꽃향기가 요동쳤다.

"오빠…… 한국 들어왔네요?"

그 한마디를 한 것만으로도 영림의 뺨에 꽃물이 들었다. 딱 보기에도 여자다운 그녀는 무릎까지 내려오는 원피스를 입고 그를 향해 미소를 짓고 있었다.

"아, 웬일이야?"

설민이 투박하게 물었다. 그답지 않은 목소리였다.

"오랜만이에요. 잘 지냈어요?"

"아, 그래."

그의 안부를 묻는 영림의 목소리가 힘겨웠다. 제 딴엔 조심조심, 용기를 내 묻는 것인데 설민의 목소리가 눈보라보다도 더 차가우니 주눅이 드는 건 어쩔 도리가 없었다.

"저, 문이 열려 있어서요. 엄마 심부름 차 왔거든요."

"아, 어머니 찾니?"

"네? 네에……."

"글쎄다. 안 계신 것 같은데."

설민이 충격이 채 가시지 않은 얼굴을 한 손으로 쓸었다. 한 폭의 화보와도 같은 그 모습에 그의 앞에 선 영림이 찬찬히 그를 살폈다. 그렇게 얼마가 흘렀다.

"앉아서 기다려도…… 될까요?"

수줍은 영림의 목소리가 들렸다. 그 말에 설민이 이렇다 저렇다 대답도 하기 전, 제법 쌀쌀한 음성이 성급히 말했다.

"네가 웬일이니?"

설민의 누나, 백미였다.

"아, 언니……."

백미의 싸늘한 목소리에 영림이 주춤거리며 한 발자국 물러섰다. 그 모습까지도 마음에 들지 않는지, 백미의 날카로운 시선이 영림을 훑었다.

"무슨 일이냐니까?"

"아, 엄마 심부름 때문에 아주머니 뵈러 왔는데요."

"어머니 안 계셔. 나중에 오렴. 아님 전화라도 해볼래?"

백미가 사나울 정도로 말했다. 그 말에 가늘게 몸을 떨던 영림이 고개를 저었다.

"아뇨……. 그만 가볼게요."

여리기만 한 영림의 태도가 영 마음에 들지 않는지, 백미가 못마땅한 시선으로 그녀를 훑었다. 그 시선을 받으며 영림은 도망치기라도 하듯 등을 돌렸다.

"쯧, 저렇게 약해서야……."

백미가 들으라는 듯 중얼거리며 고개를 저었다. 그리곤 뭔가 기억이 났다는 듯 입을 열었다.

"참! 영림아?"

그 말에 영림이 걸음을 멈추고 등을 돌렸다.

"……네?"

"아무도 없는 집에 함부로 들어오면 안 된다는 것쯤은 좀 알아야지?"

영림을 향해 백미가 웃었다. 생긋 웃는 그 웃음엔 그 어떤 호감도, 상냥함도 들어 있지 않았다. 더군다나 그녀의 눈은 웃음기라곤 쏙 뺀, 담백하면서도 신경질적인 모양이었다. 그 눈과 시선을 마주친 영림은 그저 고개를 한 번 숙여 인사를 하고는 줄행랑치듯 설민의 집을 빠져나갔다.

"넌 왜 재를 이 집에 가만히 놔두니?"

"쫓아낼 건 또 뭐야?"

누나의 태도에 설민이 고개를 저었다. 하지만 설민의 대답에 고개를 저은 건 누나 백미였다.

"넌 속도 편하다. 민영림이야, 민영림. 보는 나도 기분이 나쁜데 넌 괜찮다고?"

"사람이 만나다 보면 마음이 안 맞을 수도 있지, 그거 갖다 그래?"

"그것뿐이라고?"

동생을 바라보는 백미의 눈길이 애틋해졌다. 누나의 마음을 알고 있는 설민이지만 매번 누나의 그런 눈길을 받을 때마다 부담되는 건 어쩔 수가 없었기에 그는 슬그머니 누나의 시선을 피했다.

"그럼 뭐가 더 있어?"

"됐다, 말을 말자. 잘났다, 아주 성인군자 납셨어. 암튼 난 재 마음에 안 들어."

백미가 단호하게 고개를 젓자 설민의 입에서 한숨이 새어 나왔다. 숨기고 싶은 것이었지만 답답한 마음이 넘쳐흐르는 탓에 차마 숨기지 못한 모양이었다.

"넌 왜 그래?"

[독고 할매네 국밥]이 아니면 안 된다는 까다로운 취향에 부합까지 해줬으면 내내 싱글벙글해야 마땅한 동생이 한숨만 푹푹 내쉬니 걱정이 됐던 모양이었다.

"……몹시 고민 중이야."

국어책이라도 읽는 듯한 대사가 툭하고 튀어나왔다. 그 말을 듣는 순간 이런 것에 민감한 백미의 눈썹이 꿈틀거렸지만 백미는 애써 태연하게 말했다.

"왜 그러는데?"

"……그녀가 자꾸 눈에 밟혀……."

설민이 어깨가 축 처진 채 중얼거렸다. 그 말을 듣는 순간, 다시금 백미의 어깨가 움찔거렸다. 설민이 자꾸 백미의 예민한 촉을 건드리고 있었다.

"원래 이러지 않았잖아. 정신 차려, 백설민."

"나도 알아. 하지만 포기가 되지 않아. 자꾸 그녀가 눈에 밟히고, 탐나고……. 이루어질 수 없는 사랑이란 건 아는데도……."

설민의 중얼거림에 백미가 끄응, 신음을 삼켰다. 폭염으로 땀띠가 돋을 무더운 여름, 그녀의 단 하나뿐인 남동생은 백미의 팔뚝에 닭살이 올라오게 만들어주고 있었다.

"그 아이, 참 예뻤어. 그런 아이가 있는 여잘…… 마음에 품어버리다니."

백미가 눈을 질끈 감았다. 오 여사의 성향을 제대로 물려받은 백설민, 그의 단점이 떠오르고 만 까닭이었다.

무엇 하나 빠지는 것 없이 완벽한 그에게 결점이 하나 있다면 그건 바로…… 설민의 기본 뼈대였다. 조물주가 한국인을 빚을 때만 사용하던 점토 대신 곁에 있던 버터를 무심결에 집어 빚은 것만 같은 버터의 결정체! 바로 백설민이라는 것이다.

'내가 생각해도 백설민은 아니야. 아무리 완벽하다 해도 저건 아니야!'

백미는 당장이라도 뜨고 싶은 기분을 억누르며 하나뿐인 동생에게 다정하려 노력했다. 벌써부터 기름기 가득한 멘트에 소름이 돋고 오한이 들었지만 애써 참았다.

"……아이가 있다니? 누가?"

"내 마음에 나도 모르게 들어온 여자……."

"남편은 뭐 하는데?"

백미의 물음에 설민의 두 눈이 커다래졌다.

"남편!"

백미의 말에서 힌트라도 얻은 모양의 설민이 자리에서 벌떡 일어났다. 그리고는 아까와 사뭇 다른, 패기 가득한 얼굴로 백미에게 물었다.

"아무래도 아버지 일을 도우려면 사회 경험이 필요하겠지?"

"무슨 생뚱맞은 질문이야?"

백미가 눈살을 찌푸렸다.

"아버지 밑에서 수업 받는 것도 좋지만 사회 경험을 쌓는 것도 필요할 것 같아서. 어떻게 생각해?"

설민이 하도 지푸라기 잡는 심정으로 묻기에 백미는 떨떠름하게 대답을 했다.

"뭐, 그것도 좋은 생각이야."

"그렇지?"

친동생임에도 불구하고 백미는 늘 설민이 웃을 때마다 다비드의 조각상도 저보다 완벽하진 않겠다며 감탄했었다. 그게 바로 버터로 흥건해도 그가 밉지 않은 이유였다. 그런 마의 미소를 지으며 설민은 백미를 가볍게 껴안았다.

"갔다 올게, 누님."

생애 처음으로 느끼는 감정에 오락가락하던 것도 잠시, 자신의 마음속에서 커다란 결단을 내렸는지 설민은 아까보다 훨씬 개운해진 얼굴을 하고 집을 뛰쳐나갔다. 그런 그의 뒷모습을 보던 백미는 언제 황당하다는 표정을 지었냐는 듯 아직 어리기만 한 동생의 사랑을 응원하며 미소를 지었다.

누나의 응원에 힘입으며 득달같이 달려간 보람도 없이, 설민은 그늘 하나 없는 뙤약볕에 쭈그리고 앉아 있어야만 했다. 무슨 일인지 아까 전까지 분명히 영업 중이던 할매네 국밥집은 굳게 닫혀 있었고 가게 문 앞에는 떡하니 '금일 휴업' 이란 푯말이 붙어 있었다.

혹시나 집 안에 있을까 싶어 갸웃거려도 보고, 담 너머를 훔쳐보기도 했지만 언덕 위 기와집엔 인기척 하나 없었다. 하는 수 없어 설민은 힘이 빠진 채로 가게 앞에 무너지듯 주저앉았다. 물론 바닥에 손수건을 까는 것도 잊지 않았다. 아까까지만 해도 꿈에 부풀어 앞뒤 분간 못하고 있던 설민이었지만 지금은 산산조각난 꿈 덕분에 이성을 되찾을 수 있었기 때문이었다.

그렇게 얼마간 있었을까. 기다리려 한 것은 아니었지만 기다리는 꼴이 되어버린 설민의 귀에 웅성거리는 사람의 대화 소리가 들렸다. 아니나 다를까, 얼마 지나지 않아 언덕배기로 사람의 머리가 빼끔 모습을 보였다. 목 빼고 기다리던 임을 맞이하듯, 설민이 자연스럽게 자리에서 일어났다.

그런 설민의 앞으로 눈에 익은 사람들이 다가왔다. 미애와 하늬가 손을 꼭 잡은 건 여느 때와 다를 바 없었다. 다시금 아이를 보자 가슴이 욱신거려 잠시 제 심장에 손을 얹은 설민은 눈에 익지 않은 광경에 신경을 곤두세웠다. 그것은 한 젊은 남자가 국밥집 할매를 등에 업은 채 걸어오는 광경이었다.

그녀의 남편인가 싶어 잔뜩 긴장한 채로 그들을 살펴보는데 그녀의 남편이라 하기엔 근육질의 호남형으로 보이는 건강한 외모의 남자는 많이 어려 보이는 느낌이었다. 아니나 다를까, 아이의 손을 잡은 설민의 비너스가 인사를 건넸다.

"고마워, 건우야. 덕분에 살았어. 가는 날이 장날이라고 하필 외출한 날에 할매가 다리를 접질릴 건 또 뭐니? 하여간 칠칠치 못한 할매."

"예끼, 고얀 녀석. 할매한테 하는 말버릇 좀 보지?"

"됐어, 할매. 다리 절뚝거리며 혼내봤자 난 하나도 겁 안 난다. 내 버릇 고치고 싶다면 어서 나아서 평소처럼 불호령하며 쫓아다니라고."

두 사람의 대화로 인해 건실한 청년이 미애의 남편이 아니라는 증거는 확보됐다. 그 사실에 안심이라도 해야 마땅했지만 설민은 마냥 웃을 수만은 없었다. 다정한 말투와 예사롭지 않은 눈빛 탓이었다. 그에 설민은 저도 모르게 그들에게로 달려갔다. 그리곤 건우라는 젊은 남자에게서 할매를 빼앗아 들었다.

갑작스레 벌어진 사태에 놀란 것은 미애네 가족이었다. 물론 건우까지 포함해서. '선 행동 후 생각'을 몸소 실천해 보이는 설민의 대담한 태도에는 박수를 보내야 하는 게 당연지사였지만, 미애 쪽 입장에서 보자면 마른하늘 날벼락과 다름없는 처사였다. 얼굴 한 번 보지도 못한, 봤다고 쳐도 기억날 리 만무한 남자가 제멋대로 달려와 건우의 등에 업혀 있던 할매를 빼앗아 업으니 이게 무슨 황당한 시추에이션……? 멋도 모른 채 할매를 빼앗긴 훈훈한 청년, 건우는 이 상황을 멍하니 관전할 따름이었다.

"괜찮으세요? 대체 무슨 일이에요?"

할매를 들쳐 업고 할매네 국밥집으로 들어서며 건넨 설민의 첫 인사였다. 하지만 할매는 가타부타 설명도 없이 자신을 업은 낯선 청년의 호의를 무시하며 물었다.

"니 누꼬?"

할매의 경계심 많은 목소리에 설민이 그제야 멈칫했다. 아아, 마음이 앞서는 바람에 생각만 한다는 게 행동으로 옮겨져 버렸다. 선 생각, 후 행동을 모토로 삼는 그에게 벌어진 처참한 참상이었다.

"니 누구냐니까, 이놈아!"

아까까진 안부를 묻다가 누구냐는 말 한마디에 입이 꾹 닫힌 설민이 답답했던 모양이었다. 하얀 머리를 비녀로 쪽진 할매가 한 손에 들고 있던 외출용 지팡이로 설민의 머리를 내리치며 물었다.

설민이 대답도 하기 전, 눈을 가늘게 뜬 채 고개를 갸웃거리던 미애가 먼저 물었다.

"어머, 혹시 아까 전 손님?"

기억한 게 용하다 싶을 정도였다. 미애의 목소리에 할매도, 하니도, 건우도 설민을 바라봤다. 그의 머리끝부터 발끝까지 차례로 훑은 뒤 어쩐 일이냐는 얼굴로 그를 응시했다.

"저기…… 먼저 안으로 들어가면 안 될까요?"

"……내가 무겁냐?"

할매가 입맛을 다시며 물었다. 그 물음에 설민은 고개만 절레절레.

"설마요. 깃털보다 가벼우세요."

딱 봐도 눈에 보이는 입 발린 소리를 지껄였다. 하지만 입 발린 칭찬도 칭찬인 법. 칭찬은 할매도 춤추게 만들었다. 젊어도 늙어도 여자는 여자인 것을, 청년의 입 발린 소리에 할매는 독설을 내뱉지도 않고 미애에게 문을 열라 지시했다.

어쨌든 설민은 할매의 마음에 조금은 든 모양이었다. 미애가 문을 열었고 설민이 한 발, 안으로 내디뎠다.

"여기가 집이에요."

[독고 할매네 국밥]이 아닌 비너스가 생활하는 공간에 들어서자 감회가 남달라진 설민은 찡한 느낌에 잠시 그 공간을 둘러봤다.

"뭐 볼 게 있다고 그러나? 퍼뜩 안으로 들어가지 않고."

그의 감동은 할매의 고함 소리에 산산조각이 났다. 하지만 설민은 할매가 시키는 대로 고분고분 할매를 방 안에 모셨다. 그러기 무섭게 할매를 비롯한 다른 이들이 숨을 고르기 시작했다. 다리를 접질린 뒤 할매가 부쩍 날카로워져 있기에 모두들 긴장을 하고 있었기도 했지만 예고 없는 설민의 등장에 당황한 이유도 있었다.

"저 여기서 아르바이트하고 싶습니다!"

누가 먼저 말을 꺼낼 것도 없이 설민이 본론부터 내놓았다. 그리고 설민의 포부가 날갯짓도 하기 전, 할매는 칼로 무 자르듯 단호하게 답했다.

"필요 없다!"

까악. 까악. 까아악.

눈에 보이지 않는 까마귀 한 마리가 마당에 옹기종기 모인 사람들 틈바구니 사이로 신명나게 울어댔다.

까마귀가 울어대고 사람들의 눈동자가 어색한 공기에 가늘게 떨릴 때 즈음, 미애의 복잡 미묘한 시선이 엉뚱한 남자의 등 뒤로 꽂혔다. 사람이 참 아름다워 보이는데다 이런 곳은 싫어할 것처럼 생겼는데 왜 여기서 일을 하겠다는지, 그 점도 궁금했지만 할매의 답에 무안한지 새빨개진 귀가 찡긋거리는 것도 인상 깊었다. 그처럼 민망할 법도 한데 꿋꿋하게 뜻을 관철하는 설민도 실로 대단하다 할 수 있었다.

"전, 여기서 일……."

"필요 없대도!"

할매에게 날카롭게 저지당하는 설민이 안쓰러웠던지, 마당에서서 그들의 팽팽한 기 싸움을 구경하던 건우가 조심스럽게 입을 열었다.

"할머니, 좀 쉬셔야 해요. 생각보다 크게 다치신 데다 연세도 있으셔서 무리하시면 안 된다 했어요."

건우의 말이 끝나기 무섭게 미애가 거들고 나섰다.

"그건 맞아, 할매."

분위기가 모두 설민의 동정론으로 기운다 싶을 때 즈음, 눈치를 보던 설민이 다시 한 번 할매에게 제안을 했다.

"제가 일을 도우면 안 되겠습니까?"

할매는 설민을 얼굴부터 발끝까지, 그러다 다시 얼굴을 훑어보다가는 이내 고개를 끄덕였다. 끄덕, 끄더억, 무슨 생각을 그리 오래도 깊게 하는지 설민의 애간장이 바싹 타고 있을 찰나, 생각을 마친 할매가 카리스마 있는 눈을 빛냈다. 그리고는 짓궂게 씩 웃으며 입을 열었다.

"네가 해."

할매의 손가락은 정확히 건우를 가리키고 있었다. 쌀가게 총각이자 미애의 야간학교 클래스메이트, 조금 더 덧붙여 설민의 불안요소인 남자였다.

4

다음날.

윙, 위잉.

어디서 들어온 건지 모를 파리 한 마리가 짐짓 자유로운 나비 한 마리처럼 양 날개를 퍼덕이며 가게 안을 휘젓고 다녔다. 그렇게 한동안 허공에서 부유하던 파리는 이내 착지하기 좋은 곳을 골라 내려앉았다. 날개를 한 번 떨어주고 앞발을 비비기 편한 장소, 앉아서 미동도 안 하고 있는 설민의 콧잔등 위였다.

턱을 괸 채 멍하니 가게 안을 살펴보던 설민이 코가 간지러운지 손가락으로 긁적거렸다. 그 덕에 살포시 앉아 있던 파리가 금세 자리에서 날아올랐다.

"저기……."

한동안 눈치만 보고 있던 건우가 슬그머니 설민을 불렀다. 할매의 지목으로 인해 자의 반, 타의 반을 섞어 국밥집으로 출근한 건우는 심기 불편해 보이는 설민으로 인해 안절부절못하고 있었다.

"뭐요?"

날카롭게 대답하는 설민에 건우가 흠칫 놀라 한 걸음 뒤로 물러났다. 처음 봤을 때의 모습과는 달리 카리스마 넘치고 위엄 있는 남자의 모습에 건우의 어깨가 긴장으로 뻣뻣해졌다.

"저기, 그 밑엘 닦아야 돼서요."

그 말에 설민이 건우를 찬찬히 훑어봤다. 매력적인 서글서글한 두 눈에, 설민과 달리 까무잡잡한 피부는 건강해 보였다. 건장한 체격에 갖은 아르바이트로 다져진 근육은 그의 매력을 더욱 빛나게 만들어주고 있었다.

제법 끈적거리는 시선으로 건우를 훑어보던 설민의 두 눈이 더욱 날카로워졌다. 건우의 모양새를 살펴보고 나니 자신과 대적할 만한 적수가 되는 것 같다는 판단이 선 모양이었다. 설민이 경계심 많은 고양이처럼 털을 바짝 곤두세웠다.

"언니야, 저 오빠야는 백설 공주가 아이고 왕자가?"

미애와 함께 주방에 몸을 숨기고 얼굴만 빼끔 내밀어 건우와 설민을 바라보고 있던 하늬가 중얼거렸다. 아마도 자신을 백설민이라 소개한 남자의 이름이 요즘 하늬가 푹 빠져 있는 동화책의 주인공과 비슷했던 모양이었다.

"그러고 보니 공주랑 쪼매 닮은 면도 있재?"

미애의 물음에 하늬가 단호하게 검지를 살래살래 흔들었다. 그리고는 제 가슴을 한 번 툭, 치고는 대답했다.

"쪼매가 아니라 와따로 닮았다. 난 내 평생 그렇게 잘생긴 남자는 저 오빠야가 처음이다."

그 조그만 아이의 눈에도 설민이 잘생겨 보이긴 하는 모양이었다. 하늬가 감탄에 감탄을 쏟아내며 무언가에 홀린 듯 설민을 바라봤다. 그런 동생을 흘끔거린 미애는 고개를 끄덕였다.

"그킨 그타."

아이의 반응이 귀엽기도 했지만 미애 역시 난생처음 보는 미남에 그에게로 향하는 시선을 차마 떼지 못했다.

"물론 말이야 바로 하자면 난 닉군 오라버니밖에 없지만서도."

늘 자신을 데리러 올 백마 탄 왕자님은 닉군뿐이라며 읊조리던 것이 마음에 걸렸던 모양이었다. 말이 씨가 된다는 언니의 말버릇을 기억해 내고 하늬가 제 입을 양손으로 턱하니 막았다. 그리곤 설민을 칭찬하는 제 말이 하늘까지 들릴까 허공을 흘끔흘끔 바라봤다.

"이제 퍼뜩 할매에게 가봐라. 이거 가져다 드리고."

"알았다, 알았다. 보채지 않아도 내 간다."

동생에게 할매가 좋아하는 수정과를 들려 할매의 방으로 보낸 미애는 가게로 모습을 드러냈다. 건우의 아르바이트는 둘째 치고, 할매의 거절에 이를 갈던 남자가 아침 댓바람부터 찾아온 바람에 어떻게 해야 할지 잠시 망설이던 차였다. 별다른 대책은 없었지만 그렇다고 건우를 죽일 듯 노려보는 저 남자를 한 공간에 놔둘 수만은 없었다.

"아, 누나!"

미애를 먼저 알아챈 건우가 짧게 탄성을 질렀다. 아무래도 설민을 혼자 대적하기 버거웠던 모양이었다. 미애가 모습을 드러내자마자 설민의 두 눈이 유순해졌다. 눈초리가 올라가 있을 때는 날카로운 매력을 가지고 있었지만 눈빛이 순해지니 또 다른 매력이 있었다. 천사와 악마의 매력을 동시에 지닌 남자, 그는 실로 마력을 가지고 있었다.

그것을 확인한 미애가 잠시 자리에 멈춰 섰다. 자신을 보고 생긋 웃는 그의 모습에 넋이 나간 탓이었다. 미애는 그가 자신을 보고 특별하게 느껴지는 미소를 짓는 것이 현실인가, 잠시 생각해야만 했다. 자신이 착각한 거라면 꿈보다도 심한 공상일 게 분명했다.

"비너스……."

"비너스……?"

몽롱하게 불리는 비너스의 이름에 미애가 고개를 갸웃거렸다. 자신을 부르는 설민의 호칭이라곤 상상조차 하지 못한 미애의 물음에 설민의 두 눈이 커다래졌다. 그제야 정신을 차린 설민이 호탕하게 웃으며 한 손으로 제 얼굴을 감쌌다. 그리곤 고개를 절레절레 저었다.

"오, 나의 실수. 미애 씨!"

그의 대답에 뭔가 이상하다는 생각이 들었다. 묘하게 가슴속이 간질거리는 것이 소름이 돋기 전의 기분과도 같았다. 김치 한 쪽 시원하게 찢어 아삭거리는 질감이라도 느꼈으면 소원이 없겠다는 생각을 했다. 왜? 설민을 보는데 갑자기 웬 김치? 하지만 그런 느낌의 정체를 알 수가 없는 미애는 고개를 갸웃거리는 것밖에 어쩔 도리가 없었다.

"아침 드시러 오셨어요?"

미애가 제법 상냥하게 물었다. 그 물음에 설민이 고개를 끄덕이며 건우를 강하게 한 번 노려봤다. 아무래도 자신과 더 친해 보이는 건우의 존재가 설민의 신경을 거슬리게 만들고 있었다. 하지만 언제 그랬냐는 듯 미애에게는 환한 미소를 던졌다.

"나, 기억해요?"

설민이 조심스레 물었다.

"물론이죠. 어제도 도와주시고. 고맙다는 인사도 못 드렸네요. 감사했습니다."

"아니요, 뭘."

설민이 뒤통수를 긁적였다. 그녀가 자신을 기억한다는 기쁨에 그의 귀가 빨개졌다.

"뭐라도 드릴까요?"

"음, 국밥 주세요."

"금방 말아 드릴게요."

미애가 빠르게 주방으로 사라졌다. 미애를 보고 난 직후라 밥을 먹지 않아도 배가 부른 설민이었지만 가게에 남아 있을 명분을 찾으려면 국밥을 시키는 수밖에 없다고 생각했다.

"원래부터 알던 사입니까?"

미애가 주방으로 사라진 틈을 타 설민이 건우에게 물었다. 머리를 수건으로 질끈 매어 묶고 하얀색 민소매 셔츠만 입은 채 땀 흘리는 건우는 진한 사내의 냄새를 풍기고 있었다.

설민의 물음에 건우가 쉴 새 없이 움직이던 대걸레를 익숙하면서도 현란하게 다른 쪽 손으로 옮겨 잡으며 설민을 바라봤다. 그에게선 청춘의 젊고 싱그러운 향이 풍기는 듯했다.

"아, 조금은요. 누나랑은 매일 만나니까요."

"매이일?"

설민이 저도 모르게 버럭 소리를 질렀다. 앞뒤 예측하기 힘든 설민의 반응에 놀란 것은 건우였다. 깜짝 놀라 커다랗게 뜬 두 눈으로 설민을 바라보던 건우가 아무래도 이유를 모르겠다는 듯 입맛을 다시다가 말했다.

"쌀가게에서 일하는데 누나는 매일 장을 보거든요. 지나가면서도 보고, 우리 가게에서 쌀을 가져가니 만날 기회도 많고. 야간학교도 같이 다니거든요."

그 말에 설민이 못마땅하다는 듯 입술을 비죽거렸다.

"꽤 친하겠군."

"뭐, 그렇다고 할 수 있죠."

설민이 무너지듯 자리에 주저앉으며 한숨을 내쉬었다. 매력이 흘러넘치는 그녀의 주변엔 경계해야 할 대상들이 너무 많았다. 일일이 신경 쓰자니 너무 미저리 같고, 그렇다고 신경을 쓰지 않자니 불안함에 잠도 못 이룰 테니 이것이 고민이었다.

'내가 이렇게 센시티브한 사람이었다니.'

새삼 느끼는 거지만 사람의 변화는 참으로 신기했다. 설민은 제가 생각해도 희한할 수밖에 없는 변화라 생각하며 다시금 턱을 괴고 손가락을 까닥거렸다. 서류를 체크하듯 꼼꼼한 눈빛이 건우를 다시금 훑었다.

"자, 국밥 나왔어요!"

국밥을 말아 가지고 나온 미애로 인해 건우는 안도의 한숨을 내쉴 수 있었다. 따끔거리던 그의 시선이 한풀 꺾였기 때문이었다. 설민이 경련이 일어날 것같이 환하게 미소를 지으며 자리에서 일어났다.

설민의 움직임에 쟁반을 받쳐 들고 나오던 미애가 놀란 얼굴로 입을 열었다.

"어머, 앉아 계셔요."

"아뇨, 제가 가지고 갈게요."

설민이 미애에게로 다가서며 그녀가 들고 있던 쟁반에 손을 올렸다. 하지만 미애는 푸근한 얼굴로 고개를 저으며 그를 만류했다.

"에이, 앉아 계세요. 손님은 왕이세요."

하지만 설민은 그러고 싶지 않았다. 실제로는 두툼하지만 그의 눈에는 한없이 가늘게 보이는 그녀의 팔목이 톡하고 치면 부러질 것 같았기 때문이었다.

"힘쓰는 건 남자가 할 일이죠."

"힘 하면 저도 빠지진 않죠? 하하."

미애가 호탕하게 웃었지만 설민은 그녀가 잡은 쟁반에 올린 손을 치우려 하지 않았다. 그리고 제법 진지해진 눈으로 그녀의 팔뚝을 쓰다듬듯 바라봤다.

"이렇게 가는 팔로……. 내게 맡겨요."

그만의 비너스가 힘들어하는 모습은 보고 싶지 않았다. 보아하니 그녀는 벌써부터 이 더위에 지쳐 땀방울을 흘리고 있었다.

"당신을 힘들게 하는 이 무더위, 내가 날려 버릴 수만 있다면……."

그녀의 땀방울까지도 아깝다는 듯 바라보던 설민이 저도 모르게 중얼거렸다. 그의 혼잣말에 부분부분만 들은 미애가 두 눈을 가늘게 뜨며 그를 바라봤다.

"예?"

"아, 아닙니다. 이제 그만 내게 맡겨주시죠?"

"포기하세요. 손님에게 서빙을 맡긴 걸 할매가 아는 날엔 큰일도 이런 큰일이 없어요."

그 말에 설민이 하는 수 없다는 듯 한숨을 내쉬었다. 그리곤 자신이 건우 대신 아르바이트생이 되었더라면 이런 일도 없을 텐데, 그녀가 힘들어하는 모든 일을 짊어질 수 있을 텐데, 그 생각에 입술을 꾹 깨물었다.

설민이 쟁반을 잡고 있던 손을 놓았다. 예고 없는 그의 행동에 힘의 분배가 무너져 버렸다. 균형을 잡고 유지되던 쟁반은 균형을 잃고 기우뚱했고, 묵직해진 느낌에 힘을 주려던 미애도 순식간에 벌어진 상황에 속수무책으로 쟁반을 놓치고 말았다.

쇠로 만들어진 판판한 쟁반이 미애의 손에서 빠져나와 바닥에 나뒹굴며 시끄러운 소리를 냈다. 그 덕에 쟁반에 놓여 있던 뚝배기와 깍두기 그릇이 처참하게 바닥으로 처박혔다.

"미안해요, 정말. 이러려던 게 아닌데."

진심이 가득 담긴 설민의 사과가 미애의 마음에 와 닿았다. 고의가 아니라는 것을 알 수 있기에 미애는 그를 탓하지 않았다.

"알아요, 도와주시려 한 거. 괜찮아요."

쟁반이 떨어지자마자 다리를 굽히고 바닥의 물건들을 줍기 시작하는 설민과 함께, 미애가 바닥을 치우기 시작했다.

"건우야, 미안. 청소 다 해놨는데……."

미애가 건우를 향해 사과를 했다. 그러자 설민이 미애를 향해 고개를 저었다.

"사과하지 마요."

그의 말에 미애가 무슨 말이냐는 듯 두 눈을 크게 떴다. 설민은 그녀에게 대답할 생각도 하지 않고 몸을 돌려 행동으로 보여줬다.

"미안해요, 건우 씨. 내가 실수했어요. 내가 사과할게요."

설민의 사과에 건우가 얼떨떨한 얼굴로 고개를 끄덕였다. 그리고 그는 청소 도구함으로 달려갔다. 일단 엎어진 그릇을 수습하고 흥건히 젖은 바닥을 닦아야 한다는 생각도 있었지만 자리에서 일어나 허리까지 굽히는 설민의 태도에 잠시 당황한 까닭도 있었다.

설민의 그런 태도에, 미애가 놀란 시선으로 그를 바라봤다. 잘 차려입은 것도 그렇지만 외적으로 풍기는 분위기는 그가 곱게 자란 도련님이라는 것을 말해주고 있었다. 깔끔한 성격에 뭐든 자신 뜻대로 할 것 같은 남자라 느꼈는데, 꼭 그렇지만도 않은 모양이었다. 그의 깍듯한 예의에 미애는 스스로 반성했다. 뭐든 겉만 보고 판단해선 안 된다고 동생을 가르쳐 왔건만 자신도 모르게 겉을 보고 판단했던 모양이었다.

"괜찮아요. 앉으세요. 제가 얼른 새 걸로 말아 드릴게."

그 말에 설민이 고개를 저으며 무릎을 굽히고 자리에 쭈그리고 앉았다. 그리고 맨손으로 바닥에 흩어진 국밥과 깍두기를 쓸어 담기 시작했다. 비싼 것으로 보이는 옷이 국밥에 젖든, 깍두기 물이 배든, 상관도 안 하는 모습이었다.

미애는 그를 밀어내며 자신이 국밥을 쓸어 담았다. 미애의 밀어내는 몸짓에 설민이 잠시 밀려났다. 그는 그녀의 뒷모습을 잠시 바라봤다. 왜소하지 않은 몸집이었지만 어찌나 푸근하고 예뻐 보이던지, 설민은 저도 모르게 그녀를 껴안을 뻔한 것을 가까스로 참았다.

마침 청소 도구를 든 건우가 도착한 상황이었다. 건우보고 앉아 있으라고 이른 설민이 그에게서 걸레를 빼앗아 들었다. 그리고 그녀의 뒤로 바짝 붙어 선 설민이 말했다.

"미애 씨, 잠깐 비켜봐요. 걸레로 닦게."

그 말에 미애가 홱, 고개를 돌렸다.

"네? 걸레……?"

미애가 고개를 돌리다가는 눈앞에 보이는 남자의 얼굴에 흐읍, 숨을 들이마셨다. 설민도 놀랐는지 숨을 멈춘 채 두 눈을 깜빡거리고 있었다.

미애의 입술 바로 옆엔 그의 따뜻한 숨결이 와 닿으며 간질거리고 있었고 입술은 그녀의 피부에 닿을락 말락 움찔거리고 있었다.

미애의 두 눈이 튀어나올 것처럼 커다래졌다. 깜빡거릴 생각도 하지 못하고 그대로 정지한 미애를 바라보며 설민은 그 순간, 불쑥 치밀어 오르는 욕심에 고민했다.

확 저질러 버려? 탐욕 가득한 악마가 그에게 속삭였다. 그러기 무섭게 반대편엔 선과 도덕을 전도하는 천사가 나타났다. 그리고 속삭였다. 양심이 있으면 그럼 안 되지. 후회할 일은 하지 않는 게 현명해.

눈 딱 감고 악마의 속삭임을 따르느냐, 천사의 말대로 선을 지키느냐. 그것이 문제였다.

하지만 마음속 복잡하던 고민과는 달리, 설민은 담백하게 그녀에게서 물러났다.

"미안…… 해요."

그 말에 너무 놀라 피할 생각도 하지 못한 미애가 그제야 정신을 차렸는지 눈을 깜빡거리며 뒤로 물러났다.

"아이고, 큰일 날 뻔해 부렸네."

그저 놀라기만 했는지 무안하지도 않아 보이는 미애의 모습에 설민은 씁쓸하면서도 다행이란 생각을 했다. 미애는 소란스럽게 너스레를 떨면서 설민의 어깨를 툭툭 두드렸다.

"난 괜찮네요. 언제 이렇게 미남과 얼굴을 마주해 보겠어요? 하하. 그나저나 그쪽이 문제네. 역겹진 않았으려나 걱정이구만요."

미애가 너털웃음을 지으며 국밥을 쓸어 담은 뚝배기를 집어 들었다. 쟁반에 그릇들을 담아가지고 일어난 그녀는 신경 쓰지 않는다는 듯 오히려 설민을 위로했다. 그리곤 쟁반을 들고 주방으로 사라졌다.

미애가 홀연히 사라진 자리, 그대로 남은 설민은 한껏 몽롱해진 시선으로 허공을 응시했다. 눈에 초점은 없었지만 그 안은 기쁨과 황홀로 술렁이고 있었다.

'럭키……!'

그녀를 처음 봤을 때 들었던 종소리도 들리고, 나팔 소리도 들리고, 무지개도 피어올랐다. 폭신한 핑크색 구름이 감도는 설민의 환상의 나라엔 날개 달린 코끼리도 춤을 추었다. 뚜렷하진 않지만 행복의 멜로디가 분명할 음악도 귓가에 윙윙거렸다.

두 사람의 그런 모습을 가만히 지켜보고 있던 건우가 뭐 하는 짓이냐며 고개를 갸웃거린 것도 모른 채, 그는 그렇게 자신만의 세계에 갇혔다. 그녀가 유부녀란 생각이 떠오르자 몸이 저절로 반응하는 덕에 도덕적인 선은 지킬 수 있었지만 황홀하고 둥실거리는 기분까지 지울 수는 없었다. 불가항력이었다.

그런 그를 뒤로한 채 주방으로 숨어든 미애는 순식간에 달아오르는 제 뺨을 감싸 쥐었다.

"아이고, 남사스러버라."

그녀의 양 볼이 새빨갛게 물이 든 것을 설민은 분명 모를 것이었다. 저도 모르게 달아오른 뺨을 식히려 손으로 부채질을 하고 있는데 어디선가 부스럭거리는 소리가 들렸다.

"아이고오, 아까비라."

어디선가 들려오는 옹알이 소리에 오로지 제 감정에만 집중하고 있던 미애가 눈썹을 꿈틀거렸다.

"아까비, 아까비! 쬐금만 더 가까웠더라면 뽀뽀 쪽인데."

속삭이는 목소리에 미애가 귀를 쫑긋거렸다. 그리곤 소리가 나는 곳을 따라 슬금슬금 몸을 움직였다. 어딘가, 어딘가, 어디선가 나는 그 소리를 따라 몸을 움직인 미애가 눈살을 찌푸렸다. 아궁이 위의 작은 선반이 그녀에게 말을 걸고 있었기 때문이었다.

미애는 망설이지 않고 선반을 열었다. 그녀의 급습 때문인지 열린 선반 위에 쭈그리고 앉아선 달콤한 초코를 원 없이 섭취하던 하늬가 흠칫 놀란 나머지 딸꾹질을 시작했다.

"너어, 모하늬이!"

"모, 모하늬이, 히끅, 모 한다아, 히끅."

입가에도 작은 손에도 가무잡잡한 초코를 가득 묻힌 단발머리 소녀는 잔뜩 울상을 지은 채 언니를 바라봤다. 찬장에 숨어 언니의 연애질을 볼거리 삼아 초코를 즐기던 하늬의 낙은 일장춘몽이 되어버리고 말았다. 아아, 일장하몽이라 해야 하나?

5

자신의 비너스를 찾은 이후로 얼마나 많은 국밥을 먹었던가. 아침, 점심, 저녁을 일관된 메뉴로 통일시키던 설민이 잠시 잊고 있었던 것이 있었다. 그건 바로 예민한 그의 장이었는데, 익숙하게 즐기던 음식이 아닌 것이 쉴 틈도 주지 않고 푸짐하게 들어오다 보니 결국 탈을 일으키고 말았다.

설민은 아침부터 쉼 없이 부글대는 속을 부여잡고 한동안 고민했다. 물론 고민할 것은 좋지 않은 장의 상태만이 아니었지만 지금은 그게 최우선이었다. 다시금 부룩부룩하고 무언가 정체를 알 수 없는 것들이 끓어오르는 소리가 뱃속에서 들려왔다. 그 덕에 설민은 아침부터 몇 번짼지 모를 화장실 행을 감행할 수밖에 없었다.

그렇게 한바탕 참기 힘든 폭풍이 지나가자 설민은 기운이 쏙 빠져 창백한 얼굴을 하고 화장실에서 기어나왔다. 그렇게 온몸의 기운이 빠져 똑바로 걷기도 힘든 와중에도 미애의 얼굴이 머릿속을 뱅글뱅글 도는 것을 보니 미쳐도 단단히 미친 모양이었다. 설민은 고개를 세차게 흔들며 두 눈을 꽉 감았다.

그리고 감았던 눈을 떴을 때, 설민은 여느 때와 마찬가지로 할매네 국밥 한구석에 자리를 잡고 앉아 있었다.

"얼굴이…… 창백해요. 괜찮아요?"

설민이 주문한 국밥 뚝배기를 나르며 미애가 걱정스레 물었다. 그런데도 설민은 요지부동 자리를 지키고 앉아 힘없이 미소를 지었다.

"괜찮아요."

"몸이 안 좋아요? 안 좋아 보이는데……."

"정말 괜찮아요. 신경 써줘서 고마워요."

설민이 힘껏 웃어 보였다. 그 웃음이 아슬아슬하다는 생각을 하면서 미애는 그에게서 한동안 눈을 떼지 못했다. 원래 하얗던 설민의 얼굴이 백지장보다도 더 하얗게 질려 있었다. 모락모락 김이 나는 국밥을 앞에 두고도 먹을 생각을 못하던 설민이 팔로 제 머리를 받쳐 들었다.

"오빠야, 국밥 식는다."

언제 왔는지 모를 하니가 설민의 앞에 자리를 잡고 앉아 양손으로 제 턱을 받쳐 들었다. 아이의 갑작스런 등장에 설민이 제 아픔도 잊은 채 제 얼굴을 받치던 팔을 테이블 위로 내렸다.

"넌……."

"모두들 모하니, 모하니로 불러."

"아, 하늬…… 구나?"

자신에게 관심을 보이는 하늬로 인해 설민은 저도 모르게 등 뒤로 식은땀을 흘렸다. 그녀의 딸이 보내는 관심이 부담스럽기도 하면서 죄책감을 들게 만들었다.

"난 오늘 기분이 별로야."

하늬는 대화 상대가 필요했던 모양이었다. 턱을 괴고 양다리를 달랑달랑 흔들며 한숨을 내쉬는 꼬맹이의 모습에 설민이 옅은 미소를 머금었다.

"왜 별론데?"

"나는 가끔 앙몽을 꾸는데 그러고 나면 기분이 나빠."

"그렇구나. 어떤 악몽……."

아이와 대화를 나눠보려고 아이와 눈높이를 맞추던 설민이 갑작스런 신호로 인해 하던 말을 멈췄다. 설민이 자신의 배를 바라봤다. 하늬의 눈길도 설민의 배로 향했다. 배에서 시작된 부글부글하는 소리가 밖에까지 들릴 정도로 울려댔기 때문이었다. 그 우렁찬 소리와 함께 설민은 파랗게 질린 얼굴로 자리에서 벌떡 일어났다.

"하늬야…… 화장실……."

그 말에 하늬는 그를 멍하니 바라보며 주방 쪽을 향해 손가락질을 했다. 설민은 앞뒤 말 들어볼 것도 없이 아이가 가리킨 주방으로 향했다.

주방으로 가니 재료 다듬기에 한창이던 미애가 두 눈을 동그랗게 뜨고 그를 맞았다.

"음? 여긴 웬일로……."

"저, 화장실……."

그 말에 미애가 자리에서 벌떡 일어났다. 가게 안을 힐끔 보니 하늬가 두 눈을 또랑또랑하게 뜬 채 주방 쪽을 기웃거리는 게 눈에 띄었다.

"화장실……!"

설민이 귀가 새빨개진 채로 다급하게 말했다. 가게 안의 화장실을 알려주려 했던 미애는 다급한 설민의 목소리에 엉겁결에 마당을 가로질러 가야 하는 집안 화장실을 가리켰다. 그리고 그는 미애의 손끝이 가리키는 방향도 제대로 확인하지 않은 채 눈썹을 휘날리며 사라졌다.

한참 동안 사라지는 설민의 뒷모습을 바라보고 있는데 손님 테이블에 앉아 있던 하늬가 어느새 미애의 곁으로 와선 그녀의 옷자락을 꾹꾹 당겼다.

"왜?"

"……손님 없다."

"그래? 건우 오빠야는 뭐 하나?"

하늬의 풀 죽은 목소리에 미애가 가게 안을 훑어보며 물었다.

"오빠야는 화장실 청소하고 있다. 언니야보고 좀 쉬라더라. 손님 오면 부른다꼬."

그 말에 미애가 재료를 다듬던 바구니를 한쪽으로 치우고 하늬를 품에 안아 올렸다. 그리곤 악몽으로 아침부터 우울해 있던 하늬의 기분을 풀어주고자 다정한 목소리로 말했다.

"그래애? 휴식 시간을 줬다고? 그럼 언니야는 당근 하늬랑 놀아야지. 모하늬, 모 할래?"

미애의 물음에 하늬가 머뭇거리는 시선으로 언니를 바라봤다.

"……일, 안 해도 되나?"

"건우 오빠야가 좀 쉬다 오라 캤다며?"

"그건 그치만…… 언니야도 쉬어야지."

"괜찮다, 내. 안 쉬어도 된다. 난 하늬랑 노는 게 쉬는 거다."

그 말에 하늬가 미애의 품에 안긴 채로 양팔을 들어 언니의 목을 끌어안았다. 하늬가 언니의 어깨에 얼굴을 묻으며 말했다.

"엄마야 해줘, 언니야."

하늬가 졸랐다. 엄마 아빠의 사고 현장을 직접 두 눈으로 목격한데다 어린 나이라 아직까지도 부모님의 죽음을 믿지 못하고 있던 하늬는 사고에 관한 악몽을 꾸고 난 다음날이면 그렇게 엄마를 찾았다. 그런 아이의 엄마가 되어줄 수 없는 미애가 해줄 수 있는 것은 단 한 가지, 소꿉놀이뿐이었다. 하늬가 할매네 처음 와서부터 악몽을 꾸고 난 다음이면 미애는 늘 하늬와 소꿉놀이를 했다. 미애가 엄마, 하늬는 딸.

"어이구, 우리 딸. 어리광 좀 보게."

미애가 진짜 엄마처럼 하늬를 어르고 얼렀다. 그녀의 마음까지도 감싸 안으려는 진심 때문인지, 미애의 품에 안긴 하늬의 두 눈에서 눈물이 똑 하고 떨어졌다.

아무리 어른스럽다고는 해도 하늬는 여섯 살배기였다. 부모님의 사랑이 필요한 시기에 배다른 언니 하나에 아무런 연관도 없는 할매와 사는 것이 아이에게 얼마나 힘든 일이었을지, 그건 아무도 모르는 일이었다. 3년 사이에 눈치만 늘어서 두 눈을 굴려대기 바쁜 아이를 보면 안쓰러운 것이 사실이었다.

"엄마야, 아빠는 언제 오나?"

"아빠야는 하늬가 열 밤 자면 오지."

"선물 사가지고?"

"아빠한테 말해볼게, 선물 사오라고."

하늬를 안은 채로 미애가 마당으로 나갔다. 그리고는 툇마루에 걸터앉아 하늬를 내려놓았다. 그늘진 툇마루에 살랑살랑 기분 좋은 바람이 더운 열기를 식혀주고 있었다. 하늬가 언니의 품에 내려와 미애의 무릎을 베고 누웠다.

"이제 얼마나 남았나?"

"뭐가?"

"휴식 시간 말이다."

하늬가 두 눈을 들어 미애의 얼굴을 바라봤다. 그 말에 미애가 고개를 갸웃거리며 웃었다.

"음, 글쎄? 나는 하늬랑 계속 같이 있고 싶은데 5분 정도면 가야겠는데?"

"엄마야."

"왜 그래, 이쁜이?"

"엄마야아."

"우리 따알."

미애가 몇 번이고 하늬의 부름에 답해주며 아이의 머리카락을 쓰다듬어 주었다. 한참을 쓰다듬어 주고 가슴을 토닥거려 주던 미애는 5분이 되자마자 자리에서 슬그머니 일어났다.

"아무래도 가봐야겠다."

"벌써?"

하늬가 아쉽다는 듯 웅얼거렸지만 아이는 언니의 마음을 아는지 더 이상 보채지 않았다.

"건우 오빠야 혼자 일하게 되는데? 손님이라도 오면 우짜노? 독 할매에게 혼 한 번 나볼 테야?"

미애가 양손을 추켜올리고는 할매를 따라 하듯 세모꼴의 눈을 하고 아이를 위협했다. 하늬가 꺄악, 비명을 지르며 만세라도 하듯 양팔을 들어 올렸다. 그 틈을 놓치지 않고 미애의 오글거리는 손이 아이의 겨드랑이로 향했다.

"간질간질간질간질."

"끼하하하하하하!"

우울함을 떨쳐 버리는 아이의 웃음소리가 고함 소리처럼 터져나왔다. 마치 청량음료처럼 톡톡 쏘는 상큼한 웃음소리에 이제야 마음이 놓인다는 듯, 미애가 아이의 머리를 흐트러트리듯 쓰다듬었다.

"할매랑 같이 있어. 쉬는 시간에 또 오께."

미애의 말에 하늬가 얼른 다녀오라는 듯 손을 팔랑팔랑 흔들었다. 그 모습을 보며, 미애가 떨어지지 않는 발걸음을 힘겹게 떼며 마당을 가로질렀다.

"이제 깍두기도 한 번 다시 담가야 되고, 밑반찬 거리도 다시 사야 되고. 참참, 시래기 뭉근하게 삶아야 하는데 다듬어놓고 그냥 왔네."

소꿉놀이 하다가 할 일까지 잊어버렸다. 하여간 이놈의 건망증! 미애는 잊어버린 제 머리를 탓하며 콩콩 두드렸다. 그리곤 다시는 잊어버리지 않겠다며 하나둘 손가락을 접으며 되새겼다. 하나둘,

손가락을 접는데 여자 손답지 않은 자신의 손이 눈에 들어왔다. 투박하고 굵은 손가락에 궂은일로 울퉁불퉁한 손가락 마디, 닳아 빠져 짜리몽땅한 손톱까지 예쁘게 볼 수 있는 게 하나도 없었다.

"휴우."

자신도 모르게 한숨이 새어 나왔다. 여자로 태어난 사람이라면 누구든 자신을 예쁘게 가꾸고 싶은 마음이 드는 것이 당연지사. 그건 미애도 마찬가지였다. 다만 미애에게 있어 꾸민다는 것은 사치이기에 그녀는 한 발자국 물러나 양보하고 있는 중이었다.

"헉!"

한참 동안 제 손을 들여다보며 걷던 미애가 급하게 숨을 들이켰다. 어디서 나타난 건지 모를 설민이 미애의 앞에 떡하니 버티고 서 있었기 때문이었다.

"어, 어쩐 일이에요?"

미애의 물음에 설민은 대답을 하지 않았다. 그저 묵묵히 그녀의 앞에 서서 그녀를 바라보고 있었다.

"왜, 왜요?"

설민의 시선이 미애의 못난 손에 닿자 그녀가 소스라치게 놀라며 제 손을 등 뒤로 숨겼다.

"왜 숨겨요?"

"숨긴 건…… 아니에요."

미애는 슬그머니 설민의 시선을 피하며 답했다. 그런 그녀를 설민은 의미심장한 눈빛으로 바라보기만 했다. 미애는 그의 그 시선이 불편해졌다. 그는 미애를 바라볼 때면 무언가를 원하는 것처럼, 요구하는 것처럼, 하지만 미묘한 감정을 담고 있었기 때문이었다.

미애가 설민에게서 한 발자국 물러났다. 그리고는 그를 피해가고자 오른쪽으로 방향을 틀었다. 하지만 웬일인지 설민이 그런 그녀의 앞을 막고 섰다. 미애가 다시 왼쪽으로 몸을 틀었다. 설민도 망설이지 않고 그녀의 앞길을 막았다. 그 모습에 미애가 고개를 들어 큰 키의 설민을 바라봤다.

"할 말이라도 있어요?"

미애의 물음에 설민이 입술을 달싹거렸다. 하고 싶은 말은 있지만 차마 하기 힘들다는 듯 한동안 입술을 오물거리던 그가 툭하고 말을 내뱉었다.

"……화장실, 잘 썼어요."

그 말에 미애가 풋 하고 웃으며 설민의 등을 가볍게 쳤다.

"싱겁기는. 어여 가십시다."

괜히 가슴 졸였다는 듯 미애가 그에게서 등을 돌렸다. 이번만큼은 설민도 그녀를 막지 않았다. 그리고 허둥지둥 부엌으로 향하는 미애의 등을 물끄러미 바라봤다.

"엄마야, 아빠는 언제 오나?"

"아빠야는 하늬가 열 밤 자면 오지."

화장실을 갔다가 큰일을 무사히 마치고 돌아오던 길, 마당을 가로질러 가게로 되돌아가려다 본의 아니게 엿듣고 만 두 사람의 대화가 떠올랐다. 툇마루에 앉아서는 도란도란 이야기하던 미애와 하늬를 떠올리며 설민은 아프게 미간을 찌푸렸다.

"선물 사가지고?"

"아빠한테 말해볼게, 선물 사오라고."

가슴 깊은 곳에서부터 우러나오는 진한 사골 국물과도 같은 한숨이 쏟아지는 탓에 설민은 제 머리를 심하게 헝클어트렸다. 젤까지 발라 세련되게 세팅해 놨던 머리가 순식간에 울트라 초사이언처럼 하늘 높이 솟아버렸다.

"아빠랬지, 아빠?"

세상에 어떻게 사랑에 빠지면 남자친구가 되고 싶다는 소망이 아닌, 아이의 아빠가 되어주고 싶다는 마음을 가질 수 있을까. 설민은 아이가 제 딸처럼 느껴지는 탓에 절규했고, 아이에겐 이미 진짜 아빠가 있다는 사실에 절망했다.

설민은 땅이 꺼져라 한숨을 연속 발사한 후 그녀의 기와집을 벗어나 가게로 진입했다. 주방에선 그릇을 씻으랴, 음식 준비를 하랴, 손이 몇 개라도 모자랄 미애가 눈코 뜰 새 없이 바쁘게 움직이고 있었다. 달려가서 일이라도 도와주고 싶었지만 솜씨도 없는 게 갔다가 괜히 저번처럼 일만 늘릴 것 같아 설민은 조용히 주방을 빠져나왔다.

"아직도 계셨네요?"

홀에서 테이블을 닦고, 서빙을 하며, 잡일을 도와주던 아르바이트생 건우가 주방에서 나오는 설민을 보고 말했다. 그 말이 왜 그리 서운하게만 느껴지던지. 할매네 국밥의 일원도 아닌 사람이 아직까지 머무는 이유를 모르겠다고 말하는 것만 같았다.

"이제 슬슬 가야죠."

설민이 중얼거렸다. 몸도 안 좋았지만, 마음 상태가 더욱 나빴다. 분명 아까 들은 단어에 체한 것이 틀림없었다.

"국밥 드시러 또 오세요."

건우가 친절하게 인사를 했다. 그 인사를 들으며 설민은 저도 모르게 주방을 흘끔 바라봤다. 미애는 얼굴을 비출 생각도 없는 듯했다. 실망한 그의 어깨가 축 처졌다.

설민은 터덜터덜 밖으로 나와 주차된 차에 올라탔다. 날렵한 스포츠카가 굉음을 내기 시작했고, 그는 얼마 지나지 않아 언덕배기 [독고 할매네 국밥]에서 멀어졌다.

설민은 멍하니 기계적으로 운전만 했다. 그렇게 집으로 향할 때쯤, 다시금 속에 덩어리가 있는 것처럼 뭉친 느낌이 그를 덮쳤다. 소화도 안 되는 것을 억지로 소화시키려 하니 몸이 나빠지는 거지, 그 생각을 하니 문득 의심이 들었다. 내 짝이 정말 아닌 건가, 나의 직감은 틀린 것인가, 여자를 보는 눈이 그리 없던가, 정녕 나는 비너스를 소화시킬 수 없는 것인가!

끼익, 갓길로 차를 멈춰 세웠다.

차를 세운 설민은 핸들에 격하게 고개를 파묻고 숨을 거세게 몰아쉬었다. 이러지도 저러지도 못해 화가 나는 건지, 아니면 어쩔 수 없는 상황에 타협해야만 하는 현실이 기가 막힌 건지, 이유를 알 수 없는 화가 깊은 곳에서부터 끓어올랐기에 그는 자신을 달랬다. 효과가 있었던 탓일까, 열기로 들끓던 용암이 아주 잠시 가라앉는 것처럼 느껴졌다.

설민이 파묻고 있던 고개를 들어 올렸다. 그리곤 양손으로 자신의 얼굴을 가볍게 쓸어내렸다. 시선을 들어 룸미러로 얼굴을 확인하는데 뒷좌석에 아무렇게나 던져 놓은 옷가지가 눈에 들어왔다. 자신이 가장 아끼던 옷이 얼룩이 묻은 채로 방치되어 있었다. 그제야 설민은 자신의 실수로 국밥을 쏟았던 것이 기억났다. 그 기억과 함께 숨 막히던 그때의 감정도 다시 되살아났다. 계속해서 잠재우려던 그의 노력이 헛수고로 돌아가는 순간이었다.

"백설민, 네가 미치긴 미쳤구나. 세탁할 생각도 안 하고."

설민이 자조적으로 웃으며 중얼거렸다. 세탁거리만 잊어버렸으면 말도 안 해. 문제는 더 심각했다. 남편이 있든 없든 상관하고 싶지 않다는 욕망이 빠끔 고개를 들었기 때문이었다.

"양심도 없는 자식."

설민이 두 눈을 질끈 감았다 떴다. 고삐 풀린 망아지도, 브레이크 고장난 레이싱 카도 그보다 덜하면 덜했지 더하진 않았을 게 분명했다. 핏기 없는 그의 얼굴에선 눈동자만이 형형하게 빛나고 있었다.

설민은 룸미러를 통해 잠시 자신을 바라보고 있다가 핏줄이 터져 버릴 듯 세차게 주먹으로 핸들을 내리쳤다.

"근데도 아줌마가 보고 싶다고!"

숨기려고 했던 본심이 툭 튀어나왔다. 제가 말하고도 귀를 의심했던 설민은 더 이상 망설이지 않고 핸들을 잡았다. 그리고 핸들을 꺾어 유턴을 했다. 지금 이 순간만큼은 비너스의 얼굴을 보지 않고는 못 배길 것 같았다.

6

할매는 미닫이문을 활짝 열어놓은 채 툇마루로 나와 앉아 있었다. 발목을 삐끗한 것을 본 의사는 한동안 누워 있어야 할 거라며 진단을 내렸지만 누워서 게으름 부리는 것이 영 취향에 맞지 않는 할매 끝순은 기어코 의사의 말을 어기고 앉았다.

마당에선 편안 차림의 하늬가 삽을 들고 흙 놀이를 하고 있었다. 덥지도 않는지 한동안 흙을 파는 아이의 모습을, 할매는 묵묵히 바라보고만 있었다. 할매의 시선은 미애를 바라볼 때와 사뭇 달랐다.

"감회가 남다르구만."

손녀의 동생인 아이였지만 그렇다고 피가 섞인 것도 아닌 아이가 할매네로 들어오고 나서 할매는 아이를 어떻게 대해야 할지 막막했다. 친손녀처럼 대하려고 노력은 했지만 진짜 친손녀를 대할 때의 느낌과는 꽤 다른 느낌이었다. 아이도 그걸 아는지 할매의 앞에서는 늘 눈치 보기 바빴다. 안쓰럽기도 하지만 그렇다고 마음에도 없는 말을 하는 건 할매의 성격이 아니었다.

"어찌할꼬."

할매가 더위를 참지 못하겠다는 듯 곁에 두었던 부채를 들어 부채질을 시작했다. 그 순간, 건우가 무거운 짐을 어깨에 올린 채 마당을 가로질러 다가오는 것이 보였다.

"할머니, 저 진짜 누나한테 혼나요."

바람이 살랑대긴 하지만 풀벌레들도 지친 까닭에 울음소리도 들리지 않는 마당을 바라보고 앉은 할매는 자신에게 걸어오는 건우를 바라봤다.

"구더기 무서워서 장도 못 담그겠구나."

독고 할매가 못마땅한 시선으로 건우를 훑었다. 아르바이트를 하고 싶다며 다짜고짜 찾아왔던 녀석에 비하면 꽤 건장한 체격을 가지고 있는 녀석이었지만 설민의 배짱에 비한다면 훨씬 부족한 녀석이었다. 할매가 고개를 저으며 들고 있던 부채를 내려놓았다.

"옆에다 내려놓그라."

할매의 명령에 건우는 어쩔 수 없이 들고 온 바구니와 상자를 할매의 곁에 내려놓았다. 무가 담긴 산더미 같은 상자에 고춧가루 포대, 젓갈과 양푼, 고무대야며 도마, 칼 등이 준비되었다.

"이 정도면 됩니까?"

마지막 상자를 내려놓으며 건우가 물었다. 할매는 주변에 쌓인 물건들을 한동안 둘러보다가는 이내 고개를 끄덕였다.

"다라이가 좀 작은 것 같긴 하다만. 뭐, 됐다."

할매가 손을 내저으며 상자를 열었다. 그 안에서 갓 공수해 온 무를 하나 꺼내 들어 상태를 살폈다.

"어여 가서 일 보라."

할매의 말에 건우가 눈치를 살피다가는 한 걸음, 두 걸음 뒷걸음질을 치다가 이내 등을 돌려 가게로 뛰었다. 건우가 사라지는 것을 흘끔 바라보던 할매는 들고 있던 무를 내려놓고 활짝 열린 할매의 방으로 손을 뻗었다. 그리곤 책상을 향해 닿지 않는 손을 길게 뻗어 안경집을 잡아챘다.

"흐음."

안경집에서 돋보기를 꺼내 코에 걸친 할매의 눈이 날카롭게 빛났다. 무를 비롯해 각종 재료들을 꼼꼼하게 살핀 할매는 무를 다듬기 시작했다.

"아가……!"

할매가 갈라지는 목소리로 하늬를 불렀다. 하늬는 마당 한구석에 쪼그리고 앉은 채 미동도 하지 않았다. 할매가 다시 목청을 높였다.

"아가!"

그제야 하늬가 자리에서 벌떡 일어나 할매의 곁으로 쪼로로 달려왔다. 할매가 흙이 잔뜩 묻은 아이의 꼴을 살피다가 이내 고갯짓을 했다.

"손부터 씻고 오라."

그 말에 하늬가 고분고분, 수돗가로 달려가 손과 발을 깨끗하게 씻고 다시 할매에게로 다가왔다. 할매의 꼼꼼한 시선이 아이를 한 번 훑었다. 마음에 들진 않지만 아까보단 낫다는 듯 할매가 입술을 삐죽댔다.

"큰 가스나는 어딨나?"

"미애 언니야?"

"그래, 느이 언니야 말이다."

할매가 빠른 손놀림으로 재료를 다듬기 시작했다. 깨끗하게 씻은 무가 썰어지는 소리가 제법 경쾌하게 들려왔다. 그 소리를 들으며 하늬는 고개만 갸웃거렸다.

"언니야, 없는데?"

"없나?"

"잠깐 나갔다."

그 말에 할매가 무를 썰던 손을 잠시 멈췄다. 깍두기를 담그거나 밑반찬을 준비할 때만큼은 미애가 꼭 필요했기 때문에 할매는 잠시 망설였다.

"왜, 할매?"

"언제 온다냐?"

"잘 모르겠는데……."

그 말에 할매가 한숨을 내쉬곤 다시 칼을 움직였다. 탕탕탕, 탕탕탕, 익숙하게 내리친 칼이 도마에 부딪혀 일정한 소리를 만들어냈다. 그런 할매의 곁에 쪼그리고 앉은 하늬가 할매의 손놀림을 가만히 바라봤다.

"우리 엄마 김치도 마있었다."

하늬가 조용히 말했다. 그 말에 할매는 하늬를 흘끔 바라만 볼 뿐 아무런 말도 하지 않았다. 그저 탕탕탕, 익숙한 소리가 아이를 향한 답을 대신할 뿐이었다. 그렇게 시간이 흘렀다. 무가 깍두기 모양으로 썰어져 고무대야에 가득 찼다.

"하나 먹어볼텨?"

할매의 투박한 물음이 아이에게 향했다. 그 말에 하늬가 고개를 끄덕이며 할매의 곁으로 바싹 붙었다. 그리고는 생무를 입안에 넣고 사탕을 깨먹듯 오물거렸다.

"달달혀."

한참 동안 무를 씹던 아이가 답했다. 그 말에 할매가 미간을 찌푸렸다. 아이의 말에 할매도 무를 하나 집어 들어 아삭아삭 씹어봤지만 이젠 나이가 들어 맛이 제대로 느껴지지 않았다.

"무가 달달혀?"

"응!"

아이는 망설이지 않고 고개를 끄덕였다. 깍두기를 담글 때마다 미애와 미애의 엄마는 생무의 맛부터 보고 판단했었다. 깍두기에서 가장 중요한 것은 무의 상태기에 무부터 맛을 봐야 깍두기가 완성됐을 때의 맛을 점친다는 할매의 가르침 탓이었다. 물론 할매가 운이 좋았다. 할매의 예민한 미각을 쏙 빼닮은 손녀뿐만 아니라 미애의 엄마 역시 예민한 혀를 가지고 있었기 때문이었다.

그들은 생무의 맛을 볼 때마다 그랬다.

"달다, 달어. 이번 깍두기 맛도 죽여주겠구먼요."

그렇게 말한 무로 깍두기를 담그고 난 때면 왔다 가는 단골손님들마다 칭찬을 아끼지 않았었다.

"아주 이번 깍두기 맛이 최고네그려. 내 이 맛 때문에 독고 할매를 찾는다니까?"

그런데 이 작은 아이가 그리 말했다. 무가 달다고. 미각을 물려

받은 것일까, 아니면 그저 우연일 뿐일까. 우연이라고 해도 할매는 기뻤다. 그동안 아무 연관도 느끼지 못하던 아이에게서 아끼던 며느리의 모습이 느껴졌던 까닭이었다.

할매는 하늬를 가만 바라보고 있다가 처음으로 아이의 작은 손을 잡았다. 따뜻하고 탱글거리는 아이의 어린 손이 할매의 쭈글쭈글 주름이 잡힌 손과 맞물렸다.

아이는 할매의 마음을 아는지 모르는지 두 눈을 동그랗게 뜬 채로 할매를 바라보고 있었다. 할매가 하늬의 머리를 가볍게 한 번 쓸었을 무렵이었다. 쾅, 하고 요란한 소리와 함께 숨을 헐떡이는 설민이 마당으로 들어왔다.

"저놈이 어찌 돌아왔노?"

할매가 눈살을 찌푸리며 계집아이 같은 청년을 아래위로 훑어봤다. 성에 차는 건 하나도 없었지만 당돌한 배짱만큼은 할매의 마음에 들었다. 코앞까지 다가온 설민을 향해 할매가 중얼거렸다.

"니 덕에 아주 문지방이 닳겠구나."

할매의 못마땅한 목소리에도 설민은 아무렇지 않다는 듯 제법 뻔뻔한 얼굴이었다. 솔직히 말이야 바로 하자면, 설민에게 있어 미애 말고 겁이 나는 것은 아무것도 없었다.

"할머니, 미애 씨는요?"

"왜 남의 손녀딸 이름을 함부로 불러쌌노?"

할매의 매서운 시선이 설민에게로 향했다. 설민은 할매의 시선보다도 미애의 행방이 더 궁금하다는 얼굴로 계속 두리번거리며 미애의 모습을 찾았다. 그의 손에는 작은 꾸러미 하나가 들려 있었다.

"뺀질뺀질한 옷차림하고는. 쯧쯧. 넌 국밥을 먹으러 오는 게냐, 수작 부리러 오는 게냐?"

"어릴 적부터 우리 오마레 여사가 패션은 사람의 또 다른 개성이라면서 중요시 시켜서요. 그리고 국밥 먹을 때의 패션과 양식 먹을 때의 패션이 따로 있나요?"

설민이 넉살좋게 웃어 보였다. 그 웃음에 할매의 두 눈이 가늘어졌다. 배짱 하나만 볼 게 있지, 뺀질거리고 제 소신 하나 없는 요즘 아이일 것이라 생각했는데 그것도 아닌 모양이었다.

"그러니까 할머니, 아르바이트 시켜주세요."

"아르바이트생은 둘이나 필요 없다."

할매가 고개를 저었다. 그 말에 잠시 입술을 내밀고 있던 설민이 무슨 생각이 떠올랐다는 듯 환한 얼굴을 했다.

"그럼 할머니, 저랑 친구 하실래요?"

"……친구?"

"제가 매일 와서 말동무도 하면 좋잖아요."

그 말에 할매가 눈살을 찌푸렸다. 할매의 이마에 깊은 주름이 자리 잡혔다.

"필요 없다."

"에이, 저 오면 반가워하실 것 같은데?"

"시끄럽다!"

할매가 설민의 애교에 넘어가지 않으려는 듯 고개를 돌렸다. 다른 이들이 볼 땐 잘생겼다고 말할 수는 있었겠지만 할매의 눈엔 젊을 적 세상을 뜬 남편이 보였다. 닮아도 꼭 닮은 미남이었다. 눈웃음을 칠 때면 사람 애간장을 태우며 살살 녹이는 능력까지 겸비

한 탓에 할매는 일찌감치 고개를 저었다. 잘생긴 남자는 여러모로 피곤한 법이었다.

그 순간이었다.

"할매!"

나갔다 들어온 미애에게 건우가 귀띔이라도 한 모양인지 미애가 곧장 할매에게로 다가오고 있었다.

"대체 뭐 하는 거야, 할매. 이렇게 움직이면 안 된다고 했잖아."

"가만히 있자니 좀이 쑤시는데 어떡하냐?"

"그래도 가만 계셔. 내가 다 할 테니까."

"아픈 할매 놔두고 싸돌아다니는 주제에 말은 청산유수다."

아프다는데도 챙겨주지 않는 태도에 섭섭했던 모양이었다. 할매가 어린아이처럼 입을 삐죽이며 투덜거렸다. 그 모습에 미애가 하하, 커다랗게 웃으며 등 뒤에서 무언가를 꺼냈다.

"짠! 할매 좋아하는 것 사러 갔었지."

물 한 바가지 들이부은 것처럼 온몸이 땀으로 젖은 채로 들어온 미애가 햇살보다도 더 환한 미소를 지어 보였다. 까무잡잡하게 탄 그녀의 얼굴에 새하얀 치아가 드러났다.

"뭐냐, 춘화네 한과냐?"

"딩동댕!"

미애가 한지로 곱게 싸인 고급 한과를 할매 앞으로 밀어주었다. 할매가 가장 좋아하지만 춘화네 가게가 국밥집에서 멀기도 한데다 값도 비싸 즐겨 먹지 못하는 한과였다.

"오랜만에 내 인심 썼다."

미애가 호탕하게 웃으며 평소보다 커다란 상자를 내밀었다. 예뻐게 포장된 상자가 제법 큰 것을 보니 돈 좀 쓴 모양이었다. 한과 상자를 받으며 할매가 냉소적으로 중얼거렸다.

"모으진 못할망정 쓸데없는 데다 돈을 쓰니, 쯧쯧."

저한테는 투자하지도 않고 매번 하늬나 할매를 위해서만 지갑을 여는 손녀가 안쓰러운 까닭에 나온 투덜거림이었다. 그런 할매의 마음을 알고 있는지 미애는 섭섭하지 않다는 듯 손을 내저었다.

"쓰라고 버는 돈인데 뭐."

"모으라고 있는 돈이다."

"돈은 있다가도 없고, 없다가도 있단다. 할매, 너무 쪼쫀한 거 아이가? 그냥 맛나게만 먹으면 내는 좋다."

그 말에 할매가 한 손으로 한과 상자를 가볍게 쓸고는 미애를 바라봤다. 미애는 몰랐지만 할매의 눈가가 저도 모르게 촉촉해져 있었다.

미애는 할매의 옆에 쌓여 있는 고무대야와 도마를 치웠다.

"그리고 할매, 깍두기는 그만해라. 내캉 담지, 뭘 또 그리 힘들게 그러나?"

"됐다, 마. 거의 다 끝나간다."

할매가 미애의 입에 무를 쏙 넣어주었다. 할매가 넣어 준 무를 시원하게 아삭거리며 미애가 뒤를 돌았다. 커다란 셔츠의 배 부분을 잡고 팔랑거리며 한 손으로는 이마에 흥건한 땀을 훔치는 중이었다. 등을 돌린 미애는 아까까지 보지 못하고 지나쳤던 설민을 봤다.

"어라라? 미남 손님, 또 오셨네? 아까 건우가 가셨다 하드니만은.”

“아…….”

설민이 말을 길게 늘였다. 할매 앞에선 말만 잘하더니 미애가 묻는 말엔 입맛만 다시는 중이었다. 그 모습에 할매가 피식거리며 웃었다.

“다시 왔단다.”

설민을 돕는 건지, 미애를 돕는 건지, 할매가 치고 나왔다 빠졌다. 그 말에 미애가 무슨 일이냐는 듯 두 눈을 커다랗게 떴다. 모든 사람이 지켜보는 가운데서 만날 거라 생각하지 못했던 설민은 미애의 얼굴을 보게 되어 기쁜 마음 반, 사람들의 부담스런 시선에 긴장감 반으로 그 자리를 지키고 있었다.

“어쩐 일이세요? 볼일이라도 있어요?”

미애의 물음에 설민이 눈치를 봤다. 할매는 이 상황이 재미있다는 듯 한과 상자를 열며 설민이 등 뒤로 감춘 꾸러미를 궁금한 시선으로 바라봤다. 하늬 역시 할매의 곁에 앉아 결혼을 반대하는 시어머니처럼 한쪽 무릎만 세우고 두 사람을 바라보고 있었다. 의기투합한 두 사람이 ‘난 이 결혼 반댈세!’ 라며 외칠 기세였다.

사람들의 시선이 낯설었던 설민은 그저 뒤통수만 긁적이다가 불쑥 말을 꺼냈다.

“그, 좋은 아이디어가 생각나서요.”

뚱딴지같은 말에 미애가 한쪽 눈썹을 들어 올렸다. 그건 할매와 하늬도 마찬가지였다.

“아이…… 디어?”

“아, 그게…….”

생각지도 않게 변명이랍시고 입에서 튀어나온 말에 놀란 설민이 두 눈을 굴렸다. 아이디어긴 한데 어떤 아이디어라고 해야 할까, 설민은 자신이 가게로 갑자기 돌아온 이유를 뭐라고 대야 하나 고민하기 시작했다. 남편까지 있는 아줌마가 보고 싶다고 말하는 미친 짓은 할 수 없었다. 헌데 가만 듣고 있던 미애가 그를 도와주기라도 하듯 밝은 얼굴로 물었다.

"가게 경영에 관한 거예요?"

그 말에 설민이 멈칫거렸다. 그걸 아는지 모르는지 미애는 기분 좋게 조잘거리기 시작했다.

"사실 가게 하는 사람으로선 가게 번창에 관심 있는 게 당연하잖아요. 그동안 고민이 많았는데 상담할 상대가 없어서……. 알다시피 우린 할매랑 하늬가 전부니까."

그동안 같은 또래의 조언 상대가 없었던 게 여간 답답하지 않은 게 아니었다는 듯 미애는 그의 조언을 기다리며 두 눈을 빛내고 있었다. 그런 그녀를 바라보며 설민이 어떻게 하면 그녀를 기쁘게 할 수 있을까 고민했다.

"그게……."

그의 한마디에도 미애의 두 눈이 기대로 반짝였다. 설민은 등 뒤로 흐르는 식은땀을 느끼며 어색하게 웃었다.

"쿠폰을 만드는 게 어때요?"

저도 모르게 든 생각이었다. 그 말에 미애가 설명을 기다렸다.

"음, 여긴 단골손님들이 많은 곳이니까 서비스를 하는 것도 나쁘진 않을 것 같은데. 예를 들어 열 번짜리 쿠폰을 발급해 10번 국밥을 먹으면 도장을 찍어주는 거죠."

"그래서?"

"10번을 다 채우면 원하는 것을 하나 주는 거예요. 서비스 차원이랄까? 요즘엔 맛있어도 서비스가 안 좋으면 사람들이 안 오니까."

설민은 자신이 말하고도 그럴듯한 아이디어에 스스로 감탄했다. 설민의 그 말에, 미애는 천천히 생각이라도 하는 듯 고개를 끄덕였고 그들의 대화를 듣던 할매는 그게 무슨 말이냐는 듯 신경질적인 목소리로 핀잔을 주었다.

"씨나락 까묵는 소리 말라."

할머니의 부정에 설민이 입술을 비죽거렸지만 한참을 생각하던 미애는 사뭇 다른 의견을 내놓았다.

"왜? 난 괜찮은 것 같은데?"

"그래요?"

"지금까지 그런 생각을 못해봤어요. 메뉴가 국밥이라 그런지 어르신들만 많이 오는데 학생들이나 젊은 손님들을 공략하려면 내가 나서는 게 좋겠어요. 그런 방법도 서비스 차원에서 좋을 것 같고."

미애가 고개를 끄덕였다. 머리에서 반짝하고 전등에 불이 켜진 것 같아 미애가 손바닥에 주먹을 탁 하고 내리쳤다. 그리곤 설민에게 가게로 가서 자세한 이야기를 해보자고 제의했다. 그녀가 관심을 가져주는 게 기쁜 설민은 알겠다며 그녀의 뒤를 따랐고 그런 두 사람을 바라보는 할매는 절레절레 고개만 저었다.

"쯧쯧. 저 맹한 계집애. 저래서 안 된다는 거다."

할매의 고갯짓이 궁금했던지 하늬가 할매의 모시 옷자락을 쿡

쿡 잡아당겼다.

"뭐가 할매?"

하늬의 물음에 할매는 아이고, 덥다, 탄식을 하며 부채를 집어 들었다.

"저 봐라. 틈을 주지 않나? 사내가 원하는 게 뭔 줄 알고 저래 승낙을 하나?"

"응?"

할매의 말이 무슨 뜻인지 몰라 하늬는 그저 두 눈만 깜빡일 뿐이었다. 하지만 할매는 사내란 다 똑같은 것들이라며 한동안 혀만 찼다.

"국밥 한 그릇 더도 아니고 원하는 거라……."

할매가 중얼거리며 피식 웃었다. 설민의 수가 빤히 보이는데도 그걸 알아채지 못하는 미애의 모습이 재미있기도 했고, 그렇게 해서라도 어떻게든 해보려고 노력하는 설민의 모습이 귀엽기도 했기 때문이었다.

"그거야 두고 보면 알겠지. 운명이라면 되지 않을 것도 될 것이니."

할매의 중얼거림이 두 사람이 떠난 자리를 맴돌았다. 하늬는 더 이상의 어려운 어른들의 일들은 관심도 없다는 듯 길게 기지개를 켜고 할매가 주는 한과를 받아먹었다. 슬슬 물리치기 힘든 낮잠이 몰려오고 있었다.

한편 가게로 들어간 미애와 설민은 손님용 테이블 한편에 자리를 잡고 앉았다. 저녁 시간이 다가오느라 가게가 분주해질 게 분명했지만 미애는 아주 잠시 모든 일을 건우에게 맡겨두고 설민과 마주 앉았다. 지금 이 순간, 미애의 관심사는 오로지 가게 경영 노하우에 있었다.

"가게 하신 적이 있나 봐요?"

미애의 물음에 설민이 가볍게 고개를 끄덕였다.

"경영학을 전공했어요. 일단은 아버지께서 작은 구멍가게 하나 하시고 있고요."

그 말에 미애가 고개를 끄덕였다.

"전 경영은 하나도 모르거든요. 일부러 배운 것도 아니고. 게다가 할매는 오로지 음식에만 신경을 쓰니 별달리 달라질 것도 없는 상황이고요."

"그렇군요."

"그래서 쿠폰 아이디어, 그건 참 좋은 것 같아요. 다른 가게들도 그렇게 하나요?"

"요즘은 대부분 그렇죠."

설민의 주억거림에 미애가 씁쓸하게 웃었다. 시대가 어느 시댄데 아직까지도 90년대에 틀어박혀 있는지, 발전할 생각도 없이 퇴보만 하는 자신이 떠오른 까닭이었다.

"아, 그렇구나. 제가 좀 촌스럽네요. 전 국밥집을 벗어난 적이 없어서……. 솔직히 다른 가게의 경영도 보고 배워야 하지만 국밥집 운영하는 것만으로도 벅차서요."

그 말에 설민이 두 눈을 반짝거렸다.

"언제 같이 가봐요. 쉬는 날이 언제죠? 주중? 주말? 제가 잘 아니까 안내하죠. 언제가 좋은지 시간만 말해요."

"그래도 실례가 안 되려나요? 사실 이 근방 이외의 것에 대해서는 문외한이라 도움이 절실히 필요하긴 하거든요."

싫지 않은 듯 대답하는 미애의 모습에 설민은 세차게 고개를 저었다.

"노노, 실례는 무슨. 언제든 환영입니다. 쿠폰은 걱정 마요. 몇 가지 시안이 집에 있으니 뽑아다 줄게요."

"그래도 괜찮겠어요?"

"물론이죠. 대신 전 도장 다섯 개 먼저 예약입니다. 그동안 먹은 것까지 합쳐서."

설민의 찡긋거림에 미애가 매력적인 미소를 지었다. 한쪽 볼이 호빵처럼 부풀었는데도 설민의 두 눈엔 그 모습까지도 예뻐 보였다. 자신도 모르게 그녀의 호빵을 덥석 베어 물고 맛나게 쩝쩝거리고 싶다는 생각을 했다.

"여섯 개 어때요?"

"좋아요. 그럼 언제 볼까요?"

"이번 주 일요일에 시간을 내볼게요."

설민은 황홀해진 얼굴로 고개를 끄덕였다. 그동안의 마음고생이 하늘을 감동시킨 탓인지, 오늘따라 모든 일들이 술술 풀리는 느낌이었다.

"이제 일어나 봐야겠네요. 손님들이 많아지네."

미애가 주변을 둘러보다 혼자 진땀 빼는 건우를 보고 자리에서 슬그머니 일어났다. 그 말에 설민이 오늘만큼은 쿨하게 물러났다. 그도 자리에서 일어났다.

"참, 잊어버린 게 있는데."

설민의 말에 미애가 두 눈을 떴다. 설민은 그런 그녀를 향해 감춰두었던 꾸러미 하나를 그녀에게 건넸다.

"이게 뭐예요?"

"선물요."

"선물?"

갑작스런 그의 태도에 놀란 미애가 엉겁결에 꾸러미를 받아 들었다.

"기대하지 말아요. 포장도 못한 데다 매우 소박하니까."

"아니, 갑자기 무슨 선물을……."

"실례가 안 된다면 그냥 받아줘요. 지나가다 생각나서 산 거니까."

설민의 적극적인 말에 미애가 고개를 갸웃거리며 꾸러미를 열었다. 그가 건넨 꾸러미 안에는 몇 가지의 핸드크림이 들어 있었다. 사랑스러운 베이비 핑크색부터 여름 하늘을 닮은 하늘색, 상큼한 오렌지색과 신비로운 보라색의 핸드크림들은 휴대용부터 튜브형, 집에서 쓰기 좋은 동그란 통까지 다양했다.

"이게…… 무슨……."

"아까 보니까 손에 자꾸 신경 쓰는 것 같기에. 내 눈엔 예쁘기만 하지만."

설민이 수줍게 웃으며 뒤통수를 긁었다. 부끄러운 탓인지 그의 귀가 새빨갛게 물들어 있었다. 그 모습을 바라보며 미애는 저도 모르게 반짝거리는 눈동자에 그를 담았다. 언제 그렇게 세심하게 본 건지, 어떻게 자신의 마음을 읽은 건지, 설민의 세심한 배려에 미애의 얼굴이 붉어졌다.

"여름에 잘나가는 향이 수박이나 오렌지고, 유행하는 건 복숭

아나 딸기향이라고 하더라고요. 좀 부담스러울 수도 있을 것 같아서…… 무난한 걸 고른다고 고른 게…… 라벤더 향인데 추천을 받은 게 좀 그랬는지도 모르고…….”

설민이 횡설수설 말을 더듬었다. 그리고는 천상의 미소를 한 번씩 지은 후 곧장 가게를 빠져나갔다. 홀에 홀로 남은 미애만 그가 떠난 자리를 멍하니 바라봤다. 이번 기습 공격은 미애에게 영향을 주기 충분하고도 남았다.

7

거대한 저택의 식사 메뉴는 신기하다 싶을 정도로 다양했다. 한식은 기본이요, 양식, 일식, 중식에 메뉴에 없는 음식까지. 설민의 가족들은 이미 정해진 메뉴판을 보고 미리 먹고 싶은 음식을 정해 주문을 한다. 전날 저녁에 아침 메뉴를 주문하고, 아침엔 점심 메뉴, 점심엔 저녁 메뉴를 결정하면 주문한 음식이 나오도록 되어 있는 시스템이었다.

오마레 여사의 생각으로 시작된 식사 시스템이었지만 어느샌가부터 온 가족이 가뭄에 콩 나듯 식탁에 모이면서 이제는 시스템이 점점 비활성화되기 시작했다.

일요일 아침만큼은 다 같이 모여 식사하자는 그녀의 제안에도 뿔뿔이 흩어진 가족 구성원들은 모일 생각조차 하질 않는다. 그러니 오늘도 오마레 여사는 목청이 터져라 외치며 식구들을 찾아 나서야만 했다.

"아버니임!"

식사 주문이라곤 오마레 여사 단 하나뿐이라는 사실을 요리사를 통해 들었음에도 오마레 여사의 사전에 포기란 없었다.

"여보오!"

"우리 아들 백서얼미인!"

"따알! 우리 예쁜 따알! 백미!"

그녀의 부름에 온 가족은 묵묵부답, 고요하기만 했다. 남편인 백 회장이야 바쁜 것을 익히 알고 있기에 이해한다손 쳐도 은퇴하신 아버님과 아들은 어디를 갔는지 얼마 전부터는 코빼기도 볼 수 없었다. 오마레 여사는 한숨을 폭 내쉬었다.

"하여간 우리 집 남자들은 방랑자의 기질을 타고났어요. 집에 붙어 있는 꼴을 못 보겠네요."

곡조 하나 간드러지게 뽑듯 흥얼거리는 어조로 집 안을 돌아다니던 오마레 여사가 고개를 내저었다. 그리고는 꽃꽂이를 위해 마련한 프리지아 다발이 놓인 거실 탁자로 향했다.

"얘들아, 안녕. 너희들은 오늘도 아름답구나. 아, 이 향기!"

오마레 여사는 소란스러운 목소리로 호들갑을 떨며 꽃의 아름다움을 칭송하기 시작했다. 소녀다운 오 여사의 양 볼이 분홍색으로 물들었다. 한동안 아름다운 꽃에 취해 두 눈을 몽롱하게 뜨고 꽃꽂이를 즐기고 있던 오 여사가 갑자기 느껴지는 인기척에 정신을 차렸다.

"오 여사, 나 나가요."

굵직한 아들의 목소리에 오 여사가 꽃 한 송이를 든 채로 일어났다. 그리곤 그녀가 좋아하는 홈드레스를 팔랑거리며 사뿐거리는 몸짓으로 아들에게 다가갔다.

"아들, 그대의 목적지는 어디인가요? 아버지 회사니?"

"……밥 먹으러 가요."

"밥 먹으러? 대체 어떤 산해진미를 즐기기에 집을 놔두고 나가는 거니? 엄마는 요즘 따돌림 당하는 기분에 외로워."

오 여사가 들고 있던 꽃을 가슴에 품으며 슬프게 중얼거렸다. 글썽이는 그녀의 눈은 금방이라도 눈물을 떨어트릴 것 같았다. 그것을 바라본 설민이 안쓰러운 눈빛을 하고 오 여사에게 다가갔다. 그리곤 따뜻하게 오 여사를 안아주었다.

"설마."

잠시간의 모자간의 허그가 이뤄진 후, 설민은 어머니에게 가볍게 둘렀던 팔을 떼어냈다. 그리고는 오 여사가 좋아하는 화사한 미소를 지어 보이곤 집을 나서기 위해 현관으로 향했다.

"아, 참! 아들?"

집을 나서는 아들의 뒤를 흐뭇한 얼굴로 바라보고 있던 오 여사가 설민을 불러 세웠다. 그리곤 들고 있던 꽃 한 송이를 그에게 건네주며 환하게 웃었다.

"좋은 하루, 아드을."

오 여사는 의미심장한 시선으로 아들을 보며 한쪽 눈을 찡긋거려 보였다.

"정성을 들여야만 사랑스럽게 피어나는 꽃을 볼 수 있단다."

그렇게 말을 마친 오 여사는 집에서 쫓아내듯 아들의 등을 밀어 보냈다.

집을 나온 설민이 향하고 있는 [독고 할매네 국밥]엔 손님이라곤 하나 없이 한적했다. 틀어놓은 텔레비전에선 50년 만의 폭염이라며 쉴 새 없이 떠들어대고 있었다. 에어컨도 없이 펄펄 끓는 국밥을 파는 할매네 가게에 손님이 오지 않는 것도 당연했다.

모두가 기운 없이 늘어져 부채질만 하고 있는 가운데 믿기진 않지만 허름한 가게 문이 열렸다. 가장 먼저 자리에서 일어난 건 더위에도 끄떡없는 얼굴을 하고 있는 매서운 눈의 독고 할매였다.

"어서 오슈."

더운 날씨완 어울리지 않는 서늘한 할매의 목소리가 울렸다. 그 말에 주방 아궁이에서 최대한 멀리 떨어져 있던 미애의 고개가 돌아갔다. 하늬는 이미 서늘한 그늘에 자리 잡고 아무렇게나 던져놓은 인형처럼 온몸에 힘을 빼고 엎어져 있었고, 메탈로 된 차가운 테이블에 얼굴을 대고 뜨거운 열기를 식히고 있던 건우가 비척거리며 일어나 손님 맞을 준비를 했다.

"어서 오……."

상냥하게 손님을 맞으려던 건우의 목소리가 연결될 생각도 하지 못하고 뚝 끊겨 버리고 말았다.

"안녕하세요."

설민이 떨떠름한 시선으로 건우를 훑으며 한 손을 들어 인사를 건넸다. 그는 하얀 러닝셔츠만을 걸친 채 근육을 드러내 보이는 건우로 인해 심기가 불편했다.

'노출증이야?'

속으로 비아냥거린 설민이 사뭇 다른 표정으로 가게 안을 둘러봤다.

"할머니!"

설민이 제법 반가운 음성으로 독고 할매를 불렀다. 자리에서 일어나 손님 맞을 준비 중이던 할매가 두 눈을 가늘게 뜨고 설민을 한 번 바라봤다. 그리곤 벽시계로 시선을 돌려 시간을 확인했다. 똑같은 시간, 똑같은 등장, 그리고 매일 같은 반복에 할매가 고개를 내저었다.

"끈질긴 집념 하나는 대단하구먼."

할매의 중얼거림을 들었는지 모를 설민이 씩 웃었다. 매력적인 웃음이 더위까지 날려 버릴 정도로 상큼하게 가게 안을 훑었다. 그 모습을 가만 바라본 할매가 설민을 향해 물었다.

"오늘도 국밥이냐?"

할매의 물음에 설민은 여유로운 얼굴로 가만히 고개를 저었다. 그리고는 두리번거리며 자신이 보고 싶은 얼굴을 찾았다.

"비너…… 미애 씨!"

주방에서 빼끔 고개를 내밀던 미애가 설민의 열화와도 같은 부름에 놀라 그대로 멈춰라, 의 상태가 되고 말았다. 또 무슨 일인가 싶어 두 눈을 끔뻑이고만 있던 미애가 자신을 바라보며 환하게 웃는 설민의 얼굴에 자신도 모르게 주방에서 한 발 벗어났다.

가벼워 보이는 셔츠를 두 겹으로 겹쳐 입고 여름에 딱 맞는 9부면 바지를 말끔하게 차려입은 뒤 맨발에 구두를 신은 그는 셔츠 사이로 흘깃 보이는 목걸이와 옅은 색의 선글라스로 패션을 완성시키고 있었다. 가벼운 가죽 가방 하나를 손에 든 설민은 눈부신 자태를 자랑하며 국밥집 주방으로 현란한 워킹을 선보이고 있었다. 그가 한 걸음씩 다가올 때마다 미애는 자신이 있는 곳이 국밥집이 아닌 레드 카펫이 깔린 런웨이가 아닌가, 착각이라도 할 지경이었다.

“가시죠, 미애 씨!”

설민의 그 말에 건우의 눈썹이 꿈틀거렸다. 매번 멍한 표정으로 설민을 맞던 건우였지만 이번만큼은 저도 모르게 움찔, 이상한 느낌을 느끼고 말았다. 더운 여름의 뜨거운 열기가 설민 한 사람만을 비껴 나가는 것처럼, 그가 상큼하고도 신선했기 때문일까. 건우는 급하게 밀려오는 불쾌함에 어금니를 꽉 물었다. 그리곤 다소 급하다 싶을 정도로 미애를 향해 시선을 돌렸다.

“네?”

설민의 갑작스런 등장에 미애는 영문을 모른 채 되물었다. 그 물음에 ‘꽃을 든 남자’, 설민은 미애에게로 한 걸음 거리를 좁히고 다가서며 말했다.

“우리, 약속했잖아요?”

“네?”

“가게 탐방, 그거 하기로 했잖아요.”

설민은 손에 들고 있던 가방을 들어 올려 뒤적거리곤 그 안에서 종이봉투 꾸러미 하나를 꺼냈다. 조금 두툼해 보이는 그 종이를 설민은 미애에게로 내밀었다.

“이건 약속했던 쿠폰 샘플.”

“어머!”

“기억나요?”

설민의 물음에 미애가 웃으며 고개를 끄덕였다. 그리곤 고맙다며 그가 내미는 꾸러미를 잡아들었다. 밀려드는 궁금증에 꾸러미

안에 든 쿠폰 샘플을 살펴보려던 미애를 향해, 설민이 다시금 입을 열었다.

"그럼 이제 가실까요?"

설민이 웃었다. 집에서 나올 때부터 이미 만반의 준비를 갖춘 그였기에 망설일 것은 하나도 없었다. 하지만 미애는 달랐다. 그가 내민 꾸러미 안을 훑어보려고 고개를 기울이던 그녀는 설민의 음성에 난감하다는 얼굴을 했다.

"어쩌죠, 하필이면 오늘 깍두기 담기로 했네요. 이 기억력을 어쩌면 좋아. 이번 주 일요일에 그렇게 약속을 해놓고 이 멍청한 머리는 그걸 잊어버렸어요. 이미 판을 벌여놨으니 제가 빠지면 할매가 고생이라……."

그렇게 말을 늘인 미애가 할매를 흘끗 바라보곤 이내 건우를 살폈다. 미애의 시선에 할매는 두 사람을 훑어보다가는 쿨하게 한마디를 했다.

"갔다 오라."

그 말에 놀란 것은 할매 곁을 지키고 있던 건우였다. 그는 모두가 이상하다 싶을 정도로 화들짝 놀라며 할매의 말에 반박하고 나섰다.

"할머니! 누나가 있어야 깍두기를 담죠. 저는 국밥 말아야 해서 도와드릴 수도 없는데."

"내 팔 아직도 쓸 만하다. 알아서 담그고 있을 테니 퍼뜩 갔다 와라."

"다리도 안 좋으시면서."

"내 죽을병에 걸린 것도 아니고, 괘안타."

할매의 대꾸에 건우가 잠시 불퉁하게 입을 다물었다. 그렇게 잠시 침묵을 지키고 있던 그는 다시금 투덜거리며 입을 열었다.

"밑반찬은요? 누나가 있어야 밑반찬도 만들고, 찬거리도 다듬고, 단골손님도 누나 보러 오는데, 하늬도 또……."

미애가 점심시간에 나가선 안 된다며 몇 번이고 이유를 들어가며 어필하던 건우를 바라보던 할매가 입을 열었다.

"네가 안 되는 게 아니고?"

할매의 물음에 건우가 인상을 쓰고 할매를 바라봤다.

"에? 제가요? 왜요?"

건우는 미애의 외출을 말리려는 근본적인 이유를 모른다는 듯 이해를 할 수 없다는 투로 대꾸했다. 그 모습에 할매는 쯧쯧, 혀만 차며 고개를 저었다.

"하여간 요즘 젊은 것들은……. 됐다, 고마. 넌 나가봐라."

할매의 물음에 고민에 휩싸인 건우를 내버려 둔 할매는 미애를 향해 손을 저어 보였다. 그리곤 다시금 혀를 차며 뒷짐을 진 채로 주방으로 들어갔다. 건우는 고개를 갸웃거리며 자신이 자리 잡고 앉아 있었던 테이블로 향했고, 다른 쪽에 앉아 있던 하늬는 자리에서 폴짝 뛰어내렸다.

"오빠야."

"안녕, 꼬마 아가씨."

설민의 미소에 하늬가 쑥스러운 미소를 지으며 설민을 툭하고 쳤다.

"참 오빠야는 느끼하게 꼬마 아가씨가 뭐꼬."

느끼하긴 하지만 그래도 기분은 좋다는 듯 온몸을 배배 꼬며 코를 벌렁거리는 하늬를 바라보며 미애가 키득댔다.

"아따, 내숭 그만 부려라."

"내숭이 뭐꼬. 내 예민하다 아이가."

"그래, 그래. 이제 나가보께. 가게 잘 지키고 있어라?"

미애가 하늬의 머리를 쓰다듬어 주었다. 그 말에 하늬는 입술을 쑥 내밀고 자신의 불만을 표출했다. 아이는 발끝으로 땅을 문지르다가는 이내 발바닥으로 바닥을 탕탕 두드렸다. 그것엔 자신을 놔두고 나가는 것에 대한 강한 불만이 담겨 있었다.

"나 두고 가서 맛난 것도 묵고, 재밌게도 놀고 해라."

풀 죽은 얼굴로 어깨를 늘어트린 하늬가 보란 듯 힘없이 중얼거렸다. 그 모습에 설민이 하늬의 앞으로 다가가 다리를 굽히고 앉았다. 그리곤 들고 있던 꽃 한 송이를 하늬에게로 건넸다.

"좋은 하루를 보낼 수 있는 행운의 꽃이야. 네게 줄게."

설민이 하늬에게 노란색의 향기로운 꽃을 건네자 하늬가 수줍게 웃으며 다시금 몸을 배배 꼬았다.

"오빠야도 차암. 부끄럽게시리."

꽃을 든 하늬가 꽃처럼 활짝 미소를 지어 보였다. 그리곤 두 사람을 향해 고사리 같은 손을 살랑살랑 흔들어주었다.

"나는 괜찮으니까 재미있게 놀다 와라!"

그런 하늬의 배웅을 받으며, 덧붙여 건우의 불만 섞인 눈빛을 뒤로하고, 미애는 설민의 에스코트를 받으며 가게를 나섰다.

설민의 안내는 완벽했다. 그는 그녀를 멋진 차의 조수석에 태웠고 문을 닫아주었으며, 안전벨트를 직접 매주기도 했다. 그리곤 부드럽고 안정된 운전으로 그녀가 가고 싶어 하는 다른 음식점에 데려가 주었고 차분하고도 꼼꼼히, 그러나 다정하게 그녀의 대화 상대가 되어주었다.

"배고프지 않아요?"

점심을 먹은 뒤 서울 시내 곳곳을 돌아다니다가 저녁 식사시간 대신 디저트 가게에 가는 바람에 때를 놓친 설민의 요란한 배 곯는 소리에 미애가 그에게 말했다. 배려 있는 그녀의 제안에 설민이 그윽하게 그녀를 바라봤다.

'그대, 나만의 뉴칼레도니아!'

올겨울, 가족과 함께 다녀왔던 꿈같던 휴양지에서 설민은 기도했었다. '천국에 가장 가까운 섬' 이라 불리는 뉴칼레도니아에서 천국과도 같은 여자를 만나게 해달라고, 뉴칼레도니아와도 같이 휴식을 취할 수 있는 목적지로 데려가 달라고!

그런데 그 기도는 기적처럼 이루어졌다. 1년 내내 평균 기온이 20도일 정도로 온화한 설민의 뉴칼레도니아, 고미애는 온화하고, 휴식을 취할 수 있을 정도의 몸매를 가지고 있으며, 마치 그 섬처럼이나 아름다운, 완벽한 여신 비너스였다.

'아아, 이 얼마나 럭키한 일인가!'

설민의 두 눈이 몽롱해졌다.

"어떤 종류를 좋아해요?"

그리 묻는 미애의 목소리에도 대답하지 못할 정도로 그는 황홀한 기분에 휩싸여 있었다.

"부대찌개가 줘여주는데. 어때요, 한 번 갈까요?"

미애의 말은 들리지 않았다. 그저 배고픈 자신을 챙겨주는 그녀의 아름다운 외모와 푸근한 휴식 몸매만이 부각돼 보였을 뿐이었다. 그 때문이었다. 찌개라는 단어에 저도 모르게 고개를 끄덕인 것은.

다시 정신을 차렸을 때, 설민은 신발을 벗고 들어가야 하는 부대찌개 가게 한편에 자리를 잡고 앉아 있었다. 시원한 에어컨 하나는 마음에 들긴 했지만 낡아빠진 방석하며 제멋대로 돌아다니는 파리는 설민의 신경을 거슬리기 충분했다. 화장실도 마찬가지였다. 미애에게 양해를 구하고 다녀온 화장실 칸막이는 센스도 없이 거무튀튀한 색으로 칠해져 있었다. 녹슨 문은 또 어떻고. 초자연적인 냄새로 버무려진 화장실의 풍경에 경악한 설민은 아랫배의 신호를 무시하고 싶었다. 하지만 어쩔 수 없었기에 주머니에 항상 휴대하는 휴지 한 장을 꺼내 화장실 문을 열고 휴대 향수로 그 주변을 대충 처리하는 수밖에는 없었다.

'이런 공간에서 식사를 할 수 있단 말이야?'

가게 탐방 첫 번째를 마치고 독고 할매네 국밥으로 돌아가기 전, 언덕배기 바로 밑의 가게를 찾은 참이었다. 당장이라도 떠나고 싶은 공간에 자리를 틀고 앉은 설민은 자신을 보고 웃는 미애의 모습에 뒷머리만을 긁적였다. 그리고 미애 몰래 가방에서 위생 소독제를 꺼내 제 손을 닦았다.

"자, 여기 나왔습니다."

한참 동안 안절부절못하고 있다가 앞에 놓인 수저부터 휴지로 닦기 시작한 설민과 가게 주변을 멍하니 바라보고 있는 미애 사이로 커다란 냄비 하나가 등장을 했다. 그 모습에 설민이 입을 떡하니 벌렸다.

"아따, 맛있겠다. 부대찌개에 기름이 좔좔한 것이 아주……."

미애의 감탄에도 설민은 과연 이게 사람이 먹는 음식이 맞는 건가, 의심을 하고 있었다. 큰 냄비에 푸짐하게 담긴 각종 김치와 소시지, 햄, 떡이며 당면 탓도 있었지만 김치의 알싸한 향이며 국물 위에 둥둥 떠다니는 기름은 설민이 고개를 내젓게 하기 충분했다.

"어때요?"

미애의 물음에 설민이 어색한 얼굴로 웃었다.

"한 번 잡숴봐요. 부대찌개는 이 집이라니까?"

시큼하고 매콤하고 뜨거운 자극적인 향이 설민의 코를 간질였다. 이것저것 할 것 없이 잡다하게 섞인 잡탕을 설민은 할 말을 잃은 채 바라봤다. 절대적으로 음식은 고유의 맛을 살려야 하며 한꺼번에 많은 것들이 섞여 자극적인 양념이 되는 것은 삼가야 한다는 할아버지의 가르침 탓인지는 몰라도 설민은 지금껏 함께 먹어본 적이 없었다. 아침으로 국과 밥이 나와도 국에 밥을 말아먹는 일은 음식을 모독하는 일이라며 절대적으로 싫어했던 그는 지금 이 상황이 믿기지 않았다.

더불어 누나 백미는 그를 보고 '결벽증'이라는 단어를 오용하지만 절대적으로 그건 결벽증이 아니라 위생을 중시 여기는 행위라고 단정 짓는 설민은 위생 관념 없는 화장실이며 개인 접시도 나오지 않는, 서로 침을 묻혀가며 냄비를 휘저어야 하는 이 상황은 상상도 하고 싶지 않았다.

하지만 그런 설민의 상황을 모르는 미애는 시원하게 웃으며 앞에 놓인 커다란 냄비에 망설이지 않고 자신의 숟가락을 푹 꽂았다. 그리곤 그 빨간 국물을 거침없이 입안으로 집어넣어 쩝쩝거렸다. 다시금 그녀의 숟가락이 냄비 안으로 향했다. 그녀가 쪽쪽 빨았던 숟가락이 다시금 냄비 안에 담겼다.

"드셔보라니까요?"

미애는 국물을 퍼 공깃밥 위에 담은 뒤 밥을 쓱쓱 비벼 한입 맛있게 먹었다. 그 모습이 더없이 사랑스럽게 보이면서도 자신은 그렇게 할 용기가 나지 않은 설민은 가만히 한숨을 내쉬며 숟가락을 들었다.

"앞접시는…… 없나요?"

설민이 망설이며 물었다. 그 물음에 미애가 알겠다는 듯 한입 크게 먹었던 음식물을 삼키고 입을 열었다.

"아이고, 그러게. 그 생각을 못했네요. 그, 간접 키스 이런 거라 불쾌하셨죠? 이모! 접시 하나만 주소."

미애의 그 말에 설민이 깨달음을 얻은 얼굴로 두 눈을 커다랗게 떴다. 그녀의 입에서 나온 '간접 키스', 그것이 그를 자극했음에 틀림없었다.

"간접…… 키스?"

"손님들이 그카 말하더만요. 사탕 같은 걸 같이 빠는 걸 보고 간접 키스라더만."

미애가 웃으며 답했다. 그 말에 설민은 망설이며 내려놨던 숟가락을 거침없이 들어 올렸다. 그리곤 자신 있게 냄비 안으로 집어넣고 쩝쩝거렸다.

"접시…… 필요 없어요?"

"필요 없어요!"

그리 답한 설민은 거리낄 것 없다는 듯 미애가 하던 대로 찌개를 먹기 시작했다. 백미나 오 여사가 본다면 놀라 기절할 만한 일이었지만 미애는 그냥 그렇겠거니 싶어 고개를 끄덕이곤 음식을 먹기 시작했다.

미애는 앞에 놓인 찬들을 바라보다 하얀 백김치 큰 조각을 들어 올렸다. 그리곤 손가락으로 시원하게 쫙 찢어선 자신의 공깃밥 위에 올려놓았다. 그리고 다른 쪽을 찢으려던 찰나, 그 모습을 홀린 듯 바라보는 설민이 눈에 들어왔다.

"한 쪽 줄까요?"

미애가 예의상 물었다. 그 물음에 설민은 아무 망설임도 없이 고개를 끄덕였다. 그 모습에 미애는 다시금 김치 한 쪽을 찢었다. 그리곤 그 조각을 그가 푼 밥 한 숟갈 위에 잘 올려주었다.

"아……."

설민이 저도 모르게 신음과도 같은 한숨을 내뱉었다. 미애가 왜 그러냐는 얼굴로 그를 바라봤지만 설민은 멍한 눈빛으로 중얼거렸다.

"참…… 섹시하다."

마침 미애가 김치를 찢은 손가락을 입으로 쪽쪽 빨고 있었다. 손에 묻은 김치 국물 하나까지도 잘 빨아먹는 미애의 모습에 설민은 섹시하다 느낀 모양이었다. 그는 그녀의 김치 국물 빠는 모습 뒤로 'kiss me, kiss me darling' 노래가 흘러나오는 것을 들을 수 있었다.

다시금 멍해진 설민이 입으로 가지고 가려던 숟가락을 든 손에 힘을 뺐다. 무의식중에 벌어진 일이었지만 어쨌든 일은 벌어졌다. 가득 담아 입으로 가져가려던 부대찌개 한 숟가락이 입안으로 들어가지 못한 채 낙하하고 말았다.

"어머, 어떡해!"

그걸 먼저 본 미애가 자리에서 벌떡 일어났다. 그제야 설민은 자신의 턱을 타고 가슴을 건너 바지춤까지 흘러내리는 뜨끈한 국물과 건더기를 느꼈다.

"아, 마이 미스테이크."

"무슨 스테이크요?"

"내 실수라고요."

"아아."

들고 왔던 티슈를 설민의 옷자락에 가져다 댄 미애가 고개를 끄덕였다. 그리고 아이처럼 앞섶에 흘러내리는 국물을 닦아달라는 투로 부동자세를 유지하고 있던 설민이 정신을 차리고 미애에게서 티슈를 받아 들었다.

"아이고, 이걸 어쩌나. 김치 국물은 안 지워질 텐데."

"괜찮아요. 집에 가서 빨죠 뭐."

"이대로…… 집에 간다고요?"

미애의 물음에 설민이 고개를 내려 자신의 상태를 확인했다. 밝은 색으로 상큼함이 느껴지던 셔츠의 네크라인부터 면 바지의 중요 부위까지 섬세하게 빨간 물이 들어 있었다. 멀리서 봐도 한눈에 보일 얼룩에 설민이 한숨을 푹 내쉬었다.

"매번 흉한 꼴을 보여 드리네요."

설민의 말에 그가 쏟아진 국밥을 쓸어 담아주던 모습을 상상한 미애는 괜찮다며 손을 내저었다. 그리곤 자리에서 일어났다.

"저희 집으로 가요. 옷부터 갈아입는 게 좋겠네요."

그 말에 설민이 그녀를 따라 자리에서 일어났다. 그리곤 건우의 고소하다는 시선과 뭘 했기에 그 꼴이냐는 할매의 눈초리를 견디며 미애네 욕실을 빌렸다.

“잠시만 계세요. 갈아입을 옷이랑 수건 가져올게요.”

“윗옷은 괜찮아요. 안에 입은 셔츠가 짙은 색이라.”

설민의 말에 미애는 가볍게 고개를 숙이고 욕실을 나섰다. 그리곤 방을 뒤져 오래전 아버지가 입었던 바지 하나를 찾아냈다. 무난한 색인데다 고무줄 바지라 취향과 사이즈 모두를 대충은 커버할 수 있을 거라 생각했다.

그렇게 찾은 바지 하나에 수건 하나를 챙긴 미애가 곧장 욕실로 가 문을 열었다. 아무 생각도 없이 문을 연 미애는 눈앞에 보이는 광경에 입을 꾹 다물고 두 눈을 굴려 먼 풍경을 바라볼 수밖에 없었다. 앉은뱅이 의자에 샤워기 하나만 달랑 있는 욕실에 설민이 실오라기 하나 걸치지 않은 채 서 있었기 때문이었다. 그는 거울을 보며 양팔을 들어 미스터 코리아 선발대회에 나갈 선수처럼 힘을 주고 포즈를 취하고 있었다. 샤워기를 틀어 온몸에 물도 조금 뿌린 모양인지 하얀 잔 근육의 몸이 번질거리고 있었다.

“헉!”

갑작스런 미애의 등장에 놀란 설민이 번개 같은 속도로 자신의 가슴에 엑스 자로 팔을 둘렀다. 그러다 이게 아니라는 것을 깨달은 그는 황급히 가슴을 가렸던 양손을 아래로 내렸다. 먼 곳을 바라보던 미애의 시선이 흘끔하고 설민의 가슴을, 다시 흘끔하고 설민의 단단한 팔과 배를, 한 번 더 흘끔하고 설민의 탄탄한 허벅지를, 마지막으로 흘끔하고 그의 중요한 부분을 훑었다.

“여기 옷이랑 수건…….”

"아, 고맙……. 밖에다 놔두시지……."

두 사람이 떨떠름하게 대화를 나눴다. 먼 곳을 바라보는 미애는 그와 시선을 마주치지 않으며 수건을 먼저 내밀었다. 설민은 미애가 내미는 수건을 황급히 집어 들고 하체에 둘렀다.

"그럼 나가볼……. 문은 잠그시고……."

"아, 네에."

미애가 체조하는 선수처럼 절도 있는 동작으로 설민에게서 등을 돌렸다. 한쪽 발을 다른 쪽 발 뒤로 뻗고 홱, 몸을 돌렸다. 문제는 뒤로 뻗은 한쪽 발이 설민이 뿌려놓은 물로 흥건한 타일바닥에 닿은 것이었다. 미애는 저도 모르게 미끌, 중심을 잃었다.

"어어?"

한 번 중심을 잃은 미애의 몸이 흔들거렸다. 그걸 확인한 설민이 재빠르게 미애에게로 다가오며 양팔을 그녀에게 뻗었다. 영화 속에서 본 것처럼 사뿐하고도 거칠게 그녀를 위험에게서 구해내고자 하는 열망이 가슴속에 있었다. 입에 장미 한 송이만 물렸더라면 완벽했을 것을, 설민은 한탄했다. 물론 그것은 그의 상상이었다.

몇 번의 동선 확보와 몇 번의 NG를 거쳐 완성하는 완벽한 그림을 단 한 번의 우연한 기회에 달성하려 하니, 그 욕심이 지나쳤음은 당연했다. 그녀를 잡아 올리려 양손을 뻗었던 그의 손이 무색하리만치, 아니, 뻔뻔하리만치 미애의 양 가슴을 움켜쥐었다.

뒤에서부터 들어오는 낯선 남자의 손길에 놀란 미애가 솥뚜껑 가슴을 닫을 새도 없이 그의 손이 가슴을 꽉 하고 움켜쥐는 탓에 그녀의 입에선 탄성인지 비명인지 모를 이상한 소리가 새어 나왔다.

"끄악!"

그 비명에 그녀의 가슴을 쥐었던 설민은 화들짝 놀라며 그녀에게서 손을 뗐다. 그 덕에 겨우 중심이 잡혔던 미애가 다시 앞으로 꼬꾸라지기 시작했고 이내 쫘아앙, 요란스러운 굉음이 온 집 안을 강타했다. 넘어지며 잡았던 오래된 욕실 문짝도 미애의 우악스러운 손길에 뜯겨져 나갔고 험한 발버둥에 바닥에 놓인 앉은뱅이 의자며 비누, 샤워기까지 엉망진창으로 바닥에 내팽개쳐졌다.

"무슨 소리고, 이게?"

가장 먼저 할매가 달려왔다.

"시끄러버 잠을 못 자겠다."

눈을 비비며 하늬가 뛰어왔다.

"무슨 일이에요, 대체!"

가게를 지키고 있던 건우까지 한걸음에 도착했다.

그렇게 욕실로 향한 세 사람은 눈앞에 벌어진 광경에 할 말을 잃었다. 세 사람의 표정은 각기 다양했다. 눈살을 찌푸린 할매부터 한 손으로 제 눈가를 가린 건우, 눈꺼풀을 무겁게 만들던 잠이 달아나 똥그란 눈을 빛내는 하늬까지.

뜯어진 문의 손잡이를 잡은 채 하늘을 바라보고 있는 미애는 두 눈을 껌뻑이며 자신의 위에서 내려다보는 세 사람을 향해 어색한 미소를 지어 보였다.

"아, 하하……. 모두들……."

미애의 말에 모두의 시선이 미애의 얼굴 아래로 향했다. 미애를 잡으려던 설민의 안타까운 양손은 아직도 쓰러진 미애의 커다란 가슴 양쪽에 자리를 잡고 있었고, 설민은 미애의 통통한 배에 얼굴을 묻고 있었다.

세 사람의 시선이 조금 더 내려갔다. 울룩불룩 멋진 근육을 자랑하는 설민의 등을 지나 탄탄하고 균형 잡힌 설민의 엉덩이로. 언덕처럼 솟아 있는 설민의 맨 엉덩이로 시선을 준 세 사람 중 건우가 가장 먼저 양손을 들어 하늬의 두 눈을 가렸다.

"엉덩이 하나는 예쁘구먼. 탄탄하니 오리 궁뎅이야."

"할머니, 요즘은 힙 업이라고 해요."

할매의 칭찬에 건우가 터져 나오려는 웃음을 참으며 거들었다.

"나 원 참, 남사스러워서. 쯧쯧. 남녀칠세부동석이라 했거늘, 요즘 청년들은……. 쯧쯧, 쯧쯧쯧. 세상이 어찌 될는지 돌아가는 꼬라지 하나 마음에 드는 게 없네. 쯧쯧쯧."

할매가 세차게 혀를 차기 시작했고 그 덕에 그들을 바라보던 미애는 사색이 된 얼굴로 두 눈을 질끈 감아버렸다. 그리고 자신의 눈을 가린 건우의 손을 치운 하늬는 그 광경을 찬찬히 바라보다가 이내 할매처럼 쯧쯧, 혀를 차기 시작했다.

"언니야, 이게 뭐 하는 거고?"

하늬의 말에 한동안 미애의 배에 얼굴을 파묻고 있던 설민이 번쩍 고개를 들었다.

"언니……?"

설민의 두 눈이 생기로 가득 번들거리기 시작했다. 지금 이 순간만큼은 알몸인 자신도, 할매의 매서운 눈초리도 상관없었다.

8

"언니야, 이게 뭐 하는 거고?"

"언니……?"

고개를 번쩍 들어 올린 설민이 하늬를 바라봤다. 엎어진 두 사람의 앞에 쪼그리고 앉은 채로 두 눈을 동글거리는 하늬가 고개를 번쩍 든 설민을 향해 생긋 웃어 보였다.

"뭐라고 그랬어요?"

저도 모르게 존댓말을 쓴 설민이 하늬를 바라봤다. 그런 설민의 시선을 받은 하늬가 붉어지려는 뺨에 한 손을 올려 뺨을 감싼 후 수줍게 웃었다.

"오빠야, 참 잘생겼다."

설민은 제 몸을 가릴 생각도 하지 못한 채 상체만 들어 올려 하늬를 재촉했다.

"아니, 아니. 언니라고 했잖아?"

"응, 언니라고 했다."

"누가 언니야?"

설민의 다급한 물음에 하늬가 어깨를 으쓱거리고는 검지를 들어 올렸다. 그리곤 누워서 어색한 미소를 짓고 있는 미애를 가리켰다.

"미애…… 씨?"

설민의 음성에 미애는 진땀을 삘삘 흘리며 더듬거렸다.

"저기…… 손 좀……."

뻔뻔할 정도로 가슴에 떡하니 놓인 설민의 손을 가리키는 미애의 목소리에 설민이 화들짝 놀라며 그녀의 가슴에서 손을 떼어냈다. 모르고 있었던 건지, 아니면 알고도 뻔뻔하게 올리고 있던 건지 알 수 없었기에 미애는 떨떠름한 표정으로 꼼지락거렸다.

미애의 가슴에서 손을 떼어낸 설민은 저도 모르게 느껴지던 손안 가득의 풍성한 느낌이 아쉬웠는지 벌린 손바닥을 잠시 바라봤다. 하지만 이내 그를 바라보는 주변의 시선이 많다는 것을 깨닫고 황급히 자신의 손바닥을 뒤로 감췄다.

밑에선 미애가 꼼지락대며 빨리 비켜주길 바란다는 시선으로 그를 응시하고 있었기에 설민은 반사적으로 벌떡 일어났다. 물론 그것도 문제가 되었다. 아무것도 걸치지 않은 중요한 부위에 따가운 시선들이 와 닿았기 때문이었다. 설민은 주변의 눈치를 보며 양손으로 슬그머니 중요한 부분을 가렸다. 그 틈을 타, 할매가 고개를 돌리며 중얼거렸다.

"그놈, 참 실하구먼."

그 말에 설민의 양 귀가 새빨갛게 변해서는 바들바들 떨렸다. 설민은 저도 모르게 슬그머니 무릎을 꿇고는 주변을 더듬거려 가릴 만한 무언가를 찾았다. 그 모습을 바라보던 미애가 상체만 일으킨 채로 바로 옆에 가져왔던 바지 하나를 고개를 돌린 채로 건넸다. 그것을 받자마자 설민은 전광석화보다도 빠른 움직임으로 순식간에 바지를 끼워 입었다.

"쯧쯧. 옷을 갈아입으라고 들어가랬더니 옷은 왜 홀딱 벗은 겐지."

할매의 마음에 안 든다는 목소리에 설민이 뒤통수를 긁적였다. 옷에 묻은 이물질들로 진한 불쾌함을 느껴 그것을 빨리 씻어버리고 싶었던 그로선 '옷만 갈아입고 나오라'는 미애의 뜻을 '씻고 나오라'는 것으로 잘못 알아들었다. 설민이 하하, 어색하게 웃었다.

그 모습을 바라보던 건우는 더 이상 차마 보기 힘들다는 얼굴로 등을 돌렸고, 할매는 한숨을 내쉬며 두 사람에게서 멀어져 갔다. 다만 호기심이 하늘을 찌르는 하늬만 단발머리를 찰랑거리며 쭈그리고 앉아 두 사람을 지켜볼 뿐이었다.

"언니야, 졸리나?"

누워 있었던 언니 탓인지, 빨리 일어나지 않는 탓인지 하늬는 아무래도 미애가 졸리다고 생각하는 모양이었다. 하늬의 웅얼거리는 소리에 귀가 번쩍 뜨인 설민이 다시금 생각났다는 듯 하늬를 돌아봤다.

"뭐라고 했지, 꼬마 숙녀?"

설민의 물음에 하늬가 예쁜 얼굴을 해 보였다. 쪼꼬만 가스나가 벌써부터 애교를 부릴 줄 아는 모양이었다. 언니의 앞에선 입술을 양쪽으로 비죽거리며 새침을 떨던 하늬가 설민의 물음엔 예쁜 표정을 아낌없이 보여주며 사근사근하게 굴고 있었다.

"내가 뭐라 캤어요, 오빠야?"

"언니…… 라고 했지?"

"언니라고 했다, 오빠야."

통통한 양 볼을 발그스름하게 물들인 하늬가 고개를 끄덕거렸다. 그 모습에 설민이 미애를 흘끔 바라봤다. 미애는 자리에서 일어나 주변 정리를 하고 있었다.

"누가 언니야?"

설민이 목소리른 낮춰 속삭이자 하늬도 그를 따라 조용한 목소리로 속살거렸다.

"미애 언니야가 내 언니야다."

"미애 씨가?"

"맞다!"

"엄마가 아니라?"

"울 언니야는 애임도 없다 아이가."

"애임이 뭐야?"

"애임이라는 거는 사랑하는 사람을 말하는 거다. 할매가 그렇게 말했다. 나도 언니야의 애임이긴 한데 할매는 그게 아니라카고. 나는 헛갈려서 머리가 찡찡하다."

하늬가 제 미간을 꼭꼭 누르며 고개를 저었다. 그 모습을 가만히 바라보고 있던 설민이 순식간에 하늬를 품 안에 꼬옥 안았다.

"아따, 빠스라지게 안을 정도로 내가 그리 이쁘나."

설민의 품에 안긴 하늬가 까르르 즐거운 웃음을 터트리며 설민을 마주 안았다. 하늬를 꼬옥 안아주었던 설민이 아이에게 둘렀던 팔을 떼어냈다. 그리곤 아이를 향해 엄지손가락을 들어 보였다.

"꼬마 숙녀, 그대가 짱이야."

"짱이야?"

"최고야, 최고! 꼬마 숙녀가 날 살렸어."

감동으로 울렁거리는 설민의 두 눈이 하늬를 바라봤다. 설민은 눈살을 살짝 찌푸린 채로 고개를 절레절레 저으며 엄지와 검지로 눈가를 꾹 눌렀다.

"뭔지는 모르겠지만 내 좋다."

하늬의 그 말에 설민이 고개를 끄덕였다. 그리고는 아이의 머리를 부드럽게 쓰다듬으며 아이의 귀에 속삭였다.

"나랑 숨바꼭질할래, 꼬마 아가씨?"

그 말에 어른들과 생활하느라 신나게 놀지 못했던 하늬의 두 눈이 반짝거렸다. 수많은 별이 가득 담긴 아이의 두 눈을 바라보며 설민이 제 손을 들어 올렸다.

"자, 지금부터 50까지 셀 거야. 그동안 숨는 거야?"

설민의 말에 아이가 벌써부터 뛸 준비를 시작했다.

"하나."

설민의 손가락이 하나 접혔다. 그러자마자 아이의 몸이 튀어나갔다. 곧장 달리기 시작한 하늬가 반질반질한 마룻바닥에서 잠시 미끌했지만 개의치 않고 주변을 두리번거렸다.

"두울!"

설민이 목청을 높였다. 마루에서 서성이던 아이는 성급하게 고개를 두리번거리다가 설민의 눈치를 슬쩍 봤다. 그 모습에 설민이 씩 웃으며 한 손을 제 입가에 가져다 댔다.

"가게까지 나가면 안 돼! 세엣!"

그 목소리에 숨을 곳을 찾던 하늬가 쪼르르 거실로 달려갔다. 그걸 바라보면서도 욕실 안 미애의 눈치를 살피기 급급하던 설민은 손가락 하나를 성급하게 접었다.

"네엣!"

그 말이 끝나기 무섭게 집 안 어딘가에서 아이의 고함 소리가 들려왔다.

"너무 빠르다앗!"

"알았다, 지금 네엣!"

설민의 말에 아이가 만족했는지 금세 조용해졌다. 그 모습에 설민이 흐뭇하게 미소를 지으며 열려 있던 욕실 문을 조금 더 크게 열었다. 문을 열고 들어오는 설민의 모습에 안을 정리하던 미애가 두 눈을 커다랗게 떴다. 그 모습을 바라보며 설민이 소리를 높였다.

"다서엇!"

그렇게 외친 설민이 한 걸음씩 미애에게로 다가섰다. 주변을 정리하고 있던 미애는 가까워져 오는 설민의 벗은 웃통을 흘끗 살펴보고는 뒷걸음질 쳤다.

"왜……?"

그 물음에 설민은 '천상의 미소'의 정석을 보여주는 얼굴로 대답 없이 미애에게로 가까워져왔다. 남자라곤 면역성이 없는 미애로선 매끈하게 생긴 남자의 우람하면서도 아름다운 알몸이 다가

오자 계속해서 뒷걸음질만 칠 뿐이었다.

그녀의 걸음은 몸이 벽에 맞닿아 더 이상 도망칠 곳이 없어져서야 멎을 수 있었다. 그렇게 미애가 벽에 등을 붙인 채 도망갈 곳을 찾는 약한 초식동물처럼 바들거리고 있을 때, 설민은 포악한 짐승처럼 벽에 양손을 짚었다. 그리곤 먹이사냥을 나선 것처럼이나 거칠고 잔인하게 도망갈 틈도 주지 않은 채 그녀를 옥죄어갔다.

"언니라고 미리 말했다면 이렇게나 피가 마르진 않았을 텐데."

설민이 낮고 갈라지는 탁한 음성으로 속삭였다. 그가 숨을 내쉴 때마다 따뜻한 입김이 그녀의 이마부터 코, 입술까지 차례로 간질였다. 그 느낌을 느끼며 미애는 자신도 모르게 묘한 감정에 사로잡혀 버렸다. 그녀는 자신도 모르게 주먹을 꽉 쥔 채 자신을 향해 속살거리는 설민의 입술을 멍하게 응시했다.

"비너스……!"

"설민…… 씨……."

무언가에 홀린 게 분명했다. 미애는 저도 모르게 설민의 이름을 중얼거렸다. 그런 그녀를 향해 설민의 입술이 노래하듯 움직였다.

"어디서…… 이상한 소리 안 나요?"

설민이 어딘가를 향해 귀 기울이는 모습에 미애도 어딘가를 향해 귀를 쫑긋 세웠다.

"안 들리는데?"

미애가 고개를 갸웃거렸다. 그런 그녀를 바라보며 설민은 그녀의 손을 자신의 가슴에 살포시 올려주었다.

"당신을 향해 미친 듯이 뛰는 내 심장, 안 들려요?"

그 말에 미애의 두 눈이 반짝였다. 물기로 반들거리면서도 아름다운 천상의 눈빛으로 미애는 그의 가슴을 콱 잡아 쥐었다.

"당신……."

미애의 중얼거림에 설민이 아름답게 미소를 지었다. 미애는 설민을 바라보다 화들짝 놀라며 코를 킁킁댔다.

"어라?"

"왜 그래요?"

설민의 물음에 미애는 계속해서 코를 킁킁댔다. 그 모습에 설민도 고개를 갸웃거리며 코를 킁킁대기 시작했다.

"무슨 타는 냄새, 안 나요?"

그 물음에 설민이 고개를 갸웃거리면서 코를 벌름거렸다.

"안 나는데?"

"정말?"

설민에게는 섹시하게 들리지만 지나가던 할매라도 들었을 때는 팔을 벅벅 긁으며 느끼하다 했을 목소리로 미애가 물었다.

"나요, 사실은."

미애가 물음을 내포하며 눈썹을 들어 올렸다.

"내 심장이 당신을 향해 불타고 있거든."

그 말에 미애가 설민의 가슴을 가볍게 콩콩 두드리며 키득댔다.

"아이, 들켰다. 내가 하려 했는데."

"이 앙큼이!"

두 사람이 서로를 통통 때리며 미소를 지었다. 그러다 이내 설민은 팔을 들어 올려 그녀의 얼굴 옆의 벽으로 거침없이 내리쳤다. 타앙! 하는 소리가 욕실 안을 울렸다. 그의 갑작스런 행동에 미애가 두 눈을 동그랗게 떴다. 설민은 그런 그녀의 얼굴을 검지로 가볍게 쓸어내리며 작게 웃었다.

"놀란 얼굴도 깨물어주고 싶을 정도로 섹시하군."

그의 목소리가 순식간에 섹시해졌다. 끈적이면서도 듣기 좋은 저음은 느끼한 그의 멘트까지도 느끼하지 않게 만들어 버렸다. 평소라면 소름부터 돋았을 미애는 그의 말에도 질색팔색하지 않은 채 그의 팔을 가볍게 쓸었다. 그리곤 장난스럽게 혀를 내밀어 제 입술을 쓱 훑고는 하얀 이를 내밀어 콱 깨물었다.

"그래요?"

"그래……. 나를 보면 모르겠어?"

설민의 말에 미애의 시선이 그에게로 향했다. 무슨 말이냐는 물음이 담긴 그녀의 눈빛에 설민이 뜨거운 한숨을 내쉬며 말했다.

"당신의 치명적인 매력에 내 몸이 달아오르고 있잖아."

그렇게 말을 마친 설민이 천천히 그녀에게로 몸을 붙였다. 그리곤 자신의 입술을 그녀에게 맞추기 위해 고개를 기울였다. 그 순간이었다. 미애가 기습적으로 그의 뺨에 쪽하고 입을 맞췄다.

입맞춤을 하려던 설민의 몸이 딱딱하게 굳었다. 기습적인 그녀의 뽀뽀에 놀라기도 했지만 그 하나만으로도 황홀경에 빠져 버린 설민은 거칠게 밀어붙이려던 짐승의 모습이 아닌 하늘로 승천하는 천사의 모습이 되어버렸다.

"놀랐어요?"

미애가 부드러우면서도 느끼하게 물었다. 그 물음에 설민이 씩 웃으며 답했다.

"기분 좋은 서프라이즈인데?"

"그래요?"

미애가 설민의 어깨를 툭하고 밀었다. 이상한 것은 그녀의 가벼운 손짓 하나에 설민의 몸이 푹신한 침대로 떨어졌다는 것이었다. 그때부터 이상하다는 것을 진즉 깨달았어야 하는데도 설민은 그 황홀하고도 신기루 같은 느낌에 손만 허우적거릴 뿐이었다.

침대에 누운 설민이 그녀를 향해 길게 손을 뻗었다. 그녀를 품에 안아 올리고 싶은 마음이 굴뚝같았기에 설민은 그 어느 때보다도 서둘렀지만 성급한 그의 손길은 그녀에게 닿질 않았다. 그녀를 향해 손을 뻗으면 뻗을수록 미애는 그에게서 멀어져만 갔다.

“내 이름을 불러줘요!”

설민이 구걸이라도 하듯 다급하게 그녀를 향해 소리쳤다. 메아리가 되어 분사되는 그의 목소리에 미애가 사탕같이 달콤한 미소를 지었다. 다시는 볼 수 없으리라 생각될 정도로 매력적인 모습을 한 미애가 천천히 입을 열었다. 그리곤 그의 이름을 입에 담았다.

“아드을!”

미애를 부르던 설민이 눈살을 찌푸렸다. 그녀가 빼끔거리곤 있지만 그녀에게서 듣고 싶은 말은 그의 이름이었다. 설민은 손을 뻗어 그녀를 끌어안았다. 왜인지는 모르겠지만 미애는 아까와 달리 그녀에게 고분고분 안겨들었다.

“아드을?”

그녀의 말에 설민이 눈을 떴다. 아래와 위가 들러붙었는지 잘 떨어지지 않는 눈꺼풀을 떠서 시야를 확보했다. 만족스런 미소가 저절로 입가에 지어지긴 했지만 그래도 매우 아쉬운 감이 없지 않아 있던 설민은 자신의 품 안에 있는 그녀를 바스러질 정도로 끌어안았다.

"비너스……!"

"얘도 차암."

미애의 목소리라 하기엔 조금 이상하다는 느낌이 든 설민이 틈도 주지 않고 옭아 쥔 팔을 느슨하게 풀었다. 그제야 미애에 비해 많이 품이 부족한, 미애에 비해 많이 향이 다른, 미애에 비해 꽤 주름이 많은 그녀가 몸을 일으키며 수줍게 웃었다.

"얘도 참. 아직도 그리 엄마가 좋니?"

그제야 설민은 자신의 눈앞에 있는 여자가 자신의 어머니, 오마레 여사라는 것을 깨달았다. 그걸 확인한 순간 설민이 화들짝 놀라며 오 여사에게서 떨어졌다.

"굿모닝, 마이 썬."

오 여사는 생긋거리며 마치 어린 아들에게 하듯 아들의 젖은 머리카락을 가만히 쓰다듬어 주었다.

"오 여사……."

"그래, 아들."

설민이 제 얼굴을 양손으로 감쌌다. 오 여사를 미애로 착각해 끌어안은 것으로도 모자라 사춘기 소년처럼 바지춤을 축축하게 적신 것까지 설민은 받아들이기 힘들었다. 그는 이불을 끌어올려 하체를 꼼꼼히 가렸고 다시금 생각나는 꿈을 견디기 힘들어 한 손으로 제 뒤통수를 벅벅 긁었다.

"이제 일어날 시간이란다. 아침 준비해 줄게."

"……네. 내려갈게요."

"갈아입을 옷 준비해 줄까?"

아들의 갑작스런 포옹에 오래된 추억에 사로잡힌 시선을 한 오 여사가 설민을 그윽하게 바라봤다. 어머니의 앞에서 아들은 언제나 어릴 적의 그대로일 것이 분명했지만 그래도 이건 아니라 생각한 설민이 고개를 저었다.

"제가 할게요."

"그래, 그럼."

설민은 지금도 국밥집에 있을 미애를 생각하며 한 손으로 제 눈가를 가렸다. 머릿속으로는 오만 가지 잔상이 한꺼번에 맞물려 복잡하게 얽혀 있었다. 건강하고 순수한 그녀를 머릿속에서 더럽혔다는 것으로 인해 죄책감을 느끼면서도 한편으론 손에 잡힐 듯 생생했던 꿈에 대리 만족을 느끼는 자신에 좌절하고 말았다. 아아, 이걸 어떻게 해야 하나. 순수한 애정과 본능적 욕망 사이의 갭을 받아들이는 것은 설민으로선 무리였다. 아직까지는.

몸 상태도 좋지 않은 데다 꿈까지 화려하게 꾸느라 늦잠을 잔 설민의 예상대로라면 당연히 가게에서 일손을 돕고 있어야 하는 미애는 쌀가게 앞에서 한 남자를 끌어안고 있었다. 마치 한 편의 영화와도 같은 장면이었다. 미애는 한 어린 청년을 길 한복판에서 껴안고 있었고, 비련의 여주인공과도 같은 소녀는 아스팔트길에 쓰러진 채 그들을 바라보고 있었다. 그리고 마침 쌀가게와 가까웠던 터라 쌀 두 가마니를 양어깨에 짊어진 건우는 목격자가 된 채로 가게 앞에 딱딱하게 굳은 채로 멈춰 서 있었다.

"지금 장난하는 것도 아니고! 뭐 하는 거고?"

미애가 커다란 목소리로 소리를 질렀다. 동네가 떠나가라 지르는 소리에 동네가 떠들썩해졌다. 그 덕에 사람들로 북적이는 시장가는 시간이 멈추기라도 한 것처럼 정지 그림이 되어버렸다. 모자를 푹 눌러쓴 청년의 팔을 꺾어 잡은 미애는 다시금 소리를 질렀다.

"이런 대낮에, 그것도 어린 청년이 이러면 되나, 안 되나?"

그 소리에 멍하니 장면을 바라보고 있던 건우가 어깨에 짊어졌던 쌀가마니를 내려놓고 급하게 미애에게로 다가왔다. 그리곤 그녀의 손에서 남자의 팔을 빼앗아 제압했다. 모자 아래서 날카로운 남자의 시선이 원망스럽게 미애에게 꽂혔다. 미애는 그런 청년을 바라보며 눈살을 찌푸리곤 주변을 둘러봤다.

"아따, 경찰차는 언제 오나? 아직도나?"

미애는 남자에게서 빼앗아 든 핸드백을 들고 길에 쓰러져 있는 여자에게로 다가갔다.

"괜찮아요?"

미애의 물음에 여자는 수줍게 고개를 끄덕였다.

"감사합니다."

미애가 소매치기를 보지 못했다면 분명 그녀는 그렇게 가방을 빼앗기고 말았을 것이었다. 그녀는 소매치기라 소리도 한 번 지르지 못한 채 바닥에 넘어진 채로 눈물을 흘렸기 때문이었다. 그런 그녀를 알아챈 미애가 그녀 대신 달려가 소매치기를 잡은 것이었다.

"큰일 날 뻔했네요. 오늘따라 할매가 심부름을 시켜서 여기 왔기 망정이지."

"네…… 에."

"중요한 거 있었어요?"

"아, 네……. 가방이 가장 중요해서요."

여자가 웃으며 가방을 건네받았다. 철그락거리는 체인에 스티치가 특유의 모양으로 꼼꼼히 박힌 가방은 척 보기에도 비싸 보였다. 찬거리를 손에 들었던 미애는 그녀에게 가방을 건네주며 제 손을 바지에 슥 문질러 닦았다.

미애가 내미는 손을 물끄러미 바라보고 있던 여자는 잠시 입술을 깨물다가 수줍게 그 손을 잡았다.

"아얏……!"

짧은 신음 소리를 내며 여자가 비틀비틀 일어났다. 긴 생머리에 하얀 피부, 커다란 눈망울이 인상적인 소녀였다. 양 볼은 부끄러운 듯 분홍빛의 꽃물이 들어 있었고 반질거리는 눈동자는 톡 치면 눈물이라도 뚝 떨어트릴 것만 같았다. 곱게 화장한 얼굴이며 차려입은 세련된 모습까지, 그녀에겐 값비싼 핸드백이 잘 어울렸다.

"괜찮아요?"

미애가 그녀에게 도움을 주고자 부축을 거들었다. 그녀는 타인의 손길이 부담스러운지 움찔거렸고 그 반응을 느낀 미애는 팔을 잡았던 손을 그녀에게서 떼어냈다. 아무래도 찬거리로 생선을 만진 냄새가 밴 듯했기에 미애는 자신의 손을 등 뒤로 감췄다.

"괜찮아요. 도움 감사합니다."

소녀가 조용히 중얼거리듯 말했다.

"다리를 조금 접질린 것 같아요."

그녀가 난감한 얼굴로 자신의 다리를 내려다보았다. 그 덕에 미애도 그녀를 따라 그녀의 발목으로 시선을 내렸다. 그녀는 미애가 난생처음 보는 높은 굽의 샌들을 신고 있었는데 순간 자신의 낡은 운동화를 신은 발과 비교가 되어 보였다. 단 한 번도 이런 적은 없었다고 확신하지만 이상하게도 이 순간, 미애는 자신이 다른 또래 여자아이들에 비해 많이 뒤떨어져 있다고 느꼈다.

'저런 구두는 어떤 느낌일까…….'

미애는 자신도 모르게 눈앞의 다소곳한 여자아이와 자신을 비교했다. 예쁘게 찰랑거리는 긴 생머리를 한 여자와 달리 관리하기 귀찮다며 아무렇게나 자른 짧은 머리가 오늘따라 흉하게 느껴졌다. 몸에 딱 맞는 옷은 불편하다며 집히는 대로 입은 헐렁한 셔츠에 짧은 반바지, 운동화만 걸친 채 장바구니를 든 미애는 저도 모르게 입술을 깨물었다.

"괜찮아요. 아주 살짝 접질린 것 같으니까. 알아서 처리할 수 있어요."

여자가 생머리를 어깨 뒤로 넘기며 미소를 지었다. 그리곤 핸드백을 어깨에 걸쳐 멨다.

"성함을 알고 싶어요."

그녀의 말에 미애가 두 눈을 커다랗게 떴다. 요즘 따라 이상하게 이름을 묻는 이들이 많아지고 있었다.

"미애라 해요, 고미애."

"아, 미애 씨. 오늘은 덕분에 정말 살았어요. 하마터면 선물 받은 가방을 잃어버릴 뻔했네요."

"뭘요. 무사해서 다행이에요."

얼마 지나지 않아 출동한 경찰들이 소년을 데리고 가는 것을 바라보며 여자는 가슴을 쓸어내렸다. 그리고 다시는 이런 일이 생기지 않게 할 거라며 핸드백을 꼭 쥐어 들었다.

"앞으론 조심하세요."

"그럴게요. 어디 사시는지, 알아도 될까요? 제가 꼭 사례하고 싶어서 그래요."

그 말에 미애가 손을 저었다.

"됐습니다. 전 할 일을 한 건데요."

그녀의 말에 여자는 고개를 절레절레 저으며 그녀의 손을 꼭 잡아 쥐었다.

"아뇨, 제 성의라고 생각해 주세요. 부탁이니 알려주세요."

"정말 괜찮아요."

"그럼 제가 식사 대접이라도 할게요. 제발요."

그녀의 말에 미애가 더 이상 거절하는 것도 예의는 아니겠다 싶어 언덕께를 가리키며 말했다.

"그럼 식사하러 한 번 오세요. 저기 언덕에 있는 '독고 할매네 국밥' 에서 일하거든요."

그녀의 말에 여자는 생긋 웃으며 가방에서 명함 지갑을 꺼내 들었다. 그리곤 그 안에서 명함을 꺼내 미애에게 내밀었다.

"작은 회사에서 일하고 있어요. 부끄럽지만 아버지 밑에서 배우고 있죠."

미애가 그녀에게서 명함을 받아 들었다. 그리곤 황금색으로 박힌 글씨를 바라보며 고급스런 명함을 손가락으로 한 번 쓸었다.

"대단…… 하네요."

"아니에요. 제게 꼭 연락 한 번 주세요. 제가 한 번 식사 대접하고 싶어요."

그렇게 말하는 여자를 향해 미애는 그저 웃어만 보였다. 여자는 주변을 한 번 둘러보다 이내 미애를 향해 고개를 끄덕이며 인사를 했고 곧장 시장 바닥을 떠났다. 길가에 주차해 뒀던 차를 타고 떠나는 그녀를 바라보며 미애는 다시금 명함을 들여다봤다.

[고려 주식회사 서울지사 제2대표이사 민영림.]

그렇게 적힌 금색 글씨가 부럽게만 느껴지는 순간이었다. 그렇게 아주 잠시 명함을 들여다보던 미애는 고개를 저어 그 생각을 떨쳐 버리곤 다시금 제자리로 돌아왔다. 바닥에 아무렇게나 내팽개쳤던 찬거리 봉투를 집어든 그녀는 빠른 걸음으로 할매네 국밥으로 향했다.

9

여느 때와 마찬가지로 여름철의 국밥집은 겨울철과 달리 한적했다. 그럼에도 불구하고 건우는 할매를 대신해 국밥집에서 일하고 있었다. 손님이 있든 없든 온 집안과 가게를 깨끗이 유지하는 것에 온 신경을 기울이는 독고 할매 때문이었다. 낡긴 했어도 단정하고 깔끔한 느낌이 나는 이유가 따로 있는 것이 아니었다. 그렇게 온 마루를 비롯해 바닥이며 테이블, 보이지 않는 틈까지 신경을 기울여야 했기에 짜증스러울 법도 했지만 건우는 늘 불평 한 마디 없이 할매의 요구를 따랐다.

선풍기 하나만이 덜덜거리며 회전하고 있는 가게 안, 바닥 청소를 마친 건우가 테이블 한편에 자리를 잡고 앉았다. 그리곤 셔츠로 제 얼굴을 훔쳤다. 그 덕에 궂은일로 다져진 탄탄한 복근이 빛을 발했다. 땀을 닦고 숨을 돌리던 건우의 시선이 미애에게로 문득 향했다. 그녀는 다른 손님용 테이블에서 무언가를 열심히 작성하고 있었다.

건우가 미애를 훑었다. 마른 여자라고 하기엔 어폐가 있을 정도의 살집 있는 몸매가 제일 먼저 눈에 들어왔다. 그녀에게 치명적인 매력이 있나, 샅샅이 살펴봐도 건우는 설민이 목을 거는 매력을 발견할 수 없었다. 아주 가끔은 설민의 잦은 방문과 계속되는 러브 어택 광선에 기분이 나빠지긴 했지만 그건 아주 가끔 일어나는 일이었기에 신경 쓸 만한 게 되지 못했다.

"오늘은…… 안 오네요?"

한참 동안 미애를 관찰하고 있던 건우가 입맛을 다시며 말을 걸었다. 이렇게 말을 걸고 보니 미애와 단둘이 이야기를 나눈 게 참으로 오랜만이라는 생각이 들었다. 건우의 목소리에 미애가 고개를 잠깐 들었다.

"음? 뭐가?"

"그…… 남자분이요. 매일 와서 국밥 드시는……."

건우가 까무잡잡한 피부에 새하얀 치아를 빛내 보이며 매력적인 얼굴로 물었다.

"아, 백설민 씨?"

이제야 알겠다는 듯 고개를 끄덕인 미애가 다시 굵직한 노트로 시선을 돌렸다. 그리곤 앞의 몇 페이지를 팔랑이며 넘겨보며 무심코 말을 이었다.

"그러게. 오늘은 안 오려나 봐."

그렇게 말한 미애가 입술을 오물거렸다. 건우의 말을 듣고 보니 그제야 생각난 것이 설민이었다. 하루 종일 무언가 허전하고 뭔가를 잃어버린 것 같다는 생각이 들었는데 아무래도 그 이유가 설민의 부재였던 듯했다. 할매도 평소와 달리 두리번거리며 누군가를 찾는 눈치였고 하늬 역시 내내 문 앞에 달라붙어 발을 문지르고 있었던 것이 그제야 떠올랐다.

"무슨 일이라도 생겼나……?"

미애가 조금은 서운한 눈빛으로 가게 문을 물끄러미 응시했다. 그런 미애를 멀뚱거리며 바라보던 건우가 그녀를 떠보듯 말을 걸었다.

"전화나 한 번 해봐요."

"전화……. 그러게, 그랬음 좋겠는데 번호도 모르네."

"아, 몰라요?"

조금은 좋아진 얼굴로 건우가 되물었다. 그런 건우를 아는지 모르는지 미애는 그저 입맛만 다시며 먼 곳을 응시했다.

"그러게, 아는 게 하나도 없네……."

미애가 섭섭한 어조로 중얼거렸다. 이제야 깨달은 것이 있었다면 그건 바로 설민의 존재였다. 설민이 찾아오지 않는다면 끊겨버릴 수밖에 없는 관계, 그런 일방적인 상황을 이제야 인지한 미애가 물밀듯 찾아오는 서운함의 이유를 알 수 없어 두 눈을 껌뻑거렸다. 참 이상하게도 보던 얼굴을 하루 못 본 것만으로도 그가 보고 싶었다.

"무슨 관계도 아니면서. 바보, 고미애."

"네?"

미애의 한탄을 제대로 듣지 못한 건우가 목소리를 높여 되물었다. 그 물음에 미애는 고개만 저으며 자신이 쓰고 있던 노트를 들어 올렸다.

"언니야, 언니야."

식탁에 앉아 무언가 끼적이고만 있던 미애가 답답했던지 하늬가 다가와 맞은편에 자리를 잡고 앉았다. 그리곤 입을 불퉁하게 내민 채 언니의 팔을 잡아당겼다.

"언니야아."

"왜 그러나?"

그제야 자신을 바라보는 미애의 시선에 하늬가 코를 벌름거리며 테이블에 뺨을 가져다 댔다.

"안 온다 아이가."

하늬가 투덜대자 미애가 무슨 말이냐는 듯 아이를 물끄러미 바라봤다.

"누가 안 오나?"

"오빠야가 안 온다. 백설 오빠야 말이다."

그 말에 미애가 입을 다문 채 하늬를 바라봤다.

"왜 안 오지?"

하늬가 테이블에 뺨을 문지르며 한숨을 내쉬었다.

"내가 싫어졌나? 내가 그케 안 이쁘나?"

"아이다. 울 하늬가 얼마나 이쁜데?"

"근데 왜 오빠야가 안 오까?"

"음, 글쎄……."

미애가 아이를 바라보다가 다시금 자신이 적고 있던 노트로 시선을 돌렸다. 하늬는 심각한데 언니는 그렇지 않은 모양이라 생각한 하늬가 눈살을 찌푸리고 언니에게서 노트를 빼앗아 들었다.

"일기만 쓰지 말고 말 좀 해라."

"무슨 말을 하나? 이리 내라, 내 일기장."

미애가 손을 뻗어 아이가 뺏은 일기장을 잡으려 했다. 하지만 하늬는 언니에게 돌려줄 생각이 없다는 듯 고개를 절레절레 저으며 제 뱃속에 숨겼다.

"일기는 하루가 쫑난 다음에 쓰는 거라 배웠다. 지금이 끝이나?"

그 말에 미애가 한 손으로 제 이마를 탁하고 쳤다. 그리곤 포기한 듯 한숨을 내쉬며 들었던 손을 내렸다.

"그래서 내가 어케 하기를 원하나?"

"오빠야 델꼬 와라."

"대체 왜 그러나? 오빠야가 너한테 뭔데? 갑자기 왜 그러나?"

"……그냥……. 내 볼 땐 오빠야가 여기에 오는 이유가 있었다 아이가."

"뭔 이윤데?"

"첨엔 언니를 보러 오는 것 같았는데 아니다. 날 보러 오는 기다."

아이의 깜찍한 그 말에 미애가 어깨를 으쓱거리곤 고개를 끄덕였다. 무슨 말을 하는 건지 이해가 가진 않았지만 설민이 보고 싶다는 이야기를 하는 것 같았다. 그렇게 생각한 미애는 하늬의 머리를 가만 쓰다듬어 주었다.

"심심해서 그러나?"

"뭐…… 그것도 그렇다."

하늬가 코를 벌름거리며 말했다. 그런 아이를 가만 바라보며 미애는 죄책감을 느꼈다. 한창 아이들과 얽히고설켜 뛰어놀기 바쁠 나이에 어른들에게 둘러싸인 채로 답답한 생활을 참고 견디는 하늬가 대견하기도 했지만 말이다.

"언니야가 놀아줄게. 일기장은 이리 줘."

그 말에 하늬가 눈살을 찌푸렸다. 그리곤 배에 숨긴 일기장을 꼭 껴안았다.

"언니는 매일 일기만 쓰지 놀아주지도 않으면서……."

하늬가 조용한 목소리로 투덜거렸다. 그 말에 미애는 일기장을 돌려달라는 말도 잃은 채 아이를 가만히 바라보고 있었다. 그리고 미애가 아이에게 무슨 말을 하려던 찰나였다. 굳게 닫혀 있던 가게 문이 드르륵 열렸고 그 소리에 하늬가 자리에서 벌떡 일어나며 버선발로 뛰었다.

"오빠야!"

그렇게 소리를 높였지만 가게 문을 연 사람은 하늬가 기다리던 사람이 아니었다. 손님은 자신에게 달려드는 아이를 향해 어색하게 웃으며 주변을 둘러봤다. 그 모습에 미애가 자리에서 벌떡 일어났다.

"어머, 안녕하세요."

미애의 알은척에 하늬가 두 눈을 동그랗게 뜨고 손님을 바라봤다. 손님은 아이의 시선이 영 부담스럽다는 듯 미애를 향해 말을 했다.

"네, 안녕하세요."

"어쩐 일이세요? 다리는 괜찮으세요?"

"다리는 괜찮아요. 이제 멀쩡해졌어요. 쇠뿔도 단김에 빼랬다고 식사 대접을 하고 싶어서요. 지금 시간 괜찮으세요? 연락도 없이 오는 거 예의가 아니지만 제가 미애 씨 번호를 받아놓지 않았더라고요.”

아까와는 사뭇 다른 목소리를 한 영림이 인위적인 미소를 지으며 조곤조곤 말했다. 단정하게 자른 짧은 머리칼을 귀 뒤로 넘기며 웃어 보이자 본능적으로 위화감을 느꼈는지 하늬가 영림에게로 한 걸음 물러섰다. 머리끝부터 발끝까지 정돈된 느낌의 여자가 언니와는 사뭇 다르다고 판단한 모양이었다.

“아, 그렇군요. 국밥이라도 드실래요?”

그녀의 목소리에 영림이 어깨를 으쓱거렸다. 그리곤 주변을 냉정하게 한 번 둘러보고는 예의 미소를 지어 보였다. 꽤나 사무적인 얼굴이었다.

“제가 대접해야죠. 어떤 종류를 좋아하세요? 양식, 일식, 중식? 아니면 이태리 음식은 어때요? 프렌치 풍도 좋긴 하죠.”

거침없이 쏟아내는 영림의 모습을 넋 놓고 바라보던 미애가 잠시 두 눈을 굴렸다. 그리고는 조금 당황한 얼굴로 난감하게 웃었다.

“음, 제가 그런 곳에 가본 적이 있어야죠.”

“그럼 제가 좋은 곳으로 모셔도 될까요?”

미애의 말에 영림이 괜찮다는 얼굴로 고개를 끄덕여 보였다. 그 모습에 미애도 상관없다는 듯 동의했다.

“그럼 잠시 실례해도 될까요? 옷부터 갈아입고요. 일하던 중이라…….”

펑퍼짐한 차림에 앞치마까지 두른 채 머리띠로 머리카락을 고정시켰던 미애가 손바닥을 앞치마에 문지르며 말했다. 그 모습에 영림은 괜찮다는 뜻으로 미애에게 고개를 끄덕였다.

“얼마 걸리지 않을 거예요. 잠시만요. 건우야, 손님 차 좀 가져다 드려."

"네."

건우가 떨떠름한 얼굴로 대답을 했다. 미애는 입고 있던 앞치마를 던져 버린 채 곧장 가게를 벗어났다. 그 모습을 바라본 영림이 다시금 찬찬히 가게를 둘러봤다. 금방이라도 무너질 것 같은 기와집에서 무슨 먹을 만한 음식을 팔겠다는 건지 이해가 가지 않는다는 표정으로 살펴보던 영림이 한숨을 폭 내쉬었다. 그리곤 그나마 가장 깨끗해 보이는 테이블의 의자를 빼어냈다.

'독고 할매네 국밥' 이라는 간판부터 이상하다는 생각을 했다. 100년도 넘어 보이는 구시대 유물의 간판은 전혀 매력적이지 않았고 에어컨도 없이 선풍기만 돌아가는 실내도 그랬다. 그나마 깨끗하게 청소를 하는 것 같긴 했지만 케케묵은 냄새며 지저분해 보이는 가구들은 눈살을 찌푸리기 충분했다. 물론 영림의 시야에서는.

그사이 냉장고에서 살얼음이 동동 뜨는 수정과를 꺼내온 건우가 그녀의 앞에 쟁반을 들고 섰다. 그는 그녀의 앞에 수정과를 내려놓은 후 등을 돌렸다. 하지만 몇 걸음 떼지 못한 채 그 앞에서 망설이다가는 다시 영림을 향해 얼굴을 돌렸다.

"제가 끼어들 일은 아니지만 일하는 도중에 이렇게 오시는 건 실례가 되는 것 같습니다만."

한참을 망설이던 건우가 말했다. 설민이 나타난 이후로 가게를 지키던 미애가 자꾸 가게를 비운다는 생각에 한 말이었다. 그것도 그렇지만 미애와 함께 한 공간에 있고 싶었던 건우로선 갑작스런 영림의 등장이 영 달갑지 않았다. 설민도 없어도 다른 방해꾼이 등장한 느낌이었다. 그런 건우를 잠시 바라보던 영림이 조용히 대답했다.

"……죄송해요. 제가 지금밖에 시간을 못 낼 것 같아서요."

그 말에 그건 그쪽 사정이라고 반박하려던 건우가 입을 꾹 다물었다. 이래저래 참견할 입장이 아니었기에 입만 꾹 다물었을 뿐이었다.

영림은 의자에 살짝만 걸터앉은 채 제 앞에 놓인 수정과를 가만 바라보았다. 컵이 비위생적으로 보였음은 말할 여지도 없었고 수정과도 어떤 과정으로 담았을지 확인할 수 없었기에 영림은 슬그머니 컵을 뒤로 밀었다.

"저기, 화장실이 어디죠?"

영림이 슬그머니 자리에서 일어나며 가방을 들어 올렸다. 그녀의 양 볼이 경련으로 가볍게 떨리고 있었다. 그 모습을 바라보며 건우가 한 손으로 화장실을 가리켰다. 그의 손가락이 가리키는 방향을 확인한 영림이 서두르지 않고 걸음을 옮겼다. 그녀가 걸음을 옮길 때마다 또각또각, 각이 잡힌 그녀의 구두 소리가 시끄럽게 울렸고 화사한 향기가 스치고 지나갔다.

건우가 고개를 절레절레 흔들며 자리에 앉았다. 분명 매력적으로 생기긴 했지만 뭔지 모르게 거부감이 든다고 생각했다. 이건 미애와의 생활로 인한 반응인지도 몰랐다. 그런 건우의 옆에 하늬가 자리를 잡고 앉았다. 하늬는 건우처럼 고개를 저으며 한숨을 폭 내쉬었다.

"또 언니를 뺏겼다."

하늬의 말에 건우는 저도 모르게 동의를 했다.

"그러게."

"오빠야도 언니야를 좋아하나?"

하늬가 눈치 빠르게 건우를 돌아보며 물었다. 그 물음에 건우가 어깨를 으쓱거리며 하늬와 눈을 마주했다.

"그렇게 보여?"

"그렇게 보인다. 누구든 내 눈은 못 속인다 아이가."

하늬가 탐정처럼 날카롭게 두 눈을 빛내며 한 손으로 자신의 턱을 쓸었다. 그리곤 뭔가 보인다는 듯 고개를 끄덕이며 암, 암, 소리를 냈다.

"정말 그런가?"

자신의 마음을 콕 집어 말하는 하늬의 말에 흔들린 건우가 두 눈을 가늘게 떴다. 아주 가끔 설민의 곁에 있는 그녀를 볼 때면 묘하게 가슴이 떨리면서도 그녀가 아름다워 보일 때가 있었다. 그게 정녕 좋아하는 마음인가, 건우는 잠시 고민했다.

"하여간 날 닮아서 언니야가 인기 있다니까?"

하늬가 키득거렸다. 그러다간 한숨을 푹 내쉬었다.

"이러다 언니야가 시집간다 그러면 우야노?"

하늬의 말에 건우가 놀랐는지 두 눈을 커다랗게 떴다.

"시지입?"

"그럼 시집도 안 가노? 당연 가야지. 근데 시집간다 카면 내 참말로 마음이 숭숭할 것 같다."

하늬가 땅이 꺼져라 한숨을 푹푹 내쉬었다. 벌써부터 결혼을 걱정하는 아이의 곁에서 건우는 자신도 모르게 한숨을 푹 내쉬었다. 미애가 결혼을 한다는 것이 쉬이 머리에 그려지지 않았는데다 단 한 번도 그런 생각은 해보지 않았기에 건우에겐 꽤나 충격으로 다가왔다. 게다가 그녀의 곁에 서서 결혼식장에 설 남자를 상상하니 더욱더 기분이 이상했다.

"그러게……."

건우가 중얼거렸다. 그 순간이었다. 꼭꼭 닫혔던 가게 문이 익숙하게 열렸다. 그 소리에 건우가 힘 빠진 모습으로 기계적으로 일어났고 하늬도 배에 언니의 일기장을 감춘 채 종종걸음으로 문가로 달려나갔다.

"오빠야아!"

하늬가 두 팔 벌려 환영하는 사람, 바로 백설민의 늦은 등장이었다. 오지 않을 거라 생각했던 건우로서는 그의 방문이 달갑지만은 않았지만 어차피 미애는 오늘 그를 만나지 못할 것이라는 생각에 조금은 고소하기도 했다.

"아이코오, 꼬마 숙녀가 나를 기다렸나 보네?"

"기다렸다! 왜 이제 오나?"

하늬가 칭얼대며 설민의 다리에 매달렸다. 그런 그녀를 설민은 올려 자신의 품에 쏙 안아 들었다.

"미안, 미안. 오빠야가 오늘 늦잠 자고 말았지 뭐니?"

그렇게 말하면서도 설민은 자신이 아침에 꾼 꿈이 어디서부터가 꿈인지 현실인지 가늠할 수가 없어 하늬를 가만 바라봤다. 꿈에선 그녀가 언니였지만 현실에선 하늬가 미애에게 엄마라고 부를 것 같아 걱정을 하면서 온 국밥집이었다.

그의 마음을 아는지 모르는지 하늬는 생긋 웃으며 설민의 목에 통통한 팔을 둘렀다.

"난 또, 안 오는 줄 알았다. 어제는 숨바꼭질하다가 사라져 버리고. 피이. 어쨌든 담부터 늦으면 전화 주고 늦어라."

그 말에 설민의 가슴이 한 번 콩닥하고 뛰었다. 숨바꼭질한 것은 사실이었던 모양이었다. 그럼 그다음은……? 설민이 숨은 그림이라도 찾으려는 듯 두 눈을 가늘게 떴다.

"흐음, 전화번호를 알려줄래? 그럼 늦을 때마다 전화를 할게."

"언니야 전화번호를 가르쳐 줄게."

그 말에 설민이 콩닥거리던 가슴을 쓸어내렸다. 그리고 그 자연스러운 어프로치에 건우가 자신도 모르게 픽하고 그를 비웃었다. 건우의 웃음이 살짝 거슬렸던 설민이 그를 바라봤지만 이내 하늬에게 집중했다. 하늬는 설민에게 안긴 채로 그의 귓가에 손을 모았다. 그리곤 조용히 속삭였다.

"외울 수 있겠나?"

"그래, 외웠어."

"근데 내 오빠야한테 부탁이 하나 있다."

하늬가 설민에게 안긴 채로 속삭였다. 그 말에 설민이 뭐냐며 두 눈을 동그랗게 떴다. 하늬는 설민에게 몰래 품 안의 노트를 건네주었다.

"이거 오빠야가 가지고 가줘라."

"이게 뭔데?"

"뭐 있다. 내 이거 때문에 고민이 참말로 많타. 언니야 몰래 가지고 가줘라."

그 말에 설민이 어깨를 으쓱거리곤 아무도 모르게 가방에 노트를 집어넣었다. 그걸 확인한 하늬가 안심했다는 듯 한숨을 내쉬며 고개를 끄덕였다. 그리곤 걱정된다는 투로 중얼거렸다.

"근데 어쩌노? 오빠야 오늘 울 언니야 못 본다."

"응? 왜? 어째서?"

하늬의 말에 자제심을 잃은 설민이 격정적으로 물어봤다. 그 물음에 놀란 하늬가 눈을 떴다가는 이내 어깨를 으쓱였다.

"다른 사람이 언니야를 빼앗아갔다."

그게 불만이라는 듯 하늬가 입술을 씰룩거렸다. 하지만 그 모습은 설민의 눈에 들어오지 않았다. 그저 오늘 하루 미애를 보지 못한다는 사실에 머릿속이 마비가 된 것처럼 느껴졌을 뿐이었다.

"대체 왜? 누가?"

"내한테 열을 내봤자다."

하늬는 쿨하게 고개를 젓고는 응원이라도 하듯 설민의 어깨를 툭툭 두드려 주었다. 그때 마침 화장실에 갔던 영림이 가게로 돌아왔다. 영림은 미애를 찾으려 주변을 둘러보다가 하늬와 함께 앉아 있는 설민을 발견하고 화색을 띠었다.

"오빠!"

반가움이 가득 담긴 영림의 목소리에 설민과 하늬의 시선이 모두 그녀에게로 향했다. 그녀는 한걸음에 그들이 있는 테이블로 가서는 자리를 잡고 앉았다. 아까까지만 해도 가게 안을 꺼려하던 그녀라곤 생각조차 하기 힘들 지경이었다.

"어떻게 여기에……?"

영림의 갑작스런 등장에 놀란 설민이 눈살을 찌푸린 채 그녀를 바라봤다. 곁에 있던 하늬는 불륜 장면이라도 목격한 딸처럼 두 눈을 날카롭게 빛내며 두 사람을 번갈아봤다.

"아까 잠깐 사고를 당했거든요. 여기 계시는 분이 도와주셔서 답례를 하러 왔는데 오빠는요?"

영림은 그의 집에 왔을 때보다 당당한 모습으로 말을 걸어왔다. 평소라면 이야기도 별로 하지 않을 그녀가 이렇게나 말을 걸어오는 것에 의문을 가지면서도 설민은 아무렇지 않은 척 평정을 되찾았다.

"아, 나는 뭐……. 단골집이야."

설민이 떨떠름하게 대답했다. 설민의 '단골집'이라는 단어가 마음에 들지 않았는지 하늬가 입술을 비죽거렸다.

"어머, 그렇구나. 맛있나 보다. 나도 여기 자주 와야겠네?"

"그래서 대체 어떻게 된 일인데?"

설민이 궁금함에 영림에게 물었다. 영림은 그가 자신에게 관심을 가져주는 것에 기뻐하며 입을 열었다.

"사실 아까 소매치기를 만났어요. 얼마나 놀랐던지 일어날 생각도 못했지 뭐예요?"

영림의 존재 자체에 가슴 한구석이 따끔거리는 것을 느끼면서도 설민은 답답한 마음을 드러내지 않은 채 그녀를 바라봤다. 조용한 설민의 모습에 영림은 신이 났는지 말을 이었다.

"소매치기가 밀치는 바람에 다리도 접질린 것 같고, 선물 받은 가방도 잃어버리고. 참 참담했죠."

"근데 누가 도와준 거야?"

"아, 그게……."

설민이 떨떠름하게 영림을 바라보자 영림이 소녀의 반짝이는 미소를 지으며 입을 열었다. 하지만 그녀의 말은 끝을 맺지 못했다. 미애가 준비를 마친 채 걸어나왔기 때문이었다.

"오래 기다렸죠?"

미애가 아까보다는 조금 정돈된 모습으로 뛰어나왔다. 이마에 송골송골 맺힌 땀이 관자놀이를 타고 주르륵 흘러내렸다.

"어머, 오셨네요?"

설민을 확인한 미애가 먼저 인사를 건넸다. 그리고 두 사람이 함께 있는 모습에 고개를 갸웃거렸다.

"두 사람, 아는 사이예요?"

"아, 맞아요. 사실……."

미애의 말에 대답하려던 영림의 말을 뚝 자르며 설민이 자리에서 일어났다.

"어디 가요?"

성급한 그의 물음에 미애가 고개를 끄덕였다.

"아, 선약이 있어서. 식사 같이하기로 했거든요."

그 말에 설민이 못마땅하다는 듯 입술을 비죽였고 낯설기만 한 설민의 모습에 영림이 그를 뚫어져라 바라봤다.

"이분이세요. 절 도와준 분이."

영림의 말이 끝나기 무섭게 설민이 목소리를 높였다.

"당신이 겁도 없이 소매치기를 잡았다고?"

"아, 뭐. 어린 소년이라 별로 어렵지도 않아서."

"다치면 어쩌려고 그랬어요! 칼이라도 가지고 있었으면! 만약 앙심을 품고 찾아오면 어쩌려고!"

"그렇진 않을 거예요."

설민의 걱정스런 말투에 미애와 영림이 놀라 그를 바라봤다. 미애는 그가 화를 내는 이유가 자신을 향한 걱정 탓이라는 것에 놀랐고, 영림은 자신과 함께일 땐 단 한 번도 볼 수 없었던 다정하면서도 걱정적인 모습에 놀랐다.

"이렇게나 가녀린 사람이……."

설민이 자신도 모르게 미애에게 다가가 그녀의 관자놀이를 타고 떨어지는 땀방울을 훔쳤다. 그 모습에 영림이 놀라 제 입을 가렸고, 미애도 정신을 놓고 그를 바라봤다. 건우는 놀리고 있던 양손에 힘을 주었고, 하늬만이 좋다며 꺄르르, 박수를 치고 있었다.

"이만…… 가봐야 해서……."

"다녀와요."

미애의 말이 끝나기 무섭게 설민이 그녀의 말을 받아쳤다. 그리곤 걱정 말라는 듯 그녀의 등을 밀었다. 그런 두 사람을 바라보는 영림의 두 눈이 심상찮게 빛났다.

"오빠……."

영림의 부름에 설민이 정신없다는 듯 그녀를 바라보곤 건성으로 말했다.

"맛있는 거 대접해. 알았지?"

"아……. 응, 그래……."

설민의 그 말에 영림이 떨떠름하게 대답했다. 좋은 것을 대접하고 싶다가도 신경 가득 쓰는 그의 태도에 청개구리가 되고 싶은 심정이 되어버렸다. 영림이 입술을 지그시 깨물었다.

10

영림이 선택한 곳은 조금 떨어진 곳에 있는 고급스런 스테이크 하우스였다. 'Octagon Steak House'라고 적힌 그곳은 건물부터 시계까지 모두가 이름대로 팔각형을 자랑하고 있었다. 잘 정돈이 된 정원이며 새로 지어진 세련된 건물은 미애의 두 눈을 휘둥그레 만들기 충분했다.

모든 것이 조화롭게 정돈되어 있었음에도 인위적인 느낌이 강한 주변을 둘러보며, 미애는 웨이터의 안내에 따라 걸음을 옮겼다. 그런 미애와는 달리 영림은 익숙한 걸음으로 안으로 향했다. 그녀는 물 흐르듯 자연스럽게 그 공간에 녹아드는 것처럼 보였다.

"어떻게 하시겠어요?"

커다랗고 빳빳한 메뉴판을 들고 한참을 바라보던 미애를 향해 영림이 물었다. 상냥하면서도 사무적인 그녀의 목소리에 미애가 두 눈을 커다랗게 떴다.

"음, 글쎄요. 이런 곳엔 처음이라서……."

"애피타이저부터 할까요?"

"애피타이저……?"

처음 듣는 단어에 처음 접한 분위기까지. 적응하지 못한 미애였지만 그렇다고 아예 관심이 없는 것은 아니었기에 그녀의 두 눈이 호기심으로 반짝거렸다. 국밥에만 매달리느라 단 한 번도 접해보지 못한 공간을 알아간다는 낯선 희열이 혈관을 타고 돌았다.

"전채 음식을 말하죠. 메인 요리 먹기 전에 입맛을 돋우는 거죠. 전 프렌치 어니언 수프로 할 건데 어떻게 하실래요?"

"어떤 게 좋을지 추천 좀 해주시겠어요? 일단 담백하게 시작하고 싶은데."

"그럼 가장 기본적인 걸로 할까요? 칵테일 새우로 하죠."

그녀의 미소에 미애가 화답했다. 그리곤 주변을 찬찬히 둘러봤다. 그녀에게 있어선 참 좋은 경험이자 기회였다. 다른 가게들은 어떤 서비스로 손님들의 이목을 집중시키고 만족시키는지 궁금했을뿐더러 팬시 레스토랑을 혼자 가기엔 모르는 것이 너무 많았다.

"메인은 어떻게 하시겠어요?"

"메뉴가 너무 복잡하네요. 저 같은 서민은 먹기도 힘들겠어요."

"그렇지 않아요. 생소해서 그렇지 알게 되면 그렇지 않을 거예요. 면이 좋으세요, 육류가 좋으세요? 해산물도 있고, 베지도 있는데."

"베지…… 요?"

"베지테리언을 위한 음식이요. 채식하는 사람들을 위해 따로 채소만 준비하기도 하거든요. 전 간단하게 파스타로 하려고요."

그 말에 미애가 메뉴판을 찬찬히 훑었다. 애피타이저부터 메인 디쉬, 디저트까지 상세히 적혀 있는 고급스러운 메뉴판엔 메인 디쉬 아래로 파스타, 스테이크, 씨푸드 등의 카테고리가 쓰여 있었다. 검지로 하나하나 따라가며 살펴보던 미애는 평소엔 맛보기 힘든 스테이크로 하기로 했다.

"스테이크가 좋을 것 같은데 어떤 게 좋을까요?"

"뉴욕 스테이크가 어때요? 부드럽고 좋더라고요."

"아, 그럼 그럴까요?"

영림의 추천대로 음식을 주문하고 나자 가장 먼저 주문한 버진 스트로베리 마가리타가 미애의 앞에 놓여졌다. 딸기가 꽂힌 채 달콤한 굵은 설탕이 컵 주변을 장식하고 있는 잔을 살핀 미애가 순간적으로 생각났다는 듯 영림을 바라보았다.

"그나저나, 어떻게 아는 사이예요? 두 사람?"

그 물음에 영림이 미애를 바라봤다.

"설민 오빠요……?"

그렇게 말한 영림이 살포시 미소를 지으며 아주 잠시 자신의 추억에 잠겼다.

"사실은…… 예전에 잠시 만나던 사이였어요."

"아……."

영림의 답에 미애가 잠시 말을 늘어트렸다. 왠지 모르게 이상한 느낌이 가슴을 스치고 지나갔다. 묘하게 거슬리면서도 불편한 느낌은 마치 남자친구의 바람이라도 목격한 것 같았다.

"제가 좀 많이 어렸기 때문에 실수를 많이 해서……."

영림이 멀떠름하게 웃었다. 그 모습을 바라보며 미애가 처음으로 사무적인 웃음을 지어 보였다.

"시간이 많이 흘러서 이젠 아무 상관도 없을 것 같지만요. 오빠는 모든 사람들의 선망의 대상이어서 많이 부담스러웠었어요, 그때는. 왜 그랬는지 몰라요. 여자라면 누구든 오빠를 설레는 눈빛으로 바라보곤 했거든요. 내가 왜 이런 얘기를 하는 거지? 처음 뵀는데 죄송해요."

영림이 자신의 뺨을 감싸며 작게 웃었다. 여자다운 그 모습을 뚫어져라 바라보던 미애는 천천히 고개를 끄덕였다.

'아, 이 사람을 좋아했었구나.'

미애의 시선이 천천히 영림을 훑었다. 자신과는 확연히 다른 그녀의 모습에 저도 모르게 주눅이 들 것만 같았다. 사회적인 지위부터 외모적인 부분까지 그녀는 미애와 180도 달랐다. 그런 미애의 시선을 눈치챘는지 영림이 살포시 웃었다.

"오빠, 혹시 지금 만나는 사람 있는지…… 아세요?"

"……잘 모르겠는데……. 없는 것 같기도……."

"흠, 그래요? 그럼 내게도 아직 승산은 있는 건가?"

영림이 웃었다. 그리곤 팔짱을 낀 채로 미애에게 상체를 숙였다. 그리곤 무척이나 궁금하다는 투로 두 눈을 반짝였다.

"설민 오빠랑은 어떤 사이세요? 잘 아시는 것 같던데."

영림의 그 물음에 미애가 가만 미소만 지었다. 어떻게 대답을 해야 할지, 어떻게 두 사람 사이를 정의 내려야 할지, 아니면 설민의 옛 여자친구와의 우연한 대담으로 인해 울렁거리는 마음의 정체를 뭐라고 생각해야 할지, 단 하나도 알 수 없는 미애는 그저 입을 다문 채 영림을 바라볼 뿐이었다. 그저 때맞춰 음식을 가지고 등장한 웨이터에게 감사의 박수를 보내고 싶은 심정이었다.

❖

영림의 등장보다도 가게에 오지 않은 미애로 인해 더욱 불안해진 설민은 한참 동안 방 안을 서성거렸다. 가벼운 점심 겸 저녁 식사를 한다고 나간 미애가 갑작스레 느낀 미묘 복잡한 감정으로 인해 가벼운 산책을 하느라 늦는 줄 모르는 설민으로선 오만 가지 잡생각이 들 뿐이었다.

"대체 어딜 간 거야?"

할매의 채근이 있었던 데다가 아버지의 호출로 인해 급하게 집에 돌아올 수밖에 없었던 설민은 아직까지도 미애의 묘연한 행방이 궁금했다. 그녀가 과연 집에 들어갔는지, 무사한지 확인하지 않고는 잠을 이룰 수 없겠다 생각했다.

설민이 가볍게 한숨을 내쉬었다. 그랬다가는 곧 하늬가 속살거렸던 미애의 전화번호가 생각이 났다. 늦을 경우나 못 올 경우에 연락하라고 알려준 번호지만 지금 이 순간에 사용하는 것이 그 가치를 발할 것이라 생각한 설민이 옷장을 열었다. 옷장이지만 가방 및 다른 액세서리 보관용으로 사용하는 보관함을 연 설민은 그 안에서 오늘 가지고 갔던 가방을 꺼냈다.

"어디 보자, 내 휴대전화가……."

하늬가 알려주자마자 곧장 휴대전화에 저장해 둔 번호를 찾기 위해 휴대전화를 찾던 설민은 가방 구석에 들어 있는 노트 한 권을 발견했다.

"제발 좀 오빠야가 가지고 가라."

자그마한 아이의 최대의 고민거리라던 노트임이 기억난 설민이 흥미로운 미소를 지으며 노트를 들어 올렸다. 집어 올린 휴대전화는 일단 보류하기로 한 설민은 책상으로 다가가 휴대전화를 내려놓고 자리에 앉았다. 그리곤 의자에 편안하게 등을 기대고 노트를 펼쳐 들었다. 그다지 특별할 것 없어 보이는 두꺼운 노트엔 누구의 것인지 모를 글씨체로 날짜가 빠짐없이 기록되어 있었다. 설민이 고개를 갸웃거리며 첫 장을 넘겼다. 거기엔 이렇게 적혀 있었다.

[다행일기.]

"다행일기?"
설민이 고개를 갸웃거렸다. 일기라는 단어는 알겠는데 앞에 붙은 다행이 무엇을 뜻하는지 이해가 되지 않았기 때문이었다. 한참 들여다보던 설민은 이내 별다른 생각 없이 페이지를 넘겼다.

[2010년 9월 15일.]

시간은 현재로부터 3년 전으로 돌아가 있었다.

[특별한 일: 나의 스물셋 생일.]

설민이 다음 줄로 시선을 내렸다.

[이 세상에 이제 부모님은 없다. 아빠는 아주 어릴 때 돌아가셨기 때문에 별생각이 없었지만 엄마의 부재는 상당히 마음이 아프다. 새 가정을 꾸린다고 행복해하면서도 미안해하던 엄마를 생각할 때마다 가슴이 찢어진다. 새 가정을 지켜주고 싶어서 할매와 함께 살기로 한 의미도 없이.]

그렇게 시작한 첫 장은 우울한 분위기로 가득했다. 마음 한구석이 싸하게 식어오는 것을 느낀 설민은 이 일기의 주인공이 누구일지 알 것 같으면서도 모를 것 같았기에 한 줄 더 읽어 내렸다.

[이젠 의지할 사람이 단 한 명도 없지만 내가 의지가 되어줘야 하는 아기가 남아 참으로 다행이다. 혼자라도 살아줘서 참 기특하고 장한 녀석이다. 오늘부터 다행이다.]

설민의 머리에 그려지는 일기의 그 '아이'로 인해 설민이 입술을 질끈 깨물었다. 자신의 일은 아니었지만 짧은 글귀에 담긴 절절한 아픔이 느껴지는 까닭에 동화된 듯 가슴이 아파왔다. 설민은 빠르게 휘리릭, 노트를 뒤로 넘겼다.

[2013년 8월 10일.]

이제야 시간의 흐름을 따라잡았다.

[여름이 되니 가게에 손님이 줄어들었다. 할매의 일을 도우면서 매해 느끼는 거지만 이번엔 폭염 때문인지 피부로 느껴진다. 빨리 돈을 벌어서 우리 모하늬가 뭐 할 수 있도록 방이라도 꾸며주고 싶은데 적금 만기일이 점점 더디게만 느껴진다. 여자아이들이 좋아하는 발레 드레스도 예쁜 구두도 사줄 순 없지만 그래도 이번 적금으로 아이의 방을 예쁘게 꾸며줄 수 있어서 참으로 다행이다. 내가 방을 꾸며줄 수 있도록 와준 하늬가 있어서 다행이다. 요즘은 모든 일이 다 다행이라고 느껴진다.

기억해 둘 것: 적금 만기일 8월 28일]

그 글을 읽던 설민의 두 눈이 번쩍 뜨였다. 요즘 들어 미애에게 무언가를 해주고 싶다는 생각을 하고 있었는데 이 글이 그에게 큰 도움이 됐다. 게다가 일기 안엔 잡지에서 자른 듯이 보이는 인테리어 사진이 꽂혀 있었다. 그걸 꺼낸 설민은 종이의 크기별로 분류된 책꽂이에서 새 종이 한 장을 꺼내 빠르게 스케치를 시작했다. 건축에 큰 관심을 느끼고 공부하던 설민을 그의 아버지가 경영 쪽으로 끌어왔기에 지금은 아버지 밑에서 경영을 배우고 있지만 건축에 일가견이 있는 설민으로선 지금 이 순간이 너무나 즐거웠다.

어떻게 하면 아이의 방을 최고로 사랑스럽게 꾸며줄 수 있을까, 그것이 설민의 최대 관심사였다.

"구조를 바꾸긴 너무 힘들고. 인테리어만 하는 게 가장 좋을 것 같은데 이걸 어쩐담."

빠르게 스케치를 끝낸 설민이 들고 있던 연필 끝을 빠르게 내리쳤다. 그리곤 종이를 들어 올려 몇 번이나 꼼꼼히 둘러보곤 만족스럽게 고개를 끄덕였다. 그는 자신이 그린 그림 오른쪽 위편에 그녀가 오려놓은 잡지 사진을 스테이플러로 찍어 고정시켰다. 그리곤 읽던 일기를 마저 폈다.

[2013년 8월 19일.

더운 날씨에 뜨거운 국밥은 어울리지 않는다고 생각했는데 감사하게도 손님 한 분이 계속 찾아온다. 그리곤 단골이 되어버렸다. 다친 할매를 도와준 것도 고마웠는데 그는 무작정 들어와선 아르바이트생이 되겠다고 한다. 할매가 아픈 데다 일손이 부족한 걸 예상한 친절에 너무나도 감사하다.]

설민의 두 눈이 동그래졌다. 자신에 대한 언급이 있다는 것도 기분이 좋은데 자신의 호의에 긍정적인 반응을 보이는 문구가 적혀 있으니 어찌 기쁘지 않을 수 있을까.

[2013년 8월 23일.

야간학교를 다닐 때마다 느끼는 거지만 건우는 성실하고 매너 있다. 어린 청년이지만 생각도 깊고 열심히 일을 한다. 보고 있으면 기분이 좋아지는 동생이다. 할매 대신 일을 도와주는 것도 감사한 일이다. 그런 동생이 있어 참 다행이다.]

그것을 보고 있던 설민의 얼굴이 순식간에 구겨졌다. 설민의 눈엔 뺀질뺀질하게만 비춰지는 청년은 분명 미애에게 마음이 있었다. 적어도 설민은 그렇게 생각했다. 설민이 이를 한 번 부드득 갈고는 다시 다음 장을 살폈다.

[2013년 9월 2일.

태어나서 그렇게 잘생긴 남자는 처음 보는 것 같다. 그가 말을 걸 때마다 닭살이 돋는 탓에 피하고 싶은 느낌이 드는 건 사실이지만 그렇게 밉지만은 않다. 도와주려고 애를 쓰는 사람이 있어줘서 참으로 다행이다.]

그걸 읽자마자 설민의 얼굴이 환해졌다. 분명 이건 좋은 징조다. 더 이상 읽어서는 안 되겠다고 생각한 설민이 그녀의 일기장을 덮었다. 헌데 이걸 어쩌나, 일기를 괜히 봤던 모양이었다. 일기를 읽은 탓에 미애의 얼굴이 떠오르며 당장이라도 그녀를 보고 싶어졌다.

순간 후끈 달아오르는 느낌에 설민이 자리에서 일어났다. 그리곤 방을 혼자 서성이다가 이내 휴대전화를 들어 올렸다. 그리곤 망설일 것 없이 휴대전화에 저장된 미애의 번호를 눌렀다.

—여보세요?

조금은 갈라진 미애의 목소리가 전화기를 타고 들려왔다. 아아, 이 얼마나 대단한 일인가! 작은 전화기를 통해 원하는 사람의 목소리를 들을 수 있다니. 설민은 처음으로 전화기를 발명한 사람에게 감사를 표했다.

"미애 씨?"

—네, 맞는데요. 누구세요?

미애의 물음에 설민이 미소를 지었다. 그리곤 그가 입술을 열었다.

"아아, 미애 씨 생각하면서 손가락 가는 대로 번호를 눌렀는데 미애 씨 번호였네요. 나, 설민이에요."

—아, 설민 씨.

반갑다기보다 조금 꺼려하는 목소리에 설민이 풀이 죽었다. 설민은 조금 실망한 채로 자리에 앉았다. 이제야 흥분됐던 설민의 기분이 가라앉는 듯했다.

—참, 내일 말예요. 우리 두 번째로 가게 탐방하기로 했잖아요?

"맞아요. 어디 가고 싶은 데 있어요? 없으면 내가 잘 아는 데로 모시고 싶은데."

—그게……. 취소해야 할 것 같아요, 이번 주는.

"네?"

—우리 할매, 병원 가야 하는 날이거든요. 정말 미안해요. 일부러 시간 내준 건데.

미안하다는 미애의 말에 설민이 고개를 저었다. 아주 약간의 실망은 했지만 이내 다른 계획이 떠올랐기에 그의 두 눈이 반짝거렸다.

"아뇨, 괜찮아요. 내일 몇 시에 병원 가요?"

—내일은 아마 가게 문을 닫을 것 같아요. 예약 시간이 3신데 2시에는 떠나야 할 것 같고, 돌아오면 5시가 넘을 것 같아서요.

"하늬는?"

―아무래도 건우한테 부탁하려고요.

설민이 의미심장한 눈빛으로 씩 웃었다. 2시에 나간다면 적어도 아침부터 부지런히 움직이면 계획이 제대로 실행될 것 같았다. 물론 하늬를 건우에게 맡긴다는 것에 아주 약간 섭섭했긴 했지만 말이다.

전화를 끊기 전, 미애에게 건우의 번호를 얻은 설민은 내일 일어날 일을 기대하며 길게 미소를 지었다. 그가 원하는 것은 미애의 환한 미소, 그리고 기쁨. 딱 두 가지였다.

❖

다음날, 설민은 아침부터 분주했다. 그는 계속해서 어딘가로 전화를 걸었고, 그 채근 때문인지는 몰라도 설민의 집엔 지인들이 보낸 퀵서비스 소포들로 장사진을 이뤘다. 부피가 작은 것부터 커다란 것까지 크기를 가늠할 수 없는 상자들이 현관에 차곡차곡 쌓이기 시작했고 그 덕에 그 집에 사는 가족들의 출근길이 늦어졌다.

"이게 다 뭐니, 아들?"

남편과 딸의 출근길 배웅을 마친 오 여사가 현관을 막고 선 소포들이 궁금했던지 설민에게 물었다. 소포들의 주범은 깊이 생각하지 않아도 새벽부터 이리저리 왔다 갔다 하며 부산스럽게 굴던 아들일 것이 분명하다고 생각한 오 여사였다.

"아, 방을 꾸며야 해서요."

"방? 어떤 방? 우리 집 게스트 룸?"

보라색의 벽지부터 전등이 달린 캐노피, 공주 침대며 레이스가 가득 달린 침대 커버와 이불, 크기 불문한 곰 인형들에 벽에 거는 그림들까지 살펴보던 오 여사가 눈살을 찌푸렸다.

"내가 장담하건데 게스트 룸에 이런 러블리한 인테리어는 에러야, 아들. 안목의 차이니, 그게 아니라면 이런 게 세대 간의 차이와 갈등이라는 거니? 이 엄마는 너희들 세대에 맞추려고 무던한 노력을 한다만 아무래도 역부족인 모양이구나."

대꾸하지 않는 설민으로 인한 탓인지, 오 여사는 주절주절 한탄을 늘어놓으며 손수건으로 눈가를 훔쳤다.

"그것도 아니라면 내 귀에 들리는 흉흉한 소문이 사실이라는 건지. 흑."

"무슨 소문요?"

오 여사의 의미심장한 중얼거림에 한창 바쁘게 움직이던 설민의 고개가 그녀에게로 돌아갔다. 그 말에 오 여사는 손수건을 내리며 태연하게 대답했다.

"네가 게이라는 소문."

"네에?"

"하도 여자에 관심이 없으니 다들 그렇게 수군거리더구나."

"오 여사!"

"아니면 말고. 나야 당연히 네가 여자를 사랑하는 게 좋지. 솔직히 말하자면 여자만 데리고 온다면 만사 오케이란다. 다른 건 준비하지 말라고 해라. 혼수로 아이 하나만 데리고 온다면 더없이 행복할 테니."

"오 여사아!"

"내가 조금 쿨했니?"

설민의 윽박지르는 목소리에 오 여사가 혀를 쏙 내밀곤 귀엽게 어깨를 으쓱거렸다. 그 모습을 잠시 바라보던 설민이 가볍게 한숨을 내쉬었다. 그리곤 한 치의 실수도 없이 일을 진행시키려는 듯 날카로운 두 눈을 빛내며 일에 착수했다.

"게스트 룸을 꾸미는 게 아니라면 대체 뭔데?"

"……아이 방을 하나 꾸미고 있어요."

"아이 방?"

"아는 아이가 있는데 부모님이 모두 돌아가셨어요. 할머니, 언니랑 같이 사는데 도와주고 싶어서요."

그 말에 오 여사가 두 눈을 빛내며 짝, 하고 박수를 쳤다.

"그래, 그래! 네가 드디어 봉사에 관심을 가지게 되었구나."

"봉사는 아니에요, 오 여사."

"……그럼 뭔데?"

오 여사의 물음에 설민이 입을 꾹 다물었다. 그리곤 오 여사의 관심을 돌리고자 다른 말을 꺼냈다.

"오 여사가 좀 도와줘요. 이런 데엔 전문가잖아요?"

"몇 살짜리 아이니?"

"여섯 살이요."

설민의 답에 오 여사가 고개를 끄덕였다. 그리곤 금세 붉어진 눈가를 한 손으로 꾹 눌렀다.

"여섯 살짜리가 안타깝게도……."

결손가정의 아이들에게 강한 애착을 가지고 30년도 넘게 꾸준히 봉사 활동을 다니는 오 여사가 슬프게 중얼거렸다.

"나도 어릴 적에 부모님을 잃고 몸보다도 마음이 더 힘들었지. 네 아빠를 만나 안식을 얻고 평생의 사랑을 받았지만 그 시절에 도움을 받지 않았으면 더 힘들었을 게야."

소녀의 마음을 그대로 간직한 채 매일을 살아가는 오 여사는 때때로 너무 감상적이지만 그건 그녀 나름대로의 표현이었다. 어릴 적 부모님을 여의고 힘들게 살아온 그녀는 자신이 받았던 친절과 베풂을 되돌려줘야 한다며 일주일에 세 번, 정기적으로 봉사 활동을 다니고 있고, 결손가정 자녀를 돕기 위해 늘 백방으로 애쓰고 있었다.

"좋아, 힘껏 도와주마."

오 여사가 팔을 걷어붙이고 나섰다. 그녀는 허리 다치니 조심하라는 아들의 만류에도 불구하고 기세 좋게 현관에 쌓인 상자들을 들고 방으로 들어왔다. 그리곤 설민과 함께 방을 꾸미기 시작했다.

그렇게 오 여사를 비롯해 총 15명의 지인의 도움을 받아 꾸며진 방은 미애가 할매를 모시고 병원으로 간 사이 그대로 옮겨졌다. 건우에게 미리 부탁한 덕에 그는 하늬를 데리고 가까운 공원으로 산책을 나갔고, 집이 빈 틈을 타 설민은 잽싸게 도배를 했다.

두 명의 지인에겐 짐을 옮기는 것과 방에 원래 있던 물건들을 밖으로 옮겨놓는 일을 맡겼고, 설민은 건축 및 인테리어를 전공할 무렵 신나게 배웠던 도배 솜씨를 마음껏 뽐냈다. 자로 재며 초보의 티를 낼 것도 없이 설민은 눈대중으로 벽지를 쓱쓱 잘랐고 풀칠을 해 깔끔하게 도배를 했다.

"아직 죽지 않았다, 백설민!"

그렇게 자만하는 설민을 바라보며 짐을 나르던 친구는 킥킥 웃었다.

"도배계의 왕자님의 부활! 인 거냐? 두둥!"

"사랑은 죽음을 불사르며 부활하는 힘을 준다, 이거다."

그리 대꾸하며 즐겁게 일을 시작한 지 3시간 뒤, 그리고 나갔던 집주인이 돌아올 5시가 다가와서야 설민은 하늬의 방이 작았기에 망정이라 생각하며 장갑을 벗어 들 수 있었다. 보수 없이 도와준 두 명에 친구에겐 후에 밥을 사겠다고 이른 뒤, 그는 혼자 뒷정리를 했다.

하늬가 가지고 있는 물건들은 유지하되 기본적인 가구만 바꾸는 선으로 한 인테리어는 설민의 마음이 쏙 들었다. 싹 바꾼 벽지는 분홍빛이 은은하게 감도는 보랏빛으로 여자아이에게 공주님의 환상을 심어주기 딱 좋았고, 어찌나 잘 발랐던지 우는 면도 하나 없었다. 바닥은 바꾼 지 얼마 안 돼 보이는 마루라 그냥 넘기기로 했고 대신 폭신폭신하고 부들부들한 소재의 양탄자를 깔았다. 공주님이 잘 것 같은 예쁜 침대며 곁에 달린 전등 깜빡이는 캐노피, 날개 모양의 장식이며 곳곳에서 볼 수 있는 곰돌이 인형은 언니인 미애와 방에서 지낼 하늬의 욕구를 동시에 충족시켜 줄 수 있는 것이었다.

"이게 다 뭐꼬오!"

주변을 정리하고 조금 쉬고 있는데 언제 왔는지 모를 하늬의 고함 소리가 들렸다.

"이게 천국이가, 내 방이가! 공주님 방이다앙!"

자신의 방 앞에서 멍하니 넋을 놓고 바라만 보던 하늬가 다시금 바락 소리를 질렀다. 하늬의 고함 소리에 가게를 통해 집으로 들어오던 할매와 미애의 시선이 동시에 하늬의 방 앞으로 향했다.

"이게…… 다 뭐꼬?"

미애가 믿기지 않는다는 눈으로 하늬의 방을 둘러봤다. 하늬의 방은 그녀가 꿈꾸던 그대로 그림 속에서 튀어나와 있었다. 미애가 멍하니 주변을 둘러보며 방 안으로 한 걸음 들어갔다.

"이게 대체……."

집을 비운 단 세 시간 만에 바뀌어 버린 방은 기와집에 어울리지 않게 너무 사랑스러웠다. 방을 둘러보기 바쁜 하늬는 하나둘, 무언가를 발견할 때마다 소리를 질러댔고, 할매는 무언가를 가늠하는 눈초리로 설민을 뚫어져라 바라봤다.

"네가 했나?"

"네."

"집 주인한테 상의도 안 하고 멋대로 방을 바꿔 버렸다고?"

할매의 날카로운 질문에 설민이 멈칫하다가는 이내 고개를 푹 숙였다.

"미애 씨가 기뻐할 것만 생각하느라 그걸 생각지 못했네요. 죄송합니다."

"죄송하다카면 뭐 할기고. 방이 싹 바뀌었는데."

"……그게……."

"됐다 마. 이미 한 걸 어쩔꼬. 내 일단은 힘들어가 방에 가봐야겠으니 계산서 가지고 온나."

할매는 제 말만 마친 채 허리를 굽히고 할매의 방으로 사라졌다. 예전에 삐끗한 것이 아직까지 힘든 모양이라 생각하며 할매의 발목을 무심코 바라보고 있던 설민은 그제야 자신을 응시하는 미애를 발견했다.

"아, 미애 씨."

"……설민 씨가 하신 거예요?"

미애의 물음에 설민이 수줍게 고개를 끄덕였다. 그러다 이내 미애의 표정이 심상치 않자 그녀의 눈치를 보며 걱정을 하기 시작했다.

"제가…… 잘못했나요?"

"아뇨, 놀라서요. 사실 하늬의 방은 꾸며주려고 했었거든요. 그 마음을 어떻게 아셨나 싶기도 하고, 너무 갑작스러워서 얼떨떨하기도 하고……."

"별로…… 인가요? 안 좋아하시는 것 같아서…… 그게, 걱정이네요."

설민이 한층 걱정이 깊어진 시선으로 미애를 살폈다. 그 모습에 미애는 두 손을 내저으며 고개를 흔들었다.

"아뇨, 안 좋을 리가 있어요? 너무 놀라서 그래요."

미애의 두 눈이 반짝거렸다. 뭐라고 형용해야 할지 모를, 어제 영림을 만나 느꼈던 울렁거리는 마음과 자신을 기쁘게 해주기 위해 최선을 다하는 남자의 마음이 맞물려 생겨난 감정이 낯설기만 했다.

"서, 서프라이즈……!"

설민이 양팔을 어정쩡하게 벌리고 어색하게 중얼거렸다. 그 모습을 보며 이 순간 미애의 마음에 확실히 윤곽을 드러낸 것이 있었다. 그건 기쁘게 해주기 위한 것에만 몰두하느라 앞뒤 가리지 않은 그의 모습이 무척이나 사랑스러워 보였다는 것. 더불어 행동으로 옮긴 뒤, 갑작스런 난관에 봉착해 미안함을 거침없이 표출하고 있는 모습이 너무나 예뻐 보인다는 것. 더욱 선명한 것은 지금 이 순간만큼은 복잡한 생각은 떨쳐 버리고 그를 마음껏 예뻐하고 싶다는 것이었다. 그 생각이 끝나기 무섭게, 쪽!

"……?"

여기, 물음표가 하나.

"……!"

다른 곳엔 느낌표가 하나.

저도 모르게 설민의 볼에 입술을 맞대어 뽀뽀를 하고 만 미애는 자신이 놀라 인간의 것이라곤 믿겨지지 않을 정도로 두 눈을 커다랗게 떴고, 미애에게 뽀뽀를 당한 설민은 상상지도 못한 그녀의 행동에 현실이 맞는가 주변을 살폈다.

"꺅!"

미애가 제 얼굴을 양손으로 가리며 방을 뛰쳐나갔다. 그리곤 방 안에 우두커니 선 채 뽀뽀를 당한 설민은 한동안 멍청하게 서 있다가 그 자리에 털썩 쓰러지고 말았다.

"언니야아!"

설만이 자리에서 쓰러지자마자 하늬의 우렁찬 소리가 집 안을 쩌렁쩌렁 울렸다. 아이의 눈에는 갑자기 쓰러진 설민이 이상하게만 보였을 뿐이었다. 히죽히죽 웃고 있는 남자의 두 눈엔 초점이 없었고, 그렇게 좋아하는 채로 바닥에 쓰러진 채 일어나지 않으니 그 누가 그를 정상이라고 말하겠는가.

"언니야, 뭐 했노! 백설 왕자가 드디어 죽었다!"

하늬가 바락바락 소리를 질렀다. 그리고 그 순간, 타이밍도 기가 막히게 설민의 코에서 안도의 코피가 펑, 터져 나왔다. 일명, 안도의 쌍코피였다. 그걸 확인한 하늬가 사색이 된 채 자리에서 펄쩍펄쩍 뛰었다.

"언니야! 뭐 하나! 빨리 와보래이. 오빠야 코에서 깍두기 국물이 나온다!"

하늬의 고함 소리에 로맨스고, 뺨 붉힘이고, 그 후의 진도고. 모든 것을 떠나보낸 미애가 득달같이 달려와 휴지를 돌돌 말아 설민의 코에 끼워 넣어주었다. 일단은 코피부터 멎어야 진도가 가능할 듯싶었다.

11

대자로 뻗은 채 널브러진 설민의 코 주변은 이미 붉은 물감을 뿌려놓은 듯 처참했다. 제대로 닦아주긴 했어도 붉은 기운이 가시질 않는 그의 코를 바라보던 하늬는 정신을 잃고 죽어 있는 백설왕자의 주변에 꽃으로 장식하고 유리관을 씌워 그 아름다움을 보존해야 되지 않겠나, 하며 동화를 쓰고 있었다. 물론 그건 미애에게 퇴짜를 맞았지만.

"일단은 말이다, 할매 방으로 옮기자."

미애의 말에 설민의 손이 움찔, 반응을 했다. 가물거리는 아지랑이처럼 들리는 것 같은 느낌에 설민의 눈꺼풀이 파르르 경련했다. 아주 먼 꿈속의 말처럼 흐릿한 느낌에 애를 쓰며 무거운 눈꺼풀을 들어 올리려 노력했지만 노력은 헛수고로 돌아갔다.

그렇게 설민이 정신을 놓은 사이, 미애와 하늬가 끙끙거리며 설민을 하늬의 옆방, 할매의 넓은 방으로 옮겼다. 큰 장정 하나가 떡하니 누워 있기에 하늬의 방은 작고 하늘거렸기 때문이었다.

"쯧쯧, 사내가 돼서 픽픽 쓰러지기나 하고 말이지. 뭐 이리 매가리가 없노?"

할매가 혀를 차며 고개를 저었다. 그 소리에 설민을 넘어트린 장본인이 뜨끔, 불안하게 두 눈을 굴리다가 입을 열었다.

"물수건이라도 가져올게, 할매."

물론 그 자리를 회피하기 위함이었다. 그 말에 할매는 손녀딸을 찬찬히 훑어보며 두 눈을 가늘게 떴다.

그렇게 미애가 자리를 피하자 할매 방에 남은 것은 할매와 작은 하늬뿐이었다. 하늬는 설민의 머리맡에서 고개를 숙이고 눈을 감은 그의 얼굴을 빤히 들여다보고 있었고, 할매는 그런 하늬를 재미있다는 듯 응시하고 있었다.

"얘야, 침 떨어지겠다."

보다 못하겠는지 입을 벌린 채 설민의 얼굴을 내려다보는 하늬에게 할매가 한마디 했다. 그 말에 하늬가 통통한 팔로 제 입을 쓱 닦으며 쓰읍, 침을 삼켰다.

"참말로 잘생겼다 아이가."

"기집애처럼 생긴 게 뭐 그리 좋나. 사내면 사내답게 건장하고 해야지."

"할매, 할매는 뭘 모른다. 요즘엔 이렇게 생긴 게 짱 아니가."

하늬가 흘끔, 설민을 바라봤다. 감은 그의 두 눈이 바르르 떨리는 것을 보며 하늬가 슬쩍, 눈가에 손을 가져다 댔다.

"뭐 하나?"

"오빠야 눈에서 지진 났다."

하늬가 설민의 눈가를 조심스럽게 꾹꾹 눌렀다. 할매는 하늬에게 손을 떼보라 하고는 설민의 이마에 가만 손을 댔다.

자신의 머리에 따뜻하고 부드러운 손길이 와 닿는 느낌에 설민이 슬그머니 미소를 지었다. 이건 보지 않아도 분명 미애의 손길이 틀림없었다. 부드럽고, 따스하고, 솜털처럼 가벼우면서도 아련하고 사랑스러운, 그런 미애의 손길. 미애의 손길을 온 얼굴로 느끼던 설민은 만족스럽게 입가를 늘어트렸다. 눈을 파르르 떨며 잠시 눈을 떴던 설민은 미애의 손길에 까무룩, 정신을 잃고 말았다.

"왜 이러나, 대체? 대체 무슨 일이야?"

"내도 모른다. 언니야가 뭔 짓을 한 모양이다."

"언니야가? 미애가?"

"내도 잘은 모르겠는데 오빠야가 쓰러지고 언니야가 나갔다. 그러고선 오빠야 코에서 깍두기 국물이 푸악!"

하늬가 다섯 개의 고사리를 뭉쳐 코 가까이로 가져다 댔다가 '푸악' 하는 의성어에 맞춰 제 손을 화끈하게 펼쳤다. 그 모양새에 무슨 말인지 알겠다며 할매가 고개를 끄덕거렸다. 눈치로 보건대 대충 어떤 정황인지 알 것 같다며 고개를 주억거린 할매가 다시금 쯧쯧, 혀를 찼다. 그 모습에 하늬가 이해를 못하겠다는 듯 고개를 까딱거렸다.

"왜 그러나, 할매?"

"내가 와?"

"할매는 오빠야를 보면 자꾸 한숨 쉰다 아이가."

"맘에 안 들어가 그런다."

"왜 맘에 안 드나? 내 맘엔 쏙 든다. 내 맴을 사로잡아 버렸데이."

하늬의 말에 할매는 그게 아니라며 고개를 저으며 입을 열었다.

"아이다, 아가. 사실 저 청년은 할아버지랑 닮았다."

"그러나?"

할매에게 대답하며 하늬가 흘끗 시선을 올렸다. 천장 아래에 걸린 할아버지의 사진을 보건대 설민과는 확연한 갭이 있었다. 그 사실에 의아해한 하늬가 고개만 갸웃거리다가 입을 열었다.

"그른데?"

"잘생긴 사내들은 말이다, 명이 짧거나, 능력이 없거나, 지조가 없다."

"할아버지는 뭔데?"

"명이 짧았다."

그렇게 말한 할매가 덧붙였다.

"능력도 없고."

하늬가 두 눈을 깜빡거렸다. 그 모습을 보던 할매가 한마디 더 덧붙였다.

"지조도 없었다."

"지조가 뭐야?"

"지조란 일편단심의 마음을 말하는 거다."

"일편단심이 뭐야?"

"마음이 하나라는 거다."

"마음이 두 개인 사람도 있어?"

"마음이 네댓 개 넘는 사람도 있다."

그 말에 하늬가 궁금증을 가득 담은 눈으로 할매를 바라보며 고개를 끄덕였다. 희한하기도 하고 무슨 말인지도 모르겠지만 어쨌든 수긍은 했다.

잠시 후, 정신을 차린 설민이 두 눈을 끔뻑거렸다. 그의 두 눈엔 고 참판 댁의 역사를 담은 채 유지되고 있는 할매의 넓으면서도 고즈넉한 방이 들어왔다. 그다음은 머리맡에 앉아 종알종알 떠들고 있는 하늬가, 그리고 하늬의 뒤로 펼쳐진 병풍이 차례로 보였다.

'효…… 제충신…… 예의…… 염치……?'

설민의 두 눈에 든 병풍에는 효제충신예의염치孝悌忠信禮義廉恥가 적혀져 있었다. 그는 분명 효도, 형제와 이웃에 대한 우애, 나라에 대한 충성이며 믿음, 예절, 의리와 청렴, 부끄러움을 아는 것, 즉 유교적인 윤리관을 압축해 놓은 것이었다. 부모님으로부터 배운 오래된 가르침이었기에 설민은 다른 이보다도 쉽게 글자를 읽을 수 있었다.

'어디선가…… 본 것 같은데?'

고개를 잠시 갸웃거린 설민의 두 눈에 오시오라고 읽혀지는 한자가 적힌 낙관이 들어왔다. 글씨를 쓴 작가의 성명인 듯했는데 그것을 본 설민의 두 눈이 가늘어졌다.

'어디서 본 듯한…….'

하지만 그의 생각이 끝나기도 전에 명랑 청량한 목소리가 귤처럼 톡하고 알알이 터졌다.

"오빠야! 살아났나?"

"아, 꼬마…… 숙녀."

"아따, 오빠야가 좀만 더 죽어 있었으면 내 뽀뽀를 해주려고 했는데."

"뽀…… 뽀?"

하늬의 깜찍한 목소리에 설민이 얼빠진 얼굴로 웃었다. 그렇게 가만 웃던 설민이 정신을 차리곤 찬찬히 주변을 둘러보았다. 낡은 나무 냄새가 나는 방은 조금 큼지막한 것만 빼곤 볼 게 없었다. 오래된 장판은 조금 눅눅한 감이 있었지만 정성스런 관리로 깨끗하고도 깔끔했고, 앉은뱅이책상과 화장대도 나이에 맞지 않게 어려 보였다.

"저기……. 미애 씨는……?"

설민의 물음에 할매가 입을 열었다.

"아까 전에 널 여기에 옮겨두고 물수건을 가지러 나간 후로 감감무소식이다."

할매의 대답에 설민이 고개를 갸웃했다.

아까 전에 느꼈던 그 온기며 향기는 분명 미애의 것이었는데 그럼 내가 홀리기라도 한 것인가, 아니면 꿈이라도 꾼 것인가.

설민이 할매와 하늬를 둘러보며 아주 잠시 생각에 잠겼다. 생각이라기보다는 고민에 가까웠지만 그건 할매와 하늬가 알 바 아니었다.

그렇게 설민이 꿈을 꾸고 기절에 기절을 반복할 무렵, 설민의 코피 분출로 냉정히 이성을 되찾은 미애는 설민의 코피가 멎기를 기다리며 자신의 방으로 들어갔다. 커다란 장롱의 가장 아래의 서랍을 연 미애는 가득 쌓인 속옷 아래로 손을 쑥 집어넣었다. 그렇게 아무도 모르는 곳에 고이고이 숨겨두었던 꾸러미를 꺼낸 미애가 깊은 생각에 잠긴 채 꾸러미를 잠시 응시했다. 그 탓에 설민을 위한 물수건은 미애의 머릿속에서 금세 잊혀졌다.

그렇게 한동안 자리에 앉아 꾸러미를 몇 번이고 바라보던 미애가 설민이 있을 할매의 방으로 몸을 옮겼다. 그리곤 정신을 차린 채 자리에 앉아 있는 그에게 그 꾸러미를 건넸다.

"이게 뭡니까?"

코피는 멎었지만 깨어난 지 얼마 되지 않은 탓에 정신이 알딸딸한 설민이 내키지 않는다는 투로 물었다. 하지만 미애는 펼쳐 보라는 듯 그를 종용할 뿐, 속 시원한 대답은 해주지 않았다. 설민은 하는 수 없이 그녀가 내민 꾸러미를 풀었다.

"우리 하늬 방을 꾸며주려고 예전부터 모으던 돈이에요."

미애가 그의 손에 들린 통장을 바라보며 중얼거렸다.

"무슨……."

"참, 금액이 모자라면 망설이지 말고 말씀해 주세요."

"전!"

미애의 빠른 설명에 불편한 기색으로 자리를 지키던 설민이 목소리를 높였다.

"전! 돈을 받으려고 한 일이 아닙니다!"

"알아요, 아는데……."

"제게 필요한 건 미애 씨의 웃는 얼굴과 꼬마 숙녀의 행복입니다! 그것 외엔 아무것도 필요 없습니다!"

그 말에 미애가 멈칫, 하려던 말을 멈추고 설민을 바라봤다. 가슴 한 공간에 숨겨져 있던 미애만의 보신각종이 더엉, 온몸을 떨어대며 울리는 느낌이었다. 가슴 안이 찡하고 울리며 그 파동으로 온몸이 가늘게 떨리는 느낌에 미애는 잠시 숨을 골라야만 했다.

"받아라. 세상엔 공짜는 없는 법이다."

미애가 말을 하지 못하고 있자 가만 지켜보던 할매가 불쑥 말을 꺼냈다. 그 말에 설민이 양손을 저으며 극구 부인했다.

잠시 멍하게 넋을 놓고 보고 있던 미애가 두 손과 머리를 함께 저어대며 거세게 통장을 그에게로 밀었다. 그 모습에 설민이 고개를 들어 미애를 바라보며 조용히 읊조렸다.

"정말 받을 수 없어요."

"정말 받으셔야만 해요!"

그런 실랑이가 몇 분이나 지속되던 차에 할매가 툭하니 말을 던졌다.

"대가없이 꾸며준 방을 받으라는 건 네놈의 사심을 강요하는 게 아니냐?"

그 말에 미애가 눈을 커다랗게 떠 할매를 바라보다가 이내 설민에게로 시선을 돌렸다.

"……이렇게 큰 선물을 덥석 받을 수는 없어요. 그럼 정말 부담스러워요. 이 돈은 하늬의 방을 꾸며주려고 계속 모으던 거였으니 제발 받아주세요."

"노노."

설민의 그 말에 할매가 거들고 나섰다.

"네가 받지 않을 거라도 상관없다. 받고 싶지 않으면 버려라. 우리에게 다시 돌아올 돈이 아니다."

"할머니!"

할매는 더 이상 할 말이 없다는 듯 몸을 돌려 방을 빠져나갔다. 할매를 따라 하늬가 통통 뛰며 방을 나갔고 그제야 미애가 어렵사리 웃으며 대답했다.

"아시죠, 우리 할매 강경하신 거."

"그래도 못 받아요."

"들으셨잖아요, 방금. 저도 다신 못 받아요."

그 말에 설민과 미애가 한숨을 푹 내쉬었다. 두 사람이 절대로 받을 수 없는 돈, 갈 곳을 잃은 통장에 모두가 난감해져 버렸다.

"이걸 어쩐다."

두 사람의 사이에 놓여 오갈 데 없어진 통장이 무안할 정도였다. 그 정도로 두 사람의 따가운 시선이 통장에게로 모두 쏟아졌다. 그렇게 한동안 통장만을 바라보던 설민이 고개를 들어 미애를 바라봤다.

"그러니까 이 돈은 나도 가질 수 없고, 미애 씨도 가질 수 없는 돈이라 이거죠?"

그 말에 미애가 고개를 끄덕였다.

"그럼 둘 다 갖지 맙시다."

설민의 말에 미애가 두 눈을 커다랗게 떴다. 하지만 그런 그녀의 반응에도 놀라지 않은 설민은 환하게 웃으며 말을 이었다.

"이 돈은 하늬와 같은 처지의 결손가정 자녀들에게 기부하는 게 어떻겠어요? 더 힘든 아이들이 있을 수 있잖아요. 어때요?"

설민의 말에 미애가 강한 감동을 느낀 눈빛으로 그를 바라봤다. 가슴이 두근두근, 다시금 요동치긴 했지만 설민의 코에서 피가 분출이라도 할까 차마 표현은 하지 못한 미애가 조심스럽게 물었다.

"……좋긴 하지만 그렇게 하면 설민 씨에겐 돌아가는 게 없잖아요. 내가 해줄 것도 없고."

"왜 없어요? 내 서프라이즈에 열렬히 기뻐하는 꼬마 숙녀를 봤고, 꼬마 숙녀의 모습에 행복해하는 당신을 봤고, 그리고 그렇게 힘들게 모은 돈은 좋은 일에 쓰이는데?"

설민이 이해를 하지 못하겠다는 듯 맑은 눈빛을 뽐내며 어깨를 들썩였다. 그 모습에 당장이라도 하늬가 예쁜 짓을 할 때면 해주는 '예쁘다' 동작을 해주고 싶은 손을 숨기며 미애가 씩 웃었다.

"좋아요, 그럼. 그렇게 하기로 해요. 대신……!"

"대신?"

"제가 식사 대접이라도 하게 해주세요."

미애의 말에 설민이 호들갑스럽게 그녀의 손을 잡았다. 그랬다가 자신이 미애의 손을 덥석 잡고 말았다는 것을 인지하곤 그녀에게 손을 떼어 뒤로 숨겼다.

"그거야 영광이죠."

"아주 비싸고, 아주 맛있고, 아주 분위기 있는 데로 가요."

"좋아요! 그럼 갈까요?"

설민이 자리에서 벌떡 일어났다. 그 추진력에 놀란 미애가 그를 따라 주춤주춤 일어나며 물었다.

"……지금…… 요?"

"말이 나왔을 때 가야지, 안 그럼 철회할지도 모르니까."

"좋아요, 그럼. 가요."

미애가 꺼릴 것이 없다며 고개를 끄덕였다. 그리곤 방을 나가는 설민을 따라 나가며 소리를 높여 하늬를 찾았다.

"모하늬!"

이 집 어딘가에 있을, 물론 지금은 보지 않아도 자신의 새 방에 박혀 있을 하늬를 찾는 언니의 목소리에 하늬가 망설이지 않고 대답했다.

"모하늬, 모 한다아아!"

"모하늬! 나와봐."

미애가 설민에게 잠시만 기다리라며 말을 하곤 자신의 방으로 가 가방을 챙겼다. 가방을 가지고 방으로 나왔을 때 하늬가 대령하고 있는 모습을 상상했던 미애의 기대를 깨는 목소리가 우렁차게 들려왔다.

"모하늬는 아주우 주우우웅요한 거 하고 있다!"

"오빠야 간단다!"

"오빠야가 간다나?"

언니가 나오랄 땐 코빼기도 보이지 않더니 설민이 간다니 버선발로 뛰어나오는 이 시추에이션이란. 누가 보면 하늬가 설민의 친동생이라고 착각할 지경이라 생각하며, 미애는 자석처럼 설민의 다리에 달라붙는 하늬를 보며 고개를 저었다.

"히잉, 오빠야. 또 언제 오나?"

딱 칠월칠석이 지나 헤어져야만 하는 견우와 직녀의 모습이었다.

"내일 올게, 꼬마 숙녀."

"아이코마. 내, 오빠야 맞을 준비하고 기댕길 테니 퍼뜩 와라. 내 방에 초대할꼬마."

"영광이지."

설민이 아이의 손을 잡아 올려 그 손등에 쪽, 뽀뽀를 했다. 그 뽀뽀에 하늬가 손을 내저으며 온몸을 배배 꼬았다.

"아이코야, 오빠야도 참말로."

볼이 빨개진 채 두 눈을 반짝거리며 설민을 바라보는 하늬의 모습에 설민이 찡긋, 윙크를 날렸다.

"몰랐구나? 원래 공주님한테는 이렇게 인사를 해."

"그러나? 진짜 공주님 방에서 살게 됐다, 아이가. 진짜로 고맙다, 오빠야."

하늬의 환심 하나는 확실하게 산 설민이었다. 의도한 건 아니었지만 하늬를 노린 그의 초이스는 굿이었다.

하늬가 설민을 향해 손짓을 하더니 허리 숙인 설민에게 귓속말로 속살거렸다.

"오빠야, 앞으로는 걱정 하덜덜 마라. 내, 절대적으로 오빠야 편이다."

하늬가 설민을 따라 양쪽 눈을 찡긋, 분명 윙크를 하고 싶었던 모양이었다. 그렇게 윙크를 한 아이가 언니 몰래 속살거렸다.

"모 어떻게 하는 거에 있어가 모하늬가 최고 아이가? 언니야가 까당 넘어가게 내 힘 좀 써볼게."

하늬가 엄지를 척! 들어 올렸다.

❖

"저번에 갔던 곳과는 분위기부터가 다르네요."

설민의 안내를 따라 향한 곳은 영림이 데려갔던 어두우면서도 화려한 레스토랑과는 확연한 차이가 있는 곳이었다.

"저번에……?"

"아, 그…… 영림 씨랑 갔던 데요. 옥타곤 뭐라 카던데."

'Octagon Steak House'라고 불리던 팔각형의 레스토랑을 잠시 기억에 떠올린 미애가 다시금 찬찬히 주변을 둘러봤다. 심플하고 담백한 것이 특징인 레스토랑은 부담스럽거나 주눅 드는 느낌보다는 편안하고 안정감 있는 느낌이 들게 만들었다.

"여긴 저희 단골집이에요. 부모님이 특히나 좋아하시죠. 이태리 음식이 다들 느끼하다곤 하는데 여기는 한국 사람의 입맛에 맞춰 담백하면서도 고유의 맛을 느끼도록 조리해서 좋아하죠."

'Seventh Street'이라 적힌 레스토랑 안은 은은한 나무의 향이 돌고 있었다. 그리 큰 공간은 아니었지만 목재를 많이 사용한 그곳은 어두워도 따뜻한 느낌을 받을 수 있도록 천장에 작은 백열등을 자잘하게 배치해 놓고 있었다.

"느낌이 무척 좋아요."

"그렇죠? 제가 참 좋아하는 곳이라서 미애 씨도 좋아하면 좋겠다고 생각했어요."

설민이 웃으며 주변을 돌아봤다. 가족적인 분위기가 감돌면서도 로맨틱하게 느껴지는 그 공간을 미애가 마음에 들어 하는 것에 기분이 좋았다. 자신이 좋아하는 것을 함께 좋아해 준다는 것, 그것이 이렇게나 큰 의미로 다가올 줄, 설민은 지금껏 모르고 있었다.

"하이고. 뭐 이리 집을 게 많대요?"

주문한 음식이 나오기 시작하자 미애는 자신의 앞에 놓인 숟가락과 포크를 번갈아보며 당황해했다. 그 모습에 설민은 친절보다도 더 친절한 모습으로 차분히 설명해 줬다.

"가운데의 작은 숟가락으로는 수프를 드시면 됩니다. 그다음의 포크는 샐러드를 먹을 때, 나머지 포크와 나이프는 메인 요리를 먹을 때 사용한답니다."

"재미있네요."

"그래 봤자 우린 사용하지도 않겠지만요. 가볍게 파스타를 시켰으니 중간에 있는 포크랑 디저트용만 사용하게 될 겁니다."

미애가 고개를 끄덕이며 자신의 수첩을 만지작거렸다. 영림 덕분에 새로운 음식을 접하게 된 미애가 가본 레스토랑의 분위기와 서비스, 음식과 음료의 모양과 혀끝에서 느껴지는 맛을 분석해 재료들을 적어놓은 수첩이었다. 미애는 식사 시간이 끝나기 무섭게 자신이 수첩에 지금의 이 상황도 적어 넣을 것이라는 것을 알고 있었다.

"입맛에…… 맞으세요?"

"아하하, 제가 좀 촌스러워가 잘 못 먹을 것 같죠? 제가 음식에 좀 관심이 많아가. 참말로 맛있네요."

파스타 면을 포크로 돌돌 말아 한입에 쏙 넣는 설민의 모습을 유심히 바라보며 따라 하는 미애가 생긋 웃었다.

어색할 줄 알았던 둘만의 식사 시간은 끊이지 않는 다정다감한 대화로 화기애애했다. 잔잔한 웃음도 있었고, 손이 스치는 설렘도 있었다. 느끼한 설민의 멘트에 미애의 호응은 여느 때보다도 컸던 것은 물론이고, 서로 마주치는 시선에 둘만의 세계로 빠지는 느낌은 설민을 더욱 행복하게 만들어주었다.

그렇게 즐거운 시간을 보내고 설민이 잠시 화장실로 자리를 비운 사이, 미애가 센스 있게 계산대로 향했다.

"계산하려고요."

미애의 미소에 점원이 더없이 상냥한 미소를 지으며 답했다.

"이미 계산하셨습니다."

"네?"

계산을 위해 지갑을 꺼내던 미애가 점원의 말에 동작을 멈췄다. 그 모습에 점원은 친절하게 설명을 덧붙여 주었다.

"방금 전에 남자분께서 계산을 끝내셨습니다."

점원의 말이 끝나기 무섭게 용무를 마친 설민이 미애에게로 여유롭게 걸어왔다. 설민은 그녀를 레스토랑 밖으로 안내하며 잔잔히 미소를 지었다.

"왜 그랬어요? 내가 내기로 한 건데."

미애가 조금은 귀엽게 투덜거렸다. 그런 미애를 조수석에 태운 설민이 대답 없이 미소만 지으며 차에 시동을 걸었다. 그리곤 운전을 하면서 그녀에게 조용히 읊조렸다.

"뒷좌석을 한 번 보세요."

설민의 목소리에 미애의 시선이 뒷자리로 향했다.

"어머!"

시선이 뒷좌석으로 향하기 무섭게 미애에게서 감탄이 터져 나왔다. 그곳에는 아까까진 보지 못했던 커다란 꽃다발이 다소곳이 놓여 있었기 때문이었다.

"미애 씨 겁니다."

설민이 핸들을 놓지 않은 채 말했다. 그 말에 미애가 꽃다발을 찬찬히 살폈다. 한 가지 이상한 것은 꽃다발에 같은 종류의 꽃이 단 한 송이도 없었다는 것이었다. 전 세계에 있는 모든 꽃들을 모아놓은 것 같은, 통일성이 없는 꽃다발처럼 보였다.

그런 꽃다발을 보는 미애의 의아한 시선을 눈치챈 까닭인지 설민이 가볍게 웃으며 설명을 덧붙였다.

"미애 씨보다도 아름다운 꽃은 찾을 수 없더군요."

그의 달콤한 말에 미애는 할 말을 잃은 채 그의 옆얼굴을 바라봤다. 단정하고도 조각 같은 날카로운 턱 선과 뾰족한 콧날이 그녀의 시선을 사로잡았다. 마침 그 순간, 신호에 걸려 설민이 차를 세웠다.

"내가…… 대접할 기회도 주지 않음 어떡해요."

미애가 안타까운 목소리로 중얼거렸다.

"해줄 게 하나도 없잖아."

금방이라도 울음을 터트릴 것 같은 미애의 목소리에 설민이 그녀를 흘끗 돌아봤다. 그리곤 그 어느 때보다도 화사한 미소로 그녀를 위로했다.

"그럼 한 번 안아봐도 돼요?"

설민의 말에 미애가 잠시 설민을 바라봤다. 그리곤 그녀가 직접 그의 어깨를 가볍게 안았다. 그러자 자동으로 그의 입술이 찢어질 것처럼 벌어져 귀에 걸렸다. 하지만 그가 기뻐할 틈도 주지 않은 채 신호가 바뀌었고 설민이 다시 운전을 하기 위해 핸들에 손을 올렸다. 그리고 그 짧은 그 틈을 타 미애가 그의 뺨에 쪽, 가볍게 뽀뽀를 했다.

운전을 하려던 설민의 고개가 미애에게로 돌아갔다. 그 시선에 부끄러운 미애가 어어, 놀라는 목소리로 앞을 가리켰다. 그녀를 돕기라도 하는 듯 움직일 생각도 않는 설민으로 인해 정체된 뒤차의 주인이 클랙슨을 울려댔다.

그 소리에 설민이 하는 수 없이 페달을 밟았다. 그리곤 아무 말도 없이 빠르고 거칠게 운전을 했다. 화가 난 것일까, 아니면 기분이 나쁜 것일까, 설민의 마음을 알 길 없는 미애는 저도 모르게 한뽀뽀로 어색해진 분위기에 입맛을 다셨다.

'괜히 했나?'

미애가 살며시, 입술을 깨물었다. 하지만 이미 엎질러진 물은 주워 담을 수조차 없었다. 미애는 꽃다발을 건네줄 때의 분위기로 돌아가고 싶은 마음을 억누르지 못한 채 제 주먹을 꽉 그러쥐었다. 그녀의 얼굴이 울상이 되어버렸다.

그 마음을 아는지 모르는지, 설민이 한적한 도로로 진입해 거칠게 핸들을 꺾었다. 화난 얼굴로 갓길에 차를 세운 설민이 미련 없이 핸들을 놓고 자신의 안전벨트를 풀었다. 그의 험한 손길에 안전벨트가 휘리릭 하는 소리와 함께 위로 말리듯 올라갔다.

아슬아슬한 분위기에 미애가 침을 꼴깍 삼켰다. 하지만 설민은 그녀를 바라보지도 않은 채 잔뜩 화가 난 얼굴로 차 문을 열고 밖으로 나왔다.

쾅!

차체가 흔들릴 정도로 문을 닫는 설민의 손길에 미애가 숨을 빠르게 들이마셨다. 밖으로 나간 설민은 성큼성큼, 미애에게로 다가와 조수석의 문을 열었고 그 탓에 미애가 놀란 얼굴로 다시금 숨을 삼켰다.

"왜……?"

미애의 물음이 채 끝나기도 전, 설민의 허리가 굽혀졌다. 그는 급한 동작으로 조수석 안으로 들어갈 듯 고개를 숙여 미애와 시선을 마주했다. 그렇게 자신의 코앞으로 다가온 설민의 얼굴을 바라보며 미애가 눈을 깜빡거렸다. 하지만 그것도 잠시, 설민은 더 이상 망설이지 않고 그녀의 입술에 자신의 입술을 겹쳤다. 그리곤 폭풍과도 같은 키스를 퍼부었다.

12

유치원에서 열어줬던 생일 파티에서 받은 아이들의 뽀뽀를 제외하곤 난생처음인 키스에 미애는 적잖이 당황을 했다. 부드럽다가도 격렬하게 부딪히는 입술의 느낌은 정수리로 번개라도 떨어진 것처럼 충격적이고도 짜릿했기 때문이었다. 아니, 그것보다도 영화나 드라마에서나 보던 것처럼 자신이 남자와 입술을 맞췄다는 사실이라는 것이 더 컸다.

어젯밤 이후, 미애는 한 손으로는 자신의 입술에 손가락을 가져다 댄 채 입술을 멍하니 벌리고 있었다. 마치 습관이라도 되는 것처럼 그녀는 일을 하지 않을 때면 허공을 바라보며 바보처럼 실실 웃어댔다.

"언니야가 어제부터 참말로 이상하다."

하늬가 커다란 곰 인형을 안은 채 미애를 바라봤다. 하지만 미애는 그런 하늬의 시선도 알아채지 못한 채 멍하니 하늘을 바라보며 손가락으로 제 입술을 살살 쓸어댔다.

어젯밤엔 이상한 꿈까지 꿨다. 진한 키스에 다정한 눈동자, 그리고 부드러운 손길까지……. 그는 그녀의 옷을 하나씩 벗기더니 이내 온몸에 자잘한 키스까지 흩뿌렸었다. 물론 꿈속에서.

"나 미친 거 아냐?"

미애가 저도 모르게 중얼거렸다. 그 말에 하늬가 조용히 거들고 나섰다.

"미쳤다."

하지만 미애는 하늬의 그 말도 듣지 못한 채 배실배실 웃었다. 그 모습을 바라보는 하늬는 못마땅하다는 표정으로 혀를 찼다. 분명 할매에게서 배운 것이 틀림없었다.

그때 마침 가게 문이 열렸다.

"실례합니다."

익숙지 않은 여자의 목소리가 가게 안을 화사하게 바꿨다. 그 덕에 잠시 정신을 팔고 있던 미애가 자리에서 일어났다. 아직까지 정신은 제자리를 찾아오지 않았지만 하늬의 꼬집거리는 손길에 기계적으로 일어났을 뿐이었다.

"네……."

미애의 간단명료한 대답에 그녀의 앞에 선 여자가 미묘한 미소를 지으며 미애를 응시했다. 그 시선에 잠시 넋을 놓고 있던 미애가 정신을 차리고 여자를 바라봤다. 뒤늦게야 여자를 인지한 미애가 탄성을 터트렸다.

"어머!"

"안녕하세요."

"안녕하세요!"

영림이었다. 영림은 찾을 것이 있다는 듯 주변을 힐끔거리며 살피다가 다시금 미애를 바라봤다. 그리곤 예의 사무적인 미소로 그녀를 대했다.

"어쩐 일이세요?"

"아, 그게 사실은……. 설민 오빠 없죠?"

영림의 물음에 미애의 얼굴이 다시금 불그스름해졌다. 그녀의 입에서 나오는 설민의 이름만 들어도 침이 꼴깍꼴깍 넘어가고 손에서 땀이 났다. 하지만 그런 미애의 상황을 모르는 영림은 그저 예쁜 두 눈만 깜빡거리고 서 있을 뿐이었다.

"없어요, 설민 씨는……."

"그렇군요."

설민의 부재에 다행스런 표정을 지은 영림이 자신의 가방을 열어 무언가를 꺼냈다. 손바닥보다 조금은 큰 크기의 고급스러운 봉투였다.

"여기, 이거 받으세요."

영림이 웃으며 미애를 향해 봉투를 내밀었다. 미애는 그 봉투를 받아 들며 무슨 뜻이냐는 듯 영림을 바라봤다.

"내일이 제 생일이거든요."

영림이 살포시 웃었다. 그리곤 무슨 뜻인지 의아해하는 미애를 위해 덧붙였다.

"와주셨으면 좋겠어서요."

영림이 자신의 가방을 고쳐들었다. 그런 그녀를 바라보며 미애가 봉투를 만지작거렸다. 미애의 두 눈이 가늘게 떨렸다.

"너무 갑작스러워서……."

"부담스러워하실 것 없어요. 정말 가벼운 파티거든요. 제가 친구가 많이 없어서요. 설민 오빠도 어색해할 것 같고 해서 제가 미애 씨도 초대한다고 했어요. 설민 오빠가 좋아하더라고요."

그 말에 미애가 하려던 말을 삼켰다. 설민의 이름이 등장할 때마다 자꾸만 할 말을 잃고 정신이 혼미해져 왔다. 그 틈을 탄 영림이 미애의 손을 꼭 잡아 쥐었다.

"꼭 와주세요. 가볍게 식사한다고 생각하시고요."

"하지만……."

본 지 얼마 되지 않은 영림의 갑작스런 생일 초대에 미애는 딱히 갈 이유도, 거절할 이유도 찾지 못한 채 더듬거렸다. 그런 미애를 향해 영림은 확인이라도 시키듯 단호하게 그녀의 손을 꽉 한 번 그러쥐곤 생긋 웃었다.

"부탁해요, 미애 씨."

영림이 미소를 지은 채 그녀에게 꾸벅 인사를 했다. 그리곤 하늬에게 가볍게 한 번 손을 흔들곤 가게 밖으로 나갔다. 미애는 한동안 그녀의 뒷모습을 바라보았다.

두 사람의 모습을 멀리서 지켜보고 있던 건우가 미애에게 다가와 물었다.

"뭐예요?"

"아, 생일 파티 초대장."

미애가 건우를 한 번 흘끗 바라보곤 씁쓸하게 웃었다. 그 미소에 건우가 그녀를 뚫어져라 바라봤다.

"왜 갑자기 누나를 초대한대요?"

"그러게……."

"누나, 저기……."

건우가 잠시 뜸을 들였다. 그는 무언가 할 말이 있는 것처럼 망설이다가 이내 고개를 저었다. 왜냐고 묻는 미애의 얼굴을 바라보며 환하게 웃은 건우가 다시 한 번 고개를 흔들고는 등을 돌렸다. 그 모습을 바라보던 미애는 이내 별생각 없이 고개를 돌렸다. 그녀에겐 설민과 영림의 초대장만으로도 한참 벅찼다.

❖

미애의 머릿속을 복잡하게 만드는 백설민의 이름 세 글자를 언급한 것만으로도 영림의 계획은 성공이라고 말할 수 있었다. 가야 하나, 말아야 하나, 고민하던 미애의 선택을 간단하게 만들어주었기 때문이었다.

'많이 야위었네…….'

미애의 시선이 꽤 홀쭉해진 설민의 얼굴로 향했다.

'더욱 가냘파졌군.'

설민의 시선이 미애의 야윈 얼굴에 닿았다.

그렇게 서로만의 세계에 빠진 채 시선을 교환하던 두 사람 사이로 누군가 끼어들었다.

"어머, 이게 누구야?"

너무나도 반가운 목소리에 두 사람의 얼굴이 소리가 들린 쪽을 향했다.

"반가워요. 나 기억나요? 한 번 본 적 있는데."

설민의 누나, 백미였다. 그걸 확인한 설민이 종잇장처럼 눈살을 구겼지만 백미는 신경 쓰지 않고 미애에게 손을 내밀었다.

"백미라고 해요. 동생이 실례가 많아요."

"어머, 안녕하세요. 고미애입니다. 국밥집 손녀예요."

영림의 집에 온 후로 단 한 번도 환영의 인사를 받지 못한 미애로선 백미의 다정한 환영이 큰 위로가 됐음은 말할 것도 없었다.

두 사람이 손을 맞잡고 가볍게 흔들어 악수를 했다.

"미애 씨구나. 아름다울 미에 사랑 애를 써서 미애인가요?"

"어머, 어떻게 아셨어요?"

백미가 그저 콧잔등을 찡긋거리며 웃었다. 그녀는 '비너스, 오! 나의 비너스'라며 혼자 중얼거리는 동생의 모습을 떠올리고 있었다.

"잘돼가는 모양이지?"

백미가 눈을 찡긋거리며 동생의 옆구리를 팔꿈치로 찔렀다. 그런 누나의 행동에 불쾌함을 어김없이 드러낸 설민이 고개를 살래살래 저었다.

"관심이 지나쳐."

하지만 백미는 설민의 말을 제대로 듣지 않은 채 미애를 바라보며 웃었다.

"여기서 볼 줄 알았으면 같이 올 걸 그랬네. 얘가 좀 느끼하죠? 아유, 난 얘랑 남매라는 게 이해가 되질 않아요. 뭐랄까, 김치와 버터 남매랄까? 혹시나 해서 말하는데 내가 김치예요."

백미가 어깨를 으쓱거리며 말했다. 긴 생머리를 하나로 묶어 올린 백미는 작은 얼굴에 커다란 눈망울, 이국적인 미모가 인상적인 여자였다.

"설민 씨 누님이라는 걸 보자마자 알겠어요."

"음?"

"정말 아름다우세요."

그 말에 백미가 잔잔히 미소를 지으며 미애의 어깨를 툭툭 두드렸다. 뭐랄까, 생긴 것은 닮았지만 성격적인 면에선 설민보다 담백하고 털털한 듯했다.

"그나저나 설민이가 초대했나?"

백미의 물음에 미애와 설민이 동시에 입을 열었다.

"네?"

"응?"

그 말이 의미하는 것이 무엇인지를 파악하려는 듯 백미의 눈이 가늘어졌다.

"뭐야? 왜들 이래?"

백미의 물음에 설민이 입을 열었다.

"난 아니야. 원래 오지 않으려다가 미애 씨가 온다기에 온 것뿐이라고, 난."

그 말에 미애가 설민을 돌아봤다. 할 말을 잃었다는 듯 설민을 바라보던 미애가 먼 곳에서 인사를 하느라 바쁜 영림을 흘끗 바라봤다. 그리고 그런 미애의 행동을 지켜보던 백미가 배죽, 입꼬리를 올렸다.

"Okay. I think I know what' s going on here."

백미가 중얼거렸다. 그 말에 설민의 눈썹이 꿈틀거렸고, 미애의 두 눈이 커다래졌다. 하지만 백미는 아무런 설명도 하지 않은 채 생긋 웃고는 미애의 어깨를 가볍게 안아주었다.

“재미있게 있다가 가요. 조만간 또 만났으면 좋겠네요.”

그리고 백미는 설민의 어깨를 가볍게 두드리곤 그의 넥타이를 잡아 거칠게 자신에게로 끌어당겼다. 그리곤 아주 조용히, 하지만 매섭게 동생을 윽박질렀다.

“네가 잘해야 돼, 네가!”

그렇게 속삭인 백미는 쿨하게 설민에게서 손을 떼곤 파티장의 북적이는 사람들 틈으로 사라졌다. 그런 백미를 바라보고 있던 미애가 어색하게 웃으며 입을 열었다.

“이런 파티는 생각해 본 적이 없어서.”

미애에겐 설민이 온다고, 설민에겐 미애가 온다고 말한 영림의 의도를 생각하며 미애가 주위를 둘러봤다. 특별한 사람들만 초대한 것처럼 보이는 가든파티는 ‘가벼운 식사’ 라기보다는 격식 있는 파티처럼 보였다. 영림의 집 앞엔 한 번도 본 적 없는 번쩍거리는 고급 승용차가 대기 중이었고, 거기서 내린 모두가 머리끝부터 발끝까지 치장한 채로 파티장에 들어서고 있었다. 척 보기에도 으리으리한 집의 정원엔 사람들이 모여 음료를 즐기고 있었고, 고용된 웨이터며 경호원들이 진을 치고 있었다. 정원의 한가운데엔 금방이라도 날아갈 듯한 백조가 얼음으로 조각되어 있었다.

“와주셔서 감사해요.”

언제 왔는지 모를 영림이 미애와 설민 사이에 자리를 잡고 서서 인사를 건넸다. 두 눈을 반짝이며 설민을 바라보고 있는 모양새를 보니 미애는 설민을 낚기 위한 떡밥인 듯했다. 그 사실에 씁쓸해진 미애가 입맛을 다셨다. 그리곤 화려하게 차려입은 영림을 살피듯 바라봤다.

"이런 자리인 줄 알았으면…… 준비하고 왔을 텐데요."

미애의 말에 영림이 양손을 저어대며 입을 열었다.

"어머, 신경 쓰지 마세요. 그냥 식사를 하려고 한 건데……. 저도 이럴 줄은 몰랐어요. 부모님께서 그냥 식사 한 끼 하자며 친구들을 부르라고 하셔서."

영림이 쑥스럽다는 듯 볼을 붉히며 어색하게 웃었다. 몰랐던 것 치고는 꽤나 잘 차려입은 모양새였다. 틀어 올린 머리하며 평소보다 곱게 칠해진 화장, 그리고 맞춘 듯한 완벽한 드레스까지. 그녀는 하늬가 그렇게 울부짖던 동화 속의 공주님이었다.

"생일 축하한다."

설민이 영림에게 말했다. 그 말 한마디에 영림의 얼굴이 온 세상의 행복을 다 가진 소녀처럼 돌변했다.

"고마워요, 오빠. 오빠가 와준 것만으로도 정말 행복해요, 난."

영림이 기도하듯 양손을 깍지 낀 채 가슴으로 모았다. 그리곤 애니메이션에 나왔던 장화 신은 고양이처럼 애처로우면서도 사랑스러운 두 눈을 반짝반짝 빛냈다. 그 순간 누군가 영림을 찾았다. 그 소리에 영림이 생긋 웃었다.

"어머, 잠시만요? 안녕하세요, 와주셔서 정말 감사해요."

영림이 미애와 설민에게 양해를 구하곤 자신을 부르는 젊은 부부를 향해 고개를 숙이며 한 손을 내밀었다. 그렇게 영림이 두 사람에게서 멀어지자 설민이 다시금 미애를 바라보며 그녀에게 잔을 하나 내밀었다.

"미애 씨."

웨이터의 쟁반에서 샴페인이 담긴 잔을 들어 올린 설민의 시선은 미애에게 고정되어 있었다. 미애에게로 잔을 건넨 설민이 한 모금, 샴페인을 들이켜며 그녀를 바라봤다. 그리곤 그녀의 손을 살포시 잡았다. 미애도 그의 손을 뿌리칠 생각 따윈 없다는 얼굴로 자리에 서 있었다.

그런 두 사람의 분위기를 깨며 영림이 다가왔다. 그리곤 설민의 팔에 손을 껴 그를 끌어당겼다.

"오빠, 잠시 이리로 와보세요. J 그룹 회장님 내외분, 아시죠?"

"아, 안녕하세요."

영림의 손길에 하는 수 없이 끌려가며 설민이 노부부에게 인사를 했다. 그러면서도 그의 신경은 오로지 미애에게로 향해 있었다. 하지만 미애는 괜찮다며, 어서 가보라며 손짓을 해 보였다.

그렇게 미애는 혼자가 되었다. 파티와 어울리지 않는 복장을 한 채 파티를 즐기는 손님들과 동떨어진 채 서서 주변을 둘러보던 미애에게 누군가 말을 걸었다.

"저기요."

그 말에 미애가 화색 도는 얼굴로 반갑게 맞이했다.

"네!"

"저기요, 화장실이 어디죠?"

"네?"

"화장실요. 여기서 일하시는 분 아니세요?"

그 말에 미애가 자기 자신을 한 번 훑어보고는 떨떠름하게 대답했다.

"아, 아닌데요."

"어머, 죄송해요."

그렇게 사과하고 떨어져 나간 녹색 드레스의 소녀는 멀리 떨어진 곳에서 다과를 즐기던 세 명의 다른 소녀들의 그룹에 합류했다. 그리곤 숨을 죽인 채 킥킥거렸다. 그들은 미애에게까지 들리지 않을 거라 생각하는 듯했지만 그건 오산이었다.

"웬일이니. 이런 파티에 저런 꼴이라니."

"봤어? 백설민이랑 같이 있는 거?"

"손도 잡더라."

"웬일이니, 웬일이니! 주제를 모르는 거 아냐?"

"돈이 많을지도."

"돈 많게 생겼니? 저렇게 입은 거 봐. 아줌마가 대체 무슨 능력이 있다고? 협박이라도 했나?"

"뚱뚱해, 못생겼어, 패션 테러리스트야, 돈도 없어, 그럼 뭐니?"

다시금 킥킥, 여자아이들의 웃음소리가 들렸다. 그 소리를 들으며 미애는 자신의 뒷목이 뜨겁게 달아오르는 것을 느꼈다. 자신을 놀리는 아이들의 웃음소리 때문이 아니었다. 그들이 하는 말이 모두 맞는 말이었기 때문이었다.

문득 그런 생각이 들었다. 대체 설민은 나의 뭘 보고 있는 것일까. 뚱뚱하고, 못생겼고, 옷도 못 입고, 돈도 없고……. 설민에 비하자면 한참 부족한 것이 사실이건만 지금껏 미애는 인지하지 못하고 있었다. 설민이 주는 달콤한 관심에 현실을 잊고 있었던 것이 사실이었다.

"영림 언니도 불쌍하지 않니?"

"그러게나 말이야. 저렇게 멋진 남자친구를 놓쳐 가지곤. 이유가 뭐랬더라?"

"자신보다 예쁜 남자는 싫다?"

"부담스럽다."

그들이 고개를 끄덕이며 수긍했다. 그리곤 여태껏 모르던 사실들을 모조리 토해내기 시작했다.

"사실 두 사람으로 말할 것 같으면 천상의 커플이었지. 선남선녀에 집안도 빵빵하고, 부모님도 인정한 공식 커플. 결혼까지 할 줄 알았는데."

"설민 오빠가 워낙 좋아했어야지. 영림 언니한테 빠져서 허우적거렸잖아. 헤어진 이후에도 엄청 힘들어했다고 들었는데?"

"단 한 번도 여자를 못 만났지, 아마? 그에 비하면 영림 언니는 은근히 남자를 바꿔댔지."

"그렇게 만나봐도 설민 오빠 같은 사람이 없으니까 다시 차지하려는 거잖아."

그들의 수군거림에 미애의 어깨가 축하고 처졌다. 보고 싶었던 설민을 본 기쁨과 동시에 영림의 타이밍 좋은 등장에 한숨이 쉬어졌다.

미애가 조용히 떠들썩한 파티장을 빠져나갔다. 그녀의 등 뒤로 몇 개의 시선이 꽂혔지만 그녀는 전혀 알지 못했다. 미애가 나가는 것을 주시하며 영림이 설민의 팔을 단단하게 부여잡았다. 수많은 손님들에게 인사를 하느라 정신없는 설민을 바라보며 생긋 웃은 영림은 나가는 미애를 확인하고는 미소를 지었다. 그녀는 자신이 미애를 위해 무언가를 했다는 생각에 뿌듯해하고 있을 뿐이었다.

"미애…… 씨는 어디 있어?"

한창 인사를 하던 설민이 짬이 났는지 미애를 찾았다. 그 모습에 영림이 입술을 비죽거렸다.

"오빠도 참. 미애 씨 좀 가만 놔둬요. 왜 이렇게 괴롭혀?"

영림의 말이 암호라도 되는 듯 설민이 미간을 찌푸린 채 영림을 바라봤다. 그게 무슨 말이냐는 듯 고개를 갸웃거렸지만 그 모습까지도 아름다워 영림은 아주 잠시 넋을 놓았다.

이런 남자가 내 남자였다니!

그 생각만으로도 희열이 느껴졌다. 그땐 참 어렸었다. 이런 남자를 그냥 놓치고 말았으니.

"미애 씨는 그만 신경 써요."

"무슨 소리야? 아는 사람 하나도 없이 난감해하고 있을 텐데?"

"에이, 그건 오빠만의 생각이죠."

영림이 살며시 웃으며 의미심장한 눈빛을 해 보였다.

"그니까 그게 무슨 소리냐고."

"일부러 미애 씨 남자친구도 초대했는걸요."

"남자친구……?"

"오기 싫어하는 것 같긴 했는데 미애 씨가 나가는 걸 보니 왔나 봐요."

그 말에 설민의 심장이 쿵, 하고 떨어졌다. 물론 영림이 잘못 알고 있는 사실임을 알고는 있었지만 그 말을 듣는 것만으로도 설민은 떨리는 마음을 주체하지 못했다.

"어디 갔어, 미애 씨?"

설민이 다급히 미애를 살폈다. 그 모습에 영림이 가볍게 한숨을 내쉬었다.

"포기할 때를 아는 게 진정한 남자예요, 오빠."

영림이 설민의 등을 톡톡 두드렸다. 그리곤 가볍게 한숨을 쉬며 중얼거렸다.

"오빠가 그런 사람을 좋아한다는 게 이해가 되진 않지만."

하지만 설민은 온 신경을 미애에게 쏟은 채 어디론가 걸음을 옮겼다. 정원을 가로지르는 설민의 모습에 모든 여자들의 시선이 그에게로 향했다. 영림은 그런 그를 종종걸음으로 뒤따랐다. 그리고 그 모습을 보던 오 여사가 반가운 목소리로 설민을 불러 세웠다.

"어머, 아들!"

오 여사의 목소리에 영림은 가슴을 쓸어내렸고 설민은 한숨을 내쉬었다. 바쁘던 그의 걸음이 멎었다.

"오 여사."

"그래, 아들. 어머, 영림이도 있었구나. 생일을 축하한다!"

그 말에 영림이 웃음을 머금고 인사를 했다.

"감사합니다, 아주머니."

"그나저나, 너희 둘……."

오 여사가 흥미롭다는 시선으로 두 사람을 세밀히 살폈다. 설민을 잡으려던 영림의 손이 그의 팔에 끼워져 있는 것을 확인한 오 여사의 얼굴이 환해졌다.

"다시 만나는 거구나!"

오 여사가 그 어떤 것보다도 기쁜 소식이라는 듯 호들갑스럽게 목소리를 높였다. 그 목소리에 모든 사람의 시선이 오 여사에게로 향했고 그들에게서 조금 떨어져 있던 백미가 고개를 저으며 그들에게로 다가왔다.

"어머, 다시 만나는 거니? 이제 결혼할 날짜만 잡으면 되는 거야? 그런 거야?"

"여보, 너무 서두르지 말지? 아이들 일이잖아."

"아뇨, 난 너무 기뻐서 그래요. 영림이랑 얼마나 오래 인연을 맺어왔어요. 얘네 둘이 헤어졌을 때, 내가 얼마나 속상했다고. 요즘 들어 우리 아들이 사랑에 빠진 것 같더니 영림이었어!"

그 말에 영림이 두 눈을 커다랗게 뜨고 뺨을 붉혔다. 그랬다, 영림의 뒤엔 든든한 그녀의 편이 있었다. 백 회장과 사업적으로, 인간적으로 인연을 맺고 있는 그녀의 아버지와 아버지의 회사가 바로 그것이었다.

주변이 오 여사의 커다란 목소리로 술렁대기 시작했다. 영림과 설민의 관계에 촉각을 곤두세우던 여자 손님들은 놀란 탄성을 자아냈고, 부러움에 한숨을 쏟아냈다. 그것을 들으며 영림은 기분 좋게 미소를 지었다. 단 한 사람, 미애에게로 온 신경을 집중한 설민만을 제외하고.

"그러니까 내가 잘하랬지?"

어딘가에서 백미의 못마땅한 음성이 들려왔다. 그 말에 설민의 두 눈이 동그래졌다. 백미는 부모님의 곁에 선 채 동생을 향해 혀를 차고 있었다.

"그게 무슨 소리니?"

오 여사가 백미를 향해 물었지만 백미는 그저 어깨만 으쓱거릴 뿐이었다.

"그게 무슨 소리야?"

오 여사의 보챔에 백미가 설민을 응시했다. 그녀의 시선에 따라 오 여사와 백 회장의 시선이 설민에게로 향했다. 영림의 기대를 담은 눈동자도, 주변 사람들의 흥미로운 눈동자도 설민에게로 집중됐다. 그 시선을 온몸으로 받으며 설민이 진지한 얼굴로 오 여사와 백 회장을 바라봤다.

"그건……."

설민이 운을 띄웠다. 그 목소리에 모두가 집중하며 귀를 쫑긋거렸다. 설민은 멈추지 않고 진솔한 목소리를 높였다.

"제 마음을 훔쳐 간 여자가 있다는 소리입니다."

그의 말이 끝나기 무섭게 여자들이 꺄악, 소리를 지르며 흥분하기 시작했고, 영림은 충격을 받은 얼굴로 설민을 바라봤다. 백미는 그제야 못마땅하다는 표정을 지웠고, 오 여사는 두 눈이 동그래진 채로 아들을 바라봤다. 하지만 설민은 그 말만 마친 채 황급히 걸음을 옮겼다.

설민은 미애가 밖으로 나갔다는 영림의 말만 생각하며 집 주변을 기웃거렸다. 미애를 팽개친 자신의 잘못이라고 생각하며 설민은 미애를 찾아 헤맸다. 그러던 중, 설민은 무언가를 발견했다. 옅은 불빛 아래로 나타난 미애의 실루엣이었다. 그걸 확인한 설민이 기쁜 얼굴로 그녀에게 다가가기 시작했다.

"미애……!"

그렇게 미애를 부르려던 설민이 걸음을 멈칫하고 소리를 죽였다. 불빛 아래에 오도카니 서 있는 미애는 혼자가 아니었다. 그녀의 앞엔 다른 건장한 남자가 서 있었다. 설민이 가늘게 눈을 뜨고 두 사람을 살폈다.

'건우…… 씨?'

건우는 미애의 앞에 선 채 그녀의 팔목을 잡고 있었다. 그 사실만으로도 설민의 주먹이 꽉 쥐여졌다.

"누나…… 괜찮아요?"

건우의 목소리가 들렸다.

"……아니. 괜찮지 않아."

울먹이는 미애의 목소리가 들려왔다. 설민의 손아귀에 힘이 들어갔다.

"걱정 마요, 내가 있으니까."

어디서 신파 드라마라도 보고 온 모양이었다. 진지한 목소리하며 두 사람 사이의 분위기가 심상치 않았다. 그걸 확인한 설민이 입을 앙다물었다. 그리고 두 사람을 떼어놓으려 걸음을 옮겼다. 하지만 그가 두 사람에게 다가가기도 전, 건우가 움직였다.

건우는 양손으로 미애의 얼굴을 감싸 쥐고는 그대로 자신의 입술을 가져다 댔다. 그는 망설임도 없었고, 미애는 그 어떤 거부도 하지 않았다. 그 상황을 바라보며 설민은 자신의 시야가 팽이처럼 뱅글뱅글 춤을 추기 시작하는 것을 느꼈다.

13

사람들의 수군거림을 이기지 못해 저택을 빠져나온 미애는 담벼락에 등을 기대고 서 한숨을 폭 내쉬었다.

휴우.

"뭐 하는 거니, 고미애야."

미애가 혼자 중얼거렸다. 저택을 벗어나니 숨통이 트이는 느낌이었다. 미애가 다시금 숨을 토해내곤 등을 돌려 힐끔, 저택을 둘러봤다.

"으으."

다시금 생각하기 싫다는 듯 온몸이 바르르 떨렸다. 그 순간이었다.

"누나!"

익숙한 목소리가 귓전에 들려왔다. 미애의 고개가 자연스럽게 돌아갔다.

"어? 건우……?"

미애의 목소리에 건우가 환하게 웃으며 미애에게로 걸어왔다. 그의 뒷주머니엔 미애가 받은 것과 똑같은 카드가 꽂혀 있었다.

"여긴 웬일이야?"

미애의 물음에 건우가 어깨를 으쓱거리곤 저택을 한 번 둘러봤다.

"초대를 받아서요."

"초대? 영림 씨한테?"

건우가 고개를 끄덕이며 마땅찮은 표정을 해 보였다.

"별로 올 생각이 없었는데……."

건우가 시선을 들어 미애를 바라보았다. 그리곤 입을 열었다.

"누나가 온다잖아요. 아는 사람 하나도 없는데 고생할지도 모르니까 와달라고. 누나가 가는데 당연히 제가 와야겠지 않겠냐던데요?"

건우의 그 말에 미애가 두 눈을 가늘게 떴다.

"그래애? 뭐, 잘됐어. 나도 심심하던 찰나야."

"아, 안 들어가도 돼요?"

"들어갔다 나왔어. 보이는 것처럼 차려입고 가야 하는 데야. 우린 규격에 어긋난달까?"

미애의 말에 건우의 시선이 다시금 저택과 그 주변으로 향했다. 그리곤 알겠다는 듯 고개를 끄덕였다.

"편한 파티라더니……. 부잣집 딸인 줄은 꿈에도 몰랐어요."

"나도 그래."

"그럼 우린 빠져 주죠. 술이라도 할래요?"

"좋지. 나한텐 와인보단 삼겹살에 소주가 맞아."

그 말에 건우가 환하게 웃으며 고개를 끄덕였다. 그런 그를 바라보며 미애가 낮게 한숨을 내쉬었다.

"오늘따라 바람이 많이 부네."

머리칼을 정리할 수도 없이 상하좌우로 흩날리는 탓에 미애가 투정하듯 불평했다. 그녀는 쉼 없이 부는 바람에 눈을 찡긋거리며 자신의 머리를 귀 뒤로 넘겼다.

"앗!"

한동안 불던 바람 탓에 이리저리 휩쓸리던 작은 먼지들이 미애의 눈에 안착한 모양이었다. 미애가 따끔거리는 한쪽 눈을 제대로 뜨지 못하고 움찔거렸다.

"왜 그래요?"

앞장서 걷던 건우가 눈을 못 뜨고 고개를 숙인 미애에게 다가섰다.

"누나, 괜찮아요?"

건우의 물음에 미애가 눈살을 찌푸리며 눈을 뜨려 노력했다. 하지만 그게 원활하지가 않은지 미애가 울상을 지었다.

"……아니. 괜찮지 않아."

미애가 약간 울먹이는 것도 같았다. 건우는 그런 미애에게 바싹 다가서 그녀의 어깨를 잡아 지탱했다. 그리곤 그녀의 눈에 손을 가져다 댔다.

"걱정 마요, 내가 있으니까."

건우가 미애에게 고개를 숙였다.

"불어줄게요."

속삭이듯 말한 건우가 미애의 눈을 향해 후우, 바람을 불었다. 그 바람에 맞춰 미애가 눈을 깜빡거렸다. 건우가 다시금 후우우, 바람을 불었다. 그 순간이었다. 어디서 튀어나왔는지 모를 설민이 건우의 손목을 힘주어 그러쥐었다.

"어?"

설민의 갑작스런 등장에 놀란 건우가 중얼거렸다. 건우의 음성에 시선을 돌린 미애도 그와 함께 탄성했다.

"어? 설민 씨!"

"뭐 해요, 지금?"

설민이 화난 얼굴로 으르렁거렸다. 그 모습에 미애는 그가 화난 이유를 알 수 없어 고개를 갸웃거려야만 했다.

"지금 뭘요?"

"지금 건우 씨랑 뭐 하냔 말이에요!"

의심과 추측이 난무한 설민의 물음에 미애가 눈살을 찌푸렸다. 잔뜩 화가 난 이유가 자신만의 추측으로 인한 것임을 깨달은 미애는 설민을 뚫어져라 바라보며 중얼거렸다.

"삼겹살에 소주 한잔 꺾으러 가려던 중이에요. 왜요?"

"……왜냐뇨?"

미애의 물음이 너무나 갑작스러웠던 모양이었다. 설민이 되레 놀란 얼굴로 되물었다. 하지만 미애는 다소 냉정을 되찾은 얼굴로 어깨만 으쓱거렸다.

"영림 씨 놔두고 왜 나와요. 어서 들어가요."

"영림이가 갑자기 왜 튀어나와요?"

"영림 씨 생일 파티에 온 거, 아니었어요?"

"맞아요. 하지만 확실하게 하죠. 영림이 생일 파티에 온 건 맞지만 미애 씨를 보러 온 거예요."

단호한 설민의 답에 미애는 그의 시선을 피하며 조용히 중얼거렸다.

"그런 것 같지 않던데?"

미애의 혼잣말을 들은 설민의 두 눈동자가 제법 사납게 빛났다. 설민은 미애의 손목을 덥석 잡고 건우에게 획하고 고개를 돌렸다.

"건우 씨!"

기합이 들어간 설민의 부름에 건우가 움찔, 설민을 바라봤다.

"실례해요. 미애 씨 좀 데려갈게요."

설민이 여느 때와 달리 강경하게 대꾸했다. 그의 부탁을 달리 거절할 이유가 없었기에 건우는 긍정도 부정도 아닌 고갯짓을 해 보였고 그걸 확인하지도 않은 설민은 미애를 잡아끌었다.

"아파요!"

"아파요? 나도 아파요!"

설민이 바락 소리를 질렀다. 그 고함을 처음 들은 미애가 딸꾹, 딸꾹질을 하고는 입을 꾹 다물었다. 그리곤 고집불통의 얼굴을 한 채 끌려가지 않으려고 안간힘을 썼지만 아무리 미애라도 남자의 힘은 당해낼 수가 없었다.

그로부터 정확히 20분 후, 미애는 자신의 의사와는 상관없이 가게 의자에 앉아 불판을 가운데 두고 앉아 있어야만 했다.

"이게 뭐 하는 거죠?"

대화도 없이 한참을 삼겹살과 소주만 들이켜던 두 사람 중, 미애가 먼저 말문을 텄다. 시합하듯 소주를 차례로 들이키는 이 상황이 마음에 들지 않았고, 화난 건 미애인데도 미애가 잘못한 것처럼 화를 내는 그의 모습이 참기 힘들었기 때문이었다.

"건우 씨가 미애 씨 남자친구였어요?"

"그게 무슨 뜬금없는 말이에요?"

"나도 처음 볼 땐 남자친구인 줄 알았어. 영림이도 그랬다잖아."

그 말에 미애가 인상을 쓴 채로 뚱하니 설민을 바라봤다.

"영림 씨는 설민 씨 여자친구였어요?"

"그건 또 무슨 뜬금없는 말이에요?"

"몰랐어요? 영림 씨가 설민 씨를 볼 때마다 두 눈이 반짝거리는 거?"

그 말에 설민이 앞에 놓인 술잔을 들어 한잔 시원하게 꺾었다. 그리곤 뚫어져라 미애를 바라보며 그녀의 입술을 찬찬히 살폈다.

"건우 씨가 당신한테 입술을 들이댄 건 알겠어요."

"오해인 걸 알게 되면 무지하게 부끄러워질 텐데."

"……오해든 뭐든. 건우 씨가 당신을 만지는 게 마음에 안 들어."

설민이 술을 두어 잔 들이켰다.

"치사하게 운운하지 않으려고 했는데, 영림 씨가 그쪽을 만지는 건 상관없고요?"

"영림이는……!"

"영림이는?"

더 말해보라는 듯 미애가 두 눈을 깜빡거렸다. 기대된다는 얼굴에 잠시 말을 멈춘 설민이 한숨을 폭 쉬고는 입술을 오물거렸다. 그 덕에 예쁜 모양의 입술이 모아져서 탐스러워 보였고, 눈을 내리깐 탓에 긴 눈꺼풀이 그의 눈 밑에 그늘졌다.

“아주 오래전에 만났던 여자친구예요. 그전에 이미 소꿉친구나 다름없었고.”

설민의 그 말에 미애가 고개를 끄덕였다. 그의 말은 영림이 미애를 찾아오는 이유와 설민을 바라보던 눈빛을 설명하기 충분했다. 미애가 입술을 질끈 깨물었다.

“뭐랄까. 10년도 전이랄까? 1년 만에 끝이 나고 말았지만요.”

설민이 술을 마시기 시작했다. 그리고 그런 그를 바라보며 미애도 술을 들이켰다. 한 잔이 두 잔, 두 잔이 석 잔이 되기 시작하면서 한 병이 두 병, 두 병이 세 병으로 늘어나기 시작했다. 불판의 고기들은 까맣게 탄 채로 방치가 되어 있었고, 두 사람의 앞에는 푸른 병들이 쌓이기 시작했다.

❖

그런 두 사람이 떠나온 파티장으로 말할 것 같으면 꽤나 어색한 분위기로 가득했다. 사람들은 이미 짝을 지어 설민과 영림의 관계를 떠들기 시작했고, 보이콧을 하고 나간 설민으로 인해 오 여사와 백 회장을 비롯해 영림의 부모님까지 떨떠름한 표정이 되어버렸다.

당사자 영림은 홀로 테이블에 앉아 샴페인을 마시고 있었다. 그 모습을 지켜보던 백미가 그녀에게 다가갔다.

"그러게, 혼자 하는 상상이 제일 나쁘다더니."

백미의 비꼬는 말투에 영림이 슬그머니 고개를 들었다.

"언니는 미애 씨 편이죠?"

"미애 씨 편이라니? 난 미애 씨 그렇게 좋아하는 건 아냐."

그 말이 무슨 뜻이냐며 영림이 눈살을 찌푸리며 백미를 올려다보았다.

"그냥 널 싫어하는 것뿐이지."

백미의 냉정한 말투에 영림이 입술을 비틀었다.

"제가 왜 그렇게 싫은데요?"

술기운의 힘을 빌린 탓일까, 영림은 평소보다 호전적이었다. 그 모습이 재미있다며 백미가 그녀와 한참 떨어진 테이블에 자리를 잡고 앉았다.

"왜 싫냐고? 내가 널 왜 싫어할까?"

"물론 설민 오빠 때문이죠. 남녀가 사귀다 보면 헤어질 수도 있는 건데."

"알아, 헤어질 수 있는 거. 하지만 네 경우는 다르지. 넌 설민이가 생긴 건 그래도 한 번 사람을 좋아하면 일편단심에 고지식해서 빠지면 속수무책이라는 거, 알고 있었잖아?"

"알아요, 지금도 알고. 소꿉친구라는 타이틀을 괜히 단 건 아니죠."

오늘은 백미를 볼 때마다 주눅이 들어 있던 영림이 아니었다. 신경질적으로 대꾸를 해대는 그녀의 모습에 백미가 눈썹을 꿈틀거리며 입가를 늘어트렸다.

"그런데. 그런데 네가 어떻게 했어?"

"……."

"그런 설민이 뒤로 네가 어떻게 했느냔 말이야. 다른 남자가 한둘이 아니었었지? 설민이가 말하지 않아도 다 알고 있었어. 그뿐이야? 다른 남자랑 여행 간 것도 모자라서, 그 애들한텐 설민이를 이상한 놈 취급하며 매도했었지?"

그 말에 영림이 입을 다물고 백미를 바라봤다.

"네 덕이야. 그렇게 건강하던 애가 독감을 4일 내내 앓고, 그 이후론 너 닮은 여자만 봐도 경기를 일으켰지."

"저 닮은 여자라뇨?"

"요즘 여자애들 스타일 있잖아. 긴 생머리에, 잔뜩 말라서는, 조막만 한 얼굴에, 화장 곱게 하고, 세련되게 하고 다니는 애들."

백미가 이를 갈며 영림을 바라봤다. 영림이 아니었다면 설민이 미애에게 빠질 일도 없다고 생각하는 백미였다. 물론 영림의 탓도 있지만 설민의 지고지순한 성격 탓도 있겠지만.

"그런데 네가 다시 나타나?"

"……오빤 늘 용서해 줬으니까……."

"그래서 이번에도 용서해 줄 거라고? 너만 그렇게 좋아했으니 지금도 좋아하고 있을 거라고 착각이라도 하는 거야?"

"솔직히 오빠가 고미애 씨를 좋아한다는 게 더 이상하지 않아요? 뚱뚱하고, 못생겼고, 아줌마에, 매력이라곤 하나도 없잖아요!"

"네가 뭔데 매력을 운운해? 한 번 끝난 건 끝난 거야. 인정하고 더 이상 설민이한테 다가가지도 마."

영림이 살며시 입술을 깨물었다. 그런 영림을 바라보며 백미는 자리에서 일어났다. 10년도 넘게 묵은 체증을 내려가게 하려면 아직도 멀었다.

❖

한두 잔 들어가기 시작한 술은 주체할 길이 없었다. 한 병, 두 병, 세 병, 늘어가기 시작하면서 미애의 어깨가 가늘게 떨렸다. 조금씩 술에 취해가고 있다는 증거였다. 하지만 설민의 상태는 미애보다 처참했다. 평소 와인이며 샴페인만 조금씩 즐기던 설민은 갑작스런 소주의 공격에 참패당하고 말았다.

"설민 씨!"

미애가 설민을 흔들어 깨웠다.

"으으응."

설민은 묘한 신음만 흘리며 바닥에 얼굴을 대고 정신을 차리지 못하고 있었다. 보다 못한 미애가 설민을 들쳐 업었다.

"어떡하나. 나도 슬슬 취해가는데. 설민 씨, 정신 좀 차리죠?"

설민을 들쳐 업은 미애가 힘겹게 발걸음을 옮겼다. 겨우 가게 밖으로 그를 끌어낸 미애는 운 좋게도 택시를 곧장 잡을 수 있었다.

"설민 씨, 집이 어디예요? 설민 씨?"

그 말에 설민이 웅얼웅얼 거렸다. 그의 입가에 귀를 가져다 댄 미애가 귀 기울여 그 목소리를 들었다. 그리곤 그가 일러준 주소대로 택시는 움직이기 시작했다.

택시는 눈 깜짝할 사이에 두 사람만 남겨두고 떠났다. 설민의 집까지 온 것은 좋았지만 이젠 어떻게 들어가야 할지가 최대의 문젯거리로 남은 미애는 설민을 흔들었다.

"설민 씨, 집에 아무도 없는 것 같은데?"

"으음?"

술에 취해 몸도 제대로 못 가누는 설민이 비척비척 대문 앞으로 걸어갔다. 희한한 것은 몸도 가누지 못할 정도로 정신을 못 차리는 설민이 자신의 집 주소 하나는 정확히 댄다는 것이었다. 그다음으로 놀라운 것은 비밀번호를 기억해 정확히 입력한 후 대문을 연다는 것이었다.

삐익.

전자음 소리가 들리며 대문이 열렸다. 대문을 열자마자 비척거리는 설민을 재빨리 부축한 미애가 그가 이끄는 대로 천천히 걸음을 옮겼다.

"이리로 가면 돼요?"

"으음."

대답인지 아닌지 확실치 않은 웅얼거림이 새어 나왔다. 그 목소리에 미애는 고개만 갸웃거리며 그의 발이 향하는 대로 따라 움직였다. 그는 익숙하게 계단을 올라가 방문을 열었다.

방문을 열자마자 보이는 광경은 모든 것이 깔끔하게 정돈된 모습이었다. 그냥 정돈한 것이 아니라 뭔가 더 다른 느낌이 그곳엔 있었다. 마치 물건들이 있어야 할 곳에 있는 완벽한 느낌.

그 모습을 잠시 둘러보던 미애가 설민을 부축하고 있던 손길을 느슨하게 풀었다. 그 순간, 설민은 부자연스러운 걸음으로 익숙하게 자신의 침대로 가 풀썩 쓰러졌다. 그 모습을 가만 바라보고 있던 미애가 등을 돌렸다. 방을 나가려 등을 돌리고 문을 닫으려던 그녀는 자리에 멈춰 섰다. 아주 잠깐, 오만 가지 생각이 스치고 지나갔고 미애는 닫으려던 문을 다시 열고 안으로 들어갔다.

침대 위엔 전지가 끊어진 인형처럼 늘어진 설민이 보였다. 정신을 놓고 쓰러져 있는 설민의 그 모습조차도 한 폭의 화보 같았다. 미애가 그에게로 천천히 다가갔다. 설민과 마찬가지로 술을 꽤나 들이켠 터라 온몸이 노곤하고 정신이 아찔했다. 그 탓에 설민이 멋있어 보이는지도 몰랐다. 하지만 그건 중요한 게 아니었다. 미애는 설민에게로 다가가 잘 차려입은 그의 옷을 벗겨주었다.

이 자세로 자다가는 다음날이면 보기 흉하게 구겨지고 말 블레이저를 벗겨 의자 위에 걸쳐 두었고, 가장 간단한 양말을 벗겨 바닥에 내려놓았다. 그다음 미애의 눈에 들어온 것은 그의 몸에 걸쳐진 가볍고 고급스러워 보이는 셔츠였다. 그걸 벗기자니 그의 맨몸이 드러날 것 같았고, 답답해 보이는 청바지를 벗기자니 그것도 미애에겐 무리라고 생각했다.

미애는 침대에 걸터앉은 채, 일생일대의 고민에 사로잡혔다. 설민의 옷가지를 벗겨야 하는가, 벗긴다면 어느 것부터 벗겨야 하는가. 그 고민에 사로잡혀 그를 바라보고 있던 미애의 고개가 앞으로 끄덕, 쓰러졌다.

"어머!"

자신도 모르게 고개를 끄덕끄덕거리며 얕은 잠에 빠졌던 미애가 놀라 고개를 번쩍 추켜들었다. 그리곤 주변을 둘러보았다. 그러다가는 이내 무거워진 눈꺼풀에 저도 모르게 고개를 꾸벅거리기 시작했다.

꾸벅.

꾸벅꾸벅.

꾸벅 꾸벅꾸벅…….

그렇게 고개를 꾸벅거리던 미애가 눈을 뜬 것은 술이 말짱하게 깼을 무렵이었다. 밤새 숙면을 취해 술기운이란 술기운은 모두 날아간 아침, 동이 트고 천지가 환해졌다. 그렇게 해가 설민의 침실까지 닿은 아침, 미애는 그 어느 때보다도 편안하고 안락한 침대의 느낌에 만족스런 신음을 흘렸다.

꿈 한 번 꾸지 않은 채 숙면을 취한 까닭인지, 아니면 처음으로 느껴보는 침대의 푹신한 감촉 탓인지, 미애는 온몸의 긴장이 풀어진 느낌에 길게 기지개를 켰다. 그리고 몸을 뒤척이는데 어디선가 따뜻한 기운이 그녀를 반겼다. 미애는 따뜻한 기운을 찾아 조금 더 몸을 움직였다.

그녀에게 온기를 나눠 주던 존재도 미애의 몸이 좋았던지 두 팔 벌려 그녀를 맞이했다. 그 느낌은 뭐라고 형용할 수도 없는 폭신하면서도 딱 맞는 느낌이었다. 태초에 하나였던 것이 실수로 인해 두 조각이 되었다가 지금에서야 만난 것처럼 두 몸은 서로를 끌어안은 것만으로도 충분한 만족감을 주었다.

"으응."

기분 좋은 신음이 흘러나왔다. 그러자 미애를 따라 누군가도 함께 신음했다.

"으음."

미애가 자신을 감싸 안은 매끄러운 피부를 찬찬히 쓸었다. 따뜻하면서도 실크처럼 부드러운 감촉은 미애가 단 한 번도 느껴보지 못한 것이었다. 그런 미애의 동작에 맞춰 그녀를 안고 있는 팔도 호응을 했다. 그녀를 쓸고, 만지고, 주무르고, 그러다 이내 보드라운 입술까지 맞추었다.

"으음, 좋다."

저도 모르게 새어 나오는 말에 미애가 미소를 지었다. 아직도 꿈에 빠진 채 하늘을 둥둥 떠다니는 기분이었다. 하지만 그 기분은 얼마 지나지 않아 깨지고 말았다. 주변의 웅성거리는 소리에 무겁게만 느껴졌던 눈꺼풀이 점점 가벼워지기 시작한 탓이었다.

"……무슨……!"

소녀처럼 느껴지는 여성의 목소리가 띄엄띄엄 들렸다. 그리곤 얼마 지나지 않아 끄응, 신음을 흘리는 소리와 함께 피부가 마찰해 나는 짜악, 하는 소리가 들렸다.

그 소리를 들은 미애의 미간이 찌푸려졌다. 그녀는 아래위로 붙은 채 떨어지지 않는 눈꺼풀을 파르르 떨다가 이내 상체를 슬쩍 일으켰다.

"헉!"

누군가 숨을 들이마시는 소리가 들려왔다. 그제야 붙었던 미애의 눈꺼풀이 떠졌다. 눈곱인지 눈물인지 모를 이물질로 시야가 흐릿했지만 몇 번의 깜빡임으로 인해 시야가 깨끗해졌다. 그제야 미애도 숨을 들이마셨다.

"헉!"

미애의 눈앞엔 어젯밤 파티에서 봤던 백미와 난생처음 보는 드레스 차림의 여자가 서 있었다. 두 사람은 모두 방문 앞에서 얼어붙은 채 침대 쪽을 바라보고 있었고 백미는 한 손으로 자신의 눈가를 가리고 있었다. 아까 들었던 짝 하는 피부 마찰 소리는 백미가 낸 것이 틀림없다고 미애는 확신했다.

"아, 저기……."

미애가 상체를 일으키자 백미가 손가락으로 미애를 가리켰다. 그 탓에 미애가 아래를 바라보았다. 일어나는 탓에 이불이 밑으로 내려갔고 그 덕에 미애의 상체가 고스란히 드러났기 때문이었다. 미애가 화들짝 놀라며 이불을 자기에게로 끌어당겼다.

미애가 이불로 자신을 가리자 적나라한 설민의 알몸이 드러났다. 언제 벗었는지 모를 탄탄한 상체와 하체에 다시금 앞에서 바라보던 두 사람이 소리를 지르며 고개를 돌렸다. 하지만 설민만은 달랐다. 차가운 공기가 피부에 닿았던 것이 영 마음에 들지 않았는지 그는 투덜거리며 미애에게 깊이 안겨왔다. 미애가 그런 그를 밀어내며 그를 흔들었다.

"으응."

보채는 미애의 손길에 설민이 짙은 한숨을 내쉬며 몸을 뒤채기 시작했다. 그러다 이내 눈앞에 보이는 미애의 얼굴에 그가 미애에게 다가갔다.

"비너스……!"

설민은 아직까지도 꿈에서 헤매고 있는 듯했다. 미애가 다시금 이불 밑으로 손을 넣어 그를 흔들어 깨웠다. 그 손길에 설민이 눈살을 찌푸리며 슬그머니 상체를 일으키기 시작했다. 그리곤 눈을 깜빡여 미애를 바라봤다. 다시 한 번 눈을 깜빡였는데도 미애가 사라지지 않자 설민은 제 눈을 세차게 비볐다.

"대체 왜……?"

설민이 의문을 품고 자리에서 일어났다. 그러자 그나마 그에게 걸쳐져 있던 이불이 흘러내렸고 뭔가 허전한 기분이 든 설민은 그제야 자신의 몸을 살폈다.

"헉!"

설민이 놀라 이불을 들어 자신의 몸을 가렸다. 그리곤 미애를 바라봤다. 이불 위로 드러난 미애의 매끈한 어깨를 보니 그녀도 그처럼 벗고 있는 모양이었다.

"이게 무슨 상황인……."

설민의 말이 끝나기도 전에 금방이라도 쓰러질 것처럼 백미를 의지하고 있던 오 여사가 절망적으로 외쳤다.

"지금 너희 뭐 하는 거니이!"

설민의 고개가 방문을 향해 휙 하고 돌아갔다.

14

아들의 얼굴을 보지 못한 지 얼마나 됐던가. 영림의 생일 파티에선 그렇게 영림을 내치고 도망치다시피 한 아들의 의도가 궁금해 아침부터 설민의 방을 찾은 오 여사였다. 백 회장의 출근을 돕자마자 곧장 2층으로 올라온 오 여사는 출근 준비를 하는 백미와 마주쳤다.

"딸. 아들은?"

"설민이? 글쎄요. 자고 있겠죠."

가방과 커다란 바인더를 몇 개나 챙겨서 나오던 백미가 오 여사의 물음에 설민의 방을 응시하며 건성으로 대답했다. 그런 백미의 태도에 오 여사는 금방이라도 나가려는 그녀를 제지하며 어젯밤부터 궁금했던 질문을 던졌다.

"넌 설민이가 말한 그 사람이 누군지 알고 있지?"

"그…… 사람?"

"어제 영림이 생일 파티에서! 설민이가 마음에 있다고 그런 사람이 있잖니. 누군지 알지?"

오 여사의 물음에 백미가 어깨를 으쓱거렸다. 그 모습에 오 여사가 다급하게 덧붙였다.

"남자니? 남자는 아니지!"

"왜 이래, 오 여사. 남자라뇨?"

그 말에 흥분해서 백미를 재촉하던 오 여사가 한숨을 내쉬며 자신의 얼굴을 감쌌다. 그리곤 얼굴을 감쌌던 손으로 자신의 이마와 머리를 쓸어 올리고는 고개를 저었다.

"아니, 아니다. 아니야."

"설마 오 여사, 설민이가 게……."

"그만! 말하지 마! 더 이상 말하면……."

"하지만 말을 꺼낸 건 오 여사였는걸."

백미가 가방을 고쳐 메고 양팔 가득 들고 있던 바인더를 올려 들었다. 그리곤 사색이 된 오 여사의 얼굴을 확인하곤 입을 열었다.

"안심해요, 오 여사. 그 사람은 절대적으로 여성일 테니까."

"넌 알지. 아는구나!"

"……오 여사, 설민이 일이야. 설민이한테 물어봐요."

백미가 한숨을 내쉬며 중얼거렸다. 그리고는 설민의 방으로 걸어가 비어 있는 한 팔로 설민의 방문을 오 여사에게 보여주듯 열었다. 그리곤 오 여사를 바라봤다.

자, 저기에 누워 있는 아들에게 물어보세요! 라는 식으로 오 여사를 바라본 건데 방 안을 체크한 오 여사의 표정은 아들을 깨우긴커녕 방에서 한 발 물러섰다. 그 모습에 미간에 주름을 잡은 백미가 오 여사를 바라보며 중얼거렸다.

"왜 그래요, 오 여사……."

그렇게 물으며 자연스럽게 고개를 돌려 방 안을 살펴본 백미가 방금 전의 오 여사와 같은 몸짓으로 화들짝 놀라며 설민의 방에서 한 걸음 물러났다.

"저게…… 뭐니?"

오 여사가 백미의 팔을 잡으며 금방이라도 쓰러질 듯한 자신의 몸을 지탱했다. 그 어느 때보다도 커다래진 눈망울이 반질거리며 눈물 한 방울을 똑 하고 떨어트릴 것 같았다.

"글…… 쎄요."

백미가 껌처럼 말을 늘이며 눈치를 살폈다. 익숙한 설민의 이불 아래로 드러난 네 개의 발에 설민의 것이라곤 생각할 수 없을 정도로 까맣고 숱 많은 머리카락까지. 엄마의 이름으로 능숙하고 눈치 빠르게 방 안의 낯선 공기를 캐치한 오 여사가 입술을 꽈악 깨물었다.

"쓰러지면 안 되지. 암, 아들은 이제 곧 서른이고, 성인이고, 제 일을 알아서 할 수 있는……."

"오 여사?"

"어떻게 집에 애인을 끌어들일 수 있니! 남자 아니니? 남자 아니야?"

"……남자는 아닌 것 같은데."

"어떻게 확신하니! 저걸 보렴! 덩치가 설민이만 하잖아. 그런데 남자가 아니라 여자라고?"

오 여사가 여느 때와 달리 백미를 꼭 끌어안은 채로 속삭였다. 그녀는 놀람을 넘어선 경악으로 치닫고 있었다. 일단 그 상대가 남자든 여자든, 성별을 떠나서 설민이 아닌 다른 사람이 벌거벗은 다리를 내놓고 이불을 동그랗게 부풀린 채로 함께라는 사실은 오 여사에게 커다란 충격으로 다가왔다.

"백미도 이런 적은 없었는데……."

"오 여사!"

백미가 오 여사를 흘기며 소리를 높였다. 그 소리 탓인지 미동도 없이 얌전했던 봉긋한 이불이 부스럭거리며 움직이기 시작했다. 보아하니 조금은 떨어져 있던 두 몸이 조금씩 붙으려 하고 있었다. 오 여사가 눈살을 찌푸렸다.

"으응."

그 소리에 오 여사는 상대가 여자임을 확신했다.

"으음."

여자의 신음에 동요하듯 아들이 신음했다. 그 소리에 오 여사는 한 손으로 자신의 이마를 감쌌다.

"이걸 어떡하면 좋니?"

오 여사가 멍해진 시선을 고정시킨 채 속삭이듯 중얼거렸다. 그 걱정에 백미가 관자놀이를 손가락으로 지압했다. 그리곤 믿기지 않는다는 얼굴로 방 안을 유심히 바라봤다. 어릴 적부터 여자가 들끓긴 했어도 자신의 정조를 지키는 춘향이와도 같던 설민이었다. 그런 설민이 여자와 한 침대에……?

"으음, 좋다."

쪽쪽, 피부에 입술이 닿는 소리와 가볍게 피부를 쓸어대는 소리가 연거푸 들리더니 이젠 태평하게 즐기는 목소리까지 새어 나왔다.

"……이게 대체 무슨 일이라니! 우리 설민이가……! 저 여자는……."

그 소리가 두 사람의 아침을 방해했던 모양이었다. 낯선 목소리를 인지한 여자가 부스럭거리며 일어나기 시작했다.

"헉!"

일어난 여자를 확인한 오 여사가 탄성을 내지르며 고개를 돌렸다. 백미 역시 고스란히 드러난 여자의 상체에 먼 곳을 응시했다. 그제야 자신의 상태를 깨달았는지 여자는 두 눈을 바보처럼 껌뻑거리다가 이내 숨을 들이마셨다.

"비너스……!"

아직도 꿈을 헤매던 탓인지 설민이 웅얼거렸다. 그 덕에 오 여사의 눈살이 찌푸려졌다. 설민이 이상 행동을 보이기 시작한 이후부터 들어온 혼잣말에 섞여 있던 '비너스'라는 단어를 생각해 냈기 때문이었다. 오 여사의 시선이 비너스라는 단어와는 조금 멀어 보이는 여자를 찬찬히 살폈다.

"대체 왜……?"

주변이 조용한 탓인지, 모두의 시선이 한곳으로 꽂힌 까닭인지, 누워 있던 설민이 자리에서 일어났다. 주변의 이불을 끌어당기며 주섬주섬 자신을 챙기던 설민이 눈앞에 있는 미애를 보고 중얼거렸다.

"이게 무슨 상황인……"

그리고 그의 말이 끝나기 전에 오 여사가 절망적으로 외쳤다.

"지금 너희 뭐 하는 거니이!"

설민이 고개를 돌렸고, 미애는 끄응, 신음을 흘렸다.

❖

같은 시각, 이제야 제대로 옷을 걸쳐 입은 설민과 미애는 넓은 거실의 소파에 앉아 오 여사와 백미를 마주하고 있었다.

"오 여사……."

술기운이 제대로 가시지 않은 얼굴을 한 설민이 오 여사를 조용히 불렀다.

"쉿, 쉿쉿!"

오 여사는 설민을 향해 검지를 세운 채 허공을 무자비하게 찔러댔다. 그녀에겐 생각할 시간이 필요하다는 듯 눈을 감은 채 자신의 이마를 짚었다.

"그러니까 너희 둘이……."

"안 잤어!"

"잤잖아!"

"그럼 의미로 잤다는 게 아니라는 것쯤은 알잖아, 오 여사!"

대화 같지 않은 대화를 들으며 미애는 어제 먹은 술이 역류하는 것을 느꼈다. 머리가 아프기 시작하면서 구역질이 나는 까닭에 그녀는 자신의 관자놀이를 문질렀다.

"흠흠, 경박한 단어를 사용하는 건 옳지 않다."

오 여사가 단호하게 말했다. 그리곤 앞에 놓인 잔을 들어 얼음

물을 시원하게 들이켰다. 그 덕에 조금 진정이 됐다.

“두 사람이 육체적…… 으로 깊은 관…… 계를 가졌든, 가지지 않았든……. 흠흠, 어쨌든!”

오 여사가 소리를 높였다.

“두 사람이 한 이불 아래서 아침을 맞이한 건 틀림없는 사실이고, 설민의 상대가 남자가 아닌 것만은 확실하니…….”

오 여사의 시선이 곧장 미애에게로 향했다. 그녀는 미애가 여자라는 것을 다시금 확인하려는 것처럼 그녀를 찬찬히 살피고는 말을 이었다.

“결혼해라.”

오 여사의 말이 떨어지기 무섭게 집 안에 정적이 가득 찼다. 그 정적은 1초, 2초, 3초, 그리고 4초까지 지속되다가는 이내 로켓을 발사하듯 5초가 되는 순간 뻥! 하고 터졌다.

“네?”

“뭐요?”

조용히 눈치만 살피던 설민과 미애가 동시에 고함을 지르자 오 여사는 제법 차분해진 얼굴로 피식 웃었다.

“마음 하나는 잘 맞는구나.”

두 사람의 하모니를 바라보고 있던 오 여사가 짝짝짝, 박수를 쳤다. 생긋 웃는 오 여사의 얼굴이 위협적이라고 생각하며, 앞에 앉은 설민이 먼 곳으로 시선을 돌렸다. 그 모습을 바라보던 미애가 가볍게 한숨을 내쉬었다. 설민만 믿고 있다간 내일 당장이라도 떠밀려 결혼할 태세였기에 나서지 않으면 안 되겠다고 생각했다.

“저기, 어머…… 님, 아니, 아주머…… 니? 오 여사님!”

적절한 호칭을 찾지 못한 미애가 말을 더듬었다. 능숙하지 못하게 이리저리 헤매는 미애의 모습까지 진중히 응시하던 오 여사가 차분히 고개를 끄덕였다.

"그래요, 아가씨."

"음, 그게…… 결혼이요?"

미애가 어떤 말부터 꺼내야 할지 갈피를 잡지 못한 채 허둥댔다. 그러다 안 되겠던지 곧장 본론으로 들어갔다. 그녀의 말을 경청하던 설민이 고개를 끄덕이며 미애를 거들었다.

"저도 생각해 본 적은 없어요, 오 여사."

설민의 거부에 그 상황을 지켜보던 백미가 키득거렸다. 그런 백미를 향해 눈치를 준 설민이 제법 험악하게 중얼거렸다.

"누님은 출근 안 해?"

설민의 험악한 중얼거림에 백미가 입술을 비죽거리고는 어깨를 으쓱거렸다. 이 상황에도 토닥거리는 남매를 향해 강한 광선을 쏘아 제지시킨 오 여사가 입을 열었다.

"그럼 내가 어떻게 해야 하는 거냐? 어미가 돼서 아들이 어떤 여자와 한 이불 안에서 옷도 벗은 채 자고 있는데……. 그래, 잘 잤니? 아침 먹어야지? 라고 해야 하니, 아니면 그래, 어젯밤엔 즐거웠니? 라고 해야 하니?"

오 여사가 눈살을 찌푸리고 설민과 미애를 번갈아 바라봤다.

"오 여사……."

"자세한 이야기는 상견례 때 하자꾸나."

다른 선택이란 없다는 듯 오 여사가 강경하게 말했다. 그 앞에서 미애는 두 눈만 끔뻑대며 바보처럼 눈치만 살필 뿐이었다. 솔직히 할 말도 없었다. 아무 일이 없었다고 확신할 수는 있었어도 왜 두 사람의 몸이 태초의 것처럼 밴들거리는지는 설명할 수 없었기 때문이었다.

'정말 무슨 일이 있었나……?'

미애가 의심스럽게 설민을 바라봤지만 술기운으로 정신을 잃고 곧장 숙면을 취했던 그에겐 변명거리조차도 없었다.

"오 여사, 상견례라니!"

설민의 강한 거부에 오 여사의 눈빛이 설민을 두 동강이라도 낼 듯 날카롭게 빛났다.

"그래, 이게 먼저구나!"

이제야 생각났다는 듯 손뼉을 친 오 여사가 환하게 웃었다. 다정하고 인자한 그 미소는 마치 모든 것을 이해해 주겠다는 메시지를 전하는 것 같았다.

"그래, 두 사람. 먼저 물어보자. 아가씨……."

"고미애입니다."

"아, 미애 씨. 미애 씨는 우리 아들이 싫어요?"

오 여사의 뜬금없는 물음에 미애가 두 눈을 동그랗게 떴다. 그리곤 설민을 한 번 바라봤다. 아까까지만 해도 '오 여사'를 부르짖던 설민은 오 여사의 질문 하나에 두 눈을 반짝이며 미애를 바라보고 있었다. 그건 그녀의 누나, 백미도 마찬가지였다. 이 공간에 있는 모두가 미애의 대답이 궁금한 모양이었다.

"아뇨. 싫다뇨! 절대요!"

오 여사가 알겠다는 듯 고개를 끄덕였다. 그리고 설민을 바라보며 물었다.

"넌 미애 씨를 어떻게 생각하니? 지독하게 싫어?"

"지독하게 싫다뇨!"

설민이 고개를 저으며 부정했다. 그것을 바라보고 있던 백미가 조용히 덧붙였다.

"스토커처럼 쫓아다닐 정돈데, 그치?"

제발 좀 그만하라는 설민의 시선이 백미에게 향하자 백미가 뜨끔해서는 시선을 돌려 버렸다.

그런 모습을 바라보고 있던 오 여사는 이제 모든 게 해결됐다는 듯 시원하게 박수를 한 번 쳤다.

"좋아! 해결됐네. 미애 양은 설민이를 사랑하고, 설민이는 미애 양을 사랑한다니 이젠 법적인 인정만 받으면 되는 거잖아?"

오 여사가 상큼 발랄하게 웃었다. 그녀는 그 어떤 문제도 힘들지 않게 풀 수 있을 것 같았다.

"그게…… 그렇게만은 쉽지 않은 문제잖아요, 오 여사?"

"그래서, 미애 양과 결혼하기 싫다는 거니?"

"싫다뇨! 좋죠, 좋은데……."

"그럼 문젠 없는 거잖아?"

간단한 오 여사의 결론에 모두가 한숨을 내쉬었다. 오 여사는 미애를 돌아보며 생긋 웃었다.

"금쪽같은 우리 아들과 한 침대를 썼으면서 발뺌할 생각은 아니죠? 우리 아들을 버리고 도망치거나, 책임을 회피하거나…… 그런 아가씨는 아닐 거라고 믿어요."

어르고 어르는 목소리에 협박조의 말투의 조합은 참으로 흥미로웠다. 그런 오 여사의 목소리에 미애는 진땀만 흘리며 어색하게 미소만 지었다. 뭐랄까, 여자와 남자의 역할이 바뀐 느낌이 들었지만 그건 지금 생각할 문제가 아니었다.

그 일에 연관되지 않은 백미만 흥미로운 두 눈을 빛냈다.

"일단 모두가 같이 이 문제를 의논해야 할 것 같은데. 고미애 양 부모님의 의견을 수렴해서 날짜를 정하죠. 부담 갖지 말고 천천히…… 내일 어때요?"

오 여사의 물음에 미애가 조금은 난감한 얼굴을 하며 머리를 긁적였다.

"부모님이 계시지 않아서요. 할매랑 상의해야 할 것 같은데."

"어머! 미안해요."

"아뇨, 괜찮습니다."

미애가 수더분하게 웃었다. 그 모습을 바라보며 오 여사는 자신도 모르게 가슴 한쪽이 찡하게 아파오는 것을 느꼈다. 어릴 적, 자신의 모습과 묘하게 겹쳐 보인달까.

아들을 낚은 여자의 첫인상은 아무리 좋게 보려고 해도 별로였지만 씩씩하게 웃는 미애의 모습은 오 여사에게 조금은 좋은 인상을 남길 수 있었다.

"그래요, 그럼 할머니와 상의를 해봐요. 할머님과만 살아요?"

"아뇨, 모하늬라고 막내 동생이 있어요."

미애의 답에 오 여사가 누그러진 목소리로 물었다.

"성이…… 다르네요?"

"아, 네. 아버지가 아주 오래전에 돌아가셨거든요. 어머니께서 홀몸으로 저를 키우며 할머니를 모셨어요. 친가 쪽 할머니요. 그러다가 제가 다 자라서 새로 시집을 가셔서 제게 동생을 안겨주셨죠."

두 분 다 돌아가셨다는 말과 가족이라곤 할머니와 하늬가 전부라는 말을 조합해 보던 오 여사가 커다란 고갯짓으로 고개를 끄덕여 보였다.

“그렇구나.”

미애가 웃었다. 그 웃음이 슬퍼 보인다고 생각한 오 여사가 눈물이 그렁그렁한 눈으로 미애를 보며 그녀의 두 손을 꼭 잡았다.

“힘들었겠구나.”

오 여사의 관심에 미애가 당황한 얼굴로 오 여사를 바라봤다. 그제야 정신을 차린 오 여사가 미애에게서 손을 떼며 자신의 자태를 정돈했다.

“음, 어쨌든.”

오 여사가 목소리를 가다듬었다.

“내일 시간 좀 내줬으면 좋겠네요.”

그 말에 미애가 두 눈을 질끈 감았다. 아아, 일이 너무 커져 버렸다.

“아침 들고 가겠어요?”

오 여사가 자리에서 일어나며 미애에게 물었다. 그 물음에 미애가 황급히 자리에서 일어나며 고개를 저었다.

“아뇨, 집에 가보겠습니다.”

그 목소리에 설민이 함께 자리에서 일어났다. 그리고는 헤벌쭉 웃으며 오 여사를 바라봤다.

“데려다 주고 올게요.”

속도 좋지, 오 여사가 고개를 저었다. 한숨이 저절로 새어 나왔다. 갑작스런 며느리를 얻은 것에 기뻐해야 할까, 아니면 침대 안의 두 사람을 목격했다는 것에 절망했어야 할까. 며느리가 여자라는 사실에 기뻐해야 할까, 아니면 결혼으로 밀어붙이는 이 결정이 잘못됐는지 고민해야 할까.

남녀, 정확히는 아들과 낯선 여자가 한 이불을 덮고 누워 있는 것을 목격했을 때 어머니로서 어떻게 행동해야 현명하고 지혜로울지 배운 적이 없는 오 여사로선 최선의 선택이었다. 오 여사는 스스로를 위로했다.

"잘 가요. 조만간, 이왕이면 내일. 보기로 해요."

미애가 고개를 꾸벅 숙이고 등을 돌렸다. 그러다 다시 오 여사를 바라보곤 입을 열었다.

"오늘, 이런 모습을 보여 드려서 정말 죄송합니다."

미애가 꾸벅, 허리를 숙였다. 그리곤 설민의 안내를 받으며 걸음을 옮겼다. 그녀를 정문으로 안내하던 설민이 잊어버린 게 있다며 집 안으로 뛰어 들어왔고, 그는 오 여사를 한 번 꽈악 안아주었다.

"뭐…… 뭐니?"

"고마워요, 오 여사."

그렇게 말한 설민이 엄지를 척하고 추켜들었다.

15

"알죠? 열대야였잖아요."

집을 나와서도 한참 서먹하게 서 있던 두 사람 중, 미애가 먼저 입을 열었다. 눈치를 살피며 우물거리는 미애의 목소리에 설민이 상냥한 표정으로 미애를 바라봤다.

"뭐, 기억은 안 나긴 하지만……."

"아무 일도 없었잖아요. 그죠?"

"물론 아무 일도 없었죠!"

"그죠, 그랬죠?"

두 사람이 서로를 바라보며 어색하게 웃었다. 얼굴이 빨갛게 달아오르며 진땀이 뻘뻘 나는 탓에 두 사람은 모두 자신의 손으로 부채질을 했다.

"미안해요, 미애 씨. 난감했죠?"

"네? 아니에요. 괜찮은데……."

"우리 오 여사가 막무가내죠?"

"진심은 아니시겠죠? 설민 씨도 당황스럽잖아요. 그…… 죠?"

설민을 향해 동의를 구하는 미애의 물음에 설민이 크게 고개를 끄덕였다. 지금 이 순간, 미애가 설민에게 바라는 한 가지였다.

"아아, 당황스럽죠. 당황스러운데……. 우리 오 여사는 분명 진심이었을 겁니다."

"네?"

"결혼하라 했으니 꼭 해야만 하는 거죠."

"설민 씨는 당연히…… 난감할 테니 거절하시겠죠?"

그 물음에 설민이 콰악, 입술을 깨물었다. 그리곤 고민스럽다는 듯 찡그린 미간을 잠시 문지르다가 단호하게 고개를 저었다.

"안 돼요. 그건 안 돼요. 오 여사가 하라면 해야만 해요."

그렇게 말한 설민이 미애의 양손을 잡았다.

"내가 마마보이라든지, 성인으로서의 결정력이 없다든지, 그런 문제는 아니에요. 다만……."

"다만?"

"다만 그런 장면을 들킨 만큼 자식 된 도리로서 부모님의 의견은 충분히 고려하고 그대로 시행하는 것이 가장 옳은 것이라고 생각해요."

"무슨 말인지 하나도 모르겠어요."

"뭐랄까, 부모님 말씀 들어서 손해나는 일은 하나도 없다잖아요."

"그러니까 설민 씨 말은……."

"우린 결혼해야 마땅하다고 봐요!"

설민의 말에 미애가 어색하게 웃었다. 난감했던 부모님의 처사에 동의를 하다가도 부모님의 말에 무조건적으로 따라야 한다는 그의 주장에 미애는 머리가 어지러워지고 있었다.

"내가 싫어요?"

"아뇨! 싫다뇨!"

미애가 거세게 고개를 저었다.

"그럼 문제없지 않아요?"

"아니……. 이거랑 그거랑은 좀 다른 문제 같아서……."

미애가 머리를 긁적이며 저택의 단단한 벽에 몸을 기댔다. 아침부터 정신없이 잠에서 깼기 때문일까, 생각이 제대로 돌아가질 않았다. 머릿속 전산 팀에 문제가 생긴 듯했다.

"확신이 없어요."

"확신…… 이라뇨?"

"만난 지 얼마 되지도 않았고 서로에게 확신도 없잖아요. 결혼이라는 건 두 사람이 만나 평생을 함께할 약속을 하는 건데 이렇게 쉽게 결정할 문제는 아니라고 생각해요."

확실하게 말하는 미애의 태도에 설민이 머리를 긁적였다. 그리곤 천천히 고개를 끄덕였다.

"당신의 말에 동의해요. 내 생각이 짧았어요."

설민은 아까 전의 밀어붙이던 불도저 같은 태도를 버리고 그녀의 의견을 받아들였다. 이해한다는 듯 몇 번이고 고개를 끄덕인 그는 다시금 그녀의 손을 힘주어 잡으며 두 눈을 빛냈다.

"그럼 이건 어때요? 일단 우리가 어떤 생각을 갖고 있는지, 알아보는 거예요. 확신이 없는가, 있는가를 알아볼 수 있는 가장 좋은 게임이죠. 자자, 내가 문제를 낼 테니 오, 엑스로 대답해요. 알았죠?"

미애가 대답도 하기 전에 설민이 빠르게 말을 이었다. 이런 문제는 급하게 물어보고 생각할 여지도 없이 빠르게 대답해야지 진심이 나온다며 설민은 문제를 냈다.

"구속받고 싶은 생각이 있어요?"

"……저기, 설민 씨."

"빠르게 대답해야 돼요!"

"……구속이라……. 오."

"백설민이 싫다?"

"엑스."

"결혼하고 싶은 마음이 있어요?"

"오……."

"아직은 결혼에 대해 확신이 없다."

"오."

"그래도 앞으로는 긍정적일 수 있다."

"……오?"

"앞으로 백설민을 알아보는 것에 흥미가 있다."

"오."

미애의 대답에 설민의 얼굴이 급하게 밝아졌다.

"건우 씨보다는 백설민이 낫다!"

유치찬란하기 짝이 없는 설민의 물음에 미애가 난감한 기색으로 설민을 바라봤다.

"저기, 설민 씨……."

"답! 답을 해야죠!"

설민이 급하게 미애의 말을 끊었다. 그리곤 절박하게 미애를 바라봤다. 그런 설민의 눈초리에 미애는 어쩔 수 없이 입을 동그랗게 벌렸다.

"오……?"

건우를 설민이 생각하던 식으로 생각해 본 적이 있었던가, 의아해할 틈도 없이 설민이 다시금 문제를 냈다. 솔직히 말해 한 침대에 누워 있던 것을 어머님께 들켜 결혼하라는 말까지 들은 이 상황에 집 앞에서 이런 문제를 풀고 있어야 하는 이유를 알 수 없었다.

"백설민을 만나면 설레고 떨린다."

"……오……."

"백설민의 싫은 점까지도 좋아할 수 있다."

"……근데 이건."

"지금 순간 느끼는 걸 확실하게 말하면 돼요."

"엑스!"

미애의 단호한 대답이 커다란 망치처럼 자신의 뒤통수를 갈겼다. 미애는 미안하다는 얼굴로 설민을 향해 웃었다.

"아직까지는 그게 모호하잖아요?"

미애의 설명에 설민이 이해한다는 듯 고개를 끄덕였다.

"그럼 마지막 질문이에요. 백설민은 내 스타일이다."

"……미안해요, 엑스."

아까보다 거대한 망치가 뒤통수를 휘갈겼다. 그 덕에 설민은 당장이라도 쓰러질 기색이었지만 그는 자신을 다잡으며 벽에 손을 가져다 댔다.

"하하, 괜찮아요. ……뭐, 그래도 10점 만점에 7점이니까. 근데 난 미애 씨 스타일이 아니에요?"

"……사실 잘생긴 남자는 부담스럽거든요."

"그럼?"

"푸를 좋아해요. 알죠, 곰돌이 푸? 그처럼 푸근하고 넉넉한 남자."

푸근한 인상에 넉넉한 체형, 작은 눈에 깜찍한 귀, 팔인지 발인지도 모를 둥근 솜뭉치를 생각한 설민이 가만히 중얼거렸다.

"……곰돌이 푸라……. 빨간 티만 입고 돌아다니는 변태 푸 말이죠?"

"그렇겐 안 봤는데…… 그런 모양이더라고요."

설민의 말에 동의한다는 듯 미애가 고개를 끄덕이며 살포시 웃었다. 그녀의 머릿속에 떠오르는, 변태 곰돌이와 이름도, 모습도 비슷한 한 남자의 존재를 상상도 하지 못할 설민은 고개를 저었다. 그리곤 자신을 다잡았다.

"그럼 이렇게 해요. 10점 만점에 7점이면 우리는 참 잘 맞는다는 거니 한 번 만나보기로 해요. 나를 알아보는 것에 흥미 있다고 했잖아요?"

잠시 뜸을 들인 설민이 황급히 말을 이었다.

"대신 10점 만점에 10점이 될 때까지는…… 기다리고 있을게요."

"결혼을 전제로…… 만나보자는 거예요?"

미애의 물음에 설민이 고개를 끄덕였다. 곰곰이 생각하던 미애가 불쑥, 말을 꺼냈다.

"조건이 있어요."

"조건?"

"조건이라기보다는 부탁에 가까운데……. 기본적으로 우리 할매와 하늬는 내 전부라고 할 수 있어요. 그래서 말인데, 할매와 하늬와 친해졌으면 좋겠어요."

미애의 부탁에 설민의 얼굴이 그 어느 때보다도 환해졌다.

"그럼 아무 문제 없는 거예요?"

아까도 그렇게 생각했지만 오 여사와 설민의 문제 해결 능력은 타고난 것 같았다. 뭐든 쉽고 간단하게, 자신에게 유리하게 생각하는 것이 부럽기도 하고 난감하기도 한 미애가 입술을 움직여 쩝, 소리를 내며 그를 바라봤다.

"나로도…… 괜찮아요, 정말?"

"미애 씨로도 괜찮냐니! 내가 물어볼 말이에요. 내가 많이 부족한 거 알아요, 하지만 생각해 봐요. 긍정적으로!"

설민이 힘주어 말했다. 그런 설민을, 미애는 머리끝부터 발끝까지 찬찬히 훑었다.

'이 남자가 날 놀리나?'

아주 잠시 그런 생각이 들었지만 미애는 머리를 세차게 흔들었다. 사람을 성급히 판단해선 안 된다고 그렇게 배웠을뿐더러 지금껏 보아온 설민은 진실하기 그지없었다.

'문제는 매번 날 놀리는 듯한 발언을 한다는 건데…….'

그녀를 처음 만났을 때부터 가냘프다느니, 그녀보다 아름다운 꽃을 찾을 수 없었다느니, 느끼한 멘트를 뻔뻔하게 날리던 설민은 이해하기 힘든 부분이 많았다.

미애가 다시 고개를 저었다. 그리곤 차분해진 목소리로 말했다.

"대답해 줄게요."

"데려다 줄게요."

설민이 주머니를 뒤져 자신의 차 키를 꺼내 들었다. 그 모습에 미애가 양손을 휘저었다.

"아뇨, 먼저 들어가요. 걸으면서 좀 생각하고 싶어요."

"그래도……."

설민이 그럴 수 없다며 강경하게 차 문을 열려 하자 미애는 강한 힘으로 그를 밀었다. 장사 같은 그녀의 힘에 설민이 놀란 듯 두 눈을 동그랗게 떴지만 이내 그는 그 사실을 믿으려고 하지도 않은 채 다정하게 그녀를 바라봤다.

"들어가요! 안 그러면 대답은 절대 안 해주겠어요."

그 말에 설민이 불쌍한 얼굴을 하고 그녀를 바라봤다. 아주 작고 귀여운 강아지의 놀아달라는 눈빛과도 같았기에 잠시 마음이 흔들렸지만 미애는 인내를 발휘했다.

물러섬 없는 미애의 모습을 잠시 바라보던 설민이 포기하고 돌아섰다. 돌아서서 들어가려다가 이내 빠르게 미애의 입술에 가볍게 입을 맞췄다. 그의 뽀뽀에 놀란 미애가 자신의 입술을 손으로 가렸다. 얼굴이 빨개지고 심장 박동이 올라가기 시작했지만 등 돌려 집에 들어가는 설민의 탱탱한 엉덩이에 달린 작은 꼬리 하나에 저도 모르게 킥킥댔다.

강아지 같다는 생각 때문이었던 모양이었다 술로 인한 긴지,

잠을 적게 잔 건지, 갑작스런 쇼크로 인한 건지는 모르겠지만 설민을 바라볼 때마다 강아지의 작은 꼬리가 보이는 것을 보니 미치긴 미친 모양이었다. 꼬리도 보이고, 결혼도 긍정적으로 생각한다고 대답했고, 미친 건 확실했다.

미애는 설민이 집 안으로 모습을 감추기 무섭게 자리에 주저앉았다. 벽에 등을 기댄 채 후들거리는 다리를 주체하지 못하고 자리에 주저앉은 미애는 깊은 숨을 내쉬며 하늘을 바라봤다. 중대한 결정을 내린 날답지 않게 하늘은 맑고도 청량했다. 눈이 아플 정도로 부신 빛이 미애를 향해 내리쬐고 있었다. 모든 것은 순풍에 돛을 단 배처럼 순조롭게 흘러갈 것이라고 말해주기라도 하는 듯.

"……별로 마음엔 들지 않아."

고급스런 병풍을 펼쳐 놓은 방으로 들어오는 설민을 향해 등을 돌린 오 여사가 말했다. 창가에 앉은 채로 먼 곳을 응시하는 오 여사의 얼굴로 환한 아침 햇살이 부드럽게 쏟아졌다. 그걸 바라보며 설민이 잽싸게 오 여사의 곁으로 다가가 그녀의 어깨에 손을 올렸다.

"오 여사. 왜 그래, 갑자기?"

"갑자기가 아니야."

"갑자기가 아니면……? 아까까지는 결혼하라 했잖아."

"결혼하라고 했지, 좋다고는 안 했어."

오 여사가 눈물 어린 두 눈으로 밖의 풍경을 바라보며 중얼거렸다. 아까와는 다르게 변한 오 여사의 모습에 설민이 두 눈을 크게 떴다.

"내가 어떤 결정을 할 수 있었겠니. 네 또래 아이들은 엔조이로도 즐기고 한다는 걸 안다만 난 그래, 보수적일 수밖에 없다. 아들이 다른 여자와 같은 침대에서 눈을 뜨는데 내가 어떤 결정을 내릴 수 있겠니?"

"좋아하진 않으신다고요?"

"……뭐, 수더분한 것 같고, 애도 쑴풍쑴풍 잘 낳을 것 같고, 그렇긴 하다만."

"하지만 오 여사, 그녀는……."

"알아, 네가 꿈에서도 부르짖던 비너스가 그녀지?"

오 여사의 지적에 설민이 할 말을 잃은 채 그녀를 응시했다. 그리곤 사뭇 진지해진 얼굴로 고개를 끄덕였다.

오 여사가 살짝 고개를 돌려 아들의 얼굴을 바라봤다. 그 어느 때보다도 진지한 아들의 모습에 그녀도 냉랭한 마음을 풀고 한숨을 내쉬었다.

"……솔직하게 말하자면 내 입장은 두 가지야. 네 엄마로서의 입장과 여자로서의 입장. 어떤 엄마가 아들을 가장 예쁘고, 가장 능력도 있고, 착한 여자와 맺어주고 싶지 않겠니?"

"좋은 여자라는 기준이 뭐예요, 오 여사? 좋은 여자는 내가 좋아하는 여자면 되는 거 아니에요?"

"그래, 그건 여자로서의 의견이 되겠다, 아들. 여자로선 부모님을 여의고 할머니와 동생을 거두며 살아가는 군은 심지를 높게 쳐주고 싶구나. 행복했으면 좋겠고, 그 상대로 네가 되다니 더 바랄게 없겠지."

오 여사가 근심 가득한 얼굴로 설민을 바라봤다. 그리고 아들이 단단한 팔뚝을 지탱하듯 잡았다.

"오 여사, 아까처럼 쿨하게 말해봐요."

"두 가지 마음이 오락가락하는 탓에 엄마도 힘들다."

"오 여사……."

"네가 마음을 접을 생각이 없다면……."

오 여사가 한숨을 내쉬며 두 눈을 감았다. 그리곤 다시 말을 꺼냈다.

"내가 절대적으로 네 편이 되어주마."

"오 여사!"

"단!"

"단?"

"조금 더 찬찬히 지켜볼 시간이 필요해. 그 아이가 어떤 아이인지 알아야 하니까."

그 말에 설민이 두 눈을 빛내며 오 여사를 바라봤다. 오 여사는 그렇게 보지 말라며 설민을 자신에게서 조금 밀어냈다. 그리곤 조용히 속삭였다.

"그건 이해해 주겠지?"

설민이 대답 없이 고개를 끄덕였다. 그러고는 앉아서 자신을 올려다보는 오 여사의 어깨를 가볍게 주무르다가 이내 그녀를 가볍게 안았다.

"그것만으로도 충분해요, 오 여사. 고마워요."

"그래, 그럼 나가서 쉬어라."

설민이 오 여사를 안은 팔에 힘을 주었다가는 풀어냈다. 그리곤 오 여사에게 환하게 웃은 후 등을 돌렸다. 오 여사의 방을 나가면서 문득 문 옆에 붙여진 액자를 바라봤다. 달필로 쓰인 수신제가치국평천하修身齊家治國平天下 아래로 낙인이 하나 찍혀 있었다. 어디선가 본 듯한 글자, 오시오. 그것을 잠시 바라보던 설민은 이내 어깨만 으쓱거리고 안방을 빠져나왔다. 더 이상 생각을 깊게 한다면 당장이라도 머리가 전자레인지로 돌린 계란처럼 비참하게 터져 버리고 말 것 같았다.

설민은 생각하는 것을 멈추고 곧장 2층 자신의 방으로 향했다. 아주 조금이라도 눈을 붙여야 살 것 같았다.

❖

살금.

살금살금.

사알금살금사아알금.

“언니야!”

죄를 지은 것도 아니건만 발꿈치를 세우고 뒷문을 통해 숨을 죽인 채 들어오던 미애가 하늬의 부름에 화들짝 놀랐다. 자신을 부른 아이를 확인한 미애가 가슴을 쓸어내리며 웃었다.

“아아, 하늬구나.”

“뭐 하는데 그케 늦노?”

아이가 곰 인형을 끌어안은 채로 동글동글한 두 눈을 굴리며 물었다. 그 물음에 미애는 이마로 흐르는 식은땀을 흘리며 어색하게 웃었다.

“하하하아아아, 그게 말이다 [illegible].”

“왜왜?”

“그럴 수밖에 없는 사정이 있었다. 너는 여서 뭐 하나?”

미애의 말에 하늬가 킁, 콧방귀를 꼈다. 그리곤 입술을 비죽이며 중얼거렸다.

“됐다마. 언니야는 내한테 고마워해야 한다 아이가. 내가 할매한테 언니야 새벽시장 갔다 캤다.”

“너! 거짓말하면 안 된다꼬 했지, 언니가?”

“그래? 그래애? 그래! 내 당장 할매한테 가서 말할끼다. 언니야가 어젯밤 내내 집에 안 들어왔고, 어서 잤는지도 모르고, 지금에서야 겨들어 온다꼬!”

하늬가 깜찍하게 코를 벌름대며 말했다. 그 말에 미애가 자신의 이마를 탁 소리가 나도록 내리치며 눈을 감았다. 아이의 교육이 먼저냐, 아니면 살아남는 것이 먼저냐. 그 고민이 끝나기도 전에 어딘가에서 할매의 강경한 목소리가 들려왔다.

“뭐냐? 미애냐?”

그 순간 미애는 잴 것 없이 하늬의 어깨를 잡았다.

“이번 한 번만 용서해 준다.”

“용서 안 해줘도 되는데?”

“아니야, 용서해 줄 거다.”

두 사람이 속삭거리기 무섭게 할매가 가게 문을 열고 빼꼼 고개를 내밀었다.

“니는 새벽시장 갔다더니 왜 이리로 들어오나?”

“아따, 그게…….”

미애가 두 눈을 데굴거렸다. 그걸 옆에서 바라보던 하늬는 언니의 그 모습이 우습다는 듯 킥킥거렸다.

"새벽시장에 물건이 없드나? 왜 빈손이가?"

할매의 날카로운 눈이 미애를 훑었다.

"어제 나간 모습 그대로네?"

할매가 역정난 목소리로 물었다.

아아, 슬프게도 미애는 할매의 질문에 그 어떤 대답도 내놓을 수 없었다. 할매가 곧장 소리쳤다.

"내가 니를 그케 가르쳤나아!"

나아!

나아!

나아!

메아리처럼 울리는 할매의 고함 소리에 미애가 움찔, 거북이처럼 목을 집어넣고 두 눈을 감았다. 하늬는 언니의 그런 모습을 보며 슬그머니 꽁무니를 내뺐다. 잘못 걸렸다가는 하늬 역시 할매에게 된통 혼나고 말 것이 분명했다.

"엄마 바지는 핫바지, 아빠 바지는 솜바지, 엄마 바지 벗겨서 애들 바지 만들고, 애들 바지 벗겨서 인형 바지 만들지."

부르던 노래를 부르며 곰 인형을 껴안은 채로 하늬는 슬금슬금 방으로 몸을 숨겼다.

16

이상하게도 할매의 방이 익숙하게 느껴진다 했다. 요즘 들어 할매 방에 자주 초대되는 사실을 기억해 낸 미애는 할매 몰래 한숨을 내쉬었다. 혼날 때만 할매 방에 들어가 무릎을 꿇고 앉아 있던 어린 시절이 생각났을뿐더러 어느 정도 나이가 들었다고 생각한 지금에도 할매 방에 무릎을 꿇고 앉아 있는 자신의 상황이 기억났기 때문이었다.

"할매……."

매서운 눈초리를 빛내며 앉아 있는 할매를 향해 미애가 넉살 좋게 웃었다. 그 웃음에 할매가 참았던 숨을 내뱉었다.

"웃지 마라, 정든다."

"에이, 할매두."

"웃지 말래도?"

할매의 말에 미애가 웃던 얼굴을 빠르게 슬픈 얼굴로 바꿨다. 반달 모양이던 두 눈이 아래로 축 처지고, 위로 향해 있던 입꼬리가 아래로 과장되게 내려갔다. 그 모습을 바라보던 할매의 이마에 주름이 자리 잡혔다.

"외박한 거냐?"

"외박……. 어감이 안 좋다, 할매. 난 어엿한 성인이니 이래저래 보고할 건 없다 아이가."

"성인은 자립할 능력을 갖춘 책임감 있는 어른을 의미하는 건데 니가 지금 성인이라고 당당히 말할 수 있다, 그거가?"

"내가 뭐, 어떻다고? 자립할 능력도 있고, 책임감도 있다! 게다가 어른도 맞고."

"보고라고 생각하나? 가족으로서 걱정하는 거라고 생각하면 되지 않겠나?"

할매의 말에 미애가 부루퉁하게 입술을 내밀었다.

"그럴 수밖에 없는 사정이 생겼었다."

"그럴 수밖에 없는 사정이 어떤 사정이가?"

"할매!"

미애의 부름에 할매가 슬퍼진 표정으로 얼굴을 떨어뜨리곤 그녀에게서 돌아앉았다. 등 돌린 할매의 어깨가 가늘게 떨리는 걸로 봐선 아무래도 할매는 뺨을 적시는 것 같았다.

"내게 남은 거라곤 너 하나뿐인데 그렇게 말해도 되는 거가?"

할매의 목소리가 금방이라도 꺼질 것 같은 촛불처럼 아슬아슬하게 흔들렸다. 그 말에 미애의 얼굴이 어두워졌다. 아버지가 돌아가셨을 때도, 어머니의 장례식장을 지킬 때도, 항상 슬픔을 감춘 꼿꼿한 모습을 유지했던 할매였다. 그런 할매가 미애의 행실 하나로 눈물을 짓는다는 사실에 미애는 큰 죄책감을 느끼며 저도 모르게 목소리를 높였다.

"그건…… 어쩔 수 없었다! 나도 내가 왜 옷을 벗고 침대에 누워 있었는지 모르겠……."

"옷을 벗고 침대에 누워 있었나?"

눈물짓는다고 생각했던 할매가 미애의 말 한마디에 안색을 바꾸고 그녀에게로 고개를 돌렸다.

"아니, 그게 아니라…… 할매 지금 연기한 거가?"

"뭐가 됐든, 지금 말한 건 뭐꼬?"

할매의 말에 미애가 진땀을 흘리며 변명을 시작했다.

"그건 그러려고 그런 게 아니라. 어쨌든 내 잘못이 아니다! 설민 씨가 취해서 내가 하는 수 없이……."

"설민이? 그 청년 침대에 같이 누워서 밤을 보낸 거라고?"

손을 젓고, 고개를 흔들며 말을 했는데 자신의 입장을 표명하긴 커녕 묏자리를 위해 삽질을 하는 상황이 되고 말았다. 미애가 두 눈을 질끈 감았다.

"그게 아니라……."

"아니면 뭔데?"

할매는 금방이라도 터질 것 같은 화산과도 같은 모습으로 소리를 질렀다. 그 목소리에 미애가 두 눈을 찔끔, 어깨를 움찔, 움츠리곤 입을 열었다.

"결혼……."

"결호온?"

"아니, 그게 아니라 만나는 단계…… 라고나 할까?"

이렇게나 흥분하고 놀란 얼굴의 할매를 본 적이 있던가, 미애는 기억을 더듬어봤다.

"니는 남자를 침대에서 만나나?"

"할매!"

"데리꼬 와라."

"할매?"

"백설민이를 당장 데리꼬 와라앗!"

할매가 역정을 내며 들고 있던 부채를 바닥에 내리꽂았다. 부채가 바닥에 꽂히는 소리를 들으며 미애가 다시금 어깨를 움찔거렸다. 그런 미애를 바라보며 할매가 못마땅한 얼굴로 혀를 찼다. 그리곤 곧장 방을 나가 버렸다.

문이 커다란 소리를 내며 닫히는 것을 들으며 미애는 입술을 세게 깨물었다. 그리곤 손을 들어 제 입술을 쳤다.

"이놈의 입!"

미애가 손으로 입술을 두어 번 더 쳤다.

"이그, 이그, 이그!"

혼자 중얼거린 미애가 입술을 때리던 손을 바닥에 가만히 내려놓았다. 그렇게 한참을 있던 미애는 손으로 바닥을 몇 번이고 두드렸다.

"뭐가 '나중에 대답해 줄게요.' 야!"

문제를 내던 설민에게 기다려 달라고 말했던 것을 생각하며 미애는 절망적으로 두 눈을 감았다 이렇게 두 손 놓고 있다간 속수무책으로 웨딩로드를 밟아야 할 판이었다.

"난 진짜 왜 그런 모습으로 침대에 있었는지 모르겠다고……."

실타래를 복잡하게 엉키게 만든 시작을 생각하며 미애는 자신의 머리칼을 쥐어뜯기 시작했다.

❖

실타래는 설민을 끌고 들어온 미애가 걸치고 있던 옷을 한 꺼풀 벗은 것으로부터 시작됐다. 영림의 생일 파티가 있던 날 밤, 술을 진탕 마시고 난 새벽에 일어난 일이었다.

"후, 진짜 덥네."

설민을 끌고 들어온 미애가 잠시 숨을 골랐다.

충분히 거나하게 취한 그녀는 방으로 들어오면서 곧장 설민을 침대 위로 내팽개쳤고, 자신의 조끼를 벗어 의자에 대충 던져 놓았다. 그리고는 술김에도 잊지 않고 설민의 안부부터 챙겼다.

"서인 씨! 배서인 씨!"

술에 취해 혀가 꼬여 설민의 이름을 제대로 부를 수는 없었지만 미애는 자각하지 못한 채 정신을 잃은 설민을 흔들어대고 있었다.

여기서 문제. 할매와 하늬와 함께 사느라 술을 마실 기회가 전혀 없었지만 원래는 술에 강한 미애가 이렇게나 취한 이유는 무엇일까요?

답은 간단했다. 고생 끝에 낙이 온다는 의미를 그대로 옮겨온 폭탄주 때문이었다. 맥주를 잔의 1/4정도 붓고, 소주잔에 콜라를 부어 퐁! 소주잔에 소주를 부어 그 위에 퐁! 빠트린 다음, 나머지를 맥주로 채운 그것은 고진감래라고 불리고 있었다.

그냥 소주나 맥주, 또는 소맥보다는 고진감래苦盡甘來를 좋아하는 미애는 그날 밤, 얼마나 많이 마셨는지 몰랐다. 잔을 들어 마시면 제일 위에 있는 소주가 얼큰하게 속을 지지고, 맥주가 조금은 부드럽게 다스려 준 다음, 마지막 한 방울을 마시려고 잔을 기울일 때면 맨 마지막에 깔린 콜라가 입안을 가득 채우며 달콤함을 전하는 매력적인 폭탄주였다.

그런 미애에게 당당하게 결투를 청한 설민이 허탈하게 무너지고 나자 미애는 나머지 술을 처리하느라 자신의 할당량을 넘어서게 됐다. 게다가 그날따라 설민으로 인한 것인지 분위기에 취해 자신의 능력을 제대로 보여주지 못한 미애였다.

"참말로. 사람 난감하게."

미애는 설민을 바라보며 중얼거렸다. 술에 잘 취하진 않지만 취했을 경우, 미애의 술버릇은 야성적이 된다는 것이었다. 그녀는 평소의 넉살좋던 모습을 던져 버림과 동시에 자신의 옷가지 함께 벗어 던졌다. 그녀가 모르는 자신의 술버릇이었다.

"덥죠?"

미애가 자신의 옷을 화끈하게 벗으며 물어봤다. 어차피 잠에 취한 설민이야 미애의 목소리를 듣지 못했지만 그건 그녀가 알 바 아니었다. 왜?

"난 더워요!"

본인은 더웠으니까. 그녀는 자신의 웃옷과 바지를 순식간에 벗어버리곤 침대로 올라갔다.

"보기만 해도 덥다."

짐승이 포효하듯 입을 벌렸다가 입 주변을 혀로 부드럽게 핥은 미애가 두 눈을 가늘게 떴다. 전혀 다른 사람이 되어버린 그녀는 설민을 바라보며 고개를 절레절레 저었다. 허공을 향해 솟아오른 그녀의 검지가 절레절레 흔들렸다.

"내가 시원하게 해줄게요."

씩 웃은 미애가 설민의 몸에서 천이라는 천은 몽땅 벗겨냈다. 단호한 그녀는 작은 천 쪼가리 하나도 용납지 않았다. 설민의 몸까지 굴려서 그의 옷을 벗겨 던져 버린 미애가 알몸이 된 그를 한 번 훑어보고는 씩 웃으며 휘파람을 불었다.

"아주 죽여주는구만."

그렇게 중얼거리며 만족스런 미소를 지은 미애가 설민의 엉덩이로 시선을 돌렸다. 탱탱하고 볼록 솟아 있는 엉덩이가 그녀의 두 눈에 들어왔다. 순간 건우의 목소리가 들려왔다.

"힙 업이라고 해요, 힙 업!"

목욕탕에서 옷을 벗고 있던 설민이 미애에게로 쓰러졌던 날이었을 거다. 설민이 덮친 탓에 그의 엉덩이를 볼 겨를도 없었던 미애는 지금에서야 설민의 백만 불짜리 엉덩이를 볼 수 있었다.

"꺅, 부끄럽잖아!"

소리를 지른 미애가 양손으로 제 눈을 가렸다. 그랬다간 이내 얼굴을 가렸던 손을 바깥쪽을 향해 기울였다. 미애의 얼굴이 드러났고 그녀의 시선이 설민의 엉덩이에 꽂혔다.

"꺅!"

미애가 다시금 소리를 지르며 호들갑을 떨었다. 고개를 돌리며 부끄러워하던 미애의 손이 곧장 설민의 엉덩이로 향했다. 그녀는 설민의 엉덩이를 강하게 움켜쥐었다.

"음. 모양, 귀여움. 탄력, 푸딩처럼 탱글거림."

미애가 고개를 끄덕이며 그의 엉덩이를 거침없이 평가했다. 그리곤 완벽하다며 그의 엉덩이를 강하게 두드려 주었다.

"찰진 것이 때리기 딱 좋은 상태야."

다시 한 번 강조하건데 지금의 미애는 원래의 인격이 아니었다. 그녀는 몇 번이고 설민의 무방비한 엉덩이를 비무장지대처럼 누비다가는 이내 고개를 훅 떨어뜨렸다. 저도 모르게 얕은 잠에 빠져들었던 미애가 번쩍 고개를 들어 올렸다. 그리곤 주변을 두리번거리며 둘러보다가 다시금 고개를 떨어트렸다.

꾸벅.

꾸벅꾸벅.

꾸벅꾸벅꾸버억…….

그러다…… 털썩!

광란은 소진되어 버린 체력과 함께 끝이 났고, 그렇게 기억과 함께 저 먼 어딘가로 사라져 버렸다. 남은 것은 오해하기 쉬울 법한 자세로 뒹굴고 있는 두 남녀뿐이었다.

❖

당황하기는 할매도 마찬가지였다. 자신이 부르긴 했어도 두 사람을 함께 대면하니 심경이 급격히 복잡해지고 말았다. 할매는 아주 잠시 무릎을 꿇은 두 사람을 멍하니 바라봤다.

"니는 어케 생각하나?"

설민과 미애를 멍하니 바라보며 할매가 자신의 곁에 자리 잡고 앉은 하늬에게 중얼거렸다.

"아따……."

하늬도 할 말을 잃은 듯 설민과 미애를 바라보며 입맛만 다셨다.

"결…… 혼이라고 했지?"

잠시 뜸을 들이고 있던 할매가 입을 열었다.

뭐 하나 잘해준 것도 없고, 고생만 시켰던 데다, 다정한 말 하나 없이 엄하게 키웠긴 했어도 할매에게 있어 미애는 단 하나뿐인 손녀였고, 단 하나 남은 핏줄이었다. 금이야 옥이야 여기고 아끼던 보물이 한순간에 아는 것 하나 없는 놈팡인지 곰팡인지 하는 사내에게 빼앗기게 되었다. 이를 어찌 받아들여야 할 것인가, 할매는 한참을 고민했다.

"결혼이라고 했재?"

할매가 떨리는 심장을 가라앉히려 노력하며 몇 번이고 숨을 들이마셨다. 머리가 찡하고 아프면서 금방이라도 쓰러질 것처럼 어지러웠지만 할매는 등 뒤로 손을 뻗어 바닥을 짚는 것으로 몸을 지탱했다.

"전 미애 씨를 사랑합니다!"

미애의 부름에 득달같이 달려온 설민이 힘주어 말했다. 그 말에 곁에 앉아 있던 하늬가 오오, 입을 동그랗게 모았다.

"얼마나 봤다고?"

"사랑에 시간과 국경은 필요 없는 거라 생각합니다!"

설민의 우렁찬 외침에 하늬가 '키야' 탄성을 내질렀다. 뽀글뽀글 사이다를 한 사발 들이켜 묵은 체증이 내려가게 했을 때에나 들을 법한 탄성이었다.

"오빠야, 말 잘하네."

하늬가 짝짝 박수를 쳤다.

"미애도 같은 마음인가?"

할매가 두 눈을 가늘게 뜨고 설민을 바라봤다. 그 말에 설민이 확신 없이 주춤대다가 조금은 사그라진 목소리로 말했다.

"싫어하진 않는 것 같습니다만."

"싫어하지 않는 걸로 결혼이 가능한가?"

할매의 물음에 설민이 아까의 우렁찬 고함과는 달리 조금은 차분해진 목소리로 진지하게 대답했다.

"서로 밋밋하면 불가능하겠지만 저 한쪽이라도 불타오르니 그녀도 머지않아 불타오를 것이라 생각합니다."

"확신한다 이거지?"

"확신합니다!"

설민이 선서라도 하듯 한 팔을 번쩍 들어 올려 보였다. 그리곤 다른 빈손으로 곁에 다소곳이 앉아 있는 미애의 손을 덥석 잡았다. 순간 미애의 얼굴이 화끈하게 달아올랐다. 미애의 달아오른 얼굴을 본 할매가 한 손으로 자신의 이마를 떡하고 내리쳤다.

"집안은……?"

"뼈대 있는 집안입니다!"

"우린 멸치 가문인가? 그걸 물어본 게 아니라 집안 어른들도 다 알고 계시냐는 거다."

그 말에 설민이 입술을 다물고 뜸을 들이다가 조심스럽게 물었다.

"내일 혹시 시간 있으십니까? 어머니께서 뵙길 원하시던데."

설민의 물음에 할매가 옆에 놓아두었던 부채를 들어 빠르게 부채질을 했다.

'하이고. 이렇게 될 것 같더라니.'

할매는 탄식을 내뱉으며 두 눈을 질끈 감았다. 그리곤 두 사람에게 나가라며 손을 저었다.

"아무래도 좀 쉬어야겠다."

"그럼 내일은 어떻게…… 하시겠어요?"

다음날 오후, 할매는 설민이 일러준 약속 장소에 도착해 있었다. 자신이 지닌 것 중에서 가장 고운 옷으로 골라 입은 할매는 오랫동안 손을 대지 않았던 분첩을 열었었다. 조마조마한 마음으로 할매를 훔쳐보던 미애는 아침에 본 그 모습에 두 눈을 휘둥그레 뜰 수밖에 없었다.

"넌 내 소중한 손녀딸이야. 기죽을 것 없다."

할매가 예약한 방으로 향하는 모퉁이를 돌기 전, 미애에게 말했다. 다짐이라도 시키듯 확고하게, 할매는 미애에게 이르곤 모퉁이를 돌았다. 그 순간, 할매가 걸음을 멈췄다.

"왜 그래, 할……."

할매에게 물으려던 미애도 입을 꾹 다물었다. 예약한 방 앞에는 오 여사와 설민이 서 있었기 때문이었다.

"아들, 오늘따라 멋있다!"

홈드레스보다 훨씬 화려하면서도 길이가 짧아진 드레스를 입고 심슨 부인처럼 높게 머리를 올린 오 여사가 설민의 어깨를 털어주고 있었다. 자신이 낳았다고는 믿을 수 없는 설민을 바라보는 오 여사의 눈빛이 아련했다.

"아들, 넌 나의 사치야!"

오 여사가 감동한 눈빛으로 아들을 바라보며 고개를 살래살래 저었다. 그리곤 두 사람은 예약된 방으로 들어섰다.

그 모습을 가만 바라보고 있던 할매가 휙, 고개를 돌려 예의 딱딱한 얼굴로 미애를 바라봤다. 할매가 미애에게 말했다.

"손녀, 넌 나의 사치야."

오 여사의 말투를 완벽하게 복사한 할매였다. 그 모습에 미애가 슬그머니 미소를 지었다. 하지만 할매는 그녀에게 미소를 되돌리지 않은 채 제법 딱딱한 얼굴로 앞장섰다. 미애는 종종걸음으로 할매의 뒤를 따랐다.

양가 어머니의 첫 대면은 형식적인 인사를 제외하고는 딱히 결정적인 것은 없었다. 웨이터가 날라다 주는 주문한 음식도 어색한 분위기를 메워줄 순 없었다.

"결혼…… 에 대해 어떻게 생각하시는가, 들어보고 싶네요. 아이들을 맺어주는 것이 어떨까, 조심스럽게 생각하고 있습니다만."

어색함을 이기지 못한 오 여사가 먼저 말을 꺼냈다. 꼬장꼬장하고 빈틈없어 보이는 할매는 오 여사의 느낌으론 그녀와 180도 반대의 성향이 분명했다.

"좋수다!"

할매의 말에 오 여사는 내뀨일 틸도 잃은 체 멍하니 입만 벌렸다.

'벌써 어찌 결혼이요?' 라든가, '생각해 본 적이 없어 모르겠다.' 라든가, '싫다' 는 단호한 대답을 기대하며 그에 맞는 대답을 준비해 놨던 오 여사에겐 의외의 대답이었기 때문이었다.

"단!"

오 여사는 차라리 그 말이 나온 것이 다행이라고 생각했다.

"네, 말씀하세요."

"단, 설민이 우리 애를 좋아하는 것이 순도 100퍼센트인지 확인한 후에 날짜를 정합시다."

"동의합니다. 저도 손녀 따님이 우리 아들을 받아들일 수 있는지 확인한 후에 보내고 싶어요."

어머니들의 만남은 다소 짧고도 쿨하게 끝이 났다. 설탕발림이라든지, 예의상의 멘트는 존재하지 않았다. 특히 이상한 것은 모든 일이 반대 의견 하나 없이 순조롭게 진행되었다는 것이었다.

'이런 게 인연인가.'

할매는 뒤돌아 방을 나오며 등 돌린 채 씩 웃었다. 화려하고 소녀 같은 타입의 오 여사는 첫인상이 그리 좋진 않았지만 이야기를 하면 할수록 친근감이 느껴졌다. 언젠가 본 것같이 거부감이 들지 않는 오 여사의 등장으로 할매 안의 설민의 점수는 꽤 높아졌다고 말할 수 있었다.

할매를 따라 오 여사가 일어났다.

"너희 둘은 좀 더 있다가 오렴."

오 여사는 설민을 향해 한쪽 눈을 찡긋 하고는 파이팅 자세로 주먹을 쥐고 몇 번이고 흔들었다. 그러다 미애의 시선을 눈치챈 오 여사는 그녀를 향해 인자하고 고상하게 웃고는 방을 빠져나갔다.

"미안해요. 의도치 않게 진도가 빠르게 나가게 되는 것 같아서."

설민이 뒷머리를 긁적거리며 웃었다. 그 웃음을 가만 바라보던 미애가 살며시 고개를 저었다.

"아뇨. 제가 말을 잘못한걸요."

그렇게 말한 미애가 잠시 뜸을 들이다가 입을 열었다.

"그리고 그걸로 울 할매, 충격 좀 받은 것 같았는데…… 그걸 가라앉게 해줘서 고마워요. 설민 씨도, 어머님도 잘 대해주셔서 고마워요."

"어머님, 좋네요. 그 말……."

설민이 바보처럼 헤실헤실 웃었다. 그러다 이내 설민이 자리에서 벌떡 일어났다. 그리곤 미애를 향해 입을 열었다.

"잠깐만 기다려 줄래요?"

"네?"

"아주 잠깐이면 돼요."

그 말에 미애가 고개를 끄덕였다. 동의를 얻은 설민이 환한 얼굴로 방을 나섰고 얼마 지나지 않아 오 여사가 다시 방에 들어왔다.

"어머, 미안. 가방을 두고 가서."

"아니에요, 들어오세요!"

미애가 자리에서 일어나며 미소를 지었다. 그런 미애를 바라보며 앉으라고 손짓한 오 여사는 자신이 앉았던 자리로 가서 가방을 집어 들었다.

"설민이는 어쩌고 혼자 있냐?"

"잠시 나갔어요. 조금만 기다려 달라고 그러더라고요."

"어머, 볼일 보러 간 모양이지? 돌아올 때까진 같이 있자. 어쩜 숙녀를 혼자 있게 만드누, 쯧쯧. 얘가 여자를 몰라요."

아들을 탓하며 호탕하게 웃은 오 여사가 자신의 앞에 앉은 미애의 양손을 꼬옥 잡았다. 그리곤 그녀의 거친 손을 토닥토닥 두드렸다.

"많이 힘들었지? 설민이한테 들었어요."

"아……."

"내가 실례한 건가?"

"아뇨. 절대요."

"동생이라는 꼬마 아가씨는 오늘 안 온 건가?"

"네, 오늘은 할매…… 아니, 할머니와 저, 둘이에요."

억지 미소가 아닌, 원래부터 웃는 상의 두 눈이 시종일관 반달로 접혀 있는 것을 바라보며 오 여사가 고개를 끄덕였다. 사람은 알아봐야 한다고, 지금의 대화로 미애의 장점 하나를 더 찾아낸 오 여사의 눈빛이 따뜻해졌다. 설민을 바라보듯, 백미를 대하듯, 가족으로 받아들이려면 분명 시간이 필요할 테지만 오 여사는 이렇게 하나둘, 알아가면 틀림없이 잘될 거라 생각했다.

한동안 두 사람이 흐뭇하면서도 처음보다 조금은 끈끈해진 눈빛을 교환하고 있었다. 그 무렵이었다.

똑똑.

노크 소리에 오 여사가 웃으며 자리에서 일어났다.

"설민이 왔나 부다."

오 여사의 말에 미애가 고개를 끄덕이며 오 여사를 배웅하고자 자리에서 일어났다. 그 순간, 닫혔던 문이 열리고 설민이 모습을 드러냈다.

"짜잔!"

머리에 얼굴보다도 커다란 빨간색 리본을 맨 설민이 등을 돌린 채로 나타났다. 그는 엉덩이를 살랑살랑 흔들다가 획하고 몸을 돌렸다. 자신의 양손으로 꽃받침을 만들어 얼굴을 들이댄 설민이 두 눈을 빠르게 깜빡거렸다.

"나를 받아들여 줄래요?"

다정한 설민의 목소리가 노래하듯 울렸다. 그 목소리에. 아니, 목소리보다도 꿀벌 댄스에. 아니, 머리에 달린 커다란 리본에. 달콤하면서 끈적거리는 멘트 탓일 수도 있었다. 어쨌든 그 모든 것이 하모니를 이루며 눈앞에서 펼쳐지자 그걸 목격한 오 여사가 저도 모르게 자리에 풀썩 주저앉았다. 그리고 곁에 있던 미애도 다리에 힘이 풀려 주저앉고 말았다. 눈앞에 나타난 설민의 모습과 함께 주저앉는 오 여사 때문이었다.

두 사람 앞에 서서 엉덩이를 흔들던 설민의 얼굴이 석고상보다도 딱딱하게 굳어버리고 말았다.

17

미애에게 빠져 업무를 소홀히 한 까닭에 아침부터 아버지에게 끌려오다시피 한 설민은 회사 사무실에 오도카니 앉아 있었다. 책상 옆에는 처리할 서류가 산더미같이 쌓여 있었고 사무실 앞에는 평소보다 많은 비서가 배치되어 있었다. 백 회장의 엄령은 그랬다. 서류를 처리하기 전까지, 혹은 퇴근 시간이 될 때까지 사무실 밖으로 나갈 수 없다는 것.

"커피 드시겠어요?"

비서 하나가 사무실로 들어왔다.

"차라도 타드릴까요?"

커피를 됐다고 했는데 다른 비서 하나가 사무실로 들어왔다.

"간식거리라도 챙겨 드릴까요? 케이크는 어떠세요?"

괜찮다고 하는데도 또 다른 비서가 사무실로 들어왔다. 먹을거리를 빌미로 설민의 얼굴 한 번 보겠다는 그들의 심보임에 분명했다. 괜찮다는 설민의 말에 사무실 밖으로 나간 비서들이 소리 죽여 꺅, 소리를 질렀다.

"봤어? 봤어?"

"봤어! 완전 잘생겼지?"

"학생 때부터 유명했다잖아. 난 순전히 저 사람 때문에 비서실에 지원했다니까?"

"근데 요즘 통 안 보였잖아."

"그러니까. 소문이 많았잖아. 남자친구랑 결혼한다고 했다가 집에서 쫓겨났다고도 하고, 애 딸린 아줌마에게 홀려서 돌아다닌다고도 하고. 애가 요물이라던가? 그래서 아줌마가 애를 내세워서 홀렸다더라."

비서들의 입이 한데 모여 수군거리기 시작했다. 가십거리를 즐기기 시작한 그들은 모르는 것도, 아는 것도, 모르지만 상상한 것들도 한데 쏟아붓기 시작했다.

그 정도로 다른 여자들에게 있어 백설민이라는 존재는 범접하기 어려운 상사였다. 미남에 능력 좋고, 다른 여자들은 거들떠보지도 않는 쿨하고 냉정한, 모두가 탐내는 남자! 그런 남자의 마음은 사무실을 떠나 국밥집으로 유영하고 있었다.

"미애 씨! 할머니! 꼬마 숙녀!"

토요일인 것이 다행이었다. 비교적 짧은 근무 시간 동안 절반의 서류를 처리한 설민은 퇴근시간이 되기 무섭게 사무실을 박차고 나갈 수 있었다. 곧장 국밥집으로 향한 설민은 가게 문을 열고 요란스럽게 안으로 들어섰다.

"지금 뭐 하는 짓이고?"

마당에 커다란 대야와 도마, 그리고 커다란 포대들을 펼쳐 놓은 채 한창 작업에 몰두 중이었던 할매가 설민을 바라봤다.

"아직은 가족이라 인정하지 않았다."

"그래서 온 거잖습니까. 도와드릴 것 없어요?"

양복 차림으로 서글서글하게 웃는 설민의 얼굴을 가만 바라보던 할매가 시원하게 씩 웃었다.

"고럼! 도와줄 게 많고말고. 모하늬! '

"모하늬는 모 한다!"

"모하늬, 퍼뜩 나와봐라!"

할매의 말에 하늬가 쪼로로 달려나왔다.

"방으로 가서 '그거' 를 주라."

그 말에 하늬가 생긋 웃었다. 그리곤 천진난만한 얼굴로 설민의 손을 잡고 방으로 향했다. 그곳이 어디인지, '그것' 이 어떤 것인지는 알 수 없었지만 설민을 불안하게 하기엔 충분했다.

그 후로 정확히 20분 후, 설민은 불안과 고민을 극복하고 할매네 마당에 서 있을 수 있었다. 여자가 입는다면 분명 펑퍼짐할 테지만 설민의 상체엔 꽉 끼게 맞는 모시 저고리와 펑퍼짐한 것이 매력적인 요상 망측한 꽃무늬 몸빼바지를 입은 채로.

"풋!"

단 한 번도 웃는 것을 보지 못했던 할매가 웃음을 터트렸다. 몸빼바지가 짤막하게 그의 무릎에 걸린 것만 봐도 우스꽝스러웠다.

"자, 이거 끼라."

할매가 노란색 고무장갑을 설민에게로 던졌다.

"깍두기 담그시나 봐요?"

"그야. 다음 계절에 내놓을 깍두기니 양이 좀 많아."

"당연히 도와드려야죠. 말만 하세요!"

그 모습을 바라보며 할매가 고개를 끄덕였다.

"그럼 저기 보이지?"

할매의 손가락질에 설민의 고개가 돌아갔다. 할매가 가리키는 곳에는 하늬가 들어가도 될 만한 대야가 차례대로 놓여 있었다.

"저 끝에 있는 게 1번이다. 그 뒤로 2번, 3번, 4번."

"네에……."

"깍둑썰기 해놓은 무들을 일정한 양으로 담아 넣어라."

할매의 지시에 일사불란, 성실한 백설민은 할매가 무를 깍둑으로 썰 때마다 일정량을 대야 1번부터 4번까지 담아 넣었다. 할매는 설민을 따라 대야 1번부터 4번까지 걸어다니며 재료들을 부어 넣었다.

"자, 됐다. 비벼라!"

할매의 명령이 떨어졌다. 할매의 말에 설민은 각 재료들이 서로 버무려지도록 잘 섞기 시작했고, 할매는 고춧가루 포대를 들고 일정량을 눈대중으로 쏟아 넣기 시작했다.

"에취!"

설민이 재채기를 했다. 그렇게 한 번 터진 재채기는 멈출 생각을 하지 못하고 이어졌다.

"에취! 에취!"

"괜찮으냐?"

"괜찮아…… 에취! 에에에에취!"

속에 있는 것을 모두 내뱉을 정도로 세차게 재채기를 하는 설민의 모습에 그것을 지켜보고 있던 하늬가 작게 키득거렸다. 할매가 그런 하늬를 향해 눈짓을 주고는 설민에게 다가갔다.

"괜찮으냐? 화장실이라도 다녀오련?"

"아뇨, 에취! 괜찮, 에취! 아요, 에취!"

그렇게 말한 설민은 할매가 쏟아부은 고춧가루가 잘 어우러지도록 고무장갑을 낀 손을 움직이기 시작했다.

"에취, 에취, 에취!"

자신의 움직임에 자신이 재채기를 터트렸다. 설민은 눈과 코와 벌게진 채로 손을 휘저으며 눈물을 글썽거렸다. 사무실의 비서들이 설민의 이런 모습을 본다면 귀엽다고 할까, 좀 깬다고 할까? 하지만 그건 설민이 알 바 아니었기에 상관없었다.

"에취!"

설민이 콧물을 훌쩍이며 자신의 손을 들어 자신의 소매로 코를 쓸었다. 소매가 짧았던 건지, 고무장갑이 길었던 건진 모르겠지만, 어쨌든 그 덕에 설민이 코를 문질러 닦은 대로 그의 코엔 빨간 국물이 자리 잡았다.

"크핫!"

그걸 가장 먼저 본 하늬가 웃음을 터트렸다. 하지만 문제는 마늘이며 고춧가루며 멸치액젓이 가득 섞인 자극적인 양념이 그의 피부며 코, 눈까지 따끔거리게 만들었다는 것이었다.

"하늬야!"

대야에 양념을 부어 넣느라 정신없는 할매가 곁에서 웃고만 있는 하늬를 불렀다. 그 부름에 하늬는 두 눈을 깜빡거리고는 이내 바닥에 놓인 두루마리 휴지를 집어 들었다.
"루돌프 사슴 코오는. 매우 반짝이는 코!"
하늬가 두루마리 휴지 두 칸을 뜯으며 노래를 불렀다.
"만일 내가 봤다면 불붙는다 했겠지."
"크리스마스도 아닌데 웬 루돌프?"
설민의 물음에도 하늬는 까르르 웃으며 노래를 계속했다.
"주위 모든 사슴들, 놀려대며 웃었네! 캬하하하하하핫!"
노래를 부르던 하늬가 배를 잡고 깔깔댔다. 그리곤 손에 든 휴지로 설민의 얼굴을 문질러 닦으며 목청껏 노래를 마무리 지었다.
"기리기리 기억되리이!"
"요게!"
"캬하하하하하! 저것 좀 보래이. 루돌프 아이가, 루돌프!"
설민이 코를 킁킁대며 대야에 든 깍두기를 비벼 섞는 것을 멈추지 않았고, 그 곁에서 하늬는 깔깔거리며 웃음을 터트리고 있었다.
"뭐가 그렇게 즐거워?"
마침 가게로 돌아온 미애가 그들을 향해 물었다. 미애의 어깨엔 큼지막한 포대가 들려 있었고, 그걸 확인한 설민이 자리에서 벌떡 일어났다.
"미애 씨!"
"일어나지 마요. 국물 다 떨어지네!"
미애의 말에 일어섰던 설민이 허둥지둥, 일어서지도 못하고 앉지도 못한 자세가 되어선 엉거주춤 자리를 지켰다.
"어떻게 여기 있네요? 오 여사님께선 오늘 일하러 갔다고 하던데.”

“오 여사가?”

“문자로 알려주셨어요. 아마 못 갈 것 같다고, 하지만 당신의 아들이니 어떤 고난과 역경이 닥쳐도 갈 거라고.”

그 말에 설민이 미애를 바라보며 엉거주춤 자리에 앉았다.

“드, 들어줄게요. 힘들게 그걸 다 들고…….”

“괜찮아요. 말짱해요.”

미애가 들고 온 포대를 바닥에 내려놓으며 대답했다.

“그래도…….”

“걱정 마요. 그렇게 가녀리진 않으니까.”

그렇게 설민에게 답한 미애가 땀을 닦으며 주변을 둘러봤다.

“아이고, 덥다. 오늘 참말로 덥죠?”

그러더니 이내 깍두기 담는 할매 곁으로 다가갔다.

“맛나게 담그고 계셔, 할매?”

“맛 한 번 볼 테야?”

“더운데 잘됐지.”

미애가 숟가락으로 갓 담은 깍두기 국물을 퍼서 입으로 가져갔다. 첩첩, 맛나게 숟가락까지 빨아 먹는 소리가 들리자 설민이 무언가에 홀린 듯 미애를 바라봤다.

“흠, 좀 짠데?”

“짜나? 늙으면 입맛도 변한다카더니 맛도 안 느껴지는 모양이다.”

“아니다. 흠, 젓갈이 좀 마이 들어간 거 같은데?”

미애가 깍두기 국물을 퍼서 먹으며 입을 쩝쩝댔다. 그리곤 그녀는 커다란 대접에 차가운 물을 담아 꿀꺽꿀꺽 들이켰다.

"캬!"

설민의 시선이 그런 미애에게서 떨어질 줄을 몰랐다. 그렇게 물 한 대접 들이마신 미애는 자신에게로 달려오는 작은 하늬를 잡아 아이의 겨드랑이를 간질였다.

"캬하하! 언니야!"

아이가 온몸을 배배 꼬는 모습에 미애가 시원하게 웃음을 터트렸다. 목젖이 보일 정도로 커다랗게 입을 벌리고 웃는 미애의 모습을 바라보던 설민이 천천히 자리에서 일어났다.

'아아, 저런 사람은 본 적이 없어! 국물을 퍼먹는 저 예쁜 모습, 물을 들이켜는 쿨한 태도, 구성진 감탄사, 섹시한 목젖!'

그는 자신이 끼고 있던 장갑을 벗어 대야로 대충 던져 두고는 미애에게로 천천히 다가갔다. 그리곤 미애의 양손을 꼭 잡아 쥐었다.

"저기, 나 지금 땀 때문에 냄새날 텐데."

"아니, 그런 건 다 필요 없어요."

설민의 말에 미애가 동그래진 눈으로 그를 바라보았다. 또 무슨 말을 하려는 건가, 궁금해진 눈빛을 빛내며 그를 응시했다.

"내가 왜 당신을 좋아하는지 알아요?"

"왜…… 요?"

"당신은 날개 없는 천사니까……!"

설민이 아련해진 눈빛으로 미애를 바라봤다. 소름이 오싹, 하고 돋았지만 미애는 티내지 않았다. 그는 진심이었고, 그녀는 단 한 번도 그런 말을 들어본 적이 없었기에 소름보다도 그가 전해주는 감동과 사랑에 온몸이 달아오르는 기분이 더 컸기 때문이었다. 그랬기에 자신만의 세계에 빠진 두 사람은 곁에서 헛구역질을 하는 하늬와 고개를 절레절레 젓는 할매를 볼 수 없었다.

"뭐 하나, 퍼뜩 안 하나? 고미애, 니도! 열심히 안 움직이면 저녁 식사에 못 갈 줄 알아라."

할매의 말에 미애가 깜짝 놀라며 할매를 바라봤다. 그제야 정신이 되돌아온 모양이었다.

"식사……?"

자신이 먼저 청하려던 설민은 할매의 말에 놀라 미애를 바라봤다.

"아, 오 여사님께서……."

"오 여사가?"

"저녁 같이하자고."

"같이 가요!"

"설민 씨는 할매랑 울 하늬랑 식사해요. 설민 씨는 떼어놓고 오라고 하셔서."

미애의 말에 설민이 잠시 멍한 얼굴로 그녀를 바라보다가 고개를 끄덕였다.

"알았어요."

설민이 포기한 목소리로 중얼거렸다. 그런 설민에게 하늬가 껌딱지처럼 달라붙었다.

"오빠야, 그럼 우리 소꿉놀이 할까?"

"우리 둘이 하면 엄마가 없잖아?"

"흠, 그게 문제긴 하다. 그럼 언니야 가기 전에 빨리 하자!"

"그래, 할머니 도와드리고 하자?"

하늬가 꺄악, 소리를 지르며 양팔을 하늘로 휘저었다.

하지만 설민은 그런 하늬의 기대를 산산이 부서트릴 수밖에 없었다. 깍두기를 담가 독에 넣고, 뒷정리를 하고 나니 이미 날이 어두워졌기 때문이었다.

미애는 시무룩해 있는 하늬를 뒤로하고 서둘러 나갔다.

"미애 씨 취향을 몰라서 내가 정했는데 괜찮아요?"

오 여사와 함께 온 곳은 설민과 왔던 'Seventh street' 이라는 이탈리안 레스토랑이었다. 미애는 익숙한 공간에 부담을 덜 수 있었던 것이 그나마 다행이라고 생각했다.

"전 뭐든지 잘 먹어요."

"먹성이 좋구나? 좋아요. 여자가 깨작거리는 거, 보기 안 좋거든. 예전에야 여성스럽다고들 생각했지만, 알잖아요? 시대가 바뀐 거."

미애가 오 여사를 향해 생긋 웃어 보였다. 그 모습을 바라보며 오 여사는 웨이터가 가져다주는 메뉴판을 손에 들며 나직이 한숨을 내쉬었다.

"내가…… 미안해요. 저런 아들을…… 맡긴 것 같아서……."

아직도 '그날' 의 충격이 가시지 않았는지 오 여사가 한숨을 내쉬었다.

"아니요. 저야말로 죄송스러워서……."

어떻게 말을 건네야 할지 몰라 미애가 난감하게 웃었다. '그날' 만 생각하면 커다란 리본에 씰룩대는 엉덩이, 그의 턱에 빈서신

꽃받침만이 생각나 얼굴이 벌겋게 달아올랐다.

“내 아들이……. 흠흠, 내 아들이 맞나 싶어서……. 물론 미애 씨도 충격을 받은 것 같았는데…….”

“아…….”

“원래 그래요?”

“네?”

“설민이 말이에요. 미애 씨 앞에서 매번 그런 꼴이에요?”

그 말에 미애는 어색하게 웃어 보였다. 꽃이 어쩌고, 천사가 어쩌고, 그런 것들을 알게 된다면 이번에야말로 오 여사는 쓰러질 수도 있을 거라고 생각했다.

“그치. 이해해야지. 생각해 보면 내 남편도 내게 하는 행동은 다정하기 이루 말할 수 없으니까. 근데…… 이해하죠? 내 자식이 다른 여자에게 내가 모르는 행동을 한다는 게…… 어미로서 얼마나 충격적인 것일지.”

“네…….”

때마침 음료를 가지고 오는 웨이터에게 미애는 매끄럽게 주문을 했다. 그 모습이 조금 뜻밖이었는지 오 여사의 두 눈이 살짝 커졌다가 작아졌다.

“미안해요. 내가 이런저런 얘기를 많이 한 것 같아. 그렇다고 부담은 갖지 말아요. 난 미애 씨가 어떤 사람인지 알아보고 싶을 뿐이니까.”

“네, 저도 그래요.”

미애의 말에 오 여사가 고개를 끄덕거렸다. 그리곤 미애의 손을 잡아 가볍게 쓸었다. 오 여사의 손에 잡힌 미애의 손이 이십대의

아가씨답지 않게 거칠하고 물집이 잡혀 있는 느낌에 오 여사가 더욱 그녀의 손을 꽈악 움켜쥐었다.

"나도 미애 씨 나이에 부모님을 잃었어요."

"힘드셨겠어요."

"알잖아? 사는 것에 치이다 보면 슬퍼할 여유도 없다는 거."

"슬퍼하고 그리워할 수 있는 시간이 사치죠."

미애의 말에 오 여사가 고개를 끄덕였다. 아주 오래전, 미애 또래였을 때의 자신이 생각나는지 그녀의 두 눈에 눈물이 살짝 고였다.

"그래도 이렇게 씩씩하게 지내니 보기가 좋네."

"꼬마 하나가 있어서 슬퍼할 여지가 없어요. 슬프면 꼬마가 더 슬프고, 힘들어도 그 아이가 더 힘들죠."

"그래, 어린 나이에 부모를 잃었으니. 그래, 같이 봉사하러 갈래요?"

"봉사요?"

"응, 내가 결손가정 아이들을 정기적으로 돌보고 있거든. 언제 한 번 같이 가요. 다음 주 어때요?"

"저야 좋죠."

미애가 서글서글하게 웃었다. 요즘 아이 답지 않게 천진난만하게 웃는 미애의 얼굴을 바라보며 오 여사는 자신도 모르게 미소를 머금었다.

'힘들지만 얼굴에 그림자 하나 없는 것이 대견하구만.'

이렇게 맑게 웃는 사람 치고 심성이 나쁜 사람은 보지 못했다고 생각한 오 여사는 고개를 끄덕였다. 보기와는 다르게 사람 마음을 편안하게 해주고, 끌리게 만드는 매력을 지닌 아가씨였다.

'처음엔 몰랐는데 우리 아들이 보는 눈이 있군.'

오 여사가 흐뭇한 미소를 지으며 고개를 끄덕였다. 그러는 사이 주문한 음식이 나왔다. 미애의 행동거지를 확인해 보려는 오 여사의 눈빛이 반짝였다. 이것이 오 여사의 '시크릿 테스트' 임을 알 길 없는 미애는 아는 대로 자연스럽게 알맞은 포크와 나이프를 사용해 음식을 먹기 시작했다.

'이런 건 모를 줄 알았는데 의외군.'

아들의 의도치 않은 특훈이 있었음은 짐작할 길 없는 오 여사의 마음속, 미애의 점수가 시간이 갈수록 높아지는 가운데 오 여사가 자리에서 일어났다.

"잠시 실례할게요. 디저트 주문하고 있어요."

오 여사의 말에 미애가 고개를 끄덕였다. 그리고 그녀가 사라진 얼마간 미애가 조금은 억눌렸던 숨을 살며시 내뱉었다. 아무래도 미래를 약속한 남자의 어머니와 단둘이 식사한다는 것은 불편하지 않을 수가 없었다.

"에휴. 진행이 너무 빨라서 정신이 하나도 없네."

미애가 긴장을 풀고 앉았다.

그때였다.

"미애…… 씨?"

익숙하지만 거부감이 있는 목소리가 미애의 이름을 불렀다. 그 부름에 미애의 고개가 자동으로 돌아갔다.

"영림…… 씨!"

"어머, 미애 씨! 소리 없이 가버리고선 바빠서 제가 연락도 못했어요. 잘 지냈어요?”

영림이 반가운 목소리를 뽐내며 미애의 앞에 자리를 잡고 앉았다. 어떤 날은 귀엽게, 어떤 날은 청순하게, 이번에는 섹시하게 차려입은 그녀가 미애를 향해 미소를 보내고 있었다.

“생일 축하한다는 말도 못하고 돌아왔네요. 미안해요.”

“아뇨, 사실 기분이 말이 아니었어요.”

영림의 시선이 미애를 살피듯 미묘하게 바뀌었다.

‘정말…… 설민 오빠가 좋아한다는 거지?’

영림이 미애를 향해 일정한 미소를 보내며 입을 열었다.

“언제 한 번 같이 차라도 해요.”

“그래요.”

“근데…… 설민…… 오빠는 만나요?”

영림이 조심스럽게 물었다. 그 물음에 미애가 두 눈을 동그랗게 뜨고 영림을 바라봤다. 아무 말도 하지 못하는 미애의 모습에 영림이 나직이 한숨을 내쉬고 중얼거렸다.

“미안해요, 미애 씨. 사실…… 아직도 오빠한테 마음이 남아 있거든요.”

영림이 다시금 한숨을 내쉬었다. 그런 영림을 바라보며 미애는 어떻게 말을 꺼내야 하나, 잠시 고민을 해야만 했다.

“설민 오빠가…… 미애 씨네 가게에 자주 가는 것 같고, 미애 씨랑도 친한 것 같고 해서…….”

영림이 뜸을 들였다.

“차를 마시자는 건 일종의 기대예요. 미안해요. 미애 씨가 혹 도와줄 수는 없나, 하는 기대요.”

생각보다 소녀는 아니었던 모양이었다. 처음 봤을 때부터 영림을 소녀처럼 작고 가녀린, 부끄럼을 많이 타고, 부탁을 하지 못하는 여자로 인식했던 미애는 다시금 깨달을 수밖에 없었다. 사람은 겉만 보고 판단하면 안 된다는 것을.

"미애 씨?"

영림이 답 없이 가만히 있는 미애를 불렀다. 그 부름에 미애가 두 눈을 뜨고 영림을 바라봤다. 그 순간, 화장실에 갔던 오 여사가 돌아왔다.

"어머, 영림이 아니니?"

오 여사의 목소리에 앉아 있던 영림이 자리에서 일어났다.

"어머, 아주머니!"

반갑게 일어나 오 여사에게 인사한 영림은 오 여사가 미애 앞쪽에 자리를 잡고 앉는 것을 바라보며 미간을 찌푸렸다.

"어쩐 일이야? 너도 저녁 하러 왔니?"

"……아, 네. 아주머니는 미애 씨와……."

"어머, 아는 사이였니?"

오 여사가 놀랍다는 얼굴로 영림과 미애를 바라봤다. 이미 영림은 똥 씹은 얼굴이 되어 있었고, 이 상황을 어떻게 설명할 길이 없는 미애는 어색하게 미소를 지었다.

"아까 말한 것 말이죠, 영림 씨."

미애가 차분하게 말했다.

"그건 못 도와주겠어요."

미애가 다소 단호하게 대답했다. 이제껏 어떤 말을 어떻게 해야 하는지 몰랐던 것은 자신의 마음에 확신이 없었던 까닭이었다. 하지만 다시금 영림을 만난 이 순간, 미애는 확신할 수 있었다. 적어도 영림과 설민이 잘되는 것은 바라고 싶지 않다고.

"무슨 부탁인데 그렇게 심각해?"

오 여사가 심각한 두 여자를 번갈아 보며 밝게 물었다. 그리곤 싱긋거리며 못을 박았다.

"친하게들 지내렴. 자주 볼 사이니까."

"자주…… 요?"

영림의 물음에 오 여사가 고개를 끄덕였다.

"우리 식구가 될 아이란다."

그 말에 영림이 충격을 받은 얼굴로 미애를 멍하니 바라봤다.

이것으로 설민이 받았던 충격과 아픔은 배로 돌려준 것이 되었다. 그 덕에 오 여사는 후련한 얼굴로 상큼하게 웃을 수 있었다.

18

"여자아이가 어찌나 콧대가 높은지."

주방에서 과일을 가지고 나오며 오 여사가 중얼거렸다. 미애와의 식사를 마치고 집에 돌아온 오 여사는 하나둘씩 거실로 모이기 시작한 가족들에게 과일을 내주고 있었다.

"무슨 말이야?"

소파에 몸을 기대고 앉아 있다가 몸을 일으켜 오 여사가 가져오는 쟁반을 받아 든 백 회장이 물었다. 그 물음에 이층에서 내려온 백미가 소파에 앉아 잡지 하나를 펼쳐 들며 중얼거렸다.

"민영림, 고 계집애 말이지?"

"영림이? 영림이가 왜?"

백미의 말을 들은 백 회장이 백미를 돌아보았다. 예쁘게 흰 머리카락과 나이는 들었어도 여전히 잘생긴 외모가 그를 카리스마 있으면서 중후한 매력이 넘치는 남자로 만들어주고 있었다.

오 여사가 백 회장 곁에 자리를 잡고 앉으며 백미를 바라봤다.

"너도 알고 있었니?"

"오 여사는 참. 당연한 거 아니유? 하나뿐인 동생의 일인데. 게다가 걔가 얼굴만 멀쩡하지 순해 빠져서는 잘하는 게 없잖아요."

"그러니까 말이다."

오 여사가 한숨을 폭 내쉬며 칸탈로페 한 조각을 포크로 찍었다.

"영림이가 왜? 당신은 영림이 좋아하잖아."

"영림이네가 이번에 당신 사업 파트너가 됐잖아요. 그러니 나라고 별수가 있나."

"영림이랑 사업하는 것도 아닌데."

"그래도 다 연관 있죠."

오 여사가 칸탈로페를 백 회장 입안으로 쏘옥 넣어주었다. 백 회장이 맛있게 먹으며 오 여사에게로 팔을 둘러 그녀를 안았다.

"그래서. 설민이랑 영림이가 왜?"

"둘이 예전에 사귀었었잖아요."

"뭐? 그래?"

백미의 대답에 백 회장이 소스라치게 놀라며 백미와 오 여사를 바라봤다. 백 회장의 그 모습에 백미와 오 여사는 별달리 놀랄 것도 없다며 어깨를 으쓱거렸다.

"한동안 맥 빠진 얼굴로 좀비처럼 다녔었잖아요. 한동안 심하게 아프기도 했고."

"그 이후로 여자만 보면 경기를 일으켰지."

"누가 경기를 일으켜?"

두 사람의 대화에 누군가 불쑥 끼어들었다. 막 집에 오는 설민이었다.

"퇴근한 지가 언젠데 왜 이제 들어오냐?"

백 회장의 물음에 설민이 한숨을 내쉬며 웃었다.

"따로 할 일이 있어서요."

설민이 가방과 자신의 웃옷을 들고 들어왔다. 아들을 맞이하려 나갔던 오 여사가 아들의 그런 모습에 멈칫했다. 그리곤 코를 킁킁거리며 어딘가를 둘러봤다.

"이게…… 무슨 냄새니?"

어딘가에서 풍기는 냄새에 끌리듯 오 여사가 킁킁대며 허리를 굽혔다. 그 모습에 설민이 한숨을 내쉬며 가방을 열었다.

"어머!"

놀라는 오 여사의 고함 소리에 가족들의 시선이 모두 설민에게로 향했다.

"이것 좀 봐요, 다들."

오 여사가 설민의 가방에서 구겨진 옷을 꺼내 들며 중얼거렸다. 김치 국물로 얼룩진 모시 저고리와 몸빼바지가 그녀의 손에 들려 있었다.

"이게 대체 무슨 일이니?"

"깍두기 좀 담그고 왔어요."

"깍두기이? 김치에 김도 쳐다보지 않던 네가……?"

오 여사가 입을 떡하고 벌린 채 아들을 바라봤다. 옷에 떨어졌을 때 얼룩이 묻는다든가, 먹었을 때 냄새가 심하게 날 수 있는 음식은 쳐다보지도 않는 아들이 김치 국물 묻은 옷을 가지고 왔다는 사실을 어떻게 받아들여야 할지 감도 잡히지 않았다.

"꼴은 또 왜 그래?"

백미가 눈살을 찌푸리고 설민을 아래위로 훑어봤다. 땀으로 얼룩진 얼굴에 아무렇게나 흐트러진 머리카락, 셔츠까지도 그의 바지에서 빠져나와 이리저리 흔들리고 있었다.

'언제 어디서든 깔끔해야 직성이 풀리는 녀석이…….'

백미는 병적으로 지독한 그의 깔끔 떠는 습관을 생각하며 온몸을 부르르 떨었다. 방에는 절대로 들어갈 수 없고, 뭔가를 묻히고 들어오는 날엔 어마어마한 잔소리를 이겨야만 하고, 집의 물건들이 조금이라도 흐트러지는 날엔 안절부절못하고 서성대는 그를 바라봐야만 했던 유년 시절이 떠올랐기 때문이었다.

"그래, 깍두기란 말이지?"

백 회장이 의미심장하게 중얼거리며 아들 녀석을 바라봤다. 오 여사가 들고 있는 모시 저고리에 몸빼바지를 주면서 백지 수표를 줄 테니 입어보라고 해도 입지 않을 녀석이었다, 백 회장이 아는 아들 녀석은. 그런데 김치에 이상한 옷을 들고 흐트러진 모습으로 집에 들어왔다. 그 사실을 아버지로서 어떻게 받아들여야 할지 생각에 잠긴 백 회장이 오 여사를 바라봤다.

오 여사가 백 회장을 바라보며 생긋, 미소를 지었다. 그 의미심장한 미소에 백 회장이 웃으며 고개를 끄덕였다.

"나야 뭐, 우리 오마례 여사의 뜻에 무조건적으로 동의하지."

백 회장이 시원하게 웃었다. 그동안 숱하게 들어왔던 이상한 소문들에 밤새 보도새 고생하던 체증이 쑥 내려가는 기분이었기 때문이었다.

"빨랫감이니? 빨아주마."

"잠깐 나갔다 올 거예요."

"늦게 또 어딜?"

"……잠시……."

설민이 말을 잇지 못하고 수줍게 미소를 지었다. 그 모습에 백 회장이며 오 여사, 백미까지 그를 따라 의미심장한 미소를 지었다.

샤워를 마치고 다른 옷으로 갈아입은 설민이 쉬는 것 대신 택한 것은 국밥집에 가는 거였다. 일을 하는 것에 치여 미애와 단둘이 시간을 보내지 못했던 설민으로선 가만히 앉아 그녀만 그리고 있을 수만은 없었다.

불이 꺼진 가게가 제법 쓸쓸하게 보였다. 옆에 가로등이 불을 밝히고 있었지만 그건 가게에 깔린 어둠을 모두 물리치긴 힘들었다. 가로등을 등지고 선 채로 설민이 고개를 기린처럼 빼고 안을 살폈다.

"자고 있으려나……."

목을 길게 빼고 안을 들여다보는데 가게 안쪽이 환하게 빛나는 것이 보였다. 안채에 불이 켜져 있는 것을 보니 그의 그녀는 안채에 있는 모양이었다.

설민이 가게 반대편으로 있는 대문으로 천천히 걸어갔다. 가게보다 훨씬 어둠이 짙게 깔린 대문으로 걸어가니 그제야 미애와 가까워진 기분에 설민이 저도 모르게 미소를 지었다.

"어라?"

대문에만 집중하고 있던 설민이 대문 앞에 있는 검은 물체에 걸음을 멈췄다. 설민의 그 말에 콩벌렌지, 아마딜론지 모르게 온몸을 동그랗게 말고 있던 물체가 꼼지락대기 시작했다.

"오빠야 아이가?"

평소보다 풀이 죽어 있는 목소리가 익숙하게 설민을 맞이했다.

"우리 꼬마 숙녀, 왜 밖에 나와 있어? 어두워서 위험해."

"……그양. 오빠야는 이 시간에 여서 뭐 하나?"

"아, 그게……."

"안됐지만 언니야는 없다."

하늬가 한숨을 폭 내쉬며 대문 앞에 주저앉았다. 대문 앞에 세 개의 야트막한 계단이 있었는데 두 번째 계단에 엉덩이를 붙이고 앉은 하늬는 한 손을 들어 제 턱을 괬다.

"언니야…… 가 없다니?"

"핵교 갔다."

"핵교?"

"약안핵교."

"야간학교?"

"뭐, 그렇게 부르는 것 같더라."

하늬가 한숨을 푹하고 내쉬었다. 그런 하늬의 곁에 자리를 잡고 앉은 설민이 아이의 어깨를 가만히 둘러 안았다.

"왜 그러실까, 꼬마 숙녀?"

"……기냥. 살미 답답허다."

"삶이 왜 답답할까?"

"재미도 없고, 감동도 없고."

"소꿉놀이 못해서 삐쳤구나?"

"……내 뭐 그런 거 갖고 삐치는 줄 아나?"

"내가 내일 일찍 올게. 그래서 우리 언니랑 같이 소꿉놀이 하자. 응? 어때?"

"……뭐, 좋은 생각이긴 하다. 모, 오빠야가 그렇게나 하고 싶어서 부탁한다면야…… 내 생각은 해보께."

생각을 해본다는 아이의 얼굴이 환해졌다. 내일을 생각하는 건지 아이의 입가가 자연스럽게 벌어지는 것을 본 설민이 고개를 끄덕였다.

"그래, 그럼 얼른 들어가서 자. 자야지 빨리 내일이 오지?"

"알아따. 그럼 내일을 기댕기고 있을게."

하늬가 고개를 끄덕였다. 그리고 집으로 들어가기 전, 대문에서 돌아 나온 하늬가 설민에게 조용히 속삭였다. 아무한테도 말하지 않은 비밀을 알려주는 것처럼.

"언니야 말이다. 이제 곧 올 시간이다. 함 가봐라. 바로 쪼기다."

그렇게 말한 하늬가 집 안으로 쏙 들어갔다. 그리곤 곧장 자신의 방으로 들어갔다. 귀여운 잠옷으로 갈아입은 아이는 길게 기지개를 켜고 일기장을 펼쳤다.

"일기만 빨랑 쓰고 자야지."

하늬는 커다란 스케치북을 바닥에 펼쳐 두고 크레파스를 꺼낸 뒤 배를 대고 바닥에 엎드렸다. 발을 이리저리 흔들며 일기에 열중하던 하늬의 몸짓에 장롱의 바닥이 커다랗게 열렸다.

"어라? 이게 뭐꼬?"

버튼을 누르면 자동으로 열리는 가장 밑의 공간은 밖으로 빠져 나왔다가 문을 닫으면 자그맣게 변하는 것 같았다. 그걸 확인한 하늬의 두 눈이 반짝거렸다.

한편, 미애가 다니는 야간학교로 발걸음을 옮긴 설민은 학교 앞에서 주변을 서성이고 있었다. 얼마 지나지 않아 학교가 북적거리며 사람들이 하나둘, 교문을 빠져나오기 시작했다. 교문 옆을 지키고 선 설민은 이제나저제나 미애가 나올까 계속해서 사람들을 살폈다.

“누나, 다음 프로젝트 어떻게 할 거예요?”

뾰족하게 세워진 레이더에 걸리는 익숙한 남자의 목소리에 설민이 눈살을 찌푸렸다.

“글쎄, 어떻게 할까? 같이 할래?”

“그거 좋죠. 아무래도 파트너가 없어서 걱정인데…….”

지금껏 머릿속에서 천번 만번을 되돌려 들은 미애의 목소리가 건우의 것과 함께 뒤섞이기 시작했다. 설민에게 있어선 불결하기 그지없는 상황이 발생하고 말았다.

“파트너가 없긴, 무슨 파트너가 없대.”

단 한 번도 듣지 못했던 목소리가 들렸기에 설민은 그를 ‘남자 1’로 칭하기로 했다.

“그러게나 말이야. 학교의 모든 여자들이 너랑 하고 싶어서 안달하는 걸 못 느꼈냐?”

다른 목소리는 ‘남자 2’로 여겼다.

“무슨 소리야…….”

"인기 많은데, 건우?"

건우의 떨떠름한 목소리에 미애가 싱글거리며 웃었다. 하지만 건우는 손을 휘저었다.

"아니에요, 누나."

"아니긴 뭐가 아니냐?"

남자 1과 2가 건우를 놀려댔다.

"난 누나랑 할 거야."

"누나? 아아, 아줌마랑? 킥킥."

건우의 말에 곁에 있던 남자 둘이 키득거리며 미애를 놀려댔다. 그 소리를 들은 설민이 인상을 쓰고 주먹을 그러쥐었다.

"미친 거 아냐, 저 자식들?"

그렇게 중얼댄 설민이 성큼성큼 그들의 앞으로 다가섰다. 물론 어둠이 깔린 교정인지라 설민의 모습이 제대로 보이진 않았지만.

"그럼 먼저 가요. 잘 가!"

인사를 한 남자 둘이 뭉쳐서 미애와 건우와 헤어졌다. 그리곤 둘이서 속닥거리기 시작했다.

"아무래도 건우가 저 아줌마한테 관심 있는 거 같지?"

"내 말이. 돈이 많나? 완전 못생긴 데다 늙었는데 건우는 탱탱하잖아. 뭐랄까, 미남과 야수."

"야야, 혹시 몰라. 여자들은 침대에서 다르다잖아. 혹시 모르지, 테크닉이 죽여줄……!"

그렇게 속닥거리며 키득대던 남자 둘이 말을 멈췄다. 그들의 앞에 버티고 선 커다란 남자가 두 눈을 번뜩이며 그들을 노려보고 있었기 때문이었다.

"뭐, 뭐야?"

"입조심 안 해?"

설민이 단 한 번도 볼 수 없었던 무서운 기세로 남자 둘을 붙잡고 섰다. 딱 보기에도 불량하게 생겨서는 생각도 하지 않고 말만 뱉어내기 급급해 보였다.

"니들이 생각하는 대로 저질 드라마를 써도 될 사람이 아니란 말이다."

"설민…… 씨!"

아이들에게 윽박지르고 있는데 설민을 알아본 미애가 그에게로 다가왔다.

"뭐…… 해요, 여기서?"

미애의 등장에 설민의 관심이 몽땅 그녀에게로 쏠렸다. 매서운 야수에서 순한 복슬이로 변신한 설민을 바라보던 두 명의 남자아이들은 그 틈을 타 쏜살같이 도망쳤다.

"기다리고 있었어요."

"어떻게 알고……."

"하늬를 만났거든요. 야간학교 수업 갔다고 해서. 어둡고, 한적하고, 그래서 위험하니까 데려다 주려고요."

그 말에 미애가 사람 좋게 웃으며 자신의 팔을 들어 보였다.

"난 내 자체가 무긴데요 뭘."

그 말에 설민이 눈살을 찌푸렸다.

"그게 대체 무슨 말이에요?"

"누구든 날 위협할 사람은 없으니 걱정 말라고요. 있다 해도 한방에 해치우지 뭐."

"고미애 씨!"

설민이 고함을 질렀다. 그 말에 미애가 놀라 설민을 바라봤다. 자신의 풀 네임이 설민의 입에서 나온 것에 한 번 놀랐고, 자신을 향해 소리 지른 설민으로 인해 두 번 놀랐다.

"당신은 여자예요. 자신을 소중히 여기라고요."

그 말에 미애가 웃으며 고개를 끄덕였다. 그리곤 장난스럽게 눈을 찌푸린 채로 그를 노려봤다.

"지금 온 세상의 여자들을 적으로 돌리는 건가요, 백설민 씨? 남녀차별은 좋지 않습니다만."

장난스런 미애의 말에 설민이 순간적으로 그녀의 팔을 세차게 잡아 올렸다. 그리곤 급하게 자신의 얼굴을 그녀에게로 가져가 그녀의 입술에 닿기 전에 멈췄다.

"뿌리쳐 보시지."

설민의 말에 놀란 얼굴로 그를 바라보던 미애가 몸을 뒤챘다. 하지만 아무리 해도 강한 남자의 힘은 이기기 힘들었던 그녀는 가볍게 한숨을 내쉬었다.

"무슨 말을 하려는 건지 알겠어요. 그러니까 그만해요."

미애의 말에야 그녀를 잡고 놓아주지 않던 설민이 팔에 힘을 풀었다. 그 광경을 잠시 지켜보고 있던 건우가 조용히 두 사람 사이에 끼어들었다.

"사실, 제가 원래 데려다 줘요."

"같은 수업이거든요, 건우랑."

그 말에 설민이 미애를 잡고 자신의 뒤로 끌어당기며 고개를 끄덕였다.

"고마워요, 건우 씨. 수고가 많네요."

설민의 말에 건우의 눈썹이 꿈틀거렸다. 예전부터 느꼈던 거지만 갑작스레 나타난 남자치고는 미애에 대한 자신감이 넘쳤고 소유욕이 가득했다. 미애는 저 남자를 그저 '착하고 귀여운 순진한 손님' 으로 생각하고 있지만 건우의 생각은 달랐다.

"왜 제가 그 말을 그쪽한테 들어야 하는지를 모르겠군요."

건우가 평소의 얌전한 모습을 버리고 제법 당돌하게 덤볐다. 그 모습에 설민이 묵묵히 건우를 바라봤다. 그리고 그는 미애를 향해 상냥하게 말했다.

"이제 그만 가죠? 오늘은 내가 데려다 줄게요."

그렇게 미애를 데리고 사라지는 설민을 바라보며 건우는 조용히 중얼거렸다.

'착하고 귀여운 순진한 손님이 저런 눈빛을 한단 말이지?'

건우의 중얼거림은 설민이나 미애에게 닿지 못하고 허공으로 흩어지고 말았다.

그런 건우로 인해 설민의 심기는 매우 불편했다. 물론 건우가 불을 지른 것도 있지만 그전에 기름칠을 해놓은 건 건우의 친구인지 모를 놈팡이 둘과 그들에게 사람 좋은 미소를 날린 미애였다. 그로 인해 미애는 설민의 곁에서 내내 불편한 마음을 가지고 있어야 했다.

"가요."

딱 한마디, 그것도 퉁명스럽게 중얼거린 설민으로 인해 미애는 한숨을 내쉬었다. 걱정하는 마음을 알기에 별달리 반박할 말을 찾지 못한 미애는 돌아서는 그를 잡으려 손을 뻗었다가는 이내 십

안으로 들어섰다.

쾅, 하고 대문이 닫히는 소리가 들렸다. 등 뒤로 나는 철문의 삐거덕대는 소리를 들으며 설민이 걸음을 멈췄다. 그렇게 잠시 서 있다가 몸을 돌려 대문 앞으로 걸어갔다. 그리곤 하늬가 앉았던 계단에 앉아 한숨을 내쉬었다.

"이러려던 게 아닌데……."

단 한 번도 이런 적이 없건만 미애만 보면 이상하게 집착 증세가 생기고 만다. 지금 이것도 미애를 향한 화풀이였다. 다른 남자를 향해 웃어주는 것도, 다른 남자들이 그녀를 얕잡아보게 만드는 것도, 건우가 그녀의 곁에 붙어 서 있는 것도 모두가 마음에 들지 않았던 탓이었다.

"바보……."

홀로 중얼거린 설민이 자신의 머리카락을 격한 손길로 흐트러트렸다. 그 순간이었다.

"어떡해! 어떡해! 모하늬이!"

대문이 벌컥 열리고 당황한 얼굴의 미애가 뛰쳐나왔다. 그런 미애의 숨 넘어갈 것 같은 목소리에 대문 앞에 쪼그리고 앉아 있던 설민이 자동으로 일어났다.

"왜 그래요?"

설민의 물음에 미애가 사색이 된 얼굴로 설민의 팔을 잡았다.

"하늬…… 하늬가……."

"진정해요. 하늬가 왜?"

"하늬가…… 방에 없어요!"

"……하늬, 아까 전에 집에 들어갔는데? 자라고 했더니 잔다면서 얌전히 들어갔는데?"

"근데 방에 없어요! 할매도 대문 열리는 소리는 못 들었다고 하고. 우리 집 대문이 하도 녹슬어서 열 때마다 시끄러운 소리가 들리거든요."

처음 겪는 일이어서 그런지 금방이라도 쓰러질 것처럼 손을 바르르 떠는 미애를 설민이 진정시키려고 노력했다. 그녀의 손을 잡은 그가 확신을 주듯 말했다.

"걱정 마요. 집 안에 있을 거야. 이 근방은 내가 샅샅이 살펴볼 테니까 당신은 집 안 구석구석을 찾아봐요. 20분 있다가 하늬 방에서 만나죠."

설민의 말에 미애가 고개를 끄덕였다. 이내 집 안으로 뛰어 들어가는 미애를 바라본 설민은 대문을 굳게 잠그고 주변을 샅샅이 살피기 시작했다.

"아무래도 위험해, 여긴."

허름하고 한적한 동네에 여자 셋만 살고 있으니 아무래도 마음을 놓을 수가 없었다.

"도둑이라도 들면 어쩌려고."

설민이 고개를 저으며 이내 뛰기 시작했다. 어두운 곳부터 밝은 곳까지, 아이가 갈 수 있는 곳이나 숨을 수 있는 곳이라는 생각이 들면 어디든 꼼꼼히 살폈다.

그리고 그렇게 20분 후, 설민과 미애는 아무런 수확도 없이 하늬의 방에 서로를 마주 보며 앉아 있었다.

"어쩌죠……?"

땀과 눈물로 범벅이 된 미애가 떨리는 목소리로 물었다. 그 물음에 설민이 참지 못하고 그녀를 자신의 품 안으로 잡아당겼다.

"걱정…… 마요, 괜찮을 거야."

"다 찾아봤는데……. 그랬는데도 없어……."

미애가 설민의 품에 안긴 채 중얼거렸다. 그런 그녀를 온 팔로 감싸 안은 설민이 그녀의 머리를 가볍게 쓸어내렸다. 그리곤 그녀를 자신의 품에서 떼어내 젖은 얼굴을 자신의 손으로 닦아주었다.

"괜찮아, 괜찮아요. 다 잘될 거야."

"……경찰에 연락부터…… 해야 할까요?"

"당신이 안정을 찾는 게 우선이야. 원래 하늬가 잘 사라졌어요?"

"숨바꼭질은 잘하곤 했는데……."

"그럼 분명 집 안에 있을 거야."

설민이 미애의 눈가를 가볍게 문질러 닦으며 말했다. 그는 미애의 눈가를 몇 번이고 쓸다가 그녀의 콧날을 따라 손을 내렸다. 그리곤 손바닥으로 그녀의 뺨을 감싼 채 엄지로 그녀의 입술을 살포시 문질렀다.

"설민…… 씨."

설민의 동작에 미애가 몽롱한 눈빛으로 그의 이름을 불렀다.

"그렇게 부르면 난……."

설민이 미애를 향해 천천히 자신의 입술을 가져다 댔다. 그리고 그의 입술이 그녀의 입술에 닿기 전, 어딘가에서 덜컹거리는 소리가 들렸다. 그 소리에 설민과 미애가 동작을 멈추고 소리나는 곳을 향해 고개를 돌렸다.

"모 하노, 여기서?"

하늬의 짜증이 섞인 목소리가 방 안을 가득 메웠다.

"모하늬!"

"모하니는 잠자고 있었다 아이가."

"하늬야!"

"그만 불러싸라. 딴 데서 일 보면 안 되나? 구지피 내 방에서 그러는 이유가 뭔지 참말로 궁금하고마."

장롱 가장 밑부분이 활짝 열려 있는 곳에서 곰돌이를 껴안은 채 고개만 빼끔 내밀고 있던 하늬가 한숨을 푹 쉬곤 중얼거렸다.

"이제 다들 나가줘라. 프라…… 프라시버인가 뭐, 그거 있잖나. 내도 그게 있다 아이가."

그렇게 말을 마친 아이는 껴안고 있는 두 사람을 남겨둔 채 옷장 문을 닫으며 서랍 안으로 쏙 들어갔다.

19

타이밍이라는 게 좀처럼 잡기 힘든 모양이었다. 타이밍에 있어 일가견이 있는 친구, 인강후는 설민에게 그렇게 말했다.

"타이밍으로 인연을 점쳐 볼 수 있는 거야, 인마."

"점치지 않아도 미애 씨는 내 운명이야."

그 말에 강후는 검지를 절레절레 흔들며 고개를 저었다.

"인연이 닿는 사람은 아무리 떼어놓으려 해도 만나게 되어 있고, 인연이 아닌 사람은 아무리 붙여놓으려 해도 안 되는 법이야."

"결혼하더니 잘난 척이 좀 늘었다?"

설민이 못마땅하게 입술을 비죽거렸다. 사납고 제멋대로기론 제일가던 녀석이 뭉글뭉글한 연두부처럼 연해진 게 영 마음에 들지 않는 그였다.

"너도 꽤 귀여워졌어."

강후가 손을 들어 설민의 뺨을 두어 번 가볍게 두드렸다.

"그래도 아직 멀었다, 넌."

강후가 자신만만하게 웃었다.

"뭐가 멀어."

"아직 키스도 못해보고 속만 끓이고 있지?"

그 말에 설민이 정곡을 찔린 얼굴로 강후를 멍하니 바라보고 있다가 이내 고개를 저었다.

"네가 뭘 안다고."

"그럼 해봤냐?"

강후의 얼굴이 짓궂어졌다. 그 짓궂은 얼굴에 설민이 눈살을 찌푸렸다.

"떠보듯 말하지 마."

"순진한 녀석."

"순결하다고 고쳐 주지?"

설민의 말에 강후가 어깨를 가볍게 으쓱거렸다. 그리곤 설민의 어깨에 손을 올려 가볍게 토닥거리며 중얼거렸다.

"기회는 남자답게 잡는 거다, 백설민! 분위기를 유도해야지. 네가 만들어! 남자가 돼라, 자식."

그렇게 말한 강후가 자리에서 일어났다. 그리곤 어딘가를 향해 조용히 고개를 숙였다. 그 모습에 설민이 등을 돌려 강후가 바라보는 곳을 바라봤다.

"미애 씨!"

"미안해요, 좀 늦었죠?"

"좀 늦었죠?"

미애의 손을 꼭 잡은 하늬가 미애의 말을 따라 하며 고개를 숙였다. 오랜만의 나들이랍시고 예쁘게 치장한 하늬가 깜찍한 원피스를 차려입고 앞에서 뱅글뱅글 돌아 보였다.

"괜찮아요. 미애 씨를 기다리는 시간은 더없이 즐거운 시간인걸요."

설민의 말에 곁에 서 있던 강후가 이 무슨 해괴망측한 소리냐며 설민을 돌아보았다.

"어디서 쌈 싸 먹는 소리를……."

그런 강후를 가볍게 무시한 설민이 미애를 바라보며 생긋 웃었다.

"이쪽은 제 친구 인강후예요."

"어머, 안녕하세요. 처음 뵙네요."

자신을 소개하는 그 말에 웬만해선 웃지 않는 강후가 환하게 미소를 지으며 미애의 손을 마주 잡았다.

"반가워요, 미애 씨."

그런 강후의 모습에 미애가 까르르 웃음을 터트렸다. 물론 설민의 얼굴은 종잇장처럼 형편없이 구겨졌지만. 그 곁에서 하늬가 키득거리며 설민을 향해 주먹을 내보였다.

"힘 좀 써야겠고마."

그 말에 설민이 강후의 등을 떠밀었다.

"가야 한대요. 급한 일이 있어서. 잠깐 들른 거거든요."

설민의 말에 강후가 피식 웃고는 미애를 바라봤다.

"잠깐 들렀어요, 미애 씨를 보고 싶어서."

"어머, 점심이라도 같이하면 좋을걸."

"그러게요. 기회는 언제든 있으니까요."

미애에게 상큼한 인상을 심어준 강후가 두 사람을 향해 인사를 하고 재빨리 커피숍을 빠져나갔다. 그 틈을 타 설민이 두 사람을 위한 음료를 들고 걸어왔다.

"자, 꼬마 숙녀는 초코."

"이게 뭐꼬? 쪼꼬…… 물이가? 언니야, 이것 좀 보래이. 찬물인데 쪼꼬다. 찬물 쪼꼬인 모양이다."

"아이스 초콜릿이라는 거야. 뜨겁지 않게 해달라고 했으니 마실 만할 거야. 미애 씨는 마끼아또. 자, 여기."

설민이 미애에게 머그잔을 건네며 웃었다. 커피는 잘 모른다며 웃던 그녀를 위한 설민의 '오늘의 추천'이었다.

"마끼아또……. 이름이 참말로 희한하네요."

"캐러멜이 섞인, 달콤 쌉싸래한 커피예요. 맛이 괜찮을 거예요."

손에 차갑게 와 닿는 잔을 손에 쥔 미애가 그가 권한 커피를 한 입 머금었다. 그 모습을 바라보면서 설민이 강후의 어드바이스를 떠올렸다.

"분위기는 만드는 거다!"

강후의 목소리가 머릿속에서 맴돌았다. 문제는 분위기가 어느 정도 있는 곳에서 무드를 조성해야 하건만 '분위기는 만드는' 거라는 강후의 조언만 머릿속에 새겼다는 거랄까.

설민이 미애의 양손을 잡으며 부드럽게 웃었다. 그 웃음만큼은 돈으로도 환산할 수 없을 정도로 완벽한 천만 불짜리의 미소였다.

하지만 그의 입에서 나오는 말은…….

"내 기호품이거든요, 마끼아또. 근데 마끼아또를 마시는 미애 씨를 보니까 또 다른 생각이 드네요. 뭔지 알아요?"

설민의 두 눈이 반짝이는 것을 보면서 미애는 저도 모르게 소름이 돋아 가볍게 몸을 떨었다. 설민과 함께일 때면 매번 소름이 돋았지만 그의 반짝이는 눈이 너무나 예뻤기에 그건 참아보기로 노력했다.

"모르겠는데. 무슨 생각인데요?"

"내가 당신 입속의 마끼아또가 되고 싶다는 생각."

설민의 말에 미애가 조금은 난감한 얼굴로 웃었다. 로맨틱한 그의 속삭임이긴 했지만 그걸 어떻게 받아들여야 하나 싶어 잠시 그를 바라본 순간, 한동안 잊고 있던 목소리가 또랑또랑하게 들렸다.

"뭐가 뭔진 모르겠는데. 오빠야, 언니 입에 마꺄또가 돼서 뭐할라꼬? 언니야가 꼴딱 삼켜 버리면 오빠야는 그날로 끝장 아이가?"

그 말에 설민이 한 손으로 자신의 이마를 때렸다. 분위기를 잡고, 남자가 되라는 강후의 조언대로 하기 위해서 제거해야 할 장애물이 하나 생각났기 때문이었다.

'그래, 지금껏 분위기가 조성된다 싶을 때면 그걸 찬란하게 깨 버리는 존재가 있었지.'

예쁘기 그지없고, 사랑스럽기 그지없지만 때로는 원망스럽기까지 한 하늬. 그 이름도 대단한 모하늬. 모하늬라는 이름답게 하늬는 매번 무언가를 하고 있었다. 아무도 모르는 곳에, 누구도 예상치 못하게.

"왜 그케 쳐다보나? 내가 모 잘몬했나?"

미애와 설민의 시선이 부담스러웠던 모양인지 하늬가 두 눈을 껌뻑거리며 두 사람을 번갈아 바라봤다.

"아니야, 아무것도."

설민이 웃었다. 부정적으로 생각하면 그렇지만 긍정적으로 생각해 본다면 그렇게 날을 세울 것도 없었기 때문이었다.

'방해만 하는 게 아니지. 요 귀여운 꼬마가 얼마나 많이 도와줬어.'

누구보다 설민의 존재를 양팔 벌려 환영한 사람은 다름 아닌 하늬였다.

'잘해줘도 모자랄 판에 이렇게 나쁜 생각만 하고 있다니, 그것도 불순한 욕망 때문에!'

설민이 자신의 머리를 콩콩 때렸다. 그리고 설민은 미애의 양손을 꽉 잡아 쥐었다. 갑작스런 스킨십에 익숙해진 미애가 두 눈을 껌뻑거리며 설민을 바라봤다.

"난 10식구라도 충분히 먹여 살릴 겁니다!"

뜬금없는 말에 미애가 눈꺼풀을 깜빡였다.

"난 사내니까요!"

"열 식구 먹여 살리지 않아도 돼요. 갑자기 왜 그런 말을 해요?"

"할머님께서 그러셨거든요. 사내 남이라는 것이 왜 그렇게 생겼는지 아냐고."

설민의 말에 미애가 머그잔을 입가로 가까이 가져다 대며 고개를 끄덕였다.

"뭐라시던가요?"

"입 구口에 열 십+, 힘 력力이 합쳐져 사내 남男을 만든다. 즉,

사내란 열 사람의 식구를 먹여 살릴 힘이다. 그리 말씀하시더군요."

그 말에 미애가 의미심장한 눈빛으로 설민을 바라봤다. 그 눈빛을 받으며 설민은 진지하게 그녀에게 말했다.

"그래서 생각했어요. 난 어떤 일이 있더라도 그 책임감을 가지고 당신을 대하겠다고."

"믿음직스럽네요. 믿음직스런 남자가 좋아요."

미애의 대답을 들으며 설민이 눈을 빛냈다. 서로 눈빛을 마주하고 있는 그 순간, 설민은 문득 이것이 강후가 말한 분위기라는 것을 깨달았다. 서로 맞잡은 두 손이 뜨겁게 달아오르고, 마주친 시선이 끈적거리는 이 순간, 이게 바로 분위기였다!

"그래서 오빠야랑 언니야는 아를 열이나 날 생각이가? 거참 많다."

분위기는 좋았지만 문제는 알다시피 하늬였다. 하늬의 갑작스런 인터셉트에 미애가 저도 모르게 한숨을 내쉬었다. 그녀는 하늬로 인해 한 번 무너졌다가는 이내 앞에 놓인 빨대 껍질을 집어 들고 장난을 시작했다.

무의식중에 하는 의미 없는 장난에 설민의 시선이 그녀의 손으로 향했다. 미애는 껍질을 만지작거리다가 그걸로 자신의 입술을 가렸다. 그걸 바라보던 설민이 한쪽 눈을 찌푸리며 말했다.

"이상해."

그 말에 미애가 껍질로 자신의 두 눈을 가렸다.

"으, 완전 이상한데?"

그 말이 미애의 승부욕을 불태웠다. 미애는 당돌해진 얼굴로 자신의 머리띠를 만들어 자신의 머리에 가져다 댔다.

"완전 이상해요."

가차 없이 단호하게 말한 설민이 고개를 저어댔다. 의미 없는 장난이 그렇게나 그의 얼굴을 찌푸리게 만들 줄은 몰랐던 미애는 풀이 죽은 채 껍질을 바닥에 내려놓았다. 그 모습을 가만히 바라보고 있던 설민이 고개를 끄덕였다.

"안 가리는 게 제일 예뻐요, 당신은."

여자의 마음을 갈대라 칭하던가. 그의 말에 미애가 고개를 돌리다말고 저도 모르게 피식, 웃고 말았다.

"아, 웃었다."

어떻게 하면 여자를 웃게 만들 수 있는지, 설민은 알고 있었다. 그런 설민의 말을 들으며 미애는 자신의 미소를 숨기지 않았다. 늘어지는 입술을 그대로 내보이며 미애는 자신의 앞에 놓인 그의 손을 꼭 잡았다. 절대로 떨어지지 않겠다는 듯 두 사람의 손가락이 맞물리며 깍지를 꼈다. 그때였다.

"아함!"

하품하는 목소리에 미애와 설민의 고개가 하늬에게로 돌아갔다. 두 사람의 관심이 자신에게로 향한 것을 확인한 하늬가 입술을 내밀고 언니에게 달라붙었다.

"언니야, 졸립다."

한 시간을 한 장소에서 버티지 못하는 여섯 살배기 아이는 '찬물 초코'를 싹 비운 상태였다. 그러고 나니 어른들로만 가득한 커피숍에서 아이의 눈에 맞는 관심사를 찾는 것은 불가능해졌다.

"얘는 만날 심심하면 졸리대."

미애가 온몸을 배배 꼬아대며 살려달라 몸부림을 치는 하늬를 가만 바라보았다. 그리고는 씩 웃으며 상큼한 얼굴로 고개를 끄덕였다.

"그래, 그럼. 가자, 낮잠 자러."

미애의 말에 하늬가 당황한 얼굴로 언니에게서 떨어졌다. 아이의 두 눈이 커다래지고, 코가 벌름댔다. 하늬는 단호하게 일어나는 언니의 소매를 잡고는 새치름하게 웃었다.

"언니야, 우리 쇼핑…… 가까?"

그 말에 일어나던 미애가 터져 나오려는 웃음을 참으며 짐짓 엄하게 물었다.

"어디?"

"음, 시장? 아니면 음, 백화점?"

코를 벌름거리며 언니의 눈치 보기 바쁜 하늬의 모습에 설민이 시원하게 웃으며 아이를 안아 올렸다.

"어디 가고 싶어, 우리 꼬마 숙녀?"

설민의 물음에 하늬가 반색을 하며 그의 목을 끌어안았다.

"자꾸 그렇게 원하는 대로만 해주면 버릇 나빠져요."

"뭐 어때. 말 잘 들을 거지, 꼬마 숙녀?"

기회는 이때다 싶어 고개를 쉴 새 없이 끄덕이는 하늬와 그녀를 품에 안고 미소를 짓는 설민을 바라보며 미애가 한숨을 내쉬었다.

"어찌나 박자를 잘 맞추시는지, 둘 다. 꼭 부녀지간 같네."

미애의 말에 설민과 하늬가 환한 얼굴로 좋아하기 시작했다. 그 모습을 바라보며 미애는 저도 모르게 씁쓸한 느낌이 들어버렸다. 결혼도 하기 전에 아이에게 남편을 빼앗긴 느낌이랄까. 처음 느끼는 감정에 아무리 털털한 미애라도 혼란에 빠질 수밖에 없었다.

"쇼핑은 무슨. 따로 갈 데가 있네요."

부루퉁한 미애의 말에도 두 사람은 죽이 맞아 낄낄대기 바쁠 뿐이었다. 미애가 조용히 한숨을 내쉬었다. 그 순간, 아이를 안지 않은 빈손이 미애에게로 슬그머니 다가왔다. 그 손은 깜찍하게도 미애의 손을 꽉 쥐어 자신에게로 끌어당겼다.

"설민……."

깜짝 놀라 바라보는 미애를, 아이를 향해 웃던 설민이 흘끔 바라보며 다 안다는 듯 미소를 지었다. 그는 아까처럼 단단하게 깍지를 끼고 다른 한 손으로는 아이를 안은 채 커피숍을 빠져나갔다.

미애의 입가에 저도 모르는 미소가 걸렸다. 마음이 따뜻해지는 것보다도 더 큰 감정이 찔끔거리며 터져 나오는 것을 느꼈다. 소유욕보다도 더 큰 무언가를 느끼며, 미애는 깊어진 눈빛으로 설민을 바라봤다.

커피숍을 나온 설민이 하늬를 내려놓으며 말했다.

"자, 그럼 우리 꼬마 숙녀가 원하는 쇼핑을 하러 가볼까?"

하늬가 답을 하기도 전에 미애가 고개를 저으며 말했다.

"말했죠. 갈 곳이 있다고."

하늬를 내려놨어도 끝까지 손을 잡은 채 놓지 않고 있던 설민이 미애를 바라봤다.

"어디?"

"약속이 있거든요."

"남자, 여자?"

"어디를 가냐고 물어보는 게 순서잖아요."
"남자, 여자?"
심각한 설민의 태도에 미애가 포기하고 답했다.
"오 여사님요."
"오 여사? 또 왜!"
칭얼대는 아이처럼 투덜대는 설민의 모습에 미애가 소리 죽여 웃었다.
"왜 그래요. 당신 어머니잖아요. 친해지려고 노력하는 건데 뭐."
"오 여사보다 나랑 더 친해져야 하잖아요. 어때, 오늘 진도 한 번 세게 나가볼 생각 없어요?"
설민이라곤 생각할 수 없을 정도의 능글맞은 목소리로 설민이 제법 끈적하게 마주잡은 미애의 손을 쓰다듬었다. 설민의 그 목소리에 마음이 살짝 약해진 미애가 안쓰러운 얼굴로 그를 바라봤다.
"흐음."
고민하는 미애의 목소리를 들은 설민은 그 기회를 놓치지 않고 그녀에게 바싹 달라붙었다.
"에이, 그러지 말고. 저번부터 계속 오 여사랑만 친하게 지내잖아. 난 이러다가 할머님이나 하늬랑 결혼하게 생겼다고."
"흐음."
"어때요? 응? 우리끼리 친목을 도모해 보는 게?"
"흐으음."
"분위기 좋은 데서 와인도 한잔하고, 우리 둘만 있는 데서 대화도 하고, 그러다가…… 우리끼리 둘만의 대화도 하고."
설민이 유혹하는 목소리로 미애를 부추겼다. 꼭 잡은 두 손을 슬그머니 건드려도 보고, 손바닥을 살살 쓸다가 이내 그녀의 팔을 타고 어깨로 올라가 주무르기까지 했다. 유혹을 모르는 어린애처럼 기름기를 쏙 빼고 담백하게 유혹하는 설민의 모습에 미애가 그를 바라보다가 천천히 입을 열었다.

"둘만의 대화가 어떤 걸까 궁금하긴 한데……."

"그치? 잘해줄게요, 내가."

"뭘 어떻게 잘해줄 건지 궁금하기도 한데……."

"제발……!"

말하면서도 스스로가 구차하다는 생각을 한 설민이 절망적으로 두 눈을 감았다. 하지만 그럴 수밖에 없었다. 미애가 자신의 마음을 확인하고 대답을 해주려면 설민에 대한 마음이 커져야만 하는데 커질 기회는커녕 대화할 시간도 적어지고 있으니 문제였다.

문제는 그뿐이 아니었다. 미애의 집을 방문할 때마다 귀여운 하늬의 등장은 점점 결정적인 순간에만 이루어졌고, 할매는 설민이 가족이 될 만한 덕목을 갖추었는가를 판단하고자 쉴 새 없이 그를 시험했다.

'오 여사 덕에 결혼하나 했더니 오 여사랑 결혼할 판이고…….'

그렇다고 자신의 집을 가자니 오 여사가 난리였다. 미애를 좋아해야 받아들일 수 있다는 명분하에 매번 미애와 데이트를 즐겼다. 오 여사와의 데이트가 없는 날엔 데이트를 할 수 있을까 싶어 기웃도 거렸지만 그럴 때마다 백 회장의 부름을 받고 회사 사무실에 앉아 있어야만 했다.

'뭐가 이래.'

이번이 기회라고 생각한 설민이 애절한 눈빛으로 미애를 바라봤다. 그녀는 거의 다 넘어온 상태였다. 그렇다고 생각했다. 하지만 미애의 입을 타고 나온 대답은 예상을 빗나가는 것이었다.

"안 되겠어요."

"왜!"

저도 모르게 버럭 소리를 지른 설민이 자신의 입을 틀어막았다.

"이번 것은 미룰 수 없는 중요한 약속이거든요."

미애의 웃음에 설민이 입술을 지그시 깨물었다.

"걱정 마라, 오빠야. 내가 있잖아? 내가 놀아주꾸마."

그 말을 들으니 더욱 서러워졌다.

"아휴. 언니야는 왜 오빠야를 울리고 난리가."

자그마한 하늬가 설민의 앞을 가로막고 나와 골목대장의 포스를 풍기며 미애를 노려봤다. 그 모습에 작게 웃은 미애가 제안했다.

"같이 갈래요?"

미애의 물음에 절망적으로 고개를 숙이고 있던 설민이 미애를 바라봤다.

"같이 가도 돼요?"

"같이 가면 즐거울 거예요."

미애의 웃음에 설민의 안색이 밝아졌다.

"하늬도 같이 갈 거지만 아마 설민 씨와 단둘이 있을 기회가 생길지도 모르겠어요."

미애의 말에 희망을 품은 설민이 고개를 끄덕였다.

"가죠!"

성급하게 대답하고 말았다. 그건 다 희망을 주는 미애의 말 때문이라고 말할 수 있었다. 그 덕에 미애의 말에 레스토랑이나 별

장을 생각하며 단둘이 있을 기회를 꿈꾸던 설민은 좌절할 수밖에 없었다.

"어머, 설민이도 왔구나! 아들이 웬일이야?"

자신을 바라보며 뜻밖의 미소를 짓는 오 여사의 앞에서 설민은 두 눈을 질끈 감았다.

"어머, 못 알아뵀어요."

미애가 오 여사를 바라보며 웃었다. 화장기 없는 얼굴에 머리를 질끈 묶어 올린 오 여사는 곱게 화장한 채로 공주 차림을 했던 모습과는 딴판이었다. 펑퍼짐한 옷을 입고 보육원 앞에서 그들을 맞이한 오 여사가 미애를 한 번 훑어봤다.

"나도 못 알아봤네."

펑퍼짐한 몸빼바지, 꽃무늬가 요란하게 새겨진 펑퍼짐한 셔츠, 그리고 밀짚모자와 장화까지 갖춰 신은 미애의 곁에는 그녀와 똑같은 차림의 하늬가 자리 잡고 있었다.

"네가 하늬구나! 반갑다, 오마레라고 해."

"모하늬입다. 울 언니야, 잘 부탁합니다."

"그래그래, 나도 잘 부탁한다."

그들에게 인사를 하고 몸을 일으킨 오 여사는 아들의 모습을 보고 풋, 웃음을 터트리고 말았다. 누가 보면 쏙 빼닮은 삼총사나 세쌍둥이 정도로 생각할 정도로 똑 닮은 차림을 한 채 두 사람 뒤에서 있었기 때문이었다.

"아들!"

"보지 마요."

"어머, 이게 뭐 일이라니!"

봉사에 같이 가자고 제안할 때마다 고개를 저으며 서류만 챙겨서 회사로 쏙 내빼는 아들을 보며 얼마나 혀를 찼던가.

'사랑 하나에 이렇게까지 변한다 이거지?'

오 여사가 웃음을 머금은 채로 설민을 꼼꼼히 훑어봤다. 밀짚모자는 그렇다 치고, 꽃이 제일 큰 걸로 박힌 하와이안 셔츠에 형광 연두색의 몸빼바지를 차려입은 채, 다리엔 샛노란 장화로 마무리 지은 설민의 모습이 믿기지 않을 정도였다.

"역시! 패션의 완성은 신발이구나!"

오 여사가 커다랗게 웃으며 박수를 쳤다. 여간 까다로운 것이 아니었던 패션 감각이 슬슬 변하는 것을 어떻게 받아들여야 할까, 잠시 생각을 하던 오 여사는 미애의 등을 가볍게 두드려 주었다.

'아아, 이건 너무 즐거운 변화잖아.'

눈물이 찔끔 날 정도로 기분 좋게 웃은 오 여사가 사뭇 진지해진 얼굴로 얼굴이 새빨개진 설민을 바라봤다. 그리곤 그를 향해 엄지를 추켜세웠다.

"걱정 마렴, 아들! 지금 깨달은 게 있는데 패션의 완성은 네 완벽한 외모란다!"

오 여사의 말이 끝나기 무섭게 하늬가 그녀를 따라 엄지 두 개를 치켜들었다.

"Two thumbs up!"

오 여사를 따라 하늬가 자신만만하게 소리쳤다.

"투떵써!"

20

"좋은 아침!"

늘어지게 기지개를 켜며 계단을 내려오던 백미가 말도 없이 거실에 오도카니 앉아 있는 백 회장과 오 여사의 모습에 멈칫했다.

"무슨 일이에요?"

주말의 아침부터 근심 가득한 얼굴로 자리에 앉아 있던 백 회장과 오 여사가 천천히 다가오는 딸의 인기척에 그제야 정신을 차렸다.

"아, 일어났구나."

"걱정거리라도 있으세요? 오늘 아침부터 부부 동반 여행 가시기로 하셨다면서."

"곧 나가야지."

그렇게 말하는 오 여사가 가벼운 한숨을 내쉬었다. 그러더니 이내 백미를 잡아 곁에 앉혔다.

"일생일대의 고민에 빠졌단다, 지금. 자, 문제를 내볼 테니 맞혀보렴."

"음. 그럴게요."

"자식의 의견을 묵살하고 부모가 원하는 대로 자식을 조종하는 것이 나쁠까, 아니면 약속을 지키지 않는 것이 나쁠까?"

오 여사가 낸 물음에 백미가 아주 잠시 망설였다. 오 여사가 말한 두 가지 항목 모두 백미가 치를 떠는 것이었기 때문이었다.

"둘 다 문제는 있긴 한데……. 문제를 정확히 말해야죠, 오 여사. 설마…… 영림이네랑 약속이라도 했었어요? 설민이랑 영림이를 결혼이라도 시키자고?"

"아니, 꼭 그런 건 아니고……. 비슷해."

"오 여사!"

백미의 말에 오 여사가 눈치를 보며 회피하듯 시선을 돌렸다. 백미의 시선이 곧장 아버지에게로 향했다.

"이제 와서 갑자기 그걸 고민하면 어떡해요."

"갑자기 생각났는데 어쩌니!"

곁에서 오 여사가 돕고 나섰다.

"그래서. 약속이라도 해둔 거예요?"

"음, 지나가는 말로 한 약속이었는데. 너도 봤지? 안방 앞에 걸린 액자."

"수신제가치국평천하? 할아버지께서 주신 작품이잖아요."

"서예가로서 마지막을 맞이하시던 순간, 아버님께서 그 마지막 작품을 다른 집에 주셨지. 내가 그토록 원하던 병풍이었는데…….”

“설마 병풍을 선물로 준 집의 여식과 설민을 맺어주고 싶어 하셨다는, 그런 얘기는 아니죠? 에이, 설마.”

백미의 의심스런 눈빛을 확인한 오 여사가 고개를 저으며 자리에서 일어났다.

“오 여사, 얘기하다 말고 어디 가요?”

“여행 가야 돼. 이제 출발해야지.”

“오 여사.”

“네 반응을 보니 고민거리가 별게 아닌 것 같다.”

오 여사가 고개를 저으며 백 회장을 재촉했다. 백 회장이 느릿하게 소파에서 일어나는 것을 확인하며 백미가 소파에 앉은 채로 앞에 놓인 신문을 집어 올렸다.

“난 또 뭐라고. 약속은 그런 게 아니죠, 오 여사. 할아버지도 약속을 지키는 것보다 손자가 행복한 걸 더 좋아하실걸요?”

“그러게 말이다.”

오 여사가 건성으로 대답한 뒤 백 회장의 팔에 자신의 팔을 끼워 넣었다. 그리곤 현관 앞에 놓아둔 트렁크의 손잡이를 잡았다.

“나오지 마렴.”

“다녀오셔요.”

배웅하는 인사를 들으며 오 여사는 백 회장과 집을 나섰다. 정원을 지나 대문을 연 순간, 오 여사는 집 앞에서 서성이는 여자아이를 보고 놀라 두 눈을 커다랗게 떴다.

“영림이 아니니?”

더없이 상냥한 오 여사의 목소리에 8자 춤을 추며 서성이던 영림이 고개를 들었다.

"어머, 아주머니. 백 회장님도 계셨네요. 안녕하세요."

"아침부터 어쩐 일이니?"

오 여사가 백 회장에게 짐을 건네며 미소를 지었다. 백 회장은 오 여사가 건네주는 짐을 비서에게 건네주며 뒷좌석에 자리를 잡고 앉았다.

"아, 그게……."

잠시 고민하던 영림이 결심했다는 얼굴로 고개를 번쩍 들었다. 그 모습을 바라보던 오 여사가 생긋 웃으며 영림의 속내를 읽었다.

"설민이, 안 들어왔는데?"

"아, 네에……."

길게 늘어지는 영림의 목소리를 듣건대 오 여사의 예상이 맞은 모양이었다. 그녀는 상큼한 얼굴로 예의 미소를 지으며 가방에서 작은 수첩을 꺼냈다. 그리곤 무언가를 적은 종이를 영림에게 내밀었다.

"여기로 가보련? 사무실 근처에 집을 하나 얻어준 게 있거든. 요즘은 잘 쓰지 않는 것 같다만. 아무래도 거기에 있지 않을까 싶구나."

❖

자신이 뒷정리를 하고 가겠다며 등을 떠미는 오 여사로 인해 먼저 보육원을 떠나게 된 설민과 미애가 향한 곳은 설민의 오피스텔이었다. 갓난아이들까지 모두 목욕시키느라 한차례 옷을 갈아입긴 했지만 끝나갈 무렵, 하늬 나이의 꼬마들이 한데 어울려 물장난을 치는 바람에 가져온 옷까지 모두 버린 탓이었다.

"물은 좀 괜찮아요?"

"괜찮아요!"

설민의 물음에 욕실 너머로 미애의 대답이 들렸다. 몸을 씻기는 모양인지, 간지럼을 태우는 모양인지, 하늬의 웃음소리도 즐겁게 섞여 나왔다.

"옷은 세탁기에 넣어뒀어요. 대신 내 옷 중에서 작은 것을 골랐어요. 욕실 문 앞에다 둘게요."

"이제 나가요."

그 말이 끝나기 무섭게 욕실 문이 살짝 열리더니 틈을 타 긴 팔이 쑤욱 빠져나왔다. 물기로 반들거리는 매끈한 긴 팔의 등장에 설민은 저도 모르게 휙하고 등을 돌렸다. 문틈으로 빠져나온 팔은 몇 번 동안 바닥을 더듬거리다가 앞에 놓인 옷을 집어 올려서 안으로 쏙 들어갔다.

"많이 힘들었어요?"

설민이 샤워를 마치고 나왔을 때, 미애와 하늬는 설민의 옷을 입은 채 몸을 말리며 그를 맞이하고 있었다.

"고마워요, 같이 가줘서."

무릎을 하늬의 베개로 내어준 채 아이의 더위를 말려주느라 부채질을 하고 있던 미애가 자리를 비켜 앉았다. 미애가 내어준 자리에 엉덩이를 붙이고 앉은 설민이 제법 쑥스럽게 대답했다.

"뭘요."

그 말을 들으며 미애가 자신의 엄지를 추켜올리며 말했다.

"이거 하나는 알아요. 설민 씨는 아이들을 돌보는 모습이 가장 섹시한 봉사자라고 확신해요!"

"에이, 뭘."

조금은 힘없이, 하지만 매력적인 미소를 짓는 설민의 모습이 멋졌다. 촉촉하게 젖은 머리카락에 채 마르지 않은 물방울이 떨어져 그의 관자놀이를 타고 턱으로 흘렀다. 목으로 흘러내린 물방울은 단추 몇 개를 풀어헤친 설민의 가슴께로 흘러 들어갔다.

그 모습을 바라보고 있던 미애가 저도 모르게 양손으로 그의 뺨을 잡았다. 그리고는 그를 자신에게로 끌어당겨 그의 뺨에 뽀뽀를 했다.

"아, 이게……."

갑작스런 뽀뽀에 자신이 당황한 미애가 뺨을 발갛게 물들이곤 놀라 자신을 바라보는 설민을 향해 씩 웃어 보였다.

"하늬가 예쁜 짓할 때마다 해주는 거라고나 할까?"

미애가 두 눈을 데굴데굴 굴렸다. 자신이 생각해도 딱 좋은 변명거리는 아니라고 생각했는지 이내 그녀는 난감한 얼굴이 되어버렸다. 그 모습을 바라보는 설민의 두 눈이 매서워졌다.

"미안해요. 하고 싶어…… 읍……!"

미애가 제 말을 미처 끝내기도 전에 설민의 입술이 저돌적으로 그녀의 입술을 덮쳤다. 설민은 미애의 뺨을 잡은 채 그녀에게 격렬한 키스를 퍼부었다. 더 이상 망설이고 싶지도, 참고 싶지도 않다는 듯한 그의 입술에 미애는 정신을 차리지 못한 채 속수무책으로 자신의 입술을 내맡길 수밖에 없었다.

"나도 뽀뽀해도."

그래, 둘만의 세계에 빠져 아주 잠시 무릎에 누워 있던 하늬를 잊고 있었다. 도우미인지, 방해꾼인지, 달아오를 순간마다 나타나는 하늬의 덕에 입술을 맞대고 있던 두 사람이 슬그머니 몸을 뗐다.

"나도 쮸우우우우."

하늬가 누운 채로 미애와 설민을 향해 입술을 오리처럼 내밀었다. 침 몇 방울이 튀어나오고 쮸쮸, 입술 빠는 소리를 낸 하늬가 자리에서 벌떡 일어났다.

"왜, 더 자지 않고."

침이 채 마르지 않은 입술로 설민을 흘끔 바라본 미애가 하늬를 타일렀다.

"안 졸리다!"

"졸리지 않아? 오늘 동생들 돌보느라 힘들었잖아."

"내 말똥하다!"

잠시 졸았던 게 개운했던 모양이었다. 하늬는 길게 기지개를 켜며 자리에서 일어나 말똥말똥한 얼굴로 설민과 미애를 번갈아봤다.

"비디오 볼래? TV 틀어줄까?"

어떡해서든 이번만큼은 아이를 재워야만 한다. 그건 남자의 육감이었다.

"먹을 거라도 줄까? 간식 시켜줄게."

"비디오가 뭐꼬? TV는 돼꼬. 간식도 필요 없다."

"그럼 뭐 해줄까? 좀 더 잘까? 자장가 불러줘?"

어떻게 해서든 하늬를 재우고 말겠다는, 혹은 관심을 다른 곳으로 돌려 버리겠다는 두 사람의 기세에 하늬가 두 눈을 껌뻑거렸다.

"지금 둘 다 뭐 하는 기고? 날 그리 없애 버리고 싶나? 내가 그리 언니야랑 오빠야한테 방해가 되나?"

"그게 아니라……."

"내 방해꾼이가!"

"하늬야……."

"그러냐고오!"

한이 맺힌 것처럼 자신의 가슴을 퉁퉁 두드린 여섯 살배기 꼬마 아이는 꽥꽥 소리를 질러댔다. 아이의 두 눈이 장난기로 빛나면서 두 어른의 눈치를 살피고 있었지만 두 사람은 서로 시선 교환하기 급급했기에 아이의 속셈을 눈치채지 못했다.

"아니다. 아니야. 자지 마라."

"내가 울 할매한테도 알리바바를 대줬건만 왜 그카노?"

자신의 유리한 점을 꿰뚫고 있는 하늬하늬 모하늬였다.

'이런 걸 보고 영악하다고들 하지. 요 꼬맹이, 언제 커서.'

미애가 하늬를 바라보며 코를 찡긋거렸다. 하늬의 속셈을 모르는 설민이 이미 하늬의 함정에 꼴딱 넘어가 버린 것을 보며 미애는 가만히 한숨을 내쉬었다.

'동생을 예뻐해 달라, 할매에게 다정해 달라, 부탁하긴 했지만……. 이건 뭐.'

둘만의 시간이라곤 하늘의 별 따기보다도 어렵고, 발톱의 때만도 못한 크기로 찾아오는 터에 미애는 미치고 환장할 지경이었다.

슬슬 손발이 오그라들고, 심장이 간질거리는 이 심경을 어찌해야 하나, 돌아버릴 것만 같았다.

"우리 꼬마 숙녀, 뭐가 하고 싶어 그럴까?"

하늬의 반짝이는 두 눈동자를 보라고! 보고 곰곰이 생각 좀 해 보라고! 그렇게 소리 지르고 싶은 것을 미애는 꾹 참았다.

"오빠야, 오빠야밖에 없다."

하늬가 양손의 가운데 세 손가락만으로 자신의 눈을 가리고 우는 소리를 내던 것을 떼어내며 설민을 향해 배시시 웃었다.

"꼬마 숙녀도 참. 하고 싶은 거, 같이 하자. 응?"

"오빠야아."

"그럼 울지 않겠지?"

"오빠야는 내 맴을 똑 읽는 모냥이다."

두 사람의 대화를 듣고 앉아 있자니 '얼씨구', 추임새라도 넣으며 장구라도 치고 싶은 심정에 사로잡힌 미애가 넋 나간 얼굴로 두 사람을 바라봤다.

"오빠야는 그리 착해서 그렇지만. 봐라, 울 언니야 표정. 하늬는 무서버가 그냥 코, 할란다. 내 뭔 수가 있노, 어린 내 나이를 탓해야지. 아이코, 하고 싶은 것도 맴대로 몬하고! 언니야 눈치, 할매 눈치, 눈치, 눈치. 내 답답해서 어찌 살랑가. 기양 하라는 대로 자고, 묵고, 싸고, 해야지. 내 멍멍이도 아인데!"

아이의 앞에서 행동이며 말을 조심해야 한다는 것은 하늬만 봐도 알 수 있었다. 할매의 넋두리며 말투, 행동이며 추임새까지 그대로 베껴 버리는 하늬의 모습에 미애는 고개를 절레절레 흔들었다.

"미애 씨, 우리 같이 놀 거죠?"

"같이 놀 거재?"

"네?"

"응?"

설민의 사슴 같은 눈망울과 하늬의 다람쥐 같은 제스처에 미애가 끄응, 신음을 내뱉었다.

"뭐가 하고 싶은데?"

함정임을 알고 있는 미애도 하늬의 깜찍한 훼방엔 속수무책으로 당할 수밖에 없었다. 당한 세월이 3년이나 되건만 내성이나 면역이 생기지 않은 모양이었다.

"소꿉놀이!"

"질리지도 않나?"

"뭐가 질리노!"

고사리 같은 검지를 살래살래 흔든 하늬가 단호하게 말했다.

"그때는 아빠야가 없었고, 지금은 아빠야가 있지 않노!"

"아……."

"뭐라꼬 해야 하나. 할매가 그카는데 무슨 처락자? 촐학자? 출학자? 암튼 그 사람이 말했단다. 한 번 들어간 바다던가? 거기엔 다시 몬 들어간다카더라."

"그게 뭔 뜻인지 아나?"

"그건 말이다! 바다는 바단데 한 번 들어간 바다에 다시 들어가며는 그 바다가 바뀐다, 뭐 그만 애기던데?"

"한 번 들어간 강물엔 다시 들어갈 수 없다는 애기겠지. 완전 다른 맥락이다."

"어쨌든. 내가 하고픈 얘기는 말이다, 한 번 한 소꿉놀이도 다시 몬한다 아이가. 그니까 지금 하는 소꿉놀이는 새 소꿉놀이다. 아, 몰라 몰라. 할 끼가, 안 할 끼가?"

무슨 말을 하는지 횡설수설하는 하늬를 바라보며 미애가 한숨을 폭 내쉬었다. 집에 온 3년 동안 내내 소꿉놀이에 집착하던 아이임을 알았지만 설민의 집에 와서까지 소꿉놀이를 하게 될 줄은 상상도 못했던 미애였다.

"하자! 우리 하자!"

잠시 부엌으로 사라졌던 설민이 이것저것 가져오며 말했다. 그릇 몇 개에 도마, 과자 몇 봉지에 컵, 주스 병을 가지고 온 설민이 바닥에 철퍼덕 앉았다.

"자, 우리 한 번 해볼까?"

"그럼 오빠야가 아빠, 내가 엄마, 언니야가 애기 해라."

하늬의 냉정한 역할 분담에 미애가 두 눈을 동그랗게 떴다.

"뭐어?"

"왜, 맘에 안 드나?"

"안 들지, 그게 드나? 내가 당연 엄마를 해야지, 왜 니가 엄마고? 설민 씨는 아빠래매?"

"언니야는 이제부터 계속 오빠야랑 엄마놀이, 아빠놀이 할 텐데, 왜? 쫀쫀하게 그카는 거 아이다?"

"그게 쫀쫀한 게 아니라……."

미애의 말이 끝나기도 전에 설민이 하늬의 편을 들고 나섰다.

"그래그래, 하늬가 하자는 대로 하자."

"설민 씨!"

"왜요, 그냥 해요."

"설민 씨가 자꾸 오냐오냐하면 버릇이 나빠져요."

미애가 설민을 향해 투정하듯 중얼거렸다. 그 말에 설민이 풀 죽은 얼굴로 두 여자의 사이에서 갈팡질팡, 그 틈을 탄 하늬가 설민을 감싸고 바락!

"버릇 안 나빠진다. 나빠질 버릇도 엄꼬."

대체 누가 이 아이를 이리도 당돌하게 만드셨습니까, 미애는 하늘을 향해 하소연을 할 수밖에 없었다. 그리고 얼마 지나지 않아 미애는 엄지를 입에 물고 응애응애, 아기 울음소리를 내고 있어야만 했다.

'그냥 뽀뽀가 하고 싶다고!'

뇌쇄적이고 아름다운 모습을 보여 유혹을 해도 모자랄 판에 여기서 왜 엄지를 빨아야 하며, 왜 아기 울음소리를 내야 하는지에 대해 고민에 빠지고 만 미애였다.

"여봉, 다녀오셨어요?"

탄탄한 모하늬 표 시나리오까지 갖춘 소꿉놀이는 할리우드 저리 가라 할 정도였다. 하나라도 어긋나면 곧장 NG를 외치고 마는 모하늬 감독 앞에서 설민은 넥타이를 매고 서류가방을 옆구리에 낀 채로 몇 번이나 방문을 열어야만 했다.

"에효, 오늘은 참 덥구려."

"여봉, 수고하셨어요. 돈 많이 벌었어요?"

"돈은 잔뜩 벌었지. 이제 우린 부자야."

토씨 하나 틀리지 않고 대사를 외우는 설민의 모습에 엄지를 쪽쪽 빨아대던 미애가 쿡, 웃음을 터트렸다. 하지만 곧 하늬의 날카로운 눈빛에 웃음을 꿀떡 삼켜야만 했다.

"여봉, 그럼 내일 빽 사죠요."

"그러지, 그래."

고개를 끄덕인 설민이 넥타이를 뒤로 홱 젖히며 자리에 앉았다. 그런 설민의 앞으로 하늬가 접시를 내밀었다.

"와아, 과자 밥에 초콜릿 반찬, 그리고 주스 국이네?"

"맛나겠죠? 아침부터 열심히 만들었어요."

어색한 서울말로 한숨을 내쉬는 하늬의 모습에 설민이 키득거렸다.

"여봉, 아아!"

"아아!"

하늬의 농염한 아줌마의 연극에 미애가 두 눈을 빛내며 그 모습을 지켜봤다. 아주 아련한 옛날의 기억이 떠오르는 것만 같았다.

—여봉, 여봉, 여봉. 왜 기분이 나쁘실까?

머릿속에 맴도는 목소리에 미애가 가라앉은 눈빛으로 하늬를 바라봤다.

"빨리 울어라!"

대사를 놓친 언니를 향해 하늬가 눈빛을 보냈다. 그제야 눈치를 읽은 미애가 아기 울음소리를 내기 시작했다.

"응애응애."

"아이고, 우리 이쁜이. 깼어?"

—아이고, 우리 이쁜이. 이쁜아, 엄마 왔다.

"엄마가 금방 밥 줄게, 우리 귀여운 오징어 땅콩."

오징어 땅콩, 엄마 딸!

순식간이었다. 아기 울음소리를 내던 미애의 두 눈에서 눈물이 터져 버린 것은. 이유도 없이 툭하고 터져 버린 미애의 울음에 하늬와 설민이 얼음이 되어버렸다.

"오, 왜 그르나? 언니야."

"미, 미애 씨."

움직일 생각도 하지 못한 채 그대로 굳어버린 하늬와 설민이 서로를 번갈아 바라보며 눈치를 살폈다.

"오, 오빠야. 나 땡하고 좀 쳐줘라. 몬 움직이겠다."

하늬가 울상을 지었다.

"언니야, 미안타. 내가 미안타. 내 애기 할게. 내가 언니야랑 오빠야 아가 될게. 언니야가 엄마야 해라. 응? 미안타."

하늬가 처음 보는 언니의 눈물에 적잖아 당황했는지 주변을 서성거리며 양손을 싹싹 비볐다. 그런 하늬의 모습을 바라보며 정신을 차린 설민이 미애의 곁에 바싹 다가앉았다.

"미애 씨."

설민이 목 놓아 울음을 터트리는 미애를 살포시 끌어안았다. 갑작스런 울음에 설민도 어떻게 해야 할지, 갈피를 잡을 수 없었던 탓이었다.

"미안해요, 미애 씨."

"미안하다, 언니야아!"

"미안해요!"

"미안해애!"

동시에 외치는 두 사람의 목소리에 끅끅대며 울어대던 미애가 킥, 순식간에 웃음을 터트렸다.

"어라? 울다가 웃으면 어디에 뭐 나는데? 확인해 봐야겠네?"

설민의 말에 미애가 눈가를 훔치며 그의 품에서 떨어졌다. 그리곤 벌게진 두 눈을 세차게 비벼대며 아무것도 아니라는 듯 웃었다.

"미안해요, 내가. 우리 하늬가……."

미애가 자신의 앞에 서서 걱정스런 얼굴로 떨어져 있는 하늬의 통통한 팔을 끌어당겼다. 하늬의 작은 몸이 저항 없이 미애의 품 안으로 안겨들었다.

"……우리 하늬가…… 엄마랑 너무 닮아서."

그 말에 지금껏 울지 않고 버텨온 하늬의 두 눈에서 뚝, 하고 눈물이 흘렀다. 그 뒤를 이어 소리를 새어 나오지 않게 하려고 이를 앙다문 아이의 두 눈에서 닭똥 같은 눈물이 뚝뚝 떨어지기 시작했다.

"우리 하늬, 이제 보니까 엄마랑 판박이네."

미애가 하늬를 끌어안고 하늬의 작은 머리통을 가만히 쓸어주었다. 얼마나 많은 시간 동안 아팠을까, 얼마나 그렇게 숨죽여 울음을 참아야만 했을까. 어린 나이에 부모의 죽음을 인정하기도 전, 갑작스레 낯선 곳에 낯선 사람들과 함께하게 된 아이가 눈칫밥만 먹으면서 눈물을 삼켰던 나날들이 떠올라 미애는 눈물지었다.

"괜찮아요, 다들."

설민이 하늬를 안은 미애까지 감싸 안으며 조용히 말했다.

"내가 가족이 되어줄게요."

설민의 넓고 따뜻한 품이 두 사람을 포근히 감쌌다. 지금껏 긴

뎌온 아픈 마음까지 안을 수 있도록, 삶에 지쳐 고되고 메마른 마음에 단비로 촉촉이 적실 수 있도록.

"두 사람이 우는 일 없도록, 내가 우산이 되어줄게요."

설민의 그 진심은 미애에게도, 하늬에게도 큰 의미로 다가왔다. 한참을 엉엉 울어대던 하늬가 울먹이는 목소리로 중얼거렸다.

"아주 넓은 우산이 돼야 카는데……."

"그럴게, 꼬마 숙녀."

"죽지 말아야 카는데……?"

"절대로 그러지 않을게."

설민의 조용하고도 넓은 목소리가 하늬를 달랬다. 하늬를 보며 아파하던 미애까지 안았다. 애써 달콤하고 화려한 말로 위로하지 않아도 설민의 그 말은 두 사람에게 위안이 되어 녹아들었다.

"잠이 들었네……."

한참을 울고 웃느라 두 눈이 퉁퉁 부어버린 세 사람이 거실에 앉아 있었다. 설민의 중얼거림에 미애가 힘없는 눈빛으로 소파에서 잠이 든 하늬를 바라보았다.

"그러게요."

미애가 땀으로 번들거리는 아이의 이마를 가볍게 쓸어주었다.

"깊게 잠이 든 모양인데…… 침대로 옮길까요?"

"그래요, 그럼."

설민이 몸을 일으켜 하늬를 들어 올렸다. 아이의 작고 가벼운 몸이 허공으로 부웅 떠올랐다. 깨어 있었다면 좋다며 소리를 질러댔을 터였지만 길게 토해낸 울음으로 지친 하늬는 깊은 잠에 빠져 깨어날 기미를 보이지 않고 있었다.

설민이 아이를 눕히러 방으로 들어간 틈을 타 화장실에서 얼굴을 닦아내고 돌아온 미애가 소파에 앉았다. 아침부터 고단하게 돌아다닌지라 금방이라도 잠에 빠질 것 같았지만 미애는 애써 무거운 눈꺼풀을 들어 올렸다.

"음, 뭐라도 마실…… 래요?"

하늬를 눕히고 돌아온 설민이 둘이 되어버린 상황에 난감해졌는지 뒤통수를 긁적이며 서성였다. 그토록 함께하고 싶었지만 막상 둘만 남게 되니 어색했던 모양이었다.

"……이리 앉아요."

설민의 말에 미애는 차분히 고개를 저었다. 삐그덕, 가죽소파에 무게를 싣는 소리가 제법 커다랗게 들렸다. 뒤이어 꿀떡, 저도 모르게 침을 삼키는 소리가 목울대를 타고 커다랗게 들려왔다. 그 소리에 미애가 고개를 돌려 조금 떨어진 곳에 앉은 설민을 바라봤다. 설민의 귀가 새빨개져 있었다.

"그게, 뭐냐. 음, 이거! 기억나요?"

한참 계속되는 침묵이 부담스러웠던지 설민이 뒷주머니를 뒤적이더니 무언가를 주섬주섬 꺼냈다. 지갑에서 꺼낸 그것은 미애의 가게에서 시행하는 쿠폰이었다.

"쿠폰…… 이네요?"

"10번, 도장을 다 채웠어요. 어때요?"

"장해요."

미애가 살며시 웃었다. 매번 기운 넘치는 그녀만 보아왔던 설민인지라 기운 없는 듯, 볼이 홀쭉해진 미애의 모습이 낯설면서도 묘한 매력을 느끼는 그였다

"다음에 국밥 한 그릇, 서비스할게요."

"저번에 병원에 갔다 왔거든요."

설민의 생뚱맞은 말에 미애가 미간을 좁혔다.

"국밥을 너무 먹어서 체한 것 같다나요? 국밥만 먹지 말라더라고요."

"어머, 그래요? 너무 기름진 걸 자주 먹어서 그런가 보다."

"그래서 말인데. 생각해 놓은 게 있어요."

"뭔데요?"

"10번 도장을 다 채우면 뭐든 해준다고 했잖아요?"

"뭐든……?"

"분명 그렇게 말했어요."

설민의 말에 미애가 기억을 더듬듯 두 눈을 가늘게 만들곤 생각에 잠겼다.

"하고 싶은 거라도 있어요?"

"사실은 데이트 신청을 하려고 했거든요."

"에이, 우린 만날 데이트하는 걸 뭐."

"그러니까요."

그렇게 말한 설민이 두 눈을 이리저리 돌리며 미애의 눈치를 보다가 장난이라도 하듯 슬그머니 말을 꺼냈다.

"밥 먹을 때, 깍두기 얹어달라고…… 부탁하려고 했어요."

"그거야 문제없죠."

"그럴 때, 뭘 계획했는지 알아요?"

설민의 물음에 미애가 두 눈을 동그랗게 떴다.

"사탕키스니 뭐니, 유행하는 게 많잖아요?"

"그래서요?"

"깍두기 키스, 어때요?"

그 말에 미애가 쿡, 웃음을 터트렸다.

"너무 맵겠다."

"나중에는 하얀 무만 남고."

"양념을 다 핥아 먹을 셈이에요?"

"아마도?"

설민의 귀여운 표정을 한참 들여다보고 있던 미애가 설민의 멱살을 잡아 자신에게로 끌어당겼다. 그리고는 그의 입술에 깊은 키스를 남기고 그를 바라봤다.

"어때요, 이걸로 깍두기 키스는 포기할 수 있겠어요?"

미애의 물음에 설민이 넋 나간 얼굴로 중얼거렸다.

"……이제 이 쿠폰도 필요 없겠다."

설민이 중얼거리다가 이내 미애를 끌어당겨 더욱 깊게 키스를 퍼부었다.

"아까 전의 후속편이에요."

자신의 위에서 키스를 받는 미애를 거칠게 돌려 세운 설민이 미소를 머금고 그녀의 입술 위에서 속삭였다. 그런 설민의 미소에 미애는 말은 필요 없다며 설민의 목을 휘감았다.

"시간 낭비하지 마요."

꿀보다도 달콤한 둘만의 시간이 찾아온 게 얼마 만인지, 그 기회를 잡은 미애는 설민을 놓고 싶지 않다는 듯 그에게 매달렸다. 설민도 그런 미애의 반응에 기분 좋게, 하지만 안달하며 그녀를 끌어안았다

다음날 아침, 가장 먼저 자리에서 일어난 것은 하늬였다. 아침 9시에 정확히 눈을 뜬 하늬가 침대에서 일어나 바닥으로 퐁 뛰어내렸다. 커다란 침대를 한 번 둘러본 하늬는 이내 고개만 까닥거리고 조용히 침실을 빠져나왔다.

"아이코, 잘 잤다!"

하늬가 늘어져라 기지개를 켜며 거실 소파로 뛰어들었다. 그리곤 커다란 텔레비전을 바라보며 스위치를 찾기 시작했다.

"뭐 이리 복잡하노."

시계를 보니 곧 아침 방송 할 시간이었다.

"'맛집 대기행' 봐야 카는데."

할매와 보던 프로그램을 보고 싶은 열망에 여기저기 뒤적거리던 하늬가 집에 있는 리모컨과 비슷한 것을 찾아 눌렀다. 삐링, 전자음과 함께 텔레비전에 불이 밝았다.

"됐고!"

하늬가 입가에 미소를 머금고 텔레비전 채널을 찾기 시작했다. 그때 마침 딩동, 벨이 울리는 소리가 들렸다. 거실 벽면에 붙은 전화기 화면에 불이 들어오는 것을 본 하늬가 총총걸음으로 다가갔다.

"이건 또 뭐꼬?"

전화기 앞으로 다가간 하늬가 눈살을 찌푸렸다. 키가 모자란 탓에 전화기로 손을 뻗을 수 없었지만 몇 번의 시도 끝에 수화기가 밑으로 떨어졌다. 삑 하고 버튼 눌리는 소리가 들렸지만 하늬는 개의치 않고 수화기를 집어 들었다.

"여보세요?"

뚜.

"여보세요?"

뚜.

"장난 전화가?"

하늬가 고개를 갸웃거리며 몸을 돌린 순간이었다. 굳게 닫혀 있던 현관문이 철컥, 열리는 소리가 들렸다.

21

"아무도, 없어요?"

여자의 음성이 들려왔다. 그 순간 소파에 몸을 묻은 하늬의 눈썹이 꿈틀거렸다.

"찾아올 사람이 읎을 낀데."

하늬가 뒷짐을 진 채로 느릿느릿 현관으로 향했다. 시선은 텔레비전에 눌어붙은 듯 화면에 고정되어 있었지만 하늬는 힘겹게 현관을 빠끔 바라봤다.

"누구…… 니?"

"그건 내가 물어봐야 할 거 같은디? 누구 찾아오셨우?"

"……꼬마야, 혼자 사니? 삼촌이나 오빠…… 없니?"

"삼촌…… 은 엄꼬. ……뉘신데 그걸 물어보시는 감요? 집엔 어찌 들어오셨대요?"

"문이 그냥 열리던데……?"

"……뭔진 몰겠지만서도 요즘 세상이 흉흉하다 아잉교? 이렇게 맴대로 남의 집에 쳐들어오고 그카면 잡혀갈지도 모르는디?"

하늬가 미간에 잔뜩 힘을 주고 여자를 머리끝부터 발끝까지 차례로 훑었다.

'가만 보자, 가만 보자. 어디선가 많이 본 것 같은데 기억이 안 나네.'

하늬가 경계를 풀지 않은 채 여자를 물끄러미 바라보았다.

"백설민이라고, 찾는 사람이 여기 있니?"

"이름을 밝히는 게 먼저지!"

"……민영림이라고 해."

"백설민 씨와는 무슨 사이?"

대답을 제대로 하지 않는다면 안으론 한 발자국이라도 들여보낼 수 없다는 기세로 현관을 지키고 있는 하늬의 눈빛에 영림이 주춤했다.

"매듭을 지을 게 있단다."

"매듭?"

영림은 대답 없이 그저 난감한 미소만 지었다.

"뭐라고 말해야 할지 모르겠구나. 있으면 좀 불러주렴."

"아침이라 자고 있는데……."

하늬가 두 눈을 가늘게 뜨고 바라보다가 이내 순진한 어린아이의 눈망울을 빛냈다.

"낭감하네, 이거. 어쩌지이?"

하늬의 목소리에 영림이 긴 머리카락을 쓸어 올리고는 잠시 생각하다 입을 열었다.

"그럼 안에서 기다려도 되니? 일어날 때까지."

"그럴라요?"

하늬의 허락에 영림이 겨우 안으로 발을 들여놓을 수 있었다. 그녀가 움직일 때마다 풍기는 화장품 냄새와 찰랑거리는 긴 머리카락에 무언가를 떠올린 하늬의 두 눈이 가늘어졌다.

그리고 그렇게 얼마간, 영림은 하늬와 함께 낯선 소파를 공유할 수밖에 없었다. '맛집 대기행' 이라는 프로그램이 끝나 취향에도 맞지 않는, 송아지가 주인공인 어린이 프로그램까지 시청할 수밖에 없는 영림은 자세를 흩트리지 않은 채 꼿꼿하게 앉아 있었다.

"송아지, 망아지, 얼룩 고양이, 아빠 개도 얼룩말, 개구리 닮았넨넨네에!"

송아지가 주인공인 만화영화를 보며 춤을 추던 하늬가 노래를 불렀다.

"……그건 '얼룩송아지' 아니니? 송아지, 송아지, 얼룩송아지, 엄마소도 얼룩 소, 엄마아 닮았네. 이거잖아?"

"아니야. 울 할매랑은 이케 부른다. 송아지, 망아지, 얼룩 고양이, 아빠 개도 얼룩말, 개구리 닮았넨넨네에. 넨넨네가 뽀인트라고."

절대 상대도 하지 않으려던 영림은 저도 모르게 아이와 실랑이를 시작했다.

"쬐끄만 게. 어른 말을 들어야지!"

"쯧쯧, 자기 식대로만 생각하는 게 문제야."

그때였다. 밖에서 나는 소리를 들었는지 방문이 열리며 푸석푸

석 산발머리를 한 설민이 밖으로 나왔다.

"꼬맹이 하늬, 깨우고 나가지 그랬……."

설민이 머리를 긁적이며 나오다 말고 멈칫 멈춰 섰다. 그 덕에 새하얀 와이셔츠를 풀어헤친 설민의 탄탄한 복근에 영림의 시선이 꽂혔다.

"여긴…… 어떻게. 아니, 무슨 일……."

"아, 오빠."

영림이 일어서기 무섭게 하늬가 입을 열었다.

"내다. 내가 문 열어준 모냥이다."

"아주머니가 알려주셨고."

그 말에 설민이 졸음으로 가득하던 자신의 얼굴을 한 손으로 가볍게 쓸어내리며 잠시 주변을 둘러봤다.

"일어난 지 얼마 되지 않아서……. 마실 거라도 일단…… 뭐 마실래?"

"아뇨, 괜찮아요."

"그래도 그게 아니지. 주스라도 한잔해."

설민이 냉장고로 걸어가 안을 둘러보다 텅텅 빈 모습에 한숨만 내쉬었다. 그는 이내 주스가 담긴 잔을 영림의 앞에 내려놓았다.

"……오빠가 영춘이라고 부를 때가 엊그제 같아."

"그러게."

"내가…… 요즘 들어 자주 찾아오지? 미안."

"괜찮아."

"……신경…… 쓰여?"

"별로."

단답형에 단호한 설민의 대답은 자칫 건성으로 들릴 수 있었다. 과거와 현재를 확고하게 갈라놓는 그의 모습을 바라보며 영림이 찌릿, 눈썹을 들썩거렸다.

"물어보고 싶은 것이 있어서 왔어."

영림의 목소리가 제법 앙칼져졌다.

"물어봐."

"말하고 싶은 것도 있고."

"말해."

설민이 고개를 끄덕이며 멍한 눈빛으로 영림을 응시했다. 곁에서 놀던 하늬는 두 사람의 대화에 지겨움을 느꼈는지 다시금 애니메이션에 푹 빠져 있었다.

"송아지, 망아지, 얼룩 고양이이."

그렇게 아이의 노래를 배경 삼아 두 사람은 다시 이야기를 나눴다.

'꼬맹이는 시끄럽게 말도 안 되는 가사로 노래를 부르고 앉았고, 이 오빠는 또……. 아, 짜증나.'

하지만 영림은 마음을 다잡고 숨을 크게 들이마셨다.

'참자, 참아야 하느니라. 대의를 위해 작은 것쯤은 버릴 수 있어야지.'

생각은 생각일 뿐, 영림은 수줍게 미소를 지었다.

"뭘 먼저 물어봐야 할지……."

"걱정 마. 단도직입적인 것도 좋아하니까."

설민이 텔레비전으로 시선을 돌리다가 이내 귀퉁이에 쓰인 오늘의 날짜를 확인하고 두 눈을 커다랗게 떴다.

"알았어, 그럼."

영림이 하는 말은 이미 귀에도 들리지 않았다. 9월 15일이라고 적힌 날짜에만 저절로 미소가 지어졌을 뿐이었다.

'그럼 장롱에 숨겨뒀던 걸…… 드디어!'

설민의 미소가 끝나기도 전에 영림의 재촉하는 목소리가 들려왔다.

"……빠, 오빠! 오빠아! 오빳!"

"으, 응? 응?"

"졸았어?"

"아, 미안. 잠이 덜 깬 모양이야."

미소가 드리운 설민의 모습을 바라보며 영림이 대체 무슨 일이냐는 얼굴로 그를 훑었다. 영림은 입술을 비죽대다가 한숨을 크게 내쉬고는 신경질이 섞인 투로 물어봤다.

"결혼, 정말 하냐고요."

"아, 응. 나야 빠르면 빠를수록 좋지."

"……미애 씨랑?"

"당연한 거 아냐?"

그 말이 떨어지기 무섭게 영림이 빽액, 소리를 질렀다.

"오빠가 나한테 어떻게 이럴 수가 있어엇! 엉엉엉."

크게 고함을 지르는 영림의 모습에 설민이 두 눈을 커다랗게 뜨고 그녀를 바라봤다.

"너…… 왜 이래?"

"난 뭐, 이러면 안 돼? 왜! 뭐!"

"너, 한 번도 이런 적 없잖…… 아."

"아악, 몰라! 나 원래 이래!"

있는 대로 고함을 질러댄 영림이 서슬 퍼런 두 눈을 빛내며 씩씩댔다.

"그래서. 미애 씨랑 결혼하겠다고? 그러겠다고?"

"그럴 거다."

"왜? 어째서? 오빠가 나한테 어떻게 이래? 내가 예전에 그렇게 오빠한테 상처를 입혔다고 복수하는 거야? 미안해, 미안하다고! 내가 이렇게 빌면 됐잖아. 그지? 됐어, 이젠."

"민영림."

"그 정도면 충분해. 충분히 상처 입었어. 이제 돌아와."

"민영림! 왜 그래, 대체? 우리는 이미 오래전에 끝났잖아."

"끝나지 않았어! 난 오빠의 사랑을 시험하고 싶어서 한눈을 팔았던 거야. 오빤 어땠어? 그냥 날 보내줬잖아. 그건 사랑이 아니라 고옷! 이러지 마, 오빠. 오빤 늘 날 예뻐해 주고, 내가 뭘 하든 용서해 줬잖아? 이번에도 용서해 줘. 그리고 다시 합치자."

단 한 번도 보지 못했던 히스테릭한 영림의 태도에 설민이 대꾸할 말을 잃은 채 그녀를 바라보다 이내 자신의 이마를 탁하고 때렸다.

"뭐라는 건지. 옛날부터 살짝 망상벽이 있다는 걸 알고 있었지만 이 정도일 줄이야. 소설 쓰냐?"

"오빠앗!"

"난 미애 씨랑 결혼할 거야. 미애 씨가 좋아. 사랑해!"

"그 사랑은 가짜야. 거짓이야. 짝퉁이야! 오빤 지금 홀렸어. 그 퉁퉁한 아줌마가 뭐가 좋다고! 못생기고 돈도 없고 구질구질하잖아! 분명 그 아줌마 허벅지엔 튼살로 가득할 거야."

"어제 보니까 없던데. 매끄러워."

"그런 말로 날 떼어놓으려 하지 마. 오빠가 순결을 아무 여자에게나 내어주는 사람이 아니라는 거, 난 알아. 흣."

그녀의 말이 끝나기 무섭게 방문이 삐그덕 하고 열렸다.

"다른 손님이…… 있었어…… 요?"

의미심장한 눈빛으로 설민을 바라본 영림에겐 대답도 필요 없었다.

"다들 왜 이렇게 일찍……."

설민이 영림을 발견했을 때와 마찬가지로 미애가 두 눈을 끔뻑거리는 채로 거실에 옹기종기 모여 있는 사람들을 응시했다.

"여긴…… 어떻게. 아니, 무슨 일……."

밤새 무슨 일인지 짧고 숱 많은 머리카락이 동그랗게 부푼 채로 남자의 새하얀 와이셔츠만 맨 몸에 걸친 미애가 영림을 응시했다. 그 모습에 영림이 고개를 돌려 작은 하늬를 바라봤다. 아이까지 하얀 와이셔츠로 통일한 그 모습에 뭐라 할 말도 없었다.

"미애 씨?"

"영림 씨."

미애를 바라보던 영림이 어이없다는 웃음을 연속해서 터트리며 고개를 저었다. 그리곤 미애를 머리끝부터 발끝까지 살펴보며 바락 소리를 질렀다.

"지금, 설민 오빠의 순결을 빼앗았어요?"

"……네?"

"어머, 웬일이니? 얌전한 부뚜막이 고양이에 민서 오른다더니."

"……얌전한 고양이가 부뚜막에 오르겠죠."

"아, 내 말이 그 말이에요. 그게 문제야, 지금? 내 진짜 어이가 없어서. 실망이야! 오빠! 여자 보는 눈 정말 꽝이네요, 꽝!"

"왜 그러냐, 너."

"내가 뭐얼! 미애 씨도 그러는 거 아니죠. 결혼하기 전의 처녀가 어디 남자 집에 와서 그런 꼴로 돌아다녀요? 교양 없게."

"민영림!"

"아 뭐! 왜! 이제 갈 데까지 가, 가자고! 아악, 성질나!"

"이러는 네가 더 교양 없는 거, 알아?"

"어디서 비교야, 비교가? 저런 여자랑 나를? 지금 비교하신 거야, 대단하신 백설민 씨가? 허, 참! 살고 봐야 볼일이야. 귀가 막히고 코가 막혀서, 원 참. 남자는 여자를 잘 만나야 한다더니 아주 싸구려가 됐어, 오빠!"

영림이 가방을 들고 자리에서 일어났다. 그리곤 자신의 손으로 눈가를 가린 채 고개를 홱 돌렸다. 슬픔을 말로 형용할 수 없다는 듯. 연기 하나는 일품인 여자였다.

"가려고?"

"갈 거야!"

"오늘 정말 너답지 않다. 왜 그러냐?"

"나다운 게 뭔데에!"

"민영림."

"창피해서 그런다, 왜! 어쨌든 오늘 밤이야. 날 용서할 생각이 있다면 오늘 밤에 연락줘. 물론 오빠는 날 용서할 거라고 생각하지만 말이야."

설민을 향해 으르렁거리듯 중얼거린 영림이 가방을 어깨에 메면서 세 사람을 돌아봤다. 모든 것을 손에 넣지 않고는 배기지 못하는 커다란 성의 공주님에서 한걸음은 성숙해진 얼굴을 한 영림이 입술을 비죽거렸다.

"오늘 밤이야, 오빠. 오늘 밤."

유혹하는 목소리로 중얼거린 영림이 고개를 끄덕여 인사를 해 보이곤 매몰차게 등을 돌렸다. 허락 없이 열렸던 현관문은 또다시 주인의 의지와는 상관없이 닫히고 말았다.

"왜 찾아온 건지."

"……인기 하나는 줘이네요."

"뭐지, 이건?"

"뭐가요?"

미애가 급 반색을 하며 싱그러운 미소를 머금고 주스 잔을 들고 소파로 향했다. 그리고는 이내 구시렁거리기 시작했다.

"나한텐 주스도 한 잔 안 가져다주고, 오늘 밤? 오늘 밤엔 왜 만나? 내 어이가 없어서. 여자들한테 흐물흐물, 우유부단, 딱 자르지 않으니 자꾸 싹에서 떡잎이 자라지."

"어라? 지금 질투……."

"절대 아니지. 가까운 사람에게 잘하라니까요?"

"아까는 손님이었네 뭐."

"가족의 마음으로 손님을 향한 서비스! 우리 가게의 모토걸랑요? 당신도 이제부터 그 마음가짐을 가져요. 흥!"

"가족의 마음으로 손님 대하듯 거리를 두고 대하라 이거지?"

따로 주스 한 잔에 식빵 봉지를 들고 온 선민이 거실 한가운데의 식탁에 내려놓고 미애의 곁에 자리를 잡고 앉았다.

"참말로, 오빠야는 나보다 공부를 더 몬하나 보다. 쫌만 있어봐라. 언니야한테 혼날 기다."

듣다 못한 하늬가 고개를 절레절레 저으며 참견을 했다.

"거봐, 하늬도 아는 걸."

"에효. 두 여자가 슬슬 나를 압박해 오는구나."

"그러게, 가족의 마음으로 사랑을 하면서 매번 손님을 맞듯 중하게 대해 주라는 말을 깨달았어야지. 쌤통이네요."

얼굴은 전혀 그렇지 않은 얼굴로 미애가 서글서글하게 웃음을 지었다.

"참, 기다려 봐요."

설민이 주스를 마시다 말고 자리를 떴다.

"왜 저러나?"

"니는 기냥 텔레비전이나 봐라. 뭐 만날 그리 어른들 얘기에 낄라카노?"

"내가 도움이 마이 된다 아이가? 언니야가 꽁꽁하게 제대로 해봐라, 내 참견하나. 허수울 해가 만날 실실 웃고. 할매도 그러지 않노? 그럼 몬 쓴다고."

"니는 아가 벌써부터 떽떽거리면 몬 쓴다. 난중에 핵교 들어가서 다른 아들이랑도 잘 어울리려면 잘 웃고, 잘해주고 그래야지."

"흥치피치 뿡이다!"

"내도 흥치피치 뿡이네."

설민이 떠난 틈을 타 하늬와 줄다리기를 하던 미애가 설민의 인기척에 흠흠, 헛기침을 했다.

"그런 줄다리기 실력은 내 앞에서나 뽐내라고."

등 뒤로 무언가를 숨긴 채 벽에 기대서서 미애를 바라보던 설민이 피식 웃었다. 그 웃음에 저도 모르게 따라 웃어버린 미애는 코를 한 번 찡긋하고는 다시 소파에 몸을 편하게 기댔다.

"생일 축하해요."

설민이 따뜻한 얼굴로 미소 지어주었다. 그리곤 등 뒤로 숨기고 있던 상자를 내밀었다.

"언니야, 생일이가?"

설민의 말에 놀라 하늬가 뛰어왔고, 설민의 선물을 받아든 미애는 어찌할 바를 모르겠다는 듯 커다랗게 웃었다.

"아따, 내가 진짜 못산다. 매번 이러고 받기만 해서 어쩐대요?"

"말했죠? 그냥 맘 편하게 받으라고."

"난 줄 게 없잖아요."

"줄 게 있긴 하지만."

설민이 흘끔, 곁에 붙은 하늬를 바라보곤 미애에게 알지 않느냐며 음흉한 눈빛을 보냈다. 그 시선을 읽은 하늬가 바락 소리를 질렀다.

"내가 뭐! 내가 왜?"

"아이다."

"오늘이 언니야 생일이야? 생일이가?"

"하늬는 동생이잖아. 모르고 있었어?"

설민의 물음에 하늬가 고민스럽다는 얼굴을 하고 검지를 들어 자신의 빡을 톡톡 두드렸다.

"왜냐믄 언니야 생일은 챙기지 않는다 아이가. 참말로 이상하네. 오늘이 며칠이고?"

"9월…… 15일인데?"

"그럼 언니야 생일 아이다. 오늘은 울 엄마랑 아빠 제삿날이다."

하늬의 목소리에 미소를 짓고 있던 설민이 굳어진 얼굴로 미애를 바라봤다.

"축하할 기회가 없었네요, 생각해 보니."

미애가 그 어느 때보다도 환하게 웃었다. 우는 얼굴보다도 웃는 얼굴이 왜 그리 서글프게 느껴지는지, 설민은 짠해진 마음으로 미애를 바라봤다. 그리곤 그녀의 손을 꽉 쥐었다.

"다음부턴 내가 챙겨줄게요."

"매일매일이 이벤트겠네요, 설민 씨와 살면."

"그래서…… 싫어요?"

"싫죠."

미애의 대답에 크게 뒤통수라도 얻어맞은 것처럼 설민이 충격이 가득한 두 눈을 커다랗게 떴다.

"난 편한 게 좋거든요. 놀라는 것도 싫고."

"아, 하."

"근데…… 점점 생각이 바뀌는 것 같아요. 이런 것도 나쁘지 않네요."

미애가 설민을 바라보며 환하게 웃었다. 그 웃음에 설민이 가슴이 철렁했다며 한숨을 내쉬었다.

"놀랐잖아."

"당신 말대로예요. 사람은 알아봐야 하는 것 같아."

"내 말 듣기 잘했죠?"

의기양양한 설민의 목소리에 미애가 씩 웃었다. 하늬는 언니의 품에 매달린 채로 고개를 묻고 있었다.

"자, 그럼 선물부터 열어볼까나?"

검고도 긴 상자에 리본이 매어져 있는 것을 바라보며 미애가 리본에 손을 올렸다.

"안 돼!"

이번엔 설민이 리본에 손을 대는 미애의 손을 잡았다.

"왜요?"

"안 됩니다. 지금은."

"당신이 줬으면서?"

"집에서 혼자 풀어보는 맛이죠, 선물은."

"모두가 있을 때 포장을 찢어 뜯는 맛이에요, 선물은."

두 사람의 실랑이가 이어지고 있을 때, 언니의 품에 얼굴을 묻고 있던 하늬가 잽싸게 두 사람 사이에 있던 상자를 빼앗아 들었다.

"내가 잡았다!"

"모하늬! 언니 선물이잖아."

"언니야는 힘이 없었잖아. 내가 보여줄게. 난 안 보면 되지?"

"모하늬."

"모하늬는 모 한다아."

하늬가 상자를 미애에게 향하게 한 뒤, 리본만 쏙 잡아당겼다. 설민이 하늬를 잡아 상자를 빼앗기도 전 하늬의 손아에서 열린 상자는 당당히 제 속살을 공개했다.

터억, 윗부분의 상자가 바닥으로 굴러 떨어진 순간이었다.

"와? 와들 그러노?"

설민은 잽싸게 아이의 두 눈을 가렸다. 미애는 아이의 손에 아직도 들린 상자의 속살을 바라보며 놀란 얼굴로 두 눈을 커다랗게 떴다.

"저게……."

설민이 상자를 잽싸게 닫았다. 그리곤 미애에게 내밀었다.

"이게……."

"선물, 선물이에요. 하하, 놀랐어요?"

"……이건 그거……."

미애가 말을 더듬으며 상자를 다시금 열었다. 그 틈을 타 설민의 품에서 옴짝달싹하지 못하고 있던 하늬가 언니의 곁으로 쪼르르 달려갔다.

"와우!"

하늬가 감탄을 하며 상자에 담긴 속옷을 빼앗아 들었다.

"으하하. 이것 보래. 이게 언니한테 맞간나?"

하늬가 속옷을 들어 팔랑거리고 돌아다니기 시작했다. 그 모습을 바라보던 미애가 멍해진 얼굴로 눈을 다시금 깜빡였다.

"천 쪼가리 아이가, 쪼가리! 이걸로 몰 좀 가릴 수나 있겠나?"

하늬의 손에 들린 검은 체크무늬의 브라는 끈이 시작하는 곳에 작은 리본이 달려 있었다. 그거야 뭐, 그렇다 치자. 세트로 들어 있던 검은 체크무늬의 팬티는 어떻게 할 수 없는 것이었다.

"이것 좀 보래이. 머리띠 같다 아이가."

하늬가 가느다란 팬티를 머리에 쓰곤 숨이 넘어가라 웃어댔다.

"그게…… 인기 있는…… 건데……. 입으면 팬티 자국이 남지 않아요. 흰 바지도 부담 없이 오케이!"

"그러니까……."

"티 팬티라는 건데…… 요즘 인기 있다고 그래서……."

숨이 가빠지고 머리가 아찔한데도 한 가지 확실한 건 설민의 귀가 그 어느 때보다도 새빨갛게 달아올라 있었다는 것이었다. 벌렁거리는 심장을 애써 가라앉히려고 노력하며 미애가 떨리는 목소리로 물었다.

"직접…… 샀어요?"

설민이 얌전한 강아지처럼 고개를 끄덕거렸다. 그리고 미애가 옆에 들어 있던 분홍색의 '그것'으로 시선을 옮겼다.

"이건……."

와이어로 무장해 몸매 균형을 잡을 수 있게 만들어놓은 속옷은 가슴 부분 밑으로 옅은 베일이 드리워져 있었다. 보글보글하게 주름이 잡힌 속옷은 끈마저 분홍색에 가운데에 검은 줄이 그어져 있었다. 뒤에는 수많은 후크들로 가득해 입는 것만으로도 고역일 듯했다.

"……이건……."

"보정 속옷 겸 패션 속옷…… 이랄까."

"화려한데다 귀여우면서 섹시하기까지 하긴 한데……."

"아, 아무 의미 없어요! 이런 걸 선물로 주는 사람들은 벗기기 위해서라고들 하는데…… 아녜요! 절대! 아닙니다, 진짜!"

설민의 말에 미애가 머리를 긁적거렸다. 설민의 말에 하늬가 고개를 절레절레 저으며 중얼거렸다.

"저걸 보고 삽질한다 카는 거재, 언니야?"

당돌한 아이의 말에 미애는 한숨을 쉬다가 이내 피식 웃고는 고개를 끄덕였다.

"시집가서 입으면 되겠네. 그지 언니야?"

하늬가 때를 맞춰 까르르 웃어댔다. 웃으면서 방을 누비는 하늬를 잡아 아이의 머리에서 티 팬티를 벗긴 미애가 고개를 끄덕였다.

"그러게나 말이다."

하늬의 말에 장단을 맞추는 미애의 모습에 죄책감을 느꼈는지 제 머리를 가열 차게 때려대던 설민이 두 눈을 동그랗게 떴다.

"응?"

설민이 다시금 중얼거렸다.

"그 말은 설마……!"

미애는 대답 대신 씩 미소를 지었다.

"미애 씨 부모님 산소부터 찾아갑시다! 인사드리러."

설민이 기세 좋게 미애의 손을 잡아끌었다.

산소에 인사를 간 것까지는 좋았다. 그는 할매네로 곧장 향했다. 할매에게 이 기쁜 소식을 먼저 알려 드려야 한다며 흥분한 얼굴을 감추지 못한 설민이 집으로 뛰어 들어갔다.

하늬와 함께 뛰어가 버린 설민을 바라보며 미애는 잠시 고개를 저으며 웃다가 한숨을 쉬었다.

'맞게 하고 있는 거야?'

가슴 떨리는 이 마음을 따라가는 것이 과연 맞는 것인지, 아니면 좀 더 신중해야 했는지, 미애는 옳은 길이 무엇인지 알 수 없어 잠시 고민했다.

'이렇게 빨리 결정해도 되는 거야?'

그런 미애의 곁에 인기척이 느껴졌다.

"누나……."

"건우…… 야."

"오랜만이죠?"

"에이, 며칠 못 봤다고 이러기야?"

미애의 너스레에 건우는 평소처럼 웃지 않은 채 그녀를 진지한 눈빛으로 바라봤다.

"해야 할 말이 있어서요."

"음? 지금?"

건우가 고개를 가만히 끄덕였다. 무슨 날이라도 되는 건지 사람들이 합심해 한꺼번에 덤벼드는 것에 미애는 가만히 웃었다.

"무슨 법칙이라도 있는 것 같아."

미애의 중얼거림에 건우가 두 눈을 커다랗게 뜨고 그녀를 바라봤다.

"아니, 아무것도 아니야. 무슨 일인데?"

사뭇 진지해진 건우의 얼굴을 바라보며 미애도 진지한 눈빛으로 건우를 맞이했다.

22

더운 여름이었지만 그래도 삼겹살집의 열기는 식지 않고 있었다. 야간 학교와 멀지 않은 시내에 위치한 음식점에는 고기 굽는 냄새와 얼큰한 알코올 냄새, 왁자지껄한 사람들의 수다 소리가 한데 어우러진 공간의 구석엔 분위기와 어울리지 않는 남자가 있었다.

"여기까지 와서 풀 죽어 있으면 어떡해?"

같은 반 친구의 목소리에 건우가 슬그머니 고개를 들었다.

"여자들 안 보이냐? 다들 너랑 얘기 좀 하고 싶어서 난린데. 불러올까?"

"됐어. 좀 있다 갈 거야."

"대체 왜 그러는 거야? 저번부터 이상해."

"……저번?"

"그, 아줌마 남자친구가 학교 앞으로 왔을 때부터."

친구는 건우의 곁에 앉아 있던 여자를 밀치고 그 자리를 차지했다. 그리곤 건우에게 들린 술잔을 빼앗아 자신의 입안으로 털어 넣었다.

"뭐냐, 너?"

"뭐가."

"설마……. 아니지?"

"뭐가 아니야."

"그 아줌마 말이야."

"아줌마 아니라니까?"

버럭 소리를 지르는 건우의 모습에 친구가 두 눈을 가늘게 뜨고 그를 바라봤다. 같은 반 친구로, 그전엔 옆 가게 아르바이트생으로 친하게 지내왔던 그로선 건우의 태도가 이상하게만 느껴졌다.

"그래, 아줌마 아니야. 아니라고 쳐. 누나야. 그럼 그 누나."

"말해."

"……네가 말할 차례지."

그 말에 건우가 잠시 뜸을 들였다. 그러다간 친구의 손에 들린 빈 잔을 빼앗아 들곤 술을 담아 망설임 없이 들이켰다.

"할 말이 있을까?"

"……있어야지. 네가 알고 있어야 하는 거 아니야?"

"예전엔 나도 같은 심정이었어. 아줌마라고 생각하고 있었지. 하지만 다른 사람들처럼 소리 내서 말하지 않는 정도랄까?"

"시작은 똑같아."

"그래, 똑같았어. 다르지 않은 아줌마. 매주 빌을 가지러 오는 아줌마, 아이가 있고, 할머니가 있고, 국밥집을 하는 아줌마."

"근데?"

"근데……."

건우가 촉촉한 눈빛을 빛내며 미소 지었다. 그의 눈은 이미 먼 곳 어딘가를 응시하고 있었고, 마음은 시끄러운 가게에서 떠나 있었다.

"그런데……."

"그래, 그런데?"

"그런데…… 달라 보여."

"달라 보인다라……."

"웃는 얼굴이 예뻐. 짜증내는 모습은 단 한 번도 보지 못했어. 통통하긴 하지만 그것도 잘 어울려. 열심히 일하고, 수더분하고, 친절하고, 신념도 확고하고."

"원래 아줌마들은 그래. 예쁘다는 것만 빼면. 아, 우리 여사님은 짜증도 내는구나. 열심히 일은 하지만 수더분하지도 않고, 친절하지도 않고, 신념…… 이 있던가?"

친구의 그 말에 건우가 픽하고 웃었다. 그리곤 이내 심각한 표정이 되어 한숨을 깊게 내쉬었다.

"한숨이 담배보다 더 나쁘다는 거 알아?"

"……웃기는 소리 하지 마."

"적어도 난 그렇게 생각해. 그래서 늘 힘들 때마다 담배와 어울리지. 어때, 너도 함께 할터?"

"하아."

"오늘 내내 한숨을 몇 번이나 쉬는 건지."

"좀 쉬자. 쉬는 것도 내 맘대로 못하냐?"

"못해. 흡연자도 비흡연자 옆에서 담배 연기를 내뱉으면 안 되잖아. 너도 내 옆에서 한숨을 내뱉으면 안 되는 거야."

친구의 말에 건우는 고개를 절레절레 저었다.

"알았어."

"짜식. 고지식하기는. 그러니까 니가 안 되는 거야."

친구가 건우의 어깨를 강하게 내리 치며 말했다. 그의 거친 손길에 헉, 하고 숨을 내뱉은 건우가 얼얼한 어깨를 어루만졌다.

"뭔가 달라! 예전과는 다르다니까?"

"그래, 알았어. 성형이라도 한 거 아냐? 요즘 여자들의 필수 코스라잖아."

"그렇게 판이하게 다르지 않아."

"뭘 모르는 젊은이, 여기 하나 계시군. 쁘띠 성형인가, 그런 것도 있단다. 아주 살짝, 손만 대는 거지. 티도 안 나고, 부기도 별로 없을 거야."

"넌 그런 걸 어떻게 그렇게 잘 아냐?"

"뭐, 다 여자친구님 덕택이지."

그 말에 건우가 건성으로 웃었다. 그리곤 다시 자신만의 생각에 빠져 중얼거렸다.

"왜일까, 왜지? 왜 갑자기 예뻐 보이고, 갑자기…… 탐나는 여자가 된 거지?"

"거기엔 딱 두 가지야. 탐내는 다른 남자로 인해 여자가 된 거라든가, 아니면……."

"아니면……?"

"네가 미쳤거나."

간단한 친구의 대답에 건우가 제 머리를 엉망으로 흐트러트렸다.

"내 생각으론 둘 다인 것 같다."

"……제3의 이유란 없는 거냐?"

"남의 떡이 탐난다고들 하잖아? 네 꼴이 딱 그 짝이야. 보아하니 잘난 남자친구가 있어서 그걸 보고 마음이 동한 모양인데 그만하고 정신 차려."

"독설하고는. 천천히 해, 천천히."

친구의 말에 건우가 머리를 세차게 비벼댔다. 머리가 지끈거리고 아픈 것이 기분이 썩 좋지 않았다. 그러다 이내 두 눈을 번쩍 떴다.

"한 번 말해보면 어떨 것 같아?"

"뭐? 그 정도로 미친 생각은 없다. 아니라고 생각해."

"아니, 괜찮다고 생각해. 포기할 거라도 확실한 게 좋다고 생각해. 지금. 지금 가야겠어."

건우가 자리를 박차고 일어났다. 그리곤 친구가 말릴 새도 없이 음식점을 박차고 나갔다. 그런 그의 뒷모습을 바라보며 친구는 한숨을 내쉬었다.

"그래 봤자 이미 떠나간 기차 같다. 버스보다도 빨리 전 속력으로 플랫폼을 빠져나갔으."

그는 그렇게 고개를 절레절레 저은 후 다시 왁자지껄한 모임에 온몸을 던지며 끼어들었다.

"하늘이 내 편인가, 오늘은?"

그나마 다행인 것은 가게로 가기 무섭게 미애를 찾았다는 것이었다. 그 어느 때보다 아름다운 모습으로 가게를 바라보고 있었다. 한 자락 옷깃을 펼쳐 그녀를 감싸는 달빛에 건우는 달마저도 그녀를 사랑한다고 착각할 정도였다.

"누나……."

"건우…… 야."

"오랜만이죠?"

"에이, 며칠 못 봤다고 이러기야?"

미애의 너스레에도 건우는 평소처럼 웃을 수 없었다.

"해야 할 말이 있어서요."

"음? 지금?"

건우가 고개를 가만히 끄덕였다. 미애는 웃고 있었지만 기필코, 건우는 오늘 말해야만 했다. 오늘이여야 했다. 그 마음이 들고 나니 이젠 더 확고한 마음이 들기 시작했다. 마음이 단단해졌다.

"무슨 법칙이라도 있는 것 같아."

미애가 뭐라고 중얼거렸지만 그것조차 제대로 들을 수 없었다.

"아니, 아무것도 아니야. 무슨 일인데?"

"잠깐 다른 데로 갈 수 있어요?"

"……그래, 그럼."

그 순간이었다. 때맞춰 안으로 들어갔던 하늬가 쪼르르 뛰어나왔다. 그리곤 커다랗게 소리를 질렀다.

"언니야! 할매가 빨리 들어오란다."

"이?"

"빨리! 오빠야가 집을 뒤엎어놨다! 결혼 헐악해 달라꼬 하니까 할매가 쓰러질라캐!"

그 말에 잔뜩 기합이 들어가 있던 건우가 순식간에 무너진 어깨를 하고 미애를 바라봤다.

"어쩌지? 들어가 봐야겠다. 할 얘기, 다음에 해도 될까?"

그 말에 건우가 미애를 물끄러미 바라봤다. 오늘이 아니면 안 되는 일을 내일로 미루자는 미애의 말에 건우의 눈빛이 흔들렸다.

"아뇨, 오늘 꼭 해야만 해요."

"그럼 어쩌지. 지금 들어가 봐야 할 것 같은데."

"……결혼, 해요?"

"아, 그게……. 좀 복잡하긴 한데……."

미애의 중얼거림에 무언가를 깨달은 눈빛이 되어버린 건우가 조용히 고개를 끄덕였다.

"아마도."

미애의 대답과 미소에 건우도 그녀를 따라 힘없이 웃었다.

"저, 오늘부로 그만해요."

"어?"

"원래부터 할머니 다 나으실 때까지였잖아요. 이제 필요 없을 것 같고. 그 말을 하려고요."

"어머, 섭섭해서 어떡해."

"야학도 있고, 가게도 있고. 자주 보잖아요, 우리."

조곤조곤 건네는 건우의 말에 미애가 고개를 끄덕이며 대답했다. 그러는 사이 그새를 참지 못한 하늬가 집으로 들어가다 말고 빠끔 고개를 내밀었다.

"언니야아! 안 들어오고 모 하나?"

"간다!"

하늬를 향해 소리친 미애가 건우를 돌아보며 난감하게 웃었다.

"조만간 꼭 회식 한 번 하자. 내가 쏠게."

"거하게 쏴요. 비싼 거 먹을 테니까."

"그래, 그러자. 미안해. 천천히 이야기했으면 좋았는데 오늘따라 바쁘다."

"가봐요, 얼른."

"그래, 미안."

"미안하다는 말 1분 동안 몇 번을 하는 거야, 누난. 괜찮아요, 정말."

건우가 미애의 등을 떠밀었다. 분명 할매에게 허락만 받으면 그들의 결혼이 일사천리로 진행될 것을 알고 있었지만 그는 양손을 뻗었다.

"그 자식 말이 맞네."

등 돌려 집으로 향하는 미애의 뒷모습을 바라보며 건우는 힘없이 웃었다.

"잡는다고 잡히는 것도 아니고."

집에 들어간 미애가 보이지 않을 때까지, 건우는 하염없이 대문만 바라보고 있다가 돌아섰다.

❖

"오빠야, 왔나?"

어제와 다른 오늘, 대문을 넘자마자 그를 반기는 것은 다름 아닌 하늬였다. 설민이 사다 준 분홍색 공주님 드레스를 입은 하늬는 손톱에 반짝거리는 매니큐어까지 바른 상태였다.

"우리 꼬마 숙녀, 예쁘네."

"내 예쁘나?"

"당연하지."

분홍색 드레스에 초록색 매니큐어, 곰돌이 가방을 크로스로 멘 데다 머리엔 밀짚모자까지 갖춰 쓴 하늬는 누가 봐도 언밸런스할 것이 분명했건만 설민은 좋다며 아이를 비행기까지 태웠다.

"쯧쯧. 아이 버릇을 망칠 부모가 하나 더 있구먼."

툇마루에 앉아 큰 바구니를 끼고 콩깍지와 콩나물을 다듬던 할매가 혼잣말로 중얼거렸다. 그러기 무섭게 미애의 방이 시끄럽게 열렸다.

"매사 몸가짐을 조심하랬는데도."

"에헤. 미안, 할매."

"쯧쯧. 저래서 어찌 시집을 가누."

할매가 바구니로 시선을 돌린 채 혀를 찼다. 그런 소리에도 미애는 꿋꿋하게 웃으며 자신을 기다리는 설민을 바라봤다.

"오, 미애 씨!"

"잘 잤어요, 설민 씨?"

"……이렇게 아름다운 모습은…… 처음 봐요."

설민의 탄성에 바구니에만 시선을 두고 있던 할매가 고개를 들어 방문을 박찬 손녀를 바라봤다.

"헉!"

자신도 모르게 탄성을 내지를 수밖에 없을 정도였다.

"언니…… 야?"

하늬도 무언가에 홀린 듯 미애만 바라봤다.

"여신의 강림!"

설민은 두 눈이 하트로 변해 미애의 추종자로 돌변했다.

"차암, 설민 씨도."

"그 꼴이 뭐꼬!"

할매가 버럭 소리를 지르지 않았더라면 미애는 그 꼴로 설민네 부모님과 마주 앉아 있었을 것이 분명했다.

"니 어디 술집 가노?"

"할…… 매, 나 그렇게 예뻐?"

"칭찬하는 게 아니다, 지금! 누굴 닮아가는 게야?"

할매의 날카로운 지적에 미애가 자신의 모습을 내려다보며 고개를 갸웃거렸다.

"어제 설민 씨가 준 선물들로 한껏 멋 좀 낸 건데."

그녀의 말에 할매가 미간을 찌푸렸다. 피부에 맞지 않는 새하얀 분칠, 양 볼의 빨간 볼터치, 퍼런색 눈두덩이, 거무튀튀하게 내려온 다크 서클은 분명 마스카라와 아이라인의 흔적인 것 같고, 하이라이트를 칠해 코와 뺨을 강조하긴 했는데 그건 그녀를 마치 데생할 때나 쓰는 석고상처럼 보이게 만들었고, 중요한 것은 요즘 유행한다는 누드 톤의 핑크색 립스틱!

"……니 그 유명한 피카소의 그림 같데이."

"할매가 피카소를 어찌 알어?"

"할매라고 무시하나? 내도 문명 시대에 살고 있다 아이가."

"……알았어. 피카소? 유명하잖아. 좋데이."

"칭찬이 아니라고 말했다!"

할매는 끄응 신음을 흘리며 미애를 훑었다. 예쁜 것들을 모아 몽땅 걸친 것이 어찌나, 어찌나…… 어찌나…….

"그건 또 뭐꼬?"

"아, 이거? 설민 씨가 준 머리띠야."

"그 빨간색 커다란 리본이?"

"요즘 이런 오버 사이즈가 유행이라네?"

"……그래, 딱 보기에도 오버다."

할매가 깊은 한숨을 내쉬었다. 미애의 일이라면 뭐든 쉬운 게 없으니 문제라면 문제가 틀림없었다.

"그 반짝이는 뭐꼬. 그것부터 벗어라. 눈이 아프다."

"할매! 이게 얼마나 비싼 건데. 내 10만 원짜린데 깎고 깎아서 4만 9천 원에 산 기다. 그, 누구냐. 황시내도 울고 간다는 원피슨데?"

"언제 샀는데?"

"한, 5년 됐지?"

"내가 니보단 유행에 대해 더 잘 알겠다."

그 말에 미애가 머리를 긁적거렸다.

"이게 내 옷장 속에서 젤로 이쁜 건데……. 한 번도 몬 입어본기다."

"퍼뜩 갖다 버려라. 몬 입는다, 앞으로도."

"에이, 아까비. 하늬한테나 물려주까?"

"니 나가기만 하면 내 그걸 불 싸질러 버릴 끼다. 어디 그 비늘

같은 걸 하니한테 주노, 주길?"

격한 할매의 반응에 미애가 입술을 비죽거렸다. 오늘같이 특별한 날 꼭 입겠다고 다짐한 건데 아깝기 그지없었다. 그래도 뭐 별 수 있나. 벗어야지. 방으로 몸을 돌리려는데 할매가 미애의 다리를 바라봤다.

"구두 신을 거 아이가? 양말은 또 왜 신었노?"

"아따, 나 냉증 있다 아이가. 손발이 차서 죽겠다. 그리고 구두는 아파가 그냥 운동화 신고 가려고."

"노란색 타이즈에?"

"하여간 할매도. 영 빠숑을 몰라요. 이거 모르나? 원더우먼이라꼬 유명한 가수가 나와서 히트 쳤잖아. 복고 레깅스!"

"하이고마. 미치고 팔딱 뛰겠네. 내가 날치도 아이고. 당장 가서 얼굴도 지우고 평소대로 하고 나오라!"

그 말에 미애가 축 처진 모습으로 방 안에 다시 들어갔다. 준비하는데 한나절 걸렸다는 것은 알고 있었지만 그 꼴로는 절대 이 집 문 밖을 나서게 하고 싶지 않았던 할매는 단호하게 그놈의 '빠숑'을 버렸다.

"이쁜 것만 모아뒀다고 이뻐지는 것도 아이고. 평소의 순수하고 순박한 얼굴이 얼마나 이쁜 건데 그걸 모르노."

할매의 근심에 설민이 바보처럼 웃으며 뒤통수를 긁적였다.

"진짜 예뻤는데, 할머님도 참."

"다 니 때문이다! 뭐가 예쁘노! 그놈의 콩깍지, 아이코마."

할매가 머리가 아프다며 고개를 절레절레 흔들었고 그 모습을 보며 진심으로 칭찬했던 설민은 입맛만 쩝쩝 다셨다. 그런 설민의 어깨에 손을 턱 올린 하늬가 할매를 따라 고개를 저었다.

"내가 보기에도 그건 영 아니었데이. 언니얀지, 괴물인지. 내 언젠가 봤던 만화 영화에 나오던 원숭이 같더라."

"원숭이?"

"응. 개코 원숭이라꼬 '라이온 킹'에 나왔다. 그 애기 사자를 들어 올리던 원숭이 있잖나. 아이고마, 무서버라."

생각하면 아직도 오금이 저린다는 듯 하늬는 양팔로 제 몸을 감싸고 부르르 떨었다.

하늬와 설민의 모습을 바라보고 있던 할매가 인기척 없이 조용히 자리에서 일어났다. 그리곤 미애가 들어간 방 안으로 들어갔다.

"어? 할매."

머리띠로 머리를 뒤로 쓸어 고정시킨 후, 이상한 분장을 지우던 미애가 거울을 통해 할매를 바라봤다.

"이제 좀 낫구나."

"하하, 휴지 한 장으로도 모자라네."

"니는 맨 얼굴이 가장 예쁘다. 뭘 그렇게 부러워하고 주눅 드는 건지 내는 모르겠지만, 부끄러워하지 마라. 까무잡잡한 피부는 성실하다는 증거요, 굳은 손가락은 근면의 상징이니까. 그보다 더 아름다운 것이 어디 있겠노?"

미애를 바라보다 등을 돌리고 중얼거리는 할매의 말에 화장을 지우느라 번들거리는 얼굴을 한 미애가 멍한 얼굴로 할매를 바라봤다.

"할매……."

"퍼뜩 지우고 일어나라."
할매는 미애의 장롱을 열어 걸린 옷걸이를 몇 개 들추어보았다.
"내가 니 나이 땐, 니보다 감각은 있었다."
할매가 몇 번이고 둘러보다 참한 옷가지 몇 개를 집어 들었다.
"이 투피스가 좋겠구만."
깔끔해 보이는데다 딱딱해 보이지도 않는 베이지 색의 투피스를 꺼낸 할매가 옷장 손잡이에 걸어놓았다.
"여기에 투명한 스타킹 신고 가라. 니는 깔끔할 때가 가장 이쁘다."
"할매……."
"머리만 정돈하고 혈색이 도는 립스틱을 바르고. 니한텐 그런 유행 타는 립스틱보다 반짝하고 무난한 립글로스가 제격이지, 암."
할매의 말에 미애가 눈물이 차오른 눈을 숨기고자 제 팔로 눈가를 슥 문질렀다.
"그렇게 문지르지 마라. 울지도 말고. 이쁜 얼굴 보여주러 가는데 눈이 부어서야 쓰노."
미애를 바라보지 않고 준비를 서두르던 할매가 중얼거렸다. 무심한 듯 세심한 할매의 말에 미애는 고개를 끄덕이며 티슈로 눈가를 눌렀다.
"가방은 이게 좋겠구나. 가서도 묵직하게, 서글하게 잘하고."
"응, 할매."
"내 말했지? 니는 내 사치라꼬."
가슴을 두드리고 확신하는 할매의 말에 미애가 피식 웃음을 디트렸다. 그런 미애를 바라본 할매가 그녀의 손을 잡아 방에 앉혔다.

"이거……."

미애의 양손을 잡고 잠시 응시하던 할매가 치맛자락을 들치어 그 안에 숨겨두었던 무언가를 꺼내 미애의 앞으로 내밀었다.

"이게…… 뭐야?"

"네 거다."

할매의 속곳바지에서 나온 따끈따끈한 통장을 받아 들며 미애가 눈살을 찌푸렸다.

"내 거라니?"

"네 적금 통장이여."

"적금…… 통장?"

"기억 안 나냐? 어릴 적 할매랑 엄마랑 두 손 잡고 가서 만든 통장."

그 말에 미애가 고개를 갸웃거렸다.

"그래, 넌 모를 거여. 세월이 세월이니. 그리고 어미랑 나랑 네게 알려주지 않은 것도 있고."

할매는 미애의 앞으로 통장을 밀어주며 고개를 돌렸다. 천성적으로 따뜻한 말을 하지 못하는 할매는 투박하게나마 자신의 정을 손녀에게 보여주고 있었다.

"일을 열심히 하는데도 월급이 적다고 투덜댔었지? 나머지 월급에 할매의 용돈을 더해 넣었다."

"얼마나…… 된 거야?"

"네가 8살 때였던가? 그러니 10년은 족히 넘었구나."

할매의 말에 미애가 통장을 더듬었다.

"네가 행복하길 바라는 마음으로…… 네 엄마도 그렇게 가기 전까지는 용돈을 여기에 저축했단다."

"할매……."

할매를 부르는 미애의 목소리에 할매는 다 안다며 고개를 끄덕여 보였다. 그리곤 이미 눈물이 방울방울 맺힌 손녀딸의 눈가를 고목나무 같은 손으로 쓸어주었다.

"꿈을 펼치고 싶어 했다는 걸 안다. 하필 그때, 내가 쓰러지고 말아서……."

"할매는 내 가족이잖아."

"……그 이후로 불평불만 없이 힘든 가게 일을 도맡아 하고. 힘든 일도 많았고, 슬픈 일도 많았다는 걸 안다. 넌 힘든 일이 있고 난 다음날 아침이면 모든 것을 떨쳐 낸 듯 웃으며 활기차게 일을 했지. 다 안다. 다 알아."

그 말에 미애의 눈에서 눈물 한 방울이 똑 하고 떨어졌다.

"할매도 이런 말할 줄 아네?"

"내 손발이 오그라들고 쑥쓰러버가 더 이상은 몬하겠다."

"……고마워, 할매."

미애가 곁에 앉아 고개를 돌린 할매를 끌어안았다. 할매의 몸에선 묵은지의 냄새도, 먼지가 가득 쌓인 다락방의 냄새도 났다. 일만 하느라 구부정한 허리, 앙상한 몸, 하얗게 센 머리, 얼굴 가득한 주름까지 끌어안으며 미애는 할매의 어깨에 얼굴을 묻었다.

"이제 고마해라. 징그럽다."

"에이, 난 할매랑 이러고 있는 게 좋은데?"

"니 남편이랑 해라, 나중에."

"……결혼해도, 할매랑 같이 살까 봐."

"그런 말은 입에 담지도 마라. 결혼을 하는 순간, 너는 출가외인이다. 이제 백씨 가문의 일원이 되는 거야. 자주 올 생각도 마라."

그 말에 미애의 얼굴이 어두워졌다. 지금껏 생각지 못했던 사실이 불현듯 떠오른 까닭이었다.

"하늬랑 가게는 어쩌고?"

"다 내가 알아서 한다. 니는…… 이제 좀 편안해지고 행복해져라."

"그건 할매가 먼저지. 내는 아직 젊어서 고생해도 된다."

"고생은 내만으로 충분하다. 됐다, 고마. 퍼뜩 일어나 나가보라."

단호하기 그지없는 할매의 말에 미애는 입을 다물고 할매를 물끄러미 응시했다. 어떤 말을 건네야 할지, 어떻게 할매를 설득해야 할지, 방법도 알지 못한 채 미애는 눈물을 닦으며 걸음을 옮겼다.

"미애 씨!"

"언니야!"

미애를 찾는 목소리가 시끄럽게 들렸다. 그 소리에 대답을 하며 미애는 방에 꼿꼿하게 앉은 할매를 흘끗 바라봤다. 아직까지도 등을 돌린 채 가만히 있는 할매는 움직일 생각도 없는 듯했다.

미애는 한숨을 가볍게 내쉬고 걸음을 옮겼다.

"갔다 올게, 할매."

할매는 대답 없이 자리를 지키고 앉아 있었다. 손녀가 미래를 향해, 사랑을 위해, 한 발자국 움직이는 소리를 들으며 바닥을 가볍게 쓸었을 뿐이었다. 손녀딸을 어루만지듯 부드럽고 다정하게.

23

"일부러 그런 거죠?"

운전석에 타서 부지런히 집으로 운전을 하던 설민이 미소를 머금었다. 그 물음에 조수석에서 조금은 긴장된 얼굴을 한 채 심호흡을 하던 미애가 설민을 돌아봤다.

"네?"

"아까, 할매가 학을 뗐잖아요."

"설민 씨는 예쁘다고 했으면서."

"예쁘긴 예뻤어요. 확실하게."

이제는 설민의 진지한 저 말투가 진심을 이야기하는 건지도 모르겠다. 진심이라면 미애가 직접 설민의 두 눈에 낀 콩깍지를 살짝 만이라도 벗겨주고 싶을 지경이었다.

"딱 퍼런색 눈두덩이랑 은갈치 원피스만요."

"그것도 예쁘던데?"

"은갈치는 어릴 때 사두고 민망해서 못 입었거든요."

"원래 입으려던 건 뭔데요?"

"검은색 정장요. 할매가 베이지를 골라주긴 했지만."

미애의 말을 들으며 설민이 고개를 끄덕였다. 그는 코너를 돌기 위해 핸들을 꺾으며 백미러를 흘끗 바라봤다.

"결혼…… 이 갑자기 결정됐잖아요. 그래서 그런지 아침부터 할매가 정신이 없는 것 같더라고요. 말해도 건성으로 대답하고, 생각에 깊이 잠긴 듯하고, 가끔은 말도 못 듣고."

"충격 요법?"

"일종의. 말이 듣잖아요. 우리 할매, 겉으로는 투박하고 말도 거칠지만 사실은 많이 여린 사람이거든요. 할아버지도 오래전에 돌아가시고, 단 하나뿐인 아들이며, 며느리까지……."

미애가 서글프게 중얼거리며 양손으로 가방을 소중하게 잡아 쥐었다. 가방 안, 할매가 건넨 통장을 감싸듯 소중하게.

"돈도 없으면서 무슨……."

미애가 중얼거렸다. 그 말에 운전을 하던 설민의 두 눈이 차분해졌다. 결혼으로 엄청나게 들떴을 거라고 생각했던 미애였기에 차분한 그의 모습엔 살짝 실망을 했다.

"……민 씨. 설민 씨!"

"응? 아……. 미안해요."

"딴생각했어요?"

"아주 잠깐."

그런 설민을 미애가 미묘한 눈길로 바라봤다. 그리고 얼마 지나지 않아 설민은 집 앞에 주차를 했다. 설민이 시동을 끄자 차 안에 정적이 가득 찼다.

"걱정…… 돼요?"

"긴장돼요."

"하지 마요. 초면도 아니고."

"초면이라 긴장하나? 설민 씨 부모님이라 긴장하지. 게다가 오늘은……."

"우리의 결혼을 진짜로 확인받는 날이고?"

"다 알면서 왜 물어요?"

미애가 푸우, 바람을 내쉬며 자신의 입술을 덜덜 떨리게 만들었다. 그리곤 양손을 털어내고 고개를 꺾으며 준비운동을 시작했다.

"뭐 해요?"

"준비운동."

"뭘 준비운동씩이나."

"실수하고 싶지 않단 말예요. 잘 보이고 싶어요."

"어깨에 힘주지만 않으면 충분히 예쁘네요."

"에이, 그거야 설민 씨 생각이고. 하늬, 일어나. 모하니?"

한참 준비운동을 하던 미애가 설민을 따라 조수석에서 내렸다. 그리곤 뒷좌석에서 꾸벅꾸벅 졸고 있는 하늬의 몸을 흔들었다.

"우웅. 모하늬이…… 몬한다. 졸립다."

"요게?"

꾸벅꾸벅 조는 아이를 잠시 바라보고만 있는데 그녀의 곁으로 다가온 설민이 뒷좌석의 하늬를 바라보며 중얼거렸다.

"피곤한 애를 괜히 데리고 온 거 아닌가 몰라요."

"지가 시집가는 줄 알고 흥분해 날뛰어서 그래요, 어젯밤에. 하여간 요거요거."

미애가 하늬의 통통한 양 볼을 꼬집꼬집했다.

"재우고 다음에 데려올 것을."

"어머님께서 데려오라 하셨잖아요. 자기도 가고 싶어 했고."

졸립다는 하늬를 깨워 정신을 차리게 한 두 사람은 가운데의 아이와 손을 잡고 집의 대문으로 걸어갔다. 그들을 기다리고 있었다는 듯 대문은 열렬한 환영으로 그들을 맞이했다.

"왔니?"

가장 먼저 오 여사가 정원을 거쳐 들어오는 그들을 맞이했다.

"어머, 하늬야!"

"안녕하세요. 모하늬임다!"

"그래, 편하게 할머니라고 부르렴."

오 여사는 아들과 미애, 그리고 하늬를 반갑게 맞이하며 그들을 거실로 안내했다.

"어서들 오시게."

과묵해 보이는, 하지만 설민보다 잘생긴 중년의 신사가 매너 있게 그들에게 인사를 건넸다. 곁에는 중년의 신사와 닮은, 하지만 나이가 지긋한 할아버지 한 분도 계셨다.

"설민의 할아비 되는 백인호이올시다."

"아비 백호민이오."

긴장되는 분위기에서 서로의 소개가 오갔다. 그리고 나선 딱히 무슨 말로 대화를 이어가야 할지 모르는 불편한 침묵이 시작됐다. 그것을 이기지 못한 오 여사가 가장 먼저 말을 꺼냈다.

"자자, 그러지 말고 일단 집 구경부터 하자. 자, 우리 방부터 보여줄게, 따라와요."

"아, 네."

하늬의 손을 잡고 오 여사의 뒤를 따라 안방으로 들어간 미애가 커다래진 두 눈으로 방을 훑어봤다.

"이렇게 이쁜 방은 처음 본다! 그치, 언니야?"

"그러네."

"설민 오빠야가 꾸며준 방이 젤 이쁘긴 하지만. 히히."

하늬의 말에 이번엔 방을 구경시켜 주던 오 여사의 두 눈이 커다래졌다. 오 여사는 그렇게 말한 하늬를, 그리고 미애를 천천히 바라보다 이내 의미심장한 미소를 지었다.

"어라?"

하늬의 짧은 탄성이 들리기 무섭게 오 여사가 앞장섰다.

"이번엔 설민이 방을 구경할래?"

오 여사의 말이 채 끝나기도 전, 하늬가 흥분한 목소리로 바락 소리를 질렀다.

"언니야! 이거!"

"쉿, 큰소리 내는 거 아니야."

"언니야아! 이거 말이다, 이거!"

하늬의 오동통한 손가락이 가리키는 것으로 시선을 돌린 미애가 멈칫했다. 그런 미애를 바라본 오 여사가 의아한 눈빛으로 하늬를 바라봤다.

"이게 왜? 이상하니, 하늬야?"

그리고 그 후로 얼마 후, 집 안에 쩌렁쩌렁한 오 여사의 목소리가 울려 퍼졌다.

"여보오! 여보오!"

"무슨 일이야, 대체?"

방에서 뛰어나오는 오 여사를 향해 일어난 백 회장이 놀란 얼굴로 그녀의 양팔을 잡았다.

"왜요? 무슨 일이야?"

"여보! 찾았어요!"

"응?"

"찾았어! 이건 운명일지도 몰라요."

"운…… 명?"

오 여사의 속사포처럼 쏟아지는 말에 설민이 자리에서 일어나 안방에서 걸어나오는 미애와 하늬에게 다가갔다.

"대체 무슨 일이에요?"

"아, 그게……."

두 사람의 대화가 끝나기도 전에 오 여사가 환희와 기쁨을 표출하며 말을 서둘렀다.

"아버님과의 약속으로 고민했던 것 있죠?"

"아버지?"

"아버님께서 약속을 하셨다잖아요. 마지막 선물을 준 집안과 연을 맺고 싶다고!"

"그랬지."

"저 아이였어요! 우리 설민이 고른 처자가 아버님께서 원하시던 처자였어요!"

그 말에 백 회장이 믿기 힘들다는 얼굴로 미간을 찌푸렸다.

"이게 운명이 아니면 뭐예요? 이 기막힌 일을 어떻게 설명할 수 있겠어요!"

"어떻게 알았는가?"

"아이, 하늬가 안방에 걸려 있는 낙관을 알더라고요."

"오…… 시오라고 쓰인 낙관 말인가?"

그 말에 설민의 두 눈이 미약하게 흔들렸다. 그는 예전, 할매 방에서 봤던 병풍과 안방에 들어갔다 봤던 액자를 생각하며 두 눈을 커다랗게 떴다. 왜 진즉 그것을 매치시키지 못했는지 모르겠다는 눈빛으로 오 여사를 바라봤다.

"할머님 방, 병풍이 있더라고요."

"너도 봤니? 왜 진작 말 안 했어!"

"할아버지일 줄 미처 생각을 못했어요."

그 말에 오 여사는 환한 미소를 지으며 백 회장을 바라봤다.

"거 참, 인연이라는 게 신기하구먼."

"그쵸, 여보?"

두 사람의 대화에 전혀 끼어들지 못하고 있던 설민이 미간에 주름을 잡았다. 그의 머리로는 절대 추리가 불가능했기에 침묵을 지키고 있던 은퇴한 백 노인에게 고개를 돌렸다.

"어떻게 된 일이에요? 어떻게 외할아버지 낙관이 찍힌 병풍이 그 집에 있는 거죠? 누가 좀 말씀 좀 해주세요."

설민의 물음에 백 노인이 며느리 오 여사의 닦달을 피할 핑계거리로 들고 있던 신문을 접으며 한숨을 내쉬었다.

"사돈의 이야기라……. 네 어머니에게 듣는 것이 더 좋지 않겠니?"

"엄마!"

설민이 오 여사를 팩 돌아봤다. 그러자 오마레 여사는 한숨을 폭 내쉬고는 조용히 말을 꺼냈다.

"오래전…… 네 할아버지가 회사를 하나의 기업으로 일구기 전 조직에 몸담고 계시던 이야기를 알고 있지?"

"불문율이잖아요? 할아버지는 언급하는 것조차 싫어하시는데."

"그 시절의 이야기야. 흠흠. 그 시절, 조직끼리의 큰 전쟁이 있었다고 해. 결론적으로만 말하자면 대대적인 전쟁 후, 보스 대신 감옥에 다녀온 값으로 꽤 두둑이 받았지. 그리고 그 돈으로 산 금싸라기 땅들이 일제히 값이 오르면서……."

"네네. 다 압니다. 할아버지가 세운 회사도 승승장구했고, 더 막대한 부를 축적했고. 그런데 그 결론보다도 전 과정이 궁금하다고요, 엄마."

"그래, 그 전쟁 중에 벌어진 일이었어. 아버지는 같은 팀 조직원에게 배신당해 칼을 찔렸지."

"할아버지 어깨에 아직도 남아 있는 그 흉터 말이죠?"

"그래. 경찰을 피해 도망치고 있을 무렵 상처까지 얻은 덕에 사경을 헤매고 계셨대. 그런 아버지를 아무 말도 없이 거둬준 것이 그분이시고."

오 여사의 목소리가 순간 가늘게 떨렸다.

"집안으로 들여 아버지의 목숨을 살려주셨대. 아버지가 누구고, 어쩌다 상처를 입었고, 왜 그렇게 흘러 들어왔는지 묻지 않으셨댄다. 아버지가 정신을 차리고 설을 수 있고 일상적인 생활이

가능하게 됐을 때, 나가라고 하셨대. 아버지는 그 마지막 날, 물어봤다고 하시더구나. 왜 아무것도 묻지 않고 도와주었냐고. 그러니 한마디를 하시더란다. 사람이 사람을 돕는 데에 이유가 필요하느냐고. 사경을 헤매는데 도와주지 못할 다른 이유가 필요한 거냐고."

그 시절의 이야기를 떠올린 오 여사의 입가에 미소가 서렸다. 아버지의 목숨을 구해준 것만 생각하면 온몸에 전율이 일었다.

"시간이 흘러 기업이 잘 성장하고 있을 무렵 문득 생각이 나셨대. 그분께 목숨 값을 치르지 않았다는 것이. 그래서 수소문해서 찾았고 당신 목숨 값으로 백지 수표를 들고 가셨지."

"좀…… 오버예요, 할아버지."

"할아버지 목숨 값이 백지 수표만도 못하다는 말이니?"

"아뇨, 그건 아니지만……. 그래서 그 돈으로 지금의 국밥집을 차리신 건가요?"

설민의 물음에 오 여사는 고개를 절레절레 저었다.

"필요 없다고 하시더란다. 사람의 도리를 한 것에 물질적 보상은 필요 없다고 말이다. 투박하지만 진심이 느껴졌다고 하셨어. 그리고 수표를 내민 당신 손이 부끄러우셨다지. 그래서……."

"할아버지가 그 누구에게도 준 적이 없던 그 작품 중 하나를 주신 건가요?"

"그래."

할아버지가 취미로 병풍을 만드시는 것을 알고 있던 설민이 입을 쩍 벌렸다. 집에 전시하거나 창고에 보관만 하지 누군가 선물로 받고 싶다거나 혹은 구입하고 싶다고 하면 단칼에 거절하는 할아버지임을 잘 알고 있기 때문이었다.

"병풍만큼은 기쁘게 받아주셨다더구나."

그렇게 말한 오 여사의 눈가가 부드러워졌다. 오랜 옛날, 훈훈했던 기억을 회상하고 있었기 때문이었다.

"요즘 그런 사람을 찾기가 힘든데. 내 이왕이면 그런 됨됨이의 사람과 연을 맺고 싶구나. 훗날 우리 설민이가 커서 데려올 색시가 그렇다면 또 좋겠지."

오래전, 아버지가 하셨던 말을 떠올린 오 여사 얼굴에 잔잔한 미소가 서렸다. 이젠 돌아가시고 안 계시지만 아버지의 뜻이 이뤄질 것만 같은 예감에 오 여사는 설레는 얼굴을 했다. 물론 그런 어머니를 바라보고 있던 설민은 뭐든 좋다, 안심이 된 얼굴로 나직한 한숨을 내뱉었을 뿐이었다.

결혼을 전제하에 부모님을 뵈러 왔다는 것이 서로 불편하기만 했던 것은 사실이었다. 하지만 우연히 알게 된 사실 하나는 그 불편함을 싹 날려 버릴 수 있을 정도의 위력을 가지고 있었다.

그 뒤로 일은 차근차근 순서를 밟아 진행되었다. 유순한 분위기에서 식사를 하고, 부드러운 분위기로 다과를 함께했다. 백미가 들어오기 전까지.

"번갯불에 콩 구워 먹어? 뭘 그렇게 서둘러들?"

"내가 번개고 미애 씨가 콩이라는 뜻이야, 지금?"

"내가 뭔 말을 못해."

설민을 제외한 모두의 생각을 백미만이 말로 형상화했을 뿐이었다. 발끈한 설민의 목소리에 백미가 입술을 비죽거리며 고개를 흔들었다.

"그것도 좀 걸리는구나. 백미를 두고 네가 먼저 가니."

"오 여사두 참. 요즘 그런 게 어딨어요? 빨리 가라 그래. 난 얘 치워 버리고 싶어. 너 가고 내가 니 방 좀 쓰자. 내 방은 좁아 터져서……."

백미의 말에 설민이 이번에는 고개를 끄덕였다.

"그래, 누님이 쓰셔."

하지만 그들의 대화는 오 여사의 간담을 서늘하게 만들었던 모양이었다.

"무슨 말이니, 지금?"

"그래, 너희는 들어와서 살아야지."

백 회장이 오 여사를 지지하며 나섰다. 그 말에 설민이 올 게 왔다는 얼굴로 한숨을 내쉬었다. 그리곤 사뭇 진지한 얼굴로 입을 열었다.

"저기, 오 여사……. 아버지, 많이 생각해 봤는데. 제가 들어갈까 해요."

"……뭐?"

"이 사람 집에, 제가 들어가려고요."

아들이 하는 말이라곤 믿기지 않을 지경이었다. 그 말에 오 여사가 고음의 비명을 질렀다.

"뭐어?"

"설민 씨!"

처음 듣는 그 말에 놀란 것은 오 여사만이 아니었다. 미애가 놀라 설민을 조용히 부르는 모습을 바라보며 백미가 미소를 지었다. 그리곤 휘익, 입을 모아 소리를 냈다. 그런 누나를 흘끗 바라본 설민이 다시금 부모님과 눈을 맞췄다. 꽤 덤덤해 보이는 할아버지는 제2순위였다.

“아직 상의해 보진 않았어요. 제가 미리 말씀드리는 거죠. 생각해 보면 이 사람한텐 지금 아무도 없어요. 할머님과 이 아이뿐이죠. 할머님은 많이 노쇠하셨고, 요즘 들어 편찮으세요. 하늬는 아직 많이 어리고요.”

“하늬는…… 우리가 보면 되잖니?”

“할머님은요.”

“할머님은…… 자주 찾아뵈면 되는 거 아니니?”

“가게 하시잖아요. 여자 둘이 하기도 벅찬 가게였어요. 할머님 혼자 가사일이며 가게 일을 어떻게 혼자 하셔요. 그러다 쓰러지시면요?”

“그럼 도우미를 들이자꾸나.”

“사람 손 타는 걸 싫어하세요.”

“……설민아.”

어떻게 해서든 설민을 설득하고 싶은 오 여사의 목소리에 설민이 오 여사를 진득하게 바라봤다. 그리곤 백 회장을 향해 고개를 돌렸다.

“오 여사. 아버지 생각은 어떠세요? 예전과는 많이 달라진 세상 아니에요? 독립도 많이 하잖아요. 따로 신혼 방 얻는다고 생각해 주시면 안 될까요?”

"흠……."

고민하는 백 회장과는 달리 오 여사는 아들의 태도에 충격을 받은 모양이었다.

"넌 독자야! 종손이야! 기업 후계자야! 아버지 밑에서 하루 종일 일을 배워도 시원찮다. 아이도 가져야 할 것 아니니. 미애 씨 생각은 어때요?"

"아, 저기……."

"어머니!"

흥분한 오 여사를 향해 설민이 제지하고 나섰다. 백씨 집안의 공간에선 자신을 제외하곤 그 누구도 미애를 도와줄 수 없다는 것을, 설민은 잘 알고 있었다.

"……할머니 돌아가셨을 때, 생각나요?"

"……!"

그 말에 오 여사의 흥분이 멎었다. 일찍 부모님을 여의었던 오 여사에게 남다른 자식 사랑이 있었지만 다른 한편으론 부모님에 대한 애착도 남다른 오 여사를 잘 아는 설민이었다.

"전 그때의 일을 다시 반복하고 싶지 않아요. 떠나고 난 후에야 그 소중함을 아는 거, 이젠 싫어요. 있을 때 함께 행복해하고, 그렇게 살고 싶어요."

설민은 자신의 친할머니, 외할머니를 모두 떠올리며 두 눈을 감았다. 어느 날 갑작스런 사고, 갑작스런 발병으로 인한 즉사, 혹은 장기 입원으로 함께할 날이 없었던 설민에겐 미애 가족과 겪었던 따스함은 남다른 것이었다.

"우린 아직 함께할 날이 많잖아요. 후에, 아주 후에, 할머님과 함께하지 못할 때 들어와 모실게요. 안 될까요?"

"네 뜻이 정 그렇다면……."

아들의 말에 잠시 두 눈을 감고 부모님을 회상하던 백 회장이 누그러진 목소리로 말했다. 문제는 오 여사였다.

"여보!"

"여보."

흥분한 오 여사를, 백 회장이 끌어안고 달랬다. 백 회장의 품에서 오 여사는 조용히 속삭였다.

"아직은, 잘 모르겠구나. 천천히…… 생각해 보자."

"오 여사, 날짜……."

"날짜! 그것도 찬찬히 생각해 봐야겠다."

물러날 생각 따윈 추호도 없는 두 사람의 팽팽한 의견, 그것은 일단 보류가 되었다. 부모를 이기는 자식 없고, 자식 이기는 부모 없다고. 두 사람은 서로에게서 한 발자국, 물러날 수밖에 없었다.

"……고마워요, 설민 씨."

푸른 어둠이 깔린 정원으로 나와 걸으며 미애가 중얼거렸다. 그 말에 잠이 든 하늬를 품에 안고 걷던 설민이 미애를 바라봤다.

"뭘요."

"하지만 그러지 마요."

"……응?"

"자식이 부모를 어떻게 이겨요. 나를 위한 마음은 알지만…… 그래도 그러지 말아요, 우리."

"들어가 살자고요? 할머님과 하늬는 어쩌고……."

"모두에게 좋은…… 그런 방법을 찾아봐야죠. 난 널 생각해 주는 설민 씨 마음만으로도 행복해요."

"근데 이걸 어쩌나."

설민이 주머니에서 차 키를 꺼내 리모컨의 버튼을 누르며 말했다. 그는 대문을 열고 나가 주차된 차의 잠금 장치가 해제되는 소리를 확인하곤 뒷좌석의 문을 열어 하늬를 눕혔다.

"나가서 살겠다는 그 말, 미애 씨를 위해서 한 게 아닌데."

"네?"

"할머님과 하늬, 두 사람을 위해서 한 말이에요. 그 누구보다 미애 씨가 필요한 건 그 두 사람이니까."

"나도 그 두 사람이 필요해요."

"미애 씨한테 제일 필요한 건 나잖아. 아니에요?"

설민의 말에 미애가 피식 웃었다.

"결국 그 말을 듣고 싶었던 모양이죠?"

"뭐, 꼭 그런 건 아니고."

"맞아요. 설민 씨가 제일 필요해요. 하지만 설민 씨 말대로 그 두 사람은 내가 필요하죠. 오 여사님도 마찬가지예요. 당신께선 설민 씨가 제일로 필요해요."

"나는 당신이 제일 필요한데?"

그 틈을 타 설민이 미애의 뒤로 걸어가 슬그머니 그녀를 껴안았다.

"흐응."

미애를 안자마자 느껴지는 그 풍만한 감촉에 설민이 저도 모르게 만족스런 신음을 흘렸다.

"부쩍 징그러워진 거 알아요?"

"내 애정 표현인데 그걸 징그럽다고 하나?"

자신의 허리로 들어오는 설민의 두꺼운 팔 위를 자신의 손으로 덮으며 미애는 묘한 미소를 지었다. 안심이 되면서도 불안한 여자의 육감, 그것을 느끼며 미애는 설민의 부드러운 피부를 쓸었다.

"정말로 좋은 방법, 그걸 찾아야 할 텐데……."

❖

안에 들어갔다 가겠냐는 미애에게 정중한 거절을 남기고 돌아가는 설민의 차를 바라보며 미애가 가볍게 한숨을 내쉬었다. 그리고 자신의 품에서 쌔근거리며 잠을 자는 하늬를 고쳐 안고 안으로 들어갔다.

무언가 많이 이상하다는 느낌을 받았다. 불이 꺼진 아궁이, 싸늘하게 어두워진 가게, 적막감으로 가득 찬 집 안, 인기척이나 따뜻한 온기라곤 찾아볼 수 없는 공간에 들어선 미애는 찬찬히 주변을 둘러보았다.

'우리가 살던 집이…… 맞나?'

당장이라도 울음이 터져 나올 것만 같았다.

"……집이 죽어버린 것 같다, 언니야."

언제 잠에서 깬 건지, 부스스한 머리를 한 하늬가 부은 눈으로 주변을 둘러보며 중얼거렸다. 울음을 터트리려는 건지, 아니면 졸음으로 칭얼거리는 건지 몰랐다. 하지만 중요한 건, 아이의 칭얼거림으로 할매 방에 환한 불이 켜졌다는 거였다.

"이제 오나?"

조금은 퉁명스러운 목소리로 할매가 미애를 맞이했다. 그 목소리에 하마터면 하늬를 따라 울음을 터트리려던 미애가 두 눈을 닦아내며 할매를 바라봤다.

"왜 이렇게 일찍 문을 닫았나? 어디 나갔는지 알았다."

"내가 어디 갈 데가 있다 그러누?"

그 말에 미애가 가슴을 쓸어내렸다. 그리곤 안고 있던 하늬를 바닥에 내려놓고 빠른 걸음으로 할매에게 다가갔다. 할매는 카디건을 걸쳐 입으며 툇마루로 나와 앉았다.

"어디 아프나? 왜 이렇게 일찍 자노?"

"내 할 게 뭐 있다고 일어나 있노?"

"그래도. 예전엔 그렇게 부지런을 떨었음서."

"허리도 쑤시고, 가슴도 퍽퍽해가 좀 누워 있었다. 니는? 잘 갔다 왔나?"

그 말에 미애가 배시시 미소만 지었다. 그 모습을 바라보며 할매는 고개를 끄덕였다.

"내는 인자 원이 없다. 딱 하나, 네가 시집가는 것만 남겨두고 있었는데 이젠 미련 없이 떠날 수 있다."

진심으로 하는 그 말에 미애는 가슴이 덜컹 내려앉는 것을 느끼며 할매의 손을 마주 잡았다.

"할매도 참. 그런 소릴 하고 그래."

어디라도 갈 것처럼 그렇게. 그 말이 미애를 아프게 만들었다.

"그러지 마. 할매는 계속 나랑 있어야지. 내 단 하나뿐인 가족인데."

"이제 남편이 생기지 않나? 시부모님과, 아이도 낳아야지."

“할매…….”

“다 때가 있는 법이다. 자연의 섭리대로 생명이 태어나면 다른 생명은 죽게 되어 있어.”

‘무소유’ 라고 했던가. 그 어떤 욕심도, 집착도, 미련도 없는 모습에 미애는 입술을 잘근 깨물었다.

“내도 할매랑 오래오래 같이 있고 싶은데? 안 되나, 할매?”

하늬가 웅얼대며 할매의 품에 안겼다. 그런 아이를 품에 안고 토닥거리며 할매는 그저 무뚝뚝한 얼굴로 아이를, 미애를 바라봤을 뿐이었다.

“내가…….”

그렇게 툇마루에 있던 미애가 입을 열었다. 말하지 않으려고 했는데도 말은 입 밖으로 새어 나왔다.

“내가 할매와 같이 산다면 어떻노?”

“시집 안 가고 뭔 소리고?”

“시집을 가서도. 설민 씨랑 함께 여기서 할매랑 하…….”

“쓸데없는 소리 마라!”

할매가 버럭 소리를 질렀다. 그 소리에 하늬가 딸꾹, 놀라서 잠에서 깼다.

“5대 독자라고 하지 않더냐?”

“……맞아.”

“집이 큰 기업을 경영한다매?”

“……처음엔 구멍가겐 줄 알았지만.”

“두 분 다 들어와 살길 원하고 계시지 않던?”

“맞아, 그건 맞지만, 할매. 설민 씨가…….”

"시끄럽다! 내 말했지? 시집을 가는 순간 니는 출가외인이라꼬."

"할매! 하지만……."

"하지만은 없다. 니는 그렇게 시집을 가는 기다."

"그럼 시집 안 갈래!"

"뭐?"

"할매랑 있다가 나중에 갈란다."

미애가 입술을 콱 깨물었다. 오 여사와 백 회장을 만날 땐 백씨 가문에 들어가 살 생각도 있었다. 정말 그랬다. 하지만 집에 돌아와 할매와 작은 하늬를 보는 순간…… 그 결심은 무너지고 말았다.

"아무래도 안 되겠다."

미애가 울먹였다.

"내 결혼보다 먼저 책임질 것이 있다."

"필요 없다. 누가 책임지랬나?"

"나와의 약속이다! 내 다짐이다. 내가 그리 정했다."

하지만 할매는 그런 미애에게서 고개를 돌렸다. 다시 듣기 싫다는 의미였다. 한 번만 더 말을 했다가는 용서치 않겠다는 할매의 단호한 등을 한동안 바라보고 있던 미애는 홀로 고개를 저었다.

"이번만큼은 나도 물러나지 않을 거야, 할매."

조용한 미애의 목소리에도 할매는 꼼짝하지 않고 앉아 있었다. 그 순간, 미애의 주머니에 든 휴대전화에서 벨소리가 울리기 시작했다. 그 소리를 들으면서도 계속해 할매의 곧은 등만 바라보던 미애가 포기하고 전화를 받으며 자리에서 일어났다.

“여보세요?”

그리고 탁. 미애의 방문이 닫혔다. 그 소리를 들으며 할매는 낮은 한숨을 내쉬었다. 쭈글쭈글한 할매의 눈가가 축축해져 있었다.

“아…… 설민 씨…….”

—뭐 하고 있었어요?

“……할매랑 잠깐 얘기 좀 했어요.”

—지금 옥상에서 담배 피우고 있는데 너무 어두워요. 내 맘속에 있는 미애 씨 별 따다가 곁에 두고 싶다. 정말 환해질 텐데.

그의 다정한 말을 들으며 미애는 두 눈을 감았다. 이렇게 사랑스러운 사람에게 자신은 어떻게 했던가. 가족과 설민을 저울질했다. 그래서는 안 되는 일이었건만.

“미안…… 해요, 정말.”

—왜 그래요. 미안하다고 하지 마요. 무서워지잖아.

그 말에 미애가 한숨을 폭 내쉬었다.

“정말 어떻게 해야 할까요? 이제…….”

—……좋은 수가 있을 거예요. 걱정하지 마요.

마음을 달래주는 설민의 목소리에 미애는 차분히 두 눈을 감았다. 그리고 미소를 지었다.

“그래요. 분명 좋은 수가 있겠죠.”

그렇게 말하기 무섭게 멀리서 소리가 들려왔다.

—무슨 소리예요?

“하늬…… 목소리 같은데?”

그렇게 대답하고 나서도 가슴이 스산했다. 서늘한 기운이 한 번 스며든 가슴은 다시금 충만하게 차오를 것 같지 않았다.

—가봐야 하지 않아요?

"가봐야……."

미애가 말을 늘였다. 가야 하는 건 알고 있었지만 가고 싶지 않았다. 발이 바닥에 달라붙은 것처럼 움직일 수가 없었다.

"……하는데……."

사색이 된 얼굴로 미애는 다리를 후들거렸다. 주저앉지도 못하고 올곧게 서지도 못한 어정쩡한 자세로 미애는 닫은 방문을 바라봤다. 전화기에서 설민이 뭐라고 얘기를 하는 것 같았지만 미애의 귀엔 뛰어오는 아이의 발걸음 소리만이 들렸을 뿐이었다.

'하나.'

속으로 숫자를 셌다.

'둘…….'

미애가 입술을 깨물었다.

'셋…….'

그리고 문이 벌컥 열렸다.

"언니야아!"

양 볼이 젖은 채로 하늬가 뛰어들었다. 벌겋게 상기된 볼이며, 빨갛게 충혈된 두 눈, 그리고 그 눈에서 떨어져 내리는 방울방울까지.

"언니야아."

자신에게로 뛰어드는 하늬를 멍하니 바라봤다.

"할매가……."

아이가 훌쩍거렸다.

"누워 있다……."

미애는 두 눈을 질끈 감았다.

아아, 어쩐지 속이 울렁거리고 마음이 불안하더라니.

"할매가 갑자기 누워버렸다! 어쩌노!"

아이의 그 말을 들으며 미애는 자신이 모조리 붕괴되는 느낌을 받아야만 했다. 금방이라도 쓰러질 것 같은 순간, 하늬가 곁에서 미애를 지탱했다.

"언니!"

하늬의 작은 고사리가 미애의 손을 감싸 쥐자 아이의 따뜻한 온기가 전해졌다. 그 덕에 정신을 차린 미애가 고개를 세차게 흔들었다. 그리곤 빠르게 할매를 향해 뛰어갔다. 미처 끄지 못한 휴대전화는 아직도 '통화중'으로 연결되어 있었다.

❖

1년 후.

"그 일은…… 안됐어요. 아니, 오히려 잘된 건가?"

지나가다 우연히 영림을 만났다. 뜬금없이 다가와 불쑥 말을 거는 그녀의 목소리에 처음에는 얼떨떨한 표정을 해 보였던 미애는 이내 그녀의 얼굴을 인식하고 힘없이 웃었다.

"오랜만이네요."

"궁금하지 않아요? 그날 밤, 어떻게 됐는지?"

"그날…… 밤?"

영림의 목소리에 미애가 두 눈을 가늘게 떴다.

"창피해서 그런다, 왜! 어쨌든 오늘 밤이야. 날 용서할 생각이 있다면 오늘 밤에 연락줘. 물론 오빠는 날 용서할 거라고 생각하지만 말이야."

언젠가 영림이 내뱉었던, 어감이 묘했던 말이 떠올랐지만 미애는 미련 없는 눈빛으로 그녀를 응시했다. 그 눈빛에 영림이 한숨을 내쉬듯 웃음을 내뱉었다.

"이젠 궁금하지도 않은 모양이네요?"

"이젠 뭐……."

그런 미애를 향해 영림이 자신의 손을 번쩍 들어 올렸다. 길고 가는, 물이라곤 얼굴을 씻을 때밖에 묻히지 않은 것처럼 희고 고운 왼손은 여전히 관리가 잘되어 있었다.

"우리도 벌써 1년이나 됐네요."

"그러게요. 시간 참 빠르죠?"

"시간이 약이기도 하고요."

이제는 잔잔히 미소를 짓는 영림은 모든 것을 다 가진 승리자의 얼굴을 하고 있었다.

"여름을 맞아 시원하게 파란색을 칠해서 반지랑은 좀 안 어울리지만."

"예쁘…… 네요."

"예쁘죠? 예쁜 게 문제가 아니죠. 캐럿이 중요한 거죠."

여전한 목소리에 여전한 말투. 이제 모든 것은 필요 없다는 생각에 미애는 편안하게 웃었다.

"이거요."

번쩍번쩍하고 커다란 다이아몬드 반지를 자랑한 영림이 가방을 뒤져 깨끗하고 고급스런 느낌의 봉투를 꺼내 내밀었다.

"이건……."

"청첩장이요."

"왜 나한테……?"

"와서 봐달라고요. 그날 밤 이후로 내가 얼마나 행복해졌는지."

그 말을 마친 영림이 상큼한 향을 풍기며 산뜻하게 돌아섰다. 예전보다 짧아진 머리카락이 찰랑거리며 흔들렸고, 전보다 더욱 화려해진 패션은 눈을 부시게 만들었다.

새로 뽑은 차에 올라탄 영림이 동네와는 어울리지 않는 엔진 소리를 시끄럽게 내며 사라졌다. 눈 깜짝할 사이에 사라진 뒤로는 모래먼지밖에 남지 않았다. 그 모습을 한참 바라보고 있던 미애는 그녀가 내민 청첩장을 물끄러미 바라보다 이내 들고 있던 장바구니에 쑤셔 넣었다.

"사랑이 뭐기에."

미애의 목소리가 더운 날의 하늬바람이 되어 허공으로 사라졌다.

양손에 짐을 들고 끙끙거리며 언덕을 올라온 미애는 몸으로 대문을 밀어 열었다. 그리곤 안으로 들어가 산더미 같은 짐을 내려놓았다.

"하우, 힘들다."

미애가 손을 들어 이마에 맺힌 땀을 훔쳤다. 그리곤 조용한 집 안을 천천히 둘러봤다. 그녀는 가져온 짐을 재빨리 정리해 놓고는 물 한 대접을 떠 시원하게 들이켰다.

"캬아. 이 물 맛에 산다."

그리곤 툇마루로 걸어가 할매가 앉아 늘 그녀를 맞이하던 자리를 한 손으로 가볍게 쓸었다.

"할매……."

미애의 혼잣말이 그 빈 공간을 맴돌았다. 그 순간이었다.

"할매는 왜 찾누?"

시니컬한 목소리에 한숨 돌리던 미애가 고개를 돌렸다.

"아따, 분위기 좀 잡으려는데 꼭 그런다니까?"

집으로 하늬가 제일 먼저 뛰어 들어왔다. 그리고는 언니가 앉아 있는 툇마루로 다가가 턱, 자리를 잡고 앉았다.

"에휴, 힘드네, 힘들어."

"뭐가 그렇게 힘드나?"

"시내 구경은 매번 힘들다. 그, 왜, 예전에 고미애 고민한 것도 거기였잖나?"

"아아, 변태풍……."

"이름부터가 변태스럽다."

"뭐, 이젠 아무래도 좋아."

미애의 말에 하늬가 피이, 입술을 내밀었다. 그리곤 대문을 향해 고개를 돌렸다.

"할매! 형부!"

하늬가 한 손을 들어 허공에서 휘저었다. 미애가 대문으로 시선을 돌렸다.

"참말로 번잡하구만. 다시는 가고 싶지 않구먼."

노쇠했지만 굳은 심지는 잃지 않은 할매가 고개를 저으며 들어왔다.

“조심하세요, 할머님.”

할매를 부축한 설민이 이제나저제나 주의하며 안으로 들어섰다. 그 모습을 바라보며 미애는 행복한 미소를 지었다. 언제였던가, 할매가 쓰러졌던 1년 전이었던가. 그때만 해도 설민과의 만남, 그와의 결혼, 그로 인해 생긴 가족들과도 같은 행복을 만끽할 수 있을 거라고는 상상도 하지 못했었다.

“다행이지?”

할매를 안에 눕히고 나온 설민이 미애 곁에 자리를 잡고 앉았다. 하늬는 밖에서 들려오는 아이들 목소리에 황급히 자리를 비운 터였다.

“그러게요.”

두 사람은 같은 곳에 앉아 같은 곳을 바라봤다.

“할머님께서 쓰러졌다고 했을 땐, 나도 심장이 철렁했다고.”

“나만 했을까.”

“백 회장과 오 여사도 눈에 띄게 당황하셨어.”

“알아요. 두 분 모두 만사 제치고 뛰어오셨는걸요.”

“내이 평형이 맞지 않아서 어지러워 쓰러지셨기에 망정이지.”

“할매가 가슴이 답답하다고 해서 난 또 심장 마비인 줄 알고 얼마나 마음을 졸였던지. 병원에선 뭐래요?”

“똑같지 뭐. 허리도 안 좋으셔서 약 받아왔어.”

“호르몬 약에 칼슘까지 합하면…… 어마어마하네.”

“그래도 다행이지 뭐야? 그것만 빼면 아직도 정정하시잖아.”

그리 말하는 설민을 바라보며 미애가 씩 웃었다. 그리곤 자리에서 일어났다.

“시원한 거라도 줘요?”

“됐어. 이리 앉아.”

설민이 미애의 팔목을 잡고 자신에게로 끌어당겼다. 그 덕에 중심을 잡지 못한 미애가 설민의 무릎에 턱하고 앉아버렸다.

“차암. 누가 보면 어쩌려고?”

“어때? 결혼했는데.”

그 말에 미애가 얼굴을 붉혔다. 1년이나 됐는데도 수줍어하는 모습이 귀여워 설민이 그녀의 입술에 쪽, 가볍게 입술을 맞췄다.

“나머지는 오늘 밤에.”

“또다시 후속편?”

“아주 찐하게.”

그 말에 키득거리고 있던 미애가 그제야 생각이 났는지 자리에서 일어나 봉투를 찾아왔다.

“참, 이거요.”

“이게 뭔데?”

“아까 영림 씨가 주고 갔어요. 청첩장.”

“청첩장? 결혼한대?”

눈에 띄게 놀라는 설민의 모습에 미애가 고개를 끄덕였다.

“여자의 마음은 갈대라니까. 그거 알아?”

“섭섭한가 보지?”

“뭐, 그렇다기보다.”

“그날 밤 얘기를 운운하던데…….”

“아아, 아마 신랑이 그날 밤에 만난 사람일 거야. 자주 가던 바에서 실연당했다고 울고불고 난리를 치다가 만났나 보더라고. 곁에서 혼자 술을 마시던 남자라던가? 그 사람도 그날, 실연을 당했다고 하던 모양이더라고."

"재미있는 인연이네요."

그 말에 설민이 고개를 끄덕였다. 그리곤 들고 있던 청첩장을 곁에 내려두었다. 그런 그를 가만 바라보며 미애가 중얼거렸다.

"어머님께서 허락하실 줄은 몰랐어요."

"뭘?"

"우리가 이 집에서 사는 거."

"아아. 어쩔 수 없으셨던 거지. 할머님 쓰러지는 걸 보고 충격이 크셨거든. 어릴 적, 우리 외할머니도 그렇게 돌아가셨다고 들었어. 그나저나 난 할머님이 그렇게 허락하실 줄은 몰랐어."

"어쩔 수 없었으니까요. 시부모님께서 강경하게 추진하신 데다 할매도 아팠으니 어쩔 수 없었겠죠."

한참 이야기를 나누고 있는데 대문이 쾅하고 열리더니 하늬가 씩씩대며 들어왔다. 울음을 참으며 분통 터져 하는 모습에 미애가 하늬를 바라보며 자리에서 일어났다.

"언니야, 내 이렇게 더는 몬산다."

그 말을 들으며 미애는 미간을 찌푸렸다.

"모하늬이!"

걱정스런 목소리가 아닌, 화가 잔뜩 난 목소리로 미애가 아이를 노려봤다.

"왜! 뭐! 전당방이였다!"

"성냥방위셨시!"

"그래, 어쨌든!"

"반항하냐? 너! 모하늬!"

"모하늬 모 한닷!"

"자꾸 골목대장 노릇 할 거야? 여자애가!"

"여자애가 뭐! 여자애도 할 수 있지! 그리고 애들이 새로 이사 온 사내애를 자꾸 괴롭힌다 아이가!"

입술을 깨물고 씩씩대는 하늬를 바라보며 고개를 저은 미애가 아이의 엉덩이를 세차게 한 대 때렸다.

"또 주먹 날렸지?"

"날렸다! 그래, 날렸어!"

"여자애든 남자애든 정당방위든. 폭력은 나쁜 거라고 배웠어, 안 배웠어!"

"하지마안 시우가아!"

"최시우?"

"그래, 시우가 만날 따돌림 당하고, 맞는단 말이야."

"그래도 폭력은 나쁜 거라고 했지?"

"언니도 내 궁딩이 만날 때리잖노! 엉엉엉. 엉굴하다! 엉굴해!"

하늬가 목청껏 울음을 터트리며 방 안으로 쏙 들어갔다. 여섯 살이 되면서 점점 반항기에 들어서는지 미운 행동에 한창인 아이의 모습에 미애가 한숨을 폭 내쉬었다. 아이를 미룰 수밖에 없는 이유가 여기에 있었다.

"저기……."

그 순간, 열린 대문 사이로 빠끔. 남자아이가 고개를 내밀었다.

"누구니?"

"아, 저…… 최시우…… 라고 하는…… 데요."

"아, 네가 시우니?"

"하늬, 혼내지 마세요. ……제가 잘못해서……."

그렇게 말한 시우는 빠른 걸음으로 도도도, 그 자리를 뛰쳐나갔다. 그 모습을 바라보며 미애가 한숨을 폭 내쉬었다. 그리곤 몸을 일으켜 하늬의 방으로 갔다.

"모하늬."

"모하늬 모 하니까 말시키지 마라!"

"하늬야, 이리 와."

미애는 하늬가 열광해 마지않는 초코를 들고 아이에게 다가갔다.

"초코 먹어야지?"

"내가 아가? 아직도 초코 좋아하게!"

"그래서 안 먹을 거야?"

"……."

하늬가 히끅거리며 언니의 손에 들린 초코를 빼앗아 들었다. 그리곤 눈물의 초코를 우걱우걱 먹었다.

"시우라는 아이를 도와준 건 잘 알아. 하지만 다른 아이들을 때리면 너도 똑같이 되는 거야. 알지?"

"……미안타."

"나한테 미안해하면 안 되지."

"사과하고 올 끼다."

"그래, 그래야 우리 모하늬지."

"그래도 대장은 할 끼다."

하늬가 마지막 초코를 삼키며 자리에서 일어났다. 그리곤 언니가 뭐라 하기도 전에 자리를 박차고 뛰어나갔다.

"모하늬!"

"대장 하면 아들이 쪼꼬를 바친다! 그니까 대장 할 끼다!"

"모하늬이!"

"모하늬 사과하고 올게!"

그 말을 마치고 잽싸게 사라지는 하늬를 바라보며 미애가 한숨을 내쉬었다.

"봤죠?"

"귀여워라."

"골칫덩이라니까."

"나도 저런 귀염둥이 하나 있었음 좋겠다."

"장난해요? 지금은 하나라도 족해요."

"그래도 우리 귀염둥이 있었음 좋겠는데."

그 말에 미애가 끄응, 신음을 삼켰다. 그리고는 자리에서 일어났다.

"어서 일어나기나 해요. 어머님께서 저녁에 초대하셨잖아요."

"벌써?"

"뭐가 벌써야? 이미 7시가 지났는데."

그 말에 설민이 자리에서 벌떡 일어났다. 그리곤 재빨리 방으로 들어갔다.

"늦었어!"

친가에 도착하기 무섭게 오 여사의 심술 맞은 목소리가 들려왔다. 기다리다 지쳤다는 목소리로 투덜거린 오 여사는 입술을 비죽거렸다.

“음식도 다 식고, 이게 뭐니?”

“죄송해요, 어머니.”

“네가 아니라 저 녀석 때문이었겠지.”

그 말에 설민은 뒤통수를 긁적였고, 미애는 살포시 미소를 지었다.

“뭐 하나 매듭이 없는 녀석이라니까.”

“죄송해요.”

“괜찮다, 아가. 음식 데울 동안 방에 올라가 있으렴. 아무래도 시간이 걸릴 것 같으니.”

“제가 도와드릴게요, 어머니.”

“아니다, 올라가거라.”

오 여사의 말에 설민이 미애의 팔을 잡아끌었다. 그래도 이러는 건 아니라고 의견을 피력했지만 그건 이내 백씨 집안 사람들로 인해 묻혀 버리고 말았다.

“대체 왜 끌고 나오는 거예요. 가서 일을 도와야…….”

2층으로 올라오기 무섭게 설민을 향해 투덜거린 미애가 걸음을 멈췄다. 설민의 방 안은 온갖 모양의 촛불로 가득 차 있었기 때문이었다.

“이게 무슨…….”

“아무리 생각해도 내 머리에선 좋은 아이디어가 떠오르질 않더라고.”

설민이 중얼거렸다. 그 말에 미애가 무슨 뜻인지 모르겠다는 듯 두 눈을 깜빡거렸다.

"단 한 번도 이벤트를 못 받아봤다고 했잖아. 그래서……."

"이게……."

"몽땅 합쳤어!"

그 말에 미애가 천천히 방 안을 둘러봤다. 침대는 장미 꽃잎들로 가득했고, 머리맡엔 커다란 큐피드 인형이 하트 모양의 화살을 들고 미애를 조준하고 있었다. 설민은 천천히 걸어가 하트 모양으로 만들어진 전구 안으로 들어갔다. 거기엔 하트 모양의 케이크가 자리 잡고 있었다.

"세상에서 제일로 맛난 케이크가 먹고 싶다면서요? 내가 만들긴 했는데 영 서툴러서……. 생일 축하해요!"

미애가 설민을 따라 한 발, 한 발, 하트 안으로 들어섰다. 그리고 황홀한 얼굴로 후우, 바람을 불어 촛불을 껐다. 마음속에선 감동의 물결이 찰랑거리고 있었다.

"자, 포크로 정중앙을 찍어봐요. 표시되어 있죠?"

"이…… 빨간 표시요?"

그 말에 설민이 가만히 고개를 끄덕였다. 그 목소리에 미애가 포크를 들어 정중앙을 찍어 내렸다. 무언가 딸그락, 접시에 닿는 소리가 들렸다. 미애가 포크를 끌어당겼다.

"어머!"

"미처 프러포즈를 하지 못했지만……. 이게 진짜라고 생각해 줘요."

그 말에 미애가 촉촉해진 눈으로 설민을 바라봤다. 그는 미애가 포크로 집어 올린 것을 잡아 손수건으로 깨끗하게 닦았다.

"다이아몬드는 영원한 사랑을 뜻한다네요."

그렇게 말한 설민이 무릎을 꿇고 앉아 미애의 손에 반지를 끼워 넣었다.

"사랑해요."

설민의 고백에 미애의 두 눈에서 눈물이 뚝뚝 떨어져 내렸다.

"식상하긴 한데 감동적이긴 하네요."

"몽땅 합쳐 놔서 그래요."

설민이 키득거렸다. 그는 미애의 손을 잡아 자신의 침대 위에 앉게 만들었다. 그리곤 자신이 들고 있던 케이크를 그녀에게 건넸다.

"맛볼래요?"

"세상에서 가장 맛있는 케이크를 말이죠?"

미애의 곁에 자리를 잡고 앉은 설민은 자신의 옆구리에 와 닿는 무언가를 느끼고 홱 고개를 돌렸다. 다름 아닌 큐피드의 인형이 쏘는 사랑이 화살이 자신의 옆구리를 쿡쿡 찔러대고 있었다. 그는 큐피드 인형을 들어 자신의 무릎에 내려놓고는 인형의 손을 잡았다.

"어디 그럼 맛 좀 볼게요."

미애가 케이크를 음미하려는 사이, 그는 화살을 당겨 미애에게로 조준했다. 그리고 사랑의 화살을 거침없이 쏘려는 순간.

"우욱!"

미애가 헛구역질을 하며 제 손으로 입을 틀어막았다. 그 덕에 큐피드 인형으로 장난을 하던 설민의 손길이 뚝 멎었다.

"왜 그래요, 미애 씨?"

"아, 그게……. 우욱!"

미애의 헛구역질이 심해졌다. 그 순간, 밖에서 훔쳐보고 있었는지 방문이 열리며 가족들이 한데 쏠렸다. 방 안으로 넘어지듯 들어온 가족의 등장에 미애와 설민이 두 눈을 동그랗게 떴다.

"아하, 이게 말이지……."

백미가 변명을 하려는 순간, 다시금 미애가 입을 틀어막았다.

"우웩!"

그 소리를 들은 가족들이 놀란 시선으로 그녀를 물끄러미 바라봤다.

"우웩!"

그 순간, 오 여사가 그 어느 때보다도 환해진 얼굴로 양손을 번쩍 들어 올렸다.

"심봤다! 백설민 주니어!"

THE END

❈ 작가 후기 ❈

큐피드의 실수. 제목이 모든 것을 설명해 주고 있는 글입니다. 순정만화처럼 가볍고 산뜻한 분위기의 글을 써보고 싶어 시작한 이 글은 설민의 심장에 큐피드가 쏜 화살이 '잘못' 박히면서부터 시작됩니다.

제 손을 떠난 순간부터 제 글이 아니게 됨을 알고 있으니 다른 사족은 줄이겠습니다.

아이디어에 귀여운 에피소드를 붙여주신 M님께 감사의 인사를 드립니다. 이 글을 쓰는 내내 함께 웃었고, 함께 슬퍼했던 기억은 오래도록 지속될 거라고 생각합니다. 사랑합니다.

이 책이 세상 빛을 보게 해주신 예원북스 유경화 실장님, 다시 한 번 감사드립니다.

부모님, 옆에서 늘 큰 힘이 되어주는 새신랑 N군, 그리고 새 가족 모두에게 감사의 인사와 함께 사랑의 고백도 조심스럽게 해봅니다.

아직 많이 부족하다는 것을 알고 있습니다. 그렇기에 늘 초심으로 돌아가 재미있는 이야기들을 자아내겠습니다. 이 책을 선택해 주신 독자님들께 감사의 인사를 드리며, 저는 다른 글로 찾아뵙겠습니다.

늘 발전하는 모습 보여 드리겠습니다.

2013년 9월.

인생의 제2막을 연,

이경하 드림